Psicópata

Psicópata

Keith Ablow

Traducción de
Escarlata Guillén

Rocaeditorial

Título original: *Psychopath*
© 2003 by Keith Ablow

Primera edición: enero de 2005

© de la traducción: Escarlata Guillén
© de esta edición: Roca Editorial de Libros, S.L.
Marquès de l'Argentera, 17. Pral. 1.ª
08003 Barcelona

ISBN-13: 978-0-7394-7843-1
Impreso en U.S.A.

Para J. Christopher Burch,
cuyos dones creativos son una inspiración
y cuya amistad es un tesoro

PRIMERA PARTE

Uno

23 DE ENERO DE 2003
RUTA 90 ESTE, A 60 KM DE ROME, NUEVA YORK

La *Sinfonía n.º 10* de Mahler sonaba en el estéreo del BMW X5, pero ni siquiera aquella música serena lograba calmar a Jonah. La ira le encendía la piel. El volante le quemaba las palmas de las manos. El corazón le palpitaba con fuerza, bombeando más y más sangre con cada latido, inundándole la aorta, congestionándole las arterias carótidas, sentía como si la cabeza fuera a estallarle dentro del cráneo, en algún punto de los lóbulos temporales del cerebro. En el último recuento, su respiración había aumentado a dieciocho inspiraciones por minuto. Sentía que una resaca mareante de oxígeno le succionaba hacia el interior.

Su ansia de matar siempre empezaba así y Jonah siempre pensaba que podría controlarla, someterla recorriendo una larga autopista, de la misma forma en que su abuelo había domado a potros fibrosos en las llanuras del rancho de Arizona donde Jonah había pasado sus años de adolescencia. Tan astuta era su psicopatología que le engañaba para que pensara que él era más fuerte que ella, que la bondad que había en él podía dominar el mal. Lo creía incluso ahora, que había dejado atrás diecisiete cadáveres esparcidos por las autopistas.

«Tú sigue conduciendo y ya está», se dijo apretando los dientes.

Empezó a nublársele la vista, en parte porque la tensión le había subido vertiginosamente, en parte por la hiperventilación, en parte por el miligramo de Haldol que había tomado hacía una hora. A veces, esta medicación antipsicótica adormecía a la bestia. A veces, no.

Entrecerrando los ojos en la noche, vio el brillo distante de unos pilotos rojos. Pisó el acelerador, desesperado por acortar la distancia entre él y un compañero viajero, como si el ímpetu de otro —de un hombre normal y decente— pudiera guiarle a través de la oscuridad.

Echó un vistazo al reloj de neón naranja del salpicadero, vio que eran las 3:02, y recordó una frase de Fitzgerald:

> En una verdadera noche oscura del alma siempre son las tres de la mañana.

La frase pertenecía al relato *El Crack-Up*, un título adecuado para describir lo que le estaba sucediendo a él: en sus defensas psicológicas se abrían unas buenas fisuras, que se iban separando hasta formar hendiduras mayores que luego se colaban una dentro de la otra hasta crear un agujero negro enorme que se lo tragaba y luego le devolvía a la vida como un monstruo.

Jonah había leído todo lo que F. Scott Fitzgerald había escrito, porque las palabras eran hermosas, los lugares eran hermosos y la gente era hermosa, incluso con sus defectos. Y quería pensar en sí mismo exactamente de esa forma, creer que era una creación imperfecta de un dios perfecto, que era digno de redención.

A sus treinta y nueve años, era físicamente perfecto. Su rostro sugería honradez y seguridad: pómulos altos, frente prominente, mentón fuerte con una hendidura sutil. Los ojos, claros y de un azul pálido, complementaban a la perfección su pelo ondulado, gris plateado, que le llegaba a los hombros y llevaba agradablemente despeinado. Medía uno ochenta y seis y era de constitución ancha, tenía los brazos largos y musculados y un torso en forma de V que terminaba en una cintura de setenta y nueve centímetros. Tenía los muslos y las pantorrillas duros propios de un escalador.

Sin embargo, de todos sus rasgos, lo que primero suscitaba el comentario de las mujeres eran sus manos. La piel era bronceada y suave, y cubría los tendones perfectos que iban de los nudillos a la muñeca. Las venas eran lo bastante visibles como para insinuar fuerza física, sin ser tan visibles como para sugerir un carácter destructivo. Los dedos eran largos y elegantes y terminaban en unas uñas suaves y traslúcidas a las que sacaba brillo cada mañana. Dedos de pianista, le decían algunas mujeres. Dedos de cirujano, le decían otras.

«Tienes las manos de un ángel», le había dicho una amante entre jadeos mientras Jonah deslizaba un dedo en su boca.

«Las manos de un ángel». Jonah se las miró, los nudillos blancos, aferrándose al volante. Estaba a cuarenta y cinco metros del coche que tenía delante, pero sintió que sucumbía en su carrera contra el mal. El labio superior había empezado a temblarle. El sudor le corría por el cuello y los hombros.

Abrió mucho los ojos e invocó el rostro de su última víctima en sus últimos momentos, con la esperanza de que la imagen de aquel joven le serenara, igual que el recuerdo de las arcadas y los vómitos pueden desembriagar a un alcohólico y convertir en repugnante la botella que le llama seductoramente con la promesa de que en ella encontrará alivio y liberación.

Habían pasado casi dos meses, pero Jonah aún veía la mandíbula boquiabierta de Scott Carmady, la incredulidad total reflejada en sus ojos. Porque, ¿cómo puede un viajero

13

cansado, que se cree afortunado al ver que alguien se para a ayudarle con su Chevy averiado en la cuneta de un tramo desierto de la autopista de Kentucky, asimilar el dolor primitivo en su garganta rajada o la cálida sangre que le empapa la camisa? ¿Cómo puede entender el hecho de que su vida, con todo el ímpetu de las esperanzas y los sueños de un veinteañero, está deteniéndose en seco? ¿Cómo puede comprender el hecho de que el hombre bien vestido que le ha herido de muerte es el mismo hombre que ha dedicado su tiempo a arrancar la batería del coche, pero que también ha aguardado quince minutos junto a él para asegurarse de que no volverá a estropearse?

¡Y qué minutos! Carmady le había revelado cosas de las que no había hablado con nadie: la impotencia que le hacía sentir su sádico jefe, la rabia que se apoderaba de él por seguir con su esposa infiel. Abrirse a él le había hecho sentir mejor de lo que se había sentido en mucho, mucho tiempo. Se había desahogado.

Jonah recordó que una súplica había sustituido a la incredulidad que había visto en los ojos del hombre moribundo. No era una súplica que respondía a un «¿por qué?» grandioso, existencial. No era la típica última escena de una película. No. La súplica era puramente un grito de ayuda. Por eso, cuando Carmady extendió el brazo hacia Jonah, no fue para atacarle, ni para defenderse, sino simplemente para no desplomarse.

Jonah no se había apartado de su víctima, sino que se había acercado más. La había abrazado. Y a medida que la vida se escurría del cuerpo de Carmady, Jonah sintió que la ira se escurría del suyo propio y que la sustituía una calma magnífica, una sensación de unidad con el universo. Y susurró su propia súplica al oído del hombre: «Por favor, perdóname».

A Jonah se le llenaron los ojos de lágrimas. La carretera serpenteaba delante de él. Si Carmady hubiera estado dispuesto a revelar más, a desprenderse de las últimas capas de sus defensas emocionales, para proporcionarle a Jonah las razones por las cuales su jefe y su esposa podían tratarle tan injustamente, qué trauma le había hecho débil, quizá seguiría vivo. Pero Carmady se había negado a hablar de su infancia, se había negado en redondo, como un hombre que se guarda para él toda la carne; que no la comparte con Jonah, que está muerto de hambre.

Muerto de hambre, como ahora.

Su estrategia estaba fracasando. Había creído de verdad que invocar los recuerdos de su último asesinato mantendría a raya al monstruo que llevaba dentro, pero había sucedido todo lo contrario. El monstruo le había engañado. El recuerdo de la calma que había sentido al tener la muerte entre sus manos y la historia vital de otro hombre en su corazón había hecho que ansiara aquella calma con cada célula de su cerebro frenético.

Vislumbró la indicación de un área de descanso, a ochocientos metros. Se irguió, diciéndose que podía ir allí, tragar un miligramo más o dos de Haldol y echarse a dormir. Como un vampiro, casi siempre se alimentaba de noche; sólo quedaban tres horas para que despuntara el día.

Se desvió de la ruta 90 y accedió al área de descanso. Había otro coche aparcado allí, un Saab azul metálico modelo antiguo, con la luz interior encendida. Jonah aparcó a tres plazas de distancia. ¿Por qué no diez?, se reprobó. ¿Por qué tentar a la bestia? Agarró el volante con más fuerza aún, las uñas se le clavaron en el pulpejo de la mano y casi se abrió la piel. La fiebre le producía unos escalofríos que le subían por el cuello y le recorrían el cuero cabelludo. Su tórax luchaba con dolor por contener los pulmones llenos.

Contra su voluntad, en cierto modo, volvió la cabeza y vio a una mujer en el asiento del conductor del Saab, con un gran mapa extendido sobre el volante. Tendría unos cuaren-

15

ta y cinco años. De perfil, la belleza había pasado por alto su rostro: la nariz un poco grande, el mentón un poco débil. Las patas de gallo sugerían que era alguien que se preocupaba por todo. Llevaba el pelo corto y arreglado. Tenía puesta una chaqueta de piel negra. Un móvil descansaba en el salpicadero delante de ella.

Con sólo mirarla, a Jonah se le despertó el ansia. Un ansia voraz. Ahí estaba una mujer viva, que respiraba, a menos de seis metros de él, con un pasado y un futuro únicos. Ninguna otra persona había vivido exactamente las mismas experiencias o había tenido exactamente los mismos pensamientos. Lazos invisibles la unían a sus padres y abuelos, quizá a sus hermanos, quizá a un marido o a amantes. Quizá a sus hijos. A amigos. Su cerebro contenía datos que había ido reuniendo al elegir y decidirse por qué leer y mirar y escuchar de entre intereses y habilidades que eran partes místicas e inconmensurables de ella. De ella, un ser humano distinto a cualquier otro. Albergaba preferencias y odios, miedos y sueños y (esto, más que cualquier cosa) traumas que eran suyos y sólo suyos a menos que se pudiera lograr con paciencia que los compartiera.

Jonah sintió que unos pinchazos de dolor estallaban en sus ojos. Apartó la mirada y se quedó con la vista fija en la autopista casi un minuto entero, con la esperanza de que otro coche aminorara la marcha y entrara en el área de descanso. Pero no llegó nadie.

¿Por qué siempre parecía tan fácil? Casi concertado de antemano. Nunca acechaba a sus víctimas; siempre se las encontraba. ¿Estaba el universo disponiéndolo todo para que se alimentara de la fuerza vital de los demás? ¿Iba en su búsqueda la gente que se cruzaba en su camino? ¿Necesitaban inconscientemente morir tanto como él necesitaba matar? ¿Quería Dios llevárselos al cielo? ¿Era él una especie de ángel? ¿Un ángel de la muerte? En su boca, notó que la saliva empezaba a espesarse. El dolor punzante que sentía en la cabeza aumentó más allá de la jaqueca, más allá de cualquier migraña. Sintió como si tuviera una docena de taladros dentro del cráneo que intentaban salir al exterior, por la frente, por las sienes, por los oídos, por el paladar, por los labios. Pensó en suicidarse, un impulso que le visitaba antes de cualquier asesinato. La navaja plegable que llevaba en el bolsillo podría acabar con su sufrimiento de una vez por todas. Pero sólo había llevado a cabo intentos precarios de poner fin a su vida. Laceraciones superficiales en las muñecas. Cinco o diez pastillas, en lugar de cincuenta o cien. Un salto desde una ventana en un segundo piso estando borracho con el que sólo se fracturó el peroné de la pierna derecha. Eran gestos suicidas, nada más. En el fondo, Jonah quería vivir. Aún creía que podía reparar el daño que había hecho a lo largo de su vida. Debajo de la aversión que sentía por sí mismo, en lo más profundo de su ser, aún se quería de la forma incondicional con que rezaba por que Dios le quisiera.

Encendió la luz interior del BMW y tocó brevemente la bocina, asqueado por tener que ocultar el primer hilo pegajoso de su telaraña venenosa. La mujer dio un respingo, luego le miró. Él se inclinó hacia ella y levantó un dedo, casi con timidez, después bajó la ventanilla del copiloto hasta cerca de la mitad, como si no estuviera seguro de poder confiar en ella.

La mujer dudó, luego bajó su ventanilla.

—Disculpe —dijo Jonah. Su voz era aterciopelada y grave y sabía que tenía un efecto casi hipnótico. La gente parecía no cansarse nunca de escucharle. Raras veces le interrumpían.

La mujer sonrió, pero estaba tensa, y no dijo nada.

—Sé que sería... mm... pedirle demasiado... pero mm... —Jonah balbuceó a propósito, para mostrarse inseguro—. Mi mm... móvil... —dijo, encogiéndose de hombros y sonriendo— ha muerto. —Levantó el teléfono. Era plateado y

17

parecía caro. Alargó el brazo y giró la muñeca para mirar la hora en su brillante Cartier, con un zafiro cabujón en el centro. Sabía que la mayoría de las personas confiaban en la gente que tenía dinero o bien porque creían que los ricos no necesitaban robarles, o porque suponían que los ricos valoraban demasiado las normas de la sociedad para infringirlas—. Soy médico —prosiguió Jonah. Meneó la cabeza con incredulidad—. He salido del hospital hace cuatro minutos y ya me están llamando. Me preguntaba si podría, mm... dejarme su teléfono.

—Tengo la batería casi... —empezó a decir la mujer que, por la voz, parecía incómoda.

—Le pagaría la llamada —dijo Jonah. Aquel ofrecimiento era su forma de saltarse el buen criterio de la mujer transformando su petición de usar su teléfono en la pregunta de si debería cobrarle por ello. Una persona generosa lo ofrecería gratis, lo que, por supuesto, significaba que primero tendría que prestarlo.

—Tenga —dijo ella—. Por las noches y los fines de semana me sale gratis.

—Gracias. —Jonah se bajó del coche, fue hacia la puerta de la mujer y se detuvo a una distancia respetuosa. En parte para desencadenar su instinto de protección, en parte para descargar la energía eléctrica que le recorría el cuerpo, empezó a mover los pies deprisa y meneó la cabeza y los hombros, como si tuviera mucho frío.

Ella alargó el brazo y le entregó el teléfono.

Jonah se puso de cara a ella, para dejar que tomara nota del abrigo de ante, acolchado color chocolate, el jersey de cuello alto azul cielo, los pantalones de franela gris con pinzas. No llevaba nada negro. Todo era suave al tacto. Marcó un número al azar y se acercó el teléfono al oído.

—Puede hablar en su coche, si quiere —le dijo la mujer.

Jonah sabía que la invitación de la mujer de que se llevara el teléfono al coche reflejaba su deseo inconsciente de que la llevara a ella al coche. También sabía que cuanto más correcto fuera, más libre se sentiría ella para fantasear con él y más vulnerables serían sus límites personales.

—Ya ha sido de lo más amable —le dijo Jonah—. Será sólo un momento.

La mujer asintió con la cabeza, volvió a mirar el mapa y subió la ventanilla.

Jonah habló alto para asegurarse de que la mujer lo escuchaba. Las palabras resonaban en su oído.

—Soy el doctor Wrens —dijo, y guardó silencio—. ¿Fiebre? ¿Qué temperatura tiene? —Volvió a guardar silencio—. Adminístrele ampicilina intravenosa para empezar y espere a ver cómo reacciona. —Asintió con la cabeza—. Por supuesto. Dígale a su marido que la veré mañana a primera hora. —Fingió apagar el teléfono y llamó con suavidad a la ventanilla.

La mujer la bajó.

—¿Todo bien?

Era obvio que había terminado de usar el teléfono. Su pregunta significaba que quería algo más de él, aunque Jonah dudaba que la mujer fuera capaz de expresar con palabras qué era ese algo más. Sintió una presión en la entrepierna.

—Todo bien —contestó—. Muchísimas gracias. —Alargó el teléfono y esperó a que la mujer cogiera el otro extremo para hablar, a que tuvieran esa mínima conexión—. Tal vez pueda devolverle el favor —le dijo. Esperó otro instante antes de soltar el teléfono—. Parece que no sabe muy bien adónde se dirige.

La mujer se rió.

—Parezco perdida —dijo.

Jonah se rió con ella; una risa juvenil, contagiosa, que rompió el hielo de una vez por todas. La bestia estaba totalmente bajo control. El dolor que sentía en la cabeza se filtró por los dientes y la mandíbula.

—¿Dónde intenta ir, si no le importa que se lo pregunte? —Se frotó las manos y soltó una bocanada de aire helado.

—A Eagle Bay —dijo.

Eagle Bay era una pequeña ciudad junto al ferrocarril de los Adirondacks, cerca de la zona de acampada del río Moose. Jonah había ido de excursión cerca del monte Panther.

—Es fácil —dijo—. Le dibujaré un mapa. —Había elegido la palabra «dibujar» para evocar la imagen de la inocencia, de un niño grande inofensivo casi incapaz de escribir, no digamos ya de tramar y planear algo.

—Se lo agradecería mucho —dijo.

Jonah notó que ya había debilitado lo suficiente sus defensas como para dar un paso más. La mujer media carecía de la determinación interna de proteger sus límites, excepto si se encontraba ante un peligro obvio. Y aquella mujer no podía verle como una amenaza inminente. Era guapo y hablaba bien. Parecía rico. Era médico. Le habían llamado del hospital para que ayudara a alguien que sufría. A una mujer que sufría. Y ahora quería ayudarla a ella.

Jonah se dirigió hacia la parte delantera del Saab, protegiéndose del frío con los brazos. Rodear el coche por detrás, salir del campo de visión de la mujer, podría hacer que la mujer recelara. Esperó junto a la puerta del copiloto, sin hacer ningún gesto hacia ella. Cuanto menos manifiesta fuera su petición de que le dejara entrar, mayores serían sus posibilidades.

La mujer pareció dudar, de nuevo, su rostro registraba lo que parecía una lucha clásica entre el instinto de supervivencia y la búsqueda de la confianza en uno mismo. Ganó la confianza en sí misma. Alargó la mano hacia el asiento del copiloto y empujó la puerta para abrirla.

Jonah subió al coche. Extendió la mano. Temblaba.

—Jonah Wrens —dijo—. Ahí fuera debemos de estar a veinte grados bajo cero, con este viento.

—Anna —dijo ella, estrechándole la mano—. Anna Beckwith. —Pareció confusa cuando le soltó, probablemente porque la mano de Jonah estaba cálida y húmeda, no fría.

—¿Tiene un bolígrafo y un papel, Anna Beckwith? —le preguntó Jonah. Decir su nombre haría que parecieran menos desconocidos.

Beckwith alargó el brazo detrás del asiento de Jonah, buscó en su bolso y encontró un rotulador y una agenda de cuero. Pasó las hojas hasta encontrar una que estuviera en blanco y le entregó la libreta abierta y el rotulador.

Jonah observó que Beckwith no llevaba ni anillo de compromiso ni alianza. No olía a perfume. Empezó a anotar indicaciones al azar, a ninguna parte. «Sigue la 90 Este hasta la salida 54, la ruta 9 Oeste...»

—Supongo que no es de por aquí —le dijo.

La mujer negó con la cabeza.

—De Washington D. C.

—¿Va a esquiar? —le preguntó sin dejar de escribir.

—No —contestó ella.

—¿De excursión?

—Voy a visitar a alguien.

—Qué bien. —Jonah la miró un instante—. ¿A su novio? —le preguntó con naturalidad. Se puso a escribir otra vez.

—A mi compañera de cuarto en la universidad.

No tiene novio, pensó Jonah. No lleva alianza. Ni perfume. Ni pintalabios. Y su conducta y su tono no insinuaban lo más mínimo que pudiera ser homosexual.

—A ver, deje que adivine... —dijo—. El Monte Holyoke.

—¿Por qué ha dicho una universidad de chicas? —preguntó Beckwith.

Jonah la miró.

21

—He visto la pegatina del Monte Holyoke en la luna trasera cuando he entrado con el coche.

La mujer volvió a reír; una risa fácil que denotaba que sus últimos miedos habían desaparecido.

—Curso del 78.

Jonah hizo el cálculo. Beckwith tenía cuarenta y cinco o cuarenta y seis años. Podría haberle preguntado qué había estudiado en Holyoke o si la universidad estaba cerca de casa o lejos. Pero las respuestas a estas preguntas no le darían acceso a su alma.

—¿Por qué eligió una universidad de chicas? —le preguntó en cambio.

—La verdad es que no lo sé —contestó ella.

—Usted la eligió —dijo para presionarla, ofreciéndole una sonrisa cálida para suavizar sus palabras.

—Me sentía más cómoda.

«Me sentía más cómoda». Jonah estaba en el umbral del mundo interno, emocional, de Beckwith. Necesitaba comprar el tiempo suficiente para cruzarlo.

—¿Conoce la ruta 28? —le preguntó.

—No —dijo Beckwith.

—No pasa nada —dijo Jonah—. Se lo dibujaré todo. —Sin pensarlo, trazó una línea hacia arriba de la página, luego otra más pequeña que la cortaba formando un ángulo cercano a los noventa grados. Advirtió la cruz rudimentaria en la página y se lo tomó como un símbolo de que Dios seguía con él. Después de todo, ¿no había absorbido Jesucristo el dolor de los demás? ¿Y no era ése el objetivo de Jonah? ¿Su ansia? ¿La cruz que llevaba?—. ¿Por qué un campus mixto iba a hacer que se sintiera incómoda? —le preguntó a Beckwith.

Ella no respondió.

Jonah la miró, vio un nuevo titubeo en su rostro.

—Perdone que sea indiscreto. Mi hija está pensando en ir a Holyoke —mintió.

—¿Tiene una hija?

—Parece sorprendida.

—No lleva alianza.

Beckwith le había estado examinando. Estaba acercándose. Jonah sintió que su ritmo cardiaco y su respiración empezaban a ralentizarse.

—Su madre y yo nos divorciamos cuando Caroline tenía cinco años —dijo. Entonces le entregó a Beckwith aquel talismán, prestado del alma de Scott Carmady, que ahora formaba parte de la suya—: Mi esposa me era infiel. Me quedé más tiempo del que hubiera debido.

Aquella revelación inventada fue la licencia que necesitaba Anna Beckwith para empezar a revelar su verdadero yo.

—Siempre fui tímida con los chicos —dijo—. Estoy convencida de que ésa fue la razón por la que elegí Holyoke.

—No ha estado casada —dijo Jonah.

—Lo dice con mucha seguridad —dijo Beckwith alegremente.

Jonah siguió dibujando su mapa carente de coherencia, no quería interrumpir el torrente de emociones que fluía entre ellos.

—Era una suposición —dijo.

—Pues ha supuesto bien.

—Yo tampoco era exactamente de los que se casan —dijo.

—Tenía dos hermanos —le contó Beckwith—. Mayores los dos. Quizá eso... no lo sé.

Jonah percibió todo un mundo en la forma como Beckwith había dicho la palabra «mayores». Había resentimiento e impotencia en ella, y algo más. Vergüenza.

—Se reían de usted —dijo Jonah. No pudo resistir mirarla otra vez. Observó que su rostro perdía su máscara de madurez y se volvía abierto e inocente y hermoso. La cara

23

de una niña pequeña. Pensó para sí que jamás podría matar a un niño. Y con aquel pensamiento, la jaqueca pasó a ser un dolor sordo.

—Me tomaban bastante el pelo —dijo.

—¿Cuántos años tenía?

—¿Cuando peor fue? —Se encogió de hombros—. ¿Diez? ¿Once?

—¿Y ellos?

—Catorce y dieciséis.

De repente, Beckwith se puso nerviosa, igual que las otras víctimas de Jonah, como si no comprendiera por qué compartía aquellas intimidades con un desconocido. Pero Jonah necesitaba escuchar más. Así que continuó preguntando.

—¿Qué cosas la llamaban? —Jonah cerró los ojos, esperaba que su herida emocional rezumara el antídoto dulce para su violencia.

—Me llamaban... —Calló—. No quiero entrar en eso. —Soltó un largo suspiro—. Si pudiera darme las indicaciones, se lo agradecería mucho.

Jonah la miró.

—En el colegio, a mí los niños me llamaban «mariquita», «nenaza», cosas así. —Otra mentira.

La mujer meneó la cabeza con incredulidad.

—Pues por lo que parece, no le ha ido nada mal —dijo—. Ahora nadie le llamaría mariquita.

—Es muy amable por su parte. —Jonah miró por la ventana, como si le hubiera dolido recordar sus traumas de infancia.

—Me llamaban... «coñito» —dijo Beckwith.

Jonah se volvió hacia ella. Se estaba poniendo roja.

—Ya sé que no es el fin del mundo ni nada por el estilo —prosiguió—, pero era algo constante, no me dejaban en paz.

Ahora Jonah estaba con la Beckwith de once años, obser-vándola con su falda plisada de lana azul marino, la camisa blanca adecuada, los calcetines blancos, los mocasines de cuero barato. No era casualidad que sus hermanos le toma-ran el pelo con más intensidad a medida que se aproximaba a la pubertad, época en que se centrarían, conscientemente o no, en sus bragas y los suaves pliegues de piel que había de-bajo. Y Jonah intuyó que había habido sucesos más graves por cómo Beckwith había dicho «no me dejaban en paz». Aquello sonaba a palabra en clave para abuso sexual. Jonah se la quedó mirando, con la esperanza de que desnudaría su psique y se bañaría con él en la cálida piscina de su sufri-miento.

—¿Y aparte de los insultos? —le preguntó.

Beckwith le devolvió la mirada, el color fue abandonan-do sus mejillas.

—¿En qué otro sentido sus hermanos fueron crueles con usted, Anna?

Ella negó con la cabeza.

—¿Intentaron mirarla?

—Tengo que marcharme, de verdad —dijo.

—La tocaron —dijo Jonah.

De repente, la pequeña Beckwith desapareció y la Beck-with de cuarenta y cinco años ocupó con rigidez su lugar.

—Sinceramente, no creo que sea de su...

Jonah quería a la niña pequeña. Necesitaba a la niña pe-queña.

—Puedes contármelo —le dijo—. Puedes contarme lo que sea.

—No —le contestó ella.

Jonah casi escuchó que un pestillo cerraba la casa y lo de-jaba fuera.

—Por favor —le dijo.

—Necesito que se vaya —le dijo Beckwith.

—No deberías sentirte incómoda conmigo —le dijo Jonah. Le costaba respirar—. Ya he oído de todo. —Intentó esbozar una sonrisa forzada, pero sabía que su expresión debía de parecer más rapaz que tranquilizadora.

Beckwith lo miró de reojo, luego tragó saliva con fuerza, como si por fin hubiera visto que estaba en compañía de un loco.

A Jonah empezaba a dolerle mucho la cabeza.

—¿Dónde estaba tu padre? —le preguntó, y oyó que la ira reveladora se filtraba en su voz—. ¿Dónde estaba tu madre?

—Por favor —dijo Beckwith—. Déjeme marchar. —Pero no intentó escapar.

—¿Por qué no te ayudaron? —preguntó Jonah. Notó que la saliva le goteaba por la comisura de la boca y vio en el rostro de Beckwith que ella también lo había visto.

—Si me deja marchar, yo... —empezó a suplicar.

Los taladros que había dentro del cráneo de Jonah empezaron a rechinar de nuevo.

—¿Qué te hicieron esos pequeños cabrones? —gritó Jonah.

—Ellos... —Beckwith se echó a llorar.

Jonah se inclinó sobre ella y acercó la boca a su oído.

—¿Qué te hicieron? —Le exigió—. No te avergüences. No fue culpa tuya.

El rostro de Beckwith se contrajo con el mismo pánico y confusión que se había apoderado de Scott Carmady, una incredulidad horrorizada por lo que estaba sucediendo.

—Por favor —dijo con un grito ahogado—. Por favor, Dios mío...

A Jonah, su súplica le pareció a la vez insoportable y excitante, una ventana terrible e irresistible para el demonio que llevaba dentro. Apretó su mejilla contra la de Beckwith.

—Dímelo —le susurró al oído. Notó cómo las lágrimas de Beckwith resbalaban por su cara. Y él también se echó a llorar. Porque se dio cuenta de que sólo había una forma de entrar en su alma.

Se metió la mano en el bolsillo delantero para coger la navaja. La abrió con clemencia sin que ella la viera. Luego colocó un pulgar debajo de su barbilla y le echó suavemente la cabeza hacia atrás. La mujer no se resistió. Jonah pasó la hoja deprisa por cada una de sus arterias carótidas, cortándolas limpiamente. Y se quedó mirando cómo Beckwith se marchitaba como una flor de tres días.

La sangre empezó a gotear por las mejillas de Jonah, mezclándose con sus lágrimas. Ya no podía decir si se trataba de su sangre o de la de Beckwith, si eran sus lágrimas o las de ella. En aquel momento puro y final, todas las fronteras entre él y su víctima se evaporaban. Quedaba libre de la esclavitud de su propia identidad.

Rodeó con sus brazos a Beckwith, atrayéndola con fuerza hacia él, gimiendo mientras descargaba la semilla de la vida entre los muslos de ambos, uniéndolos para siempre. La abrazó mientras su frenesí se convertía en agotamiento, hasta que sintió que sus músculos se relajaban con los de ella, que su corazón se ralentizaba con el de ella, que su cabeza se despejaba con la de ella, hasta que estuvo completamente en paz consigo mismo y con el universo.

Dos

El doctor Craig Ellison estaba sentado en el sillón de piel almohadillado detrás de su mesa de caoba. Era un hombre de aspecto amable, acababa de cumplir los sesenta y tenía un aro de cabello blanco y manchas de la vejez en el cuero cabelludo. Llevaba gafas de cerca, un traje gris sencillo, una camisa amarillo claro y una corbata azul a rayas. Su despacho albergaba todos los símbolos de su profesión: una alfombra oriental de tonos oscuros, títulos enmarcados de la Universidad de Pensilvania y de la Escuela de Medicina de Rochester, un sofá de analista, docenas de figuritas primitivas y minúsculas, que recordaban a las de Freud. Miró al otro lado de la mesa.

—Confío en que haya tenido un viaje sin contratiempos.

—Todo ha ido sobre ruedas.

—Perfecto. —Ellison miró por encima de las gafas—. Su currículum dice que vive en Miami. ¿Ha venido en coche desde allí?

—El mes pasado trabajé al norte del estado de Nueva York. En Medina. Cerca del canal Erie. En el centro médico Saint Augustine.

Ellison sonrió.

—Me sorprende que cambiara la playa por la montaña.

—Me encanta hacer excursiones a pie —dijo Jonah.

—Eso lo explica todo. He llamado a una docena de agencias de colocación para que me consiguieran a un psiquiatra infantil; a todas desde que nuestro doctor Wyatt se jubiló.

—Ya no hay muchos médicos interesados en hacer suplencias —dijo Jonah.

—¿Por qué será? —preguntó Ellison.

—Cada vez se gradúan menos residentes de psiquiatría. Los salarios de los permanentes están subiendo. Se gana casi lo mismo en una plaza fija que viajando.

Ellison sonrió con ironía.

—¿Veinte mil al mes?

—Dieciséis, diecisiete mil, contando las desgravaciones —dijo Jonah—. En los dos últimos años, dos tercios de los psiquiatras de la agencia Medflex han aceptado plazas fijas en alguno de los hospitales que les han asignado.

Ellison le guiñó un ojo.

—De eso podemos hablar. He revisado sus cartas de recomendación. Nunca había visto nada igual. El doctor Blake le llama «el mejor psiquiatra» con el que ha trabajado. Resulta que yo fui residente con Dan Blake cuando él estaba en Harvard. No es de los que reparte elogios falsos.

—Gracias —dijo Jonah—. Pero me sentiría inquieto si dejara de ir de un sitio a otro.

—Quizá podríamos convencerle para que se quedara más de seis semanas.

—Nunca lo hago —dijo Jonah. Ésa era su norma. Seis semanas como máximo, luego se marchaba a otro lugar. Si te quedabas más tiempo, la gente empezaba a querer conocerte. Empezaban a estrechar demasiado el cerco.

—Supongo que no tiene familia —dijo Ellison.

—No. —Jonah dejó que la palabra flotara en el aire, disfrutando de su sonido escueto y contento de poder responder con tanta rotundidad. Porque no sólo había renunciado a tener mujer e hijos. Había roto totalmente con su familia de origen, cortado todos los vínculos con todos los parientes y amigos de la infancia, iba a la deriva, un hombre solo en el planeta. Señaló con la cabeza una fotografía en blanco y negro que había en un marco de plata sobre la mesa de Ellison. Dos niños reían en un columpio mientras una mujer atractiva con el pelo al viento les empujaba—. ¿Son suyos? —le preguntó.

Ellison miró la fotografía.

—Sí —contestó, con una mezcla de orgullo y melancolía—. Ahora ya son mayores. Conrad está acabando la residencia de cirugía en UCLA. Jessica es abogada especialista en propiedad inmobiliaria aquí en la ciudad. Son buenos chicos. He tenido suerte.

Ellison no había mencionado a la mujer de la foto. Jonah intuyó que ella era la causa de la tristeza que había en su voz, una tristeza por la que Jonah se sintió irresistiblemente atraído.

—¿Es su esposa? —le preguntó.

Ellison volvió a mirarle.

—Elizabeth. Sí. —Una pausa—. Falleció.

—Lo siento —dijo Jonah. Notó que la herida emocional de Ellison era reciente—. ¿Hace poco?

—Poco menos de un año. —Apretó los labios—. A mí me parece reciente.

—Lo comprendo —dijo Jonah.

—La gente dice eso —dijo Ellison—, pero sobrevivir a la mujer que amas... es algo que hay que vivir en carne propia para comprenderlo. No se lo desearía ni a mi peor enemigo.

Jonah permaneció en silencio.

—Estuvimos casados treinta y siete años —dijo Ellison—. Juntos, cuarenta y uno. No tengo queja alguna.

Jonah asintió con la cabeza, pero sabía que el hecho de que Ellison hubiera formulado una negación como ésa significaba que tenía muchas quejas, ninguna de las cuales tenía que ver con la mortalidad en sí, con el hecho horrible de que nuestra vida y la de las personas a las que queremos sea efímera y exquisitamente frágil, que cualquiera de nosotros pueda dejar de existir sin previo aviso, que amar a alguien, donde sea, cuando sea, nos haga infinitamente vulnerables en todo momento.

Aquel pensamiento transportó a Jonah fuera del despacho de Ellison. Se hallaba con la madre de Anna Beckwith cuando ésta cogió el teléfono, un policía estatal al otro lado de la línea, a punto de darle una mala noticia. Una noticia impensable. Habían encontrado muerta a su hija cerca del coche, en un bosque al lado de la autopista. Jonah se imaginó abrazando a la señora Beckwith mientras lloraba. Le acariciaba el pelo. Le susurraba al oído: «Anna no está muerta. Una parte de ella está viva. Dentro de mí».

—¿Doctor Wrens? —Estaba diciendo Ellison, inclinándose un poco hacia delante en su silla.

—Sí —dijo Jonah.

Ellison miró por encima de las gafas otra vez.

—¿Le he perdido por un momento?

—Estaba pensando en estar cuarenta y un años con la misma mujer. Debió de quererla muchísimo.

Ellison se aclaró la garganta y se recostó en la silla.

—¿No ha estado casado?

Jonah le había hecho exactamente la misma pregunta a Anna Beckwith. «¿No ha estado casada?» Miró a Ellison con recelo, y se preguntó si el amable doctor podría estar telegrafiándole que estaba al corriente del horror que Jonah había cometido. Pero era imposible, y Jonah atribuyó su preocupación al eco mental de una conciencia que se sentía culpable. Porque sentía culpa; cada vez más con cada vida que quitaba.

—Estuve casado poco tiempo —dijo—. Era joven.

—Todos hemos sido jóvenes —dijo Ellison—. ¿No estaba preparado para comprometerse?

Jonah negó con la cabeza.

—Estaba preparado.

—No lo estaba ella —dijo Ellison.

Jonah bajó la mirada a su regazo, tiró nervioso de la pernera derecha de su pantalón, luego volvió a mirar a Ellison.

—De hecho, murió —dijo, optando por palabras más duras que el «falleció» de Ellison.

Ellison se quedó pálido.

—Por si le sirve de algo —dijo Jonah—, y confío en que será discreto, sí que sé por lo que ha pasado. Yo mismo lo he pasado.

—Lo siento muchísimo —dijo Ellison, frunciendo el ceño—. Lo que he dicho debe de haberle parecido...

—La verdad —le interrumpió Jonah—. Sólo alguien que haya pasado por lo que hemos pasado nosotros podría comprenderlo.

Ellison asintió con la cabeza.

—Se llamaba Anna —dijo Jonah, y dejó que sus ojos se perdieran en una esquina de la mesa de Ellison—. Nos conocimos en un baile en la Universidad Monte Holyoke, en Massachusetts. —Cerró los ojos un momento, luego los abrió y sonrió como si un recuerdo agradable le hubiera reconfortado—. Había elegido una universidad de chicas porque era tímida, extremadamente tímida, en realidad. Tenía dos hermanos mayores que se burlaban de ella sin parar. Se pasaron de verdad cuando tenía once años, justo a tiempo de infligirle el mayor daño psicosexualmente hablando. Pero se llenó de fuerzas después de que nos comprometiéramos. Floreció en todos los sentidos. Parecía que necesitaba ese tipo de seguridad. —Volvió a mirar a Ellison directamente a los ojos—. Seguridad —dijo, meneando la cabeza con incredulidad—. Tenía veintitrés años cuando murió.

—Dios mío —dijo Ellison. Se quedó callado un momento—. ¿Le importa que le pregunte de qué murió?

Jonah sabía que era muy probable que una mujer que había muerto a la edad de Elizabeth, la esposa de Ellison, hubiera sido víctima de un cáncer. Una afección cardiaca también era posible. Y nunca podía descartarse un accidente de coche.

—Anna murió de cáncer —se la jugó Jonah. Quiso poner a prueba los límites de su intuición—. De ovarios —añadió.

—De mama —dijo Ellison, en referencia a su propia pérdida.

Casi, pensó Jonah. De ovarios. De mama. Ninguno de los dos eran finales cortos o carentes de dolor. Ellison había visto el infierno y ahora creía que Jonah también lo había visto.

—La gente te dice que lo superarás —dijo Jonah—, a su debido tiempo, con otra relación, después de suficientes domingos por la mañana rezando las oraciones suficientes, pero no creo que lo consiga jamás.

Ellison le miró como a un hermano de sangre.

—Yo tampoco —dijo.

Jonah tragó saliva con esfuerzo y se quedó callado varios segundos para dejar que el pegamento de su vínculo emocional se secase. Cuando por fin habló, lo hizo con el tono de un hombre que de nuevo daba carpetazo conscientemente al recuerdo de una gran tragedia.

—Bueno, pues... bien —dijo—. Seguimos con...

—Seguimos —dijo Ellison.

—Hábleme del pabellón —dijo Jonah—. ¿En qué puedo ser de ayuda?

—Ya ha sido de ayuda —dijo Ellison. Sonrió a Jonah—. Gracias.

Jonah asintió solemnemente.

—Pero en lo que respecta al pabellón... —dijo Ellison, centrándose de nuevo—, como ya sabe, tenemos veinte ca-

33

mas. Por lo general, estamos al completo y hay una lista de espera. Somos la única unidad de internamiento de psiquiatría en cuatrocientos kilómetros a la redonda. En Canaan y las ciudades de alrededor viven obreros, la mayoría trabajan en la industria maderera. Los padres suelen haber cursado estudios secundarios, como mucho. Abunda el alcoholismo, como cabría esperar dado nuestro escenario. También hay una buena cantidad de consumo ilícito de drogas. Cocaína. Heroína. Todo lo cual lleva al abuso y al abandono. Y diría que tenemos más casos de depresión de los que nos corresponderían.

—Será por la crudeza del invierno —dijo Jonah.

—Posiblemente. O puede que sólo sea el reflejo de una población que tiene un estatus socioeconómico por debajo de la media. —Ellison hizo una pausa—. Lo que puedo decirle es que los chicos que vienen aquí, probablemente igual que sucede en otras unidades en las que ha trabajado, tienen enfermedades mentales muy graves. Depresión aguda, esquizofrenia, drogodependencia. Las compañías de seguros rechazarían su solicitud de admisión por mucho menos. Y por aquí no hay ni una sola familia que pueda pagar un ingreso optativo.

—Me gusta trabajar con pacientes que están muy enfermos —dijo Jonah.

—Entonces le gustará trabajar aquí —dijo Ellison.

—¿Las guardias nocturnas son cada tres días?

—Exacto. Trabajará con Michelle Jenkins y Paul Plotnik. Le prometo que estarán encantados de verle. Han estado repartiéndose los casos del doctor Wyatt, que no eran pocos. Era muy popular.

—Espero estar a su altura.

—Estoy convencido de que así será —dijo Ellison. Miró una agenda que había abierta encima de la mesa—. Entonces, ¿empezará el día 3, como estaba planeado?

—Puedo empezar hoy —dijo Jonah, inquieto no sólo por enmendar su carácter destructivo, sino también por nutrirse de las historias tortuosas que tanto necesitaba.

—¿Qué tal ayer? —dijo Ellison sonriendo. Se levantó—. Le enseñaré el lugar. —Se quedó callado un momento—. Ahora que lo pienso, a las doce tenemos reunión. Normalmente la doctora Jenkins o el doctor Plotnik me presentan el caso. Yo entrevisto al paciente delante del personal y veo si puedo sonsacarle algo que ellos no han podido, sacar un conejo de la chistera, como se suele decir. —Ellison le guiñó un ojo—. Hoy le toca a Plotnik. ¿Por qué no me sustituye? Será una buena forma de que el personal empiece a conocer su estilo.

—Será un honor —dijo Jonah—. Gracias.

—Déme las gracias cuando las enfermeras y los asistentes sociales hayan acabado de acribillarle a preguntas —dijo Ellison—. Les encanta arremeter contra mí en mis evaluaciones clínicas. Dudo que sean más amables con usted.

—Dígales que pregunten tranquilamente —dijo Jonah—. Me lo tomaré como un ritual de transición.

El auditorio del hospital Canaan Memorial era un anfiteatro que parecía reformado hacía poco, con alfombras nuevas color gris oscuro, dos centenares de asientos plegables con un tapizado precioso color perla y una serie de apliques en la pared que arrojaban columnas de luz sobre las paredes rosas, en las que colgaban aquí y allá grabados de serenos paisajes de montaña. Pinos nevados. Nubes pasajeras. Un arroyo helado.

Cuando Jonah llegó con Craig Ellison, hombres y mujeres estaban entrando lentamente. Un atril y una mesa de roble color miel presidían la sala. Detrás de la mesa había dos sillones de orejas tapizados situados uno frente al otro.

Jonah había estado en docenas de auditorios iguales que aquel, todos ellos diseñados en gran parte como él se había diseñado a sí mismo —de la ropa a los manierismos y a cómo elegía las palabras— para acoger y reconfortar a los demás con el fin de que se sintieran lo bastante seguros como para hablar de sus pensamientos más oscuros. A los demonios que acechaban en el interior de las personas —esos nauseabundos habitantes de la mente grotescamente desfigurados, que se ven arrastrados a la clandestinidad por el indescriptible holocausto emocional de lo que denominamos vida cotidiana— también se les podía asustar con facilidad, se les podía hacer volver rápidamente al laberinto del inconsciente, donde tal vez estuvieran totalmente perdidos y solos y desesperados por que los tocaran, pero al menos en su aislamiento estaban a salvo del tipo de palizas, físicas o emocionales, reales o imaginarias, que habían encajado durante la luz del día. Las madres manipuladoras, los padres violentos, los mentores lascivos, los amigos traidores, los matrimonios sin amor, los abuelos muertos, los padres muertos, los hermanos muertos, los hijos muertos, la muerte que esperaba pacientemente: todos aguardaban a que les llegara el turno. Lo que necesitaban era la seguridad sosegada que proporcionan los colores pastel y las sombras tenues, las vistas infinitas y los cielos despejados, una voz aterciopelada como la de Jonah, una mirada azul claro como la suya.

Sin embargo, tales cosas sólo podían llegar a un nivel superficial del inconsciente, lo que dejaba intactas las patologías más graves. El nivel al que Jonah podía llegar era mucho más profundo, el rincón más remoto de la mente más oscura. Y el ingrediente secreto que explicaba por encima de cualquier otro la magia que podía obrar con los pacientes era sencillo: la presencia palpable de sus propios demonios. Aquellos que albergaban pensamientos impensables sabían en su interior que habían encontrado a un espíritu semejante, alguien que entendía la tortura especial que supone vivir roto en pedacitos, algunos de los cuales eran tan afilados que tocarlos significaría sangrar eternamente.

—Ahí está uno de sus cómplices —le dijo Ellison a Jonah, señalando con la cabeza a una mujer de aspecto exótico y pelo oscuro lacio y largo, de treinta y cuatro a treinta y nueve años, que estaba con un pequeño grupo al otro extremo de la sala—. La doctora Jenkins. Se la presentaré.

Jonah siguió a Ellison hasta la mujer.

—Disculpa —dijo Ellison, tocándole el brazo por detrás.

Jenkins se dio la vuelta. Llevaba un traje de chaqueta y pantalón negro sencillo pero de corte elegante, con una camiseta de cuello redondo color verde lima.

—¿Cómo estás, Craig? —le dijo. Saludó a Jonah asintiendo con la cabeza, luego miró de nuevo a Ellison.

—Estoy bien —contestó Ellison.

—Hoy Paul tiene un buen rompecabezas para ti —dijo—. Un niño de nueve años. Apenas habla. El pobre no ha pronunciado más de diez palabras desde que ingresó. —Le guiñó un ojo a Jonah—. Vamos a ver qué puede hacer el jefe con él.

Jonah miró los ojos color ámbar de Jenkins, el blanco brillaba junto a su pelo lustroso. El contorno creciente de sus ojos y el modo en que descansaban en un ángulo sutil encima de los pómulos sugerían que podía ser medio asiática, igual que la piel tostada y el cuello largo y gracioso. Cuando sonreía, en sus mejillas aparecían unos hoyitos, que la convertían en una belleza más accesible que intocable.

—¿Cuáles han sido? —preguntó Jonah.

—¿Disculpe? —dijo Jenkins.

—Las palabras —dijo Jonah—. ¿Qué diez palabras ha dicho el niño?

Jenkins sonrió.

—No creí necesario preguntarlo. Debería haberlo hecho.

Ellison se rió entre dientes.

—Michelle Jenkins, te presento a Jonah Wrens, el médico de la agencia Medflex del que te hablé.

—Eso he pensado —dijo Jenkins, extendiendo la mano—. Mi salvador.

Jonah le estrechó la mano. Era suave y delicada, de dedos largos y graciosos, una mano que rivalizaba con la suya. Observó que llevaba un anillo de compromiso con un diamante de cuatro o cinco quilates en el dedo corazón. Probablemente no había tenido tiempo de que le midieran el anillo desde la pedida. O quizá no estuviera comprometida, y el anillo fuera una reliquia que le había regalado su abuela.

—Puede que llamarme salvador sea ir demasiado lejos —dijo Jonah.

—No es usted quien ha estado de guardia una noche sí y la otra también durante siete meses —dijo ella, ladeando la cabeza de un modo femenino y maravilloso. Le soltó la mano—. Una guardia cada tres días va a ser el paraíso. —Miró a Ellison—. Me has exprimido.

—Nadie lo diría, a juzgar por tu aspecto —dijo Ellison con una pequeña reverencia.

—Ve a que te revisen las gafas —dijo Jenkins. Miró detrás de Ellison—. Ha llegado Paul.

Jonah se volvió y vio que se acercaba un hombre que llevaba un blazer azul oscuro y pantalones caquis arrugados.

—Paul Plotnik —dijo Ellison—. El tercer mosquetero.

Plotnik, un hombre enjuto de unos cincuenta y cinco años, pelo ralo y rebelde y hombros estrechos y caídos, se unió al grupo. Las mangas del blazer azul le quedaban un poco cortas. Tenía una mancha en los pantalones por encima de la rodilla izquierda.

—Hoy tienes un caso difícil —le dijo a Ellison, con un leve ceceo. Miró rápidamente a Jonah, luego a Jenkins y, después, otra vez a Ellison—. Un niño de diez años. Apenas habla. Casi ni se mueve. Oye voces, diría yo. Quizá ve visiones.

—Cuéntaselo al doctor Jonah Wrens, de Medflex —le dijo Ellison, señalando a Jonah con la cabeza—. Le he pedido que hoy me sustituya.

—Magnífico —dijo Plotnik. Estrechó la mano de Jonah, con demasiada fuerza—. He oído hablar mucho de usted. ¿Cuándo ha llegado?

—Hoy mismo —contestó Jonah—. Vaya apretón de manos. —Observó que el lado izquierdo del rostro de Plotnik flaqueaba un poco. Había tenido una apoplejía leve. Eso explicaba el ceceo.

—Ya me lo han dicho. Ya me lo han dicho —dijo Plotnik, que al final le soltó.

—El doctor Ellison le ha puesto a trabajar deprisa —le dijo Jenkins a Jonah—. Una prueba de fuego.

—No me importa —le dijo Jonah. Le sostuvo la mirada. ¿O era ella quien se la sostenía?—. Rescáteme si ve que me quedo atrapado entre las llamas. —Escuchó sus propias palabras mientras las pronunciaba, oyó cómo conjugaban protección, pasión sexual y peligro. «Rescáteme. Atrapado. Llamas.» No había planeado expresar un mensaje tan potente.

—Lo haré —dijo Jenkins, su voz, un susurro seductor.

Ellison levantó una ceja.

—Muy bien, pues, ¿por qué no vamos empezando? —dijo Plotnik, esbozando una sonrisa nerviosa—. Comprobemos qué se puede comprar hoy en día con veinte mil dólares al mes.

Jonah se echó a reír.

—Paul, eso ha estado fuera de lugar —dijo Ellison.

—Era un chiste —dijo Plotnik, cogiéndose las manos en el aire—. Un chiste. Nada más.

—No me ha sentado mal.

—El doctor Ellison no ha levantado la liebre —le dijo Plotnik a Jonah—. Es muy discreto. Una vez estudié la posibilidad de trabajar para Medflex. Me fijé en lo que pagan.

—Y decidió no marcharse de aquí —dijo Jonah.

—Craig me ofreció veintidós mil al mes —dijo Plotnik, y soltó una carcajada.

—Ni en sueños —dijo Jenkins.

—¿Por qué no empezamos? —dijo Ellison.

—Créame —le dijo Plotnik a Jonah—. Nadie espera que resuelva el caso. El chico lleva ya casi tres semanas en la unidad. Consiga que enlace dos palabras seguidas, y será un héroe. —Se giró sobre sus talones y se dirigió al atril que había delante de la sala.

Tres

*E*l aforo del auditorio estaba casi completo. Ellison le explicó a Jonah que el Canaan Memorial era uno de los pocos lugares de Vermont donde los profesionales de la medicina mental podían obtener los créditos de educación continua que necesitaban para conservar sus licencias. Asistentes sociales, psicólogos y psiquiatras de todo el estado asistían a las reuniones semanales del centro.

Jonah escuchó a Plotnik desde un asiento en la primera fila mientras éste empezaba a presentar el historial psiquiátrico del niño de nueve años Benjamin Herlihey. Después de la presentación, harían entrar a Herlihey para entrevistarle.

—Benjamin Herlihey es un varón blanco de nueve años admitido en la unidad de internamiento psiquiátrico el 3 de enero de este año —leyó Plotnik en sus notas—. Es hijo único. El padre trabaja en el almacén de madera de la ciudad y la madre, de asistenta durante el día en casa de una pareja. Según sus padres, Benjamin mostró síntomas de empeoramiento de una depresión grave durante casi tres meses antes de que le ingresaran, incluyendo falta de apetito (perdió ocho kilos), disminución del sueño, por lo que se despertaba pronto por las mañanas, pérdida de interés por todas las actividades que antes le distraían, disminución de energía y estados intermitentes de desconsuelo. —Plotnik se quedó callado un momento, pero siguió mirando sus notas. Se metió la punta del dedo índice en el oído y la hizo girar, como si se sacara cera.

Ellison se inclinó hacia Jonah.

—Es un hábito que tiene cuando está nervioso —le susurró.

Muy nervioso, pensó Jonah para sí.

—Un psiquiatra de cabecera trató a Benjamin y le recetó cincuenta miligramos de Zoloft, sin que se advirtiera ninguna mejora de los síntomas —prosiguió Plotnik—. Fue incrementando la dosis paulatinamente hasta llegar a cien miligramos, luego hasta doscientos. No se obtuvo ningún resultado positivo. Los síntomas del paciente siguieron empeorando. Se añadieron cincuenta miligramos de desipramina todas las mañanas. Pero a pesar de la combinación de medicamentos, la energía del paciente siguió disminuyendo y siguió bajando de peso. Dejó de ir al colegio y cada vez se encerraba más en casa. A mediados de diciembre, Benjamin apenas hablaba, respondía sí o no a las preguntas, pero nada más. Empezó a evitar el contacto visual. Entonces, su psiquiatra pensó, sabiamente a mi entender, que Benjamin, más que sufrir una depresión profunda, estaba experimentando un primer brote psicótico, lo que hacía presagiar la aparición, en la infancia, de esquizofrenia paranoide.

Los cuchicheos de la audiencia denotaron el pobre pronóstico de la aparición temprana de la esquizofrenia. La depresión profunda, pese a no ser pan comido, era mucho más sencilla de tratar.

Plotnik se llevó otra vez la punta del dedo al oído y la hizo girar, luego la utilizó para pasar la página de su presentación.

—Desde que ingresó en el pabellón siete oeste el 3 de enero, el paciente ha guardado un silencio casi absoluto. A veces parece que lo distraen alucinaciones. Se queda mirando al techo, como si oyera una voz o viera una visión.

»Benjamin no ha seguido una alimentación normal desde que cayó enfermo, su comportamiento anoréxico no ha hecho más que empeorar en la unidad y hay peligro metabólico. Le estamos administrando nutrientes por vía intravenosa, pero tendremos que colocarle un tubo de alimentación dentro de unos días para garantizar su supervivencia. Sus padres ya han dado su consentimiento a la operación. Tenemos planeado iniciar el tratamiento electroconvulsivo inmediatamente después, con la esperanza de impactar en la psicosis de Benjamin.

»Psicodinámicamente, parece relevante que el padre de Benjamin abandonara a la familia sin decir nada hace tres años. Casi el mismo día, comenzaron los síntomas de su hijo. El señor Herlihey estuvo fuera cuatro meses, durante los cuales se negó a tener contacto con la familia, y luego volvió a casa de un modo igual de repentino. No comunicó entonces, ni hasta la fecha, la razón de su súbita marcha ni la de su regreso.

»Cabe preguntarse si Benjamin está reproduciendo el silencio de su padre, dejándose morir de hambre físicamente como símbolo concreto del hambre emocional que experimentó. —Plotnik levantó la vista de sus notas por primera vez—. Como ya me temía, el padre de Benjamin rechazó de plano mi teoría. Sigue sin estar dispuesto a llenar el vacío que hay respecto a lo que hizo durante su ausencia y qué motivaciones pudo tener para marcharse.

Plotnik señaló con la cabeza a Jonah.

—Nuestro especialista de hoy es un psiquiatra que se acaba de incorporar al Canaan Memorial, el doctor Jonah Wrens. —Desvió la mirada hacia un joven que estaba de pie junto a la puerta del auditorio y le dijo—: Por favor, traiga a Benjamin.

Plotnik bajó del estrado y ocupó el asiento que había al lado de Jonah. Jonah se puso en pie. Empezó a caminar hacia

43

los sillones con orejas de detrás de la mesa de roble, pero se detuvo cuando la puerta del auditorio se abrió e hicieron entrar a Benjamin Herlihey, desplomado sobre el lado izquierdo de una silla de ruedas, los dos brazos colgados de un suero.

Incluso debajo de una manta blanca de hospital, Herlihey parecía salido de un campo de concentración de la Segunda Guerra Mundial. Sus ojos hundidos tenían unos círculos azulados debajo. El pelo rojo era fino y se le estaba cayendo, en algunas zonas se le veía el cuero cabelludo. Los huesos de piernas y brazos apenas sujetaban la tela de tejido blanco que los cubría. A Jonah le pareció un chico sin edad, podía tener nueve o noventa años, estar cerca del nacimiento o próximo a la muerte.

Jonah siguió caminando hasta estar frente al auditorio. Alejó uno de los sillones de la mesa de roble, para dejar sitio a la silla de ruedas de Benjamin. Se sentó en el otro sillón. Entonces, los dos —médico y paciente— quedaron uno frente a otro en silencio, la cabeza de Benjamin caída hacia un lado, sus ojos ausentes mirando a Jonah.

—Soy el doctor Wrens. Jonah Wrens.

Benjamin no habló ni mostró ninguna emoción.

—El doctor Plotnik me ha pedido que hable contigo, para ver si puedo ayudarte.

Benjamin movió los ojos hacia arriba y hacia la izquierda, miró varios segundos al techo y luego volvió la vista al centro otra vez.

Jonah alzó la mirada al punto donde parecía que habían viajado los ojos de Benjamin. No había nada. Volvió a mirar al chico.

—El doctor Plotnik me ha contado el problema que tienes. Quiero comprenderlo.

Benjamin no respondió.

Jonah estaba a punto de formular otra pregunta, de empujar al chico a que pronunciara una palabra o dos. Pero se detuvo, se recostó en el sillón y simplemente permaneció sentado frente a él. Pasó un minuto. De vez en cuando, los ojos de Benjamin miraban arriba al techo y cuando eso sucedía, Jonah desviaba los suyos formando exactamente el mismo arco.

Dos minutos de silencio es más de lo que la mayoría de las personas puede soportar. La gente de la audiencia se removía nerviosa en su asiento. Por el rabillo del ojo, Jonah vio que algunos se inclinaban para susurrar algo a sus colegas. Imaginaba lo que estarían diciendo. «¿Quién es este tipo? ¿Va a hacer algo? ¿Por qué no dice nada, por el amor de Dios?»

Jonah los apartó a todos de sus pensamientos. Sin dejar de mirar a Benjamin, empezó a poner lentamente la cabeza, el cuello, el pecho, los brazos, las caderas, los muslos, las rodillas y los pies en la misma posición que los del chico, convirtiéndose en su reflejo, evaluando el centro exacto del equilibrio de Benjamin mediante la presión que sentía en ciertos puntos de la piel pero no en otros, la tensión de algunos de los músculos y la falta de ella en otros.

Pasaron otros dos minutos en este estado de animación suspendida, la audiencia se estaba poniendo cada vez más nerviosa y Jonah siguió desplomándose en su sillón, con lo que cada vez más parecía un clon del chico desahuciado que tenía delante.

Entonces, de repente, Jonah se irguió en la silla. Se puso en pie. Se acercó a Benjamin, se agachó delante de él y le miró fijamente a los ojos.

—Ahora voy a tocarte —dijo; su voz apenas era audible—. No tengas miedo. —Extendió las manos para que Benjamin pudiera verlas.

La sala se quedó completamente en silencio. Los psiquiatras no tocan. Mantienen unos límites rígidos. Curan desde el otro extremo de la sala.

—¿Qué hace? —oyó Jonah que mascullaba Paul Plotnik. Jonah miró a Craig Ellison y vio una expresión dubitativa en su rostro. Pero también alcanzó a ver a Michelle Jenkins, que se inclinó hacia delante en su asiento, paralizada. Volvió a centrarse en Benjamin.

—No tengas miedo —le dijo Jonah. Siguió mirándole a los ojos unos segundos, luego dirigió su atención al brazo izquierdo del chico, que descansaba inmóvil en el muslo. Lo levantó veinte centímetros, lo soltó y observó cómo caía como un peso muerto. Entonces levantó el brazo derecho y lo soltó. Fue cayendo lentamente.

Como un hombre que trabaja con las extremidades de un muñeco de arcilla de tamaño natural, Jonah empujó y tiró de los brazos y las piernas de Benjamin de un lado a otro. Pasó la punta del pulgar por las plantas de los pies del chico y observó cómo los dedos se retorcían en respuesta a aquella peculiar presión. Se inclinó más hacia delante y acercó la cara a tan sólo unos centímetros de la de Benjamin. Miró a derecha e izquierda, arriba y abajo, fijándose en cuándo los ojos del niño seguían los suyos, tal y como dictarían los reflejos oculares, y cuándo no.

Se sentó sobre los talones.

—Gracias —le dijo a Benjamin—. Creo que entiendo el problema. —Se puso en pie e hizo una señal al hombre que había acompañado a Benjamin a la sala—. Ya he terminado —le dijo.

Se dirigió al atril y esperó a que Benjamin hubiera salido. Miró al auditorio y soltó un largo suspiro.

—Se trata de un caso raro —dijo.

—Está siendo una presentación rara —dijo Paul Plotnik en un aparte.

Una risa nerviosa se extendió por la sala.

Jonah miró a Plotnik, que estaba esbozando una gran sonrisa.

—Los tumores cerebrales denominados glioblastomas son sumamente raros en este grupo de edad —dijo—. En este caso —prosiguió, dirigiéndose a todo el auditorio—, el tumor imita a la perfección a una enfermedad mental, por su localización. Su punto de origen descansa justo en el lateral del sistema límbico, en el lado derecho del cerebro, así que las células malignas invadieron primero la amígdala, causando cambios de humor y alteraciones de la función muscular. Después pasaron al núcleo caudado, fueron avanzando lentamente hacia arriba, penetraron en el surco medial del córtex, que es, por supuesto, el centro principal del habla. —Se quedó un momento callado y volvió a mirar a Paul Plotnik—. Doctor Plotnik —dijo—, ¿le hicieron un TAC?

—Por supuesto —dijo Plotnik a la defensiva.

—Sabía que sí, por lo rigurosa que ha sido su presentación —dijo Jonah. Quería evitar que Plotnik pareciera tonto y evitarse a sí mismo crearse un enemigo. Volvió a mirar al auditorio—. El problema es que el ocho por ciento de las lesiones causadas por un glioblastoma aparecen sólo en una resonancia magnética. Y normalmente no se solicita una resonancia magnética para pacientes cuyos síntomas parecen encontrar una explicación en la depresión o la esquizofrenia. —Hizo una pausa—. Benjamin no necesita una terapia electroconvulsiva. Necesita una operación, y ya. Los glioblastomas son agresivos, pero se pueden tratar si se detectan a tiempo.

—¿Qué hay de la psicosis? —preguntó Michelle Jenkins—. ¿Cómo la explica?

—No creo que Benjamin vea visiones —dijo Jonah—. Sus ojos se desvían hacia arriba y hacia la izquierda porque los nervios de los músculos oculares que centran el ojo están débiles. El tumor los está destruyendo.

Una mujer joven situada hacia el fondo de la sala levantó la mano.

Jonah le hizo un gesto con la cabeza.

—¿Cómo lo ha sabido? —le preguntó.

—Escuchando a Benjamin —contestó Jonah.

—No ha dicho nada —dijo la joven.

—Exacto —dijo Jonah.

—¿Qué quiere decir? —preguntó otro hombre situado en el centro del auditorio.

—El silencio total de Benjamin ha sido la primera pista para saber qué le sucede —dijo Jonah—. Si hubiera pronunciado una sola palabra, habría tenido la tentación de preguntarme qué significaba psicológicamente. Si hubiera llorado, quizá habría intentado conseguir que me hablara de su tristeza o de otros síntomas de depresión que pudiera estar experimentando. —Hizo una pausa—. Benjamin me ha ayudado a centrarme. La clave ha sido sentarme con él en silencio y observar todo lo que pudiera, sin palabras o sentimientos de por medio.

Paul Plotnik se aclaró la garganta mientras alzaba la mano.

Jonah le hizo una señal con la cabeza.

—Antes de que avisemos a un neurocirujano, ¿no tendríamos que hacerle una resonancia magnética? —preguntó—. ¿Puede tener la seguridad de que no saldrá normal?

—No puedo estar seguro —dijo Jonah—, pero me sorprendería mucho que saliera normal.

Plotnik apartó la mirada. Sus hombros se hundieron aún más.

Jonah quería rehabilitarlo.

—La teoría psicológica del doctor Plotnik —dijo al auditorio—, me parece muy plausible, por cierto. La enfermedad de Benjamin sí pudo estar causada por la marcha súbita de su padre del núcleo familiar.

Plotnik volvió a mirarle.

—¿No acaba de decir que tiene un tumor cerebral?

—Los glioblastomas tienen un periodo de incubación de hasta seis años antes de extenderse —le dijo Jonah—. Esto nos lleva hasta la época en la que el señor Herlihey abandonó a su familia. No olvidemos que el sistema límbico es el centro de control emocional del cerebro. Nadie puede saber con seguridad si el hecho de perder al padre puede causar un tumor maligno en esa zona. ¿Por qué tendría que ser menos probable eso que el hecho de que el estrés perjudique al corazón?

Plotnik devolvió la mirada a Jonah.

—¿Y quién es capaz de decir —continuó Jonah, desviando la mirada de nuevo al auditorio— que si el señor Herlihey hubiera contado toda la verdad sobre los meses que estuvo desaparecido, eso no podría haber reforzado el sistema inmunológico de Benjamin de algún modo, aumentado su nivel de anticuerpos, quizá incluso haber logrado que el tumor remitiera? La verdad tiene el poder de curar.

Jonah vio que Craig Ellison lo observaba con una especie de reverencia. Decidió ir un poco más allá y revelar toda la verdad sobre por qué Paul Plotnik había perdido el tren con Benjamin. Volvió a mirarle.

—Lo que también es interesante, Paul, desde un punto de vista psicológico, es que por experiencia propia sabe algo sobre lo que Benjamin ha padecido neurológicamente.

Plotnik miró a Jonah con una expresión socarrona.

—¿Se refiere a mi apoplejía?

—Sí —dijo Jonah—. ¿Le importaría que utilizara su experiencia para explicar algo?

—En absoluto —dijo Plotnik, sin muestra alguna de resentimiento en su voz.

—Su apoplejía —dijo Jonah— fue leve. A juzgar por los músculos faciales afectados y por la sobrecompensación de los músculos de la parte derecha del cuerpo —ese fuerte apretón de manos que da usted—, la lesión cerebral proba-

49

blemente afectó a un área del córtex motor colindante a las que controlan el estado de ánimo y el lenguaje.

—Exacto —dijo Plotnik con incredulidad.

—Por tanto, después de sufrir la apoplejía no sólo debió de sentirse físicamente débil, sino que también debió de tener algún problema a la hora de encontrar las palabras precisas, y depresión.

—Un poco.

—Y ambos problemas se solucionaron en gran parte a medida que el tejido cerebral afectado iba curándose.

—Se solucionaron por completo —dijo Plotnik.

Jonah no sintió la necesidad de señalar que el habla y el aspecto de Plotnik no habían recuperado por completo la normalidad y que nunca lo harían. Pero que Plotnik se negara a aceptar el impacto continuo de la apoplejía reafirmó las sospechas de Jonah.

50 —Es posible que el hecho de que no quiera pensar en su lesión cerebral haya provocado que le resultara mucho más difícil reconocer la de Benjamin. Su primer impulso pudo ser el de intentar no pensar en ello.

Plotnik miró a Jonah entrecerrando los ojos.

—Creo que eso es aventurarse demasiado —dijo Craig Ellison—. Como ha dicho, es probable que ninguno de nosotros hubiera ordenado una resonancia magnética en un caso como...

—No, Craig —le interrumpió Plotnik—. Creo que tiene razón. —Se volvió hacia Ellison—. Diagnosticar la patología de Benjamin habría significado volver sobre la mía, pensar otra vez en mi apoplejía. Es algo que no estaba dispuesto a hacer.

—Así que nos ha presentado el caso —dijo Jonah—. Sabía que había algo en Benjamin que quizá no había visto.

Plotnik asintió.

—Un punto flaco desde el punto de vista clínico.

—Y se ha enfrentado a él presentándolo a otras personas. Nosotros. Le ha proporcionado a Benjamin la ayuda que necesitaba.

—Si así ha sido —dijo Plotnik—, es gracias a usted.

Jonah le guiñó un ojo.

—Suponiendo que la resonancia magnética no salga normal —dijo.

Jonah decidió pasar el resto del día y de la noche en la unidad de internamiento, repasando los informes médicos de seis pacientes de los doctores Jenkins y Plotnik que habían sido transferidos a su cuidado. Craig Ellison le había sugerido que empezara a trabajar con un par de pacientes, pero él se había lanzado a la posibilidad de sumergirse en media docena de vidas jóvenes.

Se sentó en su despacho prestado del pabellón siete oeste a estudiar minuciosamente lo que eran crónicas de asesinatos del alma. Naomi McMorris, de seis años de edad, violada a los tres por el novio de su madre, que vivía con ellas; Tommy Magellan, de once años, nacido con adicción a la cocaína y adicto ahora a la cocaína y a la heroína; Mike Pansky, de quince años, que oía voces que le decían que se matara, diez años después de que su madre psicótica intentara matarle.

Con cada página que leía, Jonah se sentía más y más lejos de la ruta 90 Este y del cadáver helado de Anna Beckwith. Tenía otra oportunidad de redimirse, otra oportunidad de curar a alguien y estaba lo bastante intoxicado por el río de psicopatología que corría a sus pies como para creer que podía asumir ese compromiso, y mantenerlo. No haría más daño. Como un adicto con una aguja clavada en la vena, no podía ver más allá del colocón. No podía ver que drogarse con los demonios de otras personas jamás expulsaría a los suyos.

51

Se recostó en el asiento, cerró los ojos e imaginó que vivía partes de un día o de una noche siendo Naomi McMorris o Tommy Magellan o Mike Pansky. Sintió cómo se debatían incesantemente hora tras hora entre los instintos de amor y odio, de confianza y miedo, de esperanza y desesperación. Comprendía —con la mente pero también con el corazón— que un ego que se esforzaba por tender un puente entre esos dos extremos podía derrumbarse y dejar a un chico como Mike en caída libre desde la realidad, con sus sentimientos íntimos de inutilidad volviéndose contra él en forma de voces incorpóreas que le exigían que se matara. Se imaginó que despertaba de un sueño profundo como podría hacerlo la pequeña Naomi, no sólo avergonzada de haber mojado la cama, sino totalmente deshecha por ello, chillando, arañando, inconsolable, la vergüenza y el terror que sentía por haber perdido el control de su vejiga tenían su origen en una violación que le había arrebatado todo el control. Se estremeció con la desesperación insaciable de un Tommy recién nacido, arrancado no sólo de la paz del vientre materno, sino de una inyección constante de cocaína, todas las células de su cuerpo seguían anhelando una sustancia química que siempre y para toda la vida asociaría inconscientemente con el consuelo y la seguridad.

Mientras Jonah se sumergía en la vida de estos niños, sintió que las mareas de ira de su propia alma bajaban, y se le relajaron los músculos del esqueleto, se le humedecieron los ojos, sintió una presión familiar en la entrepierna. Fue como si pudiera despojarse de su propia piel y deslizarse en cualquier otra vida. Se sintió libre.

Abrió los ojos y se dispuso a coger el cuarto informe, pero se detuvo al oír que llamaban a la puerta del despacho. Tomó aire distraídamente, se puso en pie, se dirigió a la puerta y la abrió.

Michelle Jenkins le sonrió.

—¿Ya estás instalado? —le preguntó.

Jonah se volvió y miró el despacho. Era un espacio insulso, con una mesa de madera, una silla de oficina de piel negra, una única silla tapizada para un paciente, una estantería vacía y un archivador metálico de color beige. Las paredes eran color hueso y estaban recién pintadas, decoradas con dos lienzos enmarcados de paisajes de montaña como los que había en el auditorio.

—Al despacho le falta algo —dijo Jonah.

—Jim Wyatt tenía cada centímetro del despacho lleno de libros y revistas. Las paredes estaban cubiertas de fotografías tomadas por él y de paisajes que había pintado. Llevaba aquí casi veinte años.

—No creo que en seis semanas le haga justicia —dijo Jonah. Fue hacia la mesa y se sentó en el borde.

Jenkins entró en la habitación. Señaló con la cabeza el maletín que descansaba junto a la mesa, una cartera de piel marrón muy grande y gastada con un cierre con combinación.

—Nunca se sabe —dijo ella—. Ya tiene un toque de carácter.

—Lo tengo desde que hice la residencia —dijo Jonah.

—¿Dónde la hiciste? —le preguntó.

—En Nueva York —contestó.

—No me hagas pensar tanto. ¿En qué hospital?

—En el Columbia Presbyterian.

—Impresionante.

—¿Y tú?

—En el Mass General, en Boston.

—Muy impresionante —dijo Jonah.

—La verdad es que no —dijo Jenkins—. Yo representaba toda la diversidad que les hacía falta, en un bonito paquete. Estoy convencida de que fui la única mujer medio hispana, medio asiática que solicitó hacer allí su residencia. Ser de Colorado tampoco pudo venirme mal.

—Estás muy lejos de casa —dijo Jonah.

—Seguí a un monitor de esquí —dijo Jenkins—. Se convirtió en mi marido. A partir de ahí, todo fue de mal en peor.

Jonah se rió.

—¿Aún estáis juntos?

—Nos divorciamos —respondió—. Hace once meses.

—¿Puedo preguntar cuánto tiempo estuvisteis casados?

—Puedes preguntarme lo que quieras —dijo Jenkins. Sus ojos color ámbar sostuvieron la mirada de Jonah mientras se sentaba en la silla que había delante de la mesa—. Cinco años. De veinticinco a treinta amantes. Perdí la cuenta. Todavía llaman mujeres a casa preguntando por él.

—Comprendo —dijo Jonah. Jenkins era una mujer despechada. Miró el diamante que llevaba en el dedo corazón. Nada de lo que había dicho explicaba eso.

—No me lo dio él —dijo Jenkins, sin dejar de mirar a Jonah mientras pasaba el pulgar por la piedra—. Era de mi madre. Murió cuando yo era adolescente.

La muerte. Otra vez. La única constante. La marcha fúnebre que sonaba después de todas las partituras despreocupadas de la vida.

—Lo lamento —dijo Jonah.

Jenkins se encogió de hombros.

—No nos llevábamos bien —dijo—. Pasé por verdaderas dificultades en la adolescencia. Estábamos siempre como el perro y el gato. Tal y como fueron las cosas, no tuvimos tiempo de arreglarlo.

Jonah ladeó la cabeza y examinó a Jenkins. Incluso para ser psiquiatra, parecía especialmente abierta, dispuesta a divulgar muchas cosas de sí misma.

—¿A qué vino la indirecta delante de mi jefe? —le preguntó—. «Rescátame si ves que me quedo atrapado entre las llamas.» No ha sido muy sutil.

—No era mi intención ligar contigo —le dijo Jonah.

—Si ese mensaje salía directamente de tu inconsciente —dijo Jenkins—, es que querías ligar conmigo.

Sí que había salido directamente del inconsciente de Jonah. Sí que sentía algo por Jenkins.

—Eres una buena psiquiatra —le dijo.

—A veces creo que sí —dijo ella—. Pero entonces veo algo como lo que has hecho tú hoy en la reunión con Benjamin y me doy cuenta de que aún me queda mucho que aprender.

—La suerte del principiante —dijo Jonah.

—Claro. —Jenkins se levantó, se mordió el labio inferior—. Bueno, ahí va. Si no tienes ningún plan para este fin de semana, podría hacerte un tour magnífico por Canaan.

Jonah no dijo nada.

—Con una noche nos bastará —dijo Jenkins—. Hay un restaurante decente y un cine de reestreno.

Jonah sintió una punzada de pesar. Jenkins era hermosa y amable y perspicaz, y puede que le hubiera gustado escucharla más, incluso tocarla. Tenía la constitución ágil de bailarina que prefería en las mujeres. Pechos pequeños, cintura delgada, caderas estrechas, piernas largas. Pero desde que había quitado su primera vida había tomado la decisión de guardar las distancias, hasta que pudiera controlarse. No necesitaba que alguien intimara lo suficiente con él para que viera la oscuridad que había en su interior. Penetrar a una mujer era volverse penetrable por ella.

—Otro día —dijo—. Estoy deseando explorar lugares nuevos yo solo, al menos al principio. En parte es lo que me gusta del trabajo de interino.

—Estar solo —dijo Jenkins, sin ninguna animadversión.

—Puede ser —dijo Jonah.

Ella se encogió de hombros, retrocedió dos pasos hacia la puerta.

—Eres un caso interesante —dijo. Empezó a salir, pero se

dio la vuelta de nuevo hacia Jonah—. Quizá te guste saber —añadió— que Paul le ha hecho la resonancia a Benjamin.

—¿Y? —dijo Jonah.

—Glioblastoma, como dijiste, justo donde dijiste que estaría.

—¿A tiempo? —preguntó.

—Quizá —dijo Jenkins—. Paul tiene a un neurocirujano y a un oncólogo estudiando el caso.

—Un neurorradiólogo sería mejor —dijo Jonah—. La radiocirugía con bisturí de rayos gamma es la mejor ruta para atacar un glioblastoma en esa localización. Es una parte del cerebro bastante vascular. Tendrán que llevar a Benjamin a un centro médico académico. El Johns Hopkins sería ideal. El Baylor en Houston sería mi segunda elección.

Jenkins asintió con la cabeza.

—Se lo diré a Paul. —Hizo una pausa—. Lo que pasó en la reunión no fue la suerte del principiante, Jonah. Eres extraordinario. Tienes un don. —Se dio la vuelta y se marchó.

Jonah miró cómo la puerta se cerraba detrás de Jenkins. Se puso en pie, fue hacia la mesa y se encorvó para coger el maletín. Luego, lo llevó al pequeño armario que había en el despacho y lo colocó detrás del abrigo.

Cuatro

Frank Clevenger tenía los pies sobre la mesa y miraba por la ventana de su despacho situado en el paseo marítimo de Chelsea a tres guardacostas que giraban a toda velocidad alrededor de una flota de remolcadores que empujaban y tiraban de un petrolero para llevarlo a su puesto en la dársena del río Mystic. Chelsea vivía del petróleo y la mugre, era una ciudad portuaria minúscula y feroz a la sombra del puente Tobin, su estructura de acero penetraba en forma de arco en Boston, sus gigantescos pilares de hormigón se hincaban en las profundidades del revoltijo de edificios de tres pisos, restaurantes de comida rápida, tugurios y fábricas de carne. El petróleo flotaba en el río y se filtraba en el suelo. Se olía en el aire. Hacía que las calles fueran literalmente inflamables y en dos ocasiones, en 1908 y en 1973, ardieron una docena de edificios.

A Clevenger le encantaba aquel lugar. Era una ciudad sin pretensiones, dos colinas sobreedificadas con locura que besaban un valle donde la gente luchaba sólo por sobrevivir, sin obsesionarse por vivir bien.

Los petroleros entraban, se les extraía la sangre negra y se marchaban sin mostrar ningún síntoma de fuerza, sin atraer más atención que las chimeneas que vomitaban hollín

57

sobre los barrios de Chelsea o las deportivas de suela blanda de los camellos que caminaban por Broadway. Pero eso era antes de que el mundo cambiara el 11 de septiembre. Ahora cualquier cosa que pudiera ser derribada parecía que podría ser derribada. Todo el país padecía un episodio grave de trastorno por estrés postraumático. Malo para nosotros. Bueno para Eli Lilly y Pfizer y Merck. Al final, añadirían Prozac y Zoloft y Paxil en el agua potable, para ver si con eso mantenían a raya la ansiedad. Porque en realidad ya nadie quería imaginarse nada, no cuando los nudos de la psique del mundo estaban tan apretados que deshacerlos podría significar descifrar una idea preconcebida o dos. Era mejor que la serotonina siguiera fluyendo, bañar nuestro cerebro en las aguas tranquilas de la negación.

Éstos eran algunos de los pensamientos que le rondaban por la cabeza a Clevenger cuando su teléfono empezó a sonar. Sonó cinco veces antes de que contestara.

—Frank Clevenger —dijo, como para recordárselo a sí mismo.

—Doctor Clevenger, soy el agente Kane Warner —dijo una voz áspera al otro lado de la línea. Pronunció la frase como si fuera una pregunta, con la entonación final hacia arriba: «¿...soy el agente Kane Warner?»

La gente de Los Ángeles hablaba así, como si jamás quisieran comprometerse con nada. Clevenger miró la pantalla de identificación de llamadas. 703. Virginia. La sede central del FBI estaba en Quantico.

—¿En qué puedo ayudarle? —preguntó.

—Soy el director de la Unidad de Ciencias del Comportamiento del FBI. Me gustaría hablar con usted para que nos ayudara en una investigación. —Warner acabó con esa floritura interrogativa suya: «¿...una investigación?»

—¿De qué caso se trata? —preguntó Clevenger.

—¿Preferiría que habláramos en persona?

—Mañana voy a estar casi todo el día en el despacho —dijo Clevenger.

—De hecho —dijo Warner—, iba a sugerirle que nos viéramos en mi despacho.

—¿Le da miedo volar? —dijo Clevenger.

Warner no se rió.

—Era una broma —dijo Clevenger.

—Bien —dijo Warner con frialdad.

—Antes de reunirme con usted —dijo Clevenger—, tendría que saber...

—De verdad que preferiría esperar hasta que nos viéramos —dijo Warner.

Warner no parecía simpático, sobre todo para ser alguien que pedía ayuda.

—Yo preferiría no esperar —dijo Clevenger.

Una pausa.

—El Asesino de la Autopista.

Clevenger bajó los pies de la mesa y apartó la vista del puerto. Llevaba años siguiendo por las noticias al Asesino de la Autopista.

—Doce cadáveres, doce estados —dijo.

—Trece cadáveres —dijo Warner.

—¿Cuándo?

—Esta mañana.

—¿Dónde?

—Una pareja joven que se dirigía a su cabaña de esquí por la ruta 90 Este en Nueva York se detuvo en un área de descanso. El perro salió corriendo. Le persiguieron hasta el bosque y la chica se torció el tobillo al chocar con algo. Resultó ser un brazo helado.

—¿Hombre o mujer?

—Mujer —dijo Warner—. Anna Beckwith. Cuarenta y cuatro años. Soltera. De Pensilvania. —Hizo una pausa.

59

—Eso hacen ocho hombres y cinco mujeres —dijo Clevenger.

—Trece víctimas. Trece estados.

—Que ustedes sepan —dijo Clevenger. Alargó la mano para coger el paquete de Marlboro de la mesa, encendió un cigarrillo y le dio una larga calada.

Se hizo un silencio incómodo.

—Que sepamos —le concedió Warner.

—¿Por qué yo? —preguntó Clevenger, y el humo escapó de su boca con sus palabras—. Ustedes tienen expertos.

—Todo el mundo parece estar de acuerdo en que podríamos recurrir a un psiquiatra forense que aportase una perspectiva nueva. Alguien que no fuera de la agencia.

Todo el mundo parecía estar de acuerdo. Clevenger sonrió irónicamente. ¿Cuántos cadáveres más harían falta para que el consenso fuera definitivo?

60

—¿Podrían recurrir a alguien de fuera, o a alguien que esté un poco «fuera de sí»?

—Tiene reputación de trabajar rozando los límites —dijo Warner—. Es usted... poco ortodoxo. Lo comprendemos. Puede que haya llegado la hora de que pensemos en hacer las cosas de modo distinto.

Puede que haya llegado la hora. Clevenger se volvió y miró por la ventana a un Porsche Carrera rojo que estaba frenando junto al puerto. North Anderson, un duro ex policía negro de cuarenta y tres años se bajó de él.

—Tengo un compañero —dijo Clevenger.

—Con quién trabaje es cosa suya —dijo Warner—. Pero para nuestra primera reunión, nos gustaría hablar con usted en privado, hasta que sepamos si colabora. Queremos mantener este asunto tan en secreto como podamos. Estoy seguro de que lo comprende.

—¿A qué hora quiere que nos veamos mañana?

—¿Sería posible vernos hoy a última hora?

—Estoy ocupado. Tengo una reunión escolar.

—¿Cómo está Billy? —le preguntó Warner.

—Bien —mintió Clevenger, sorprendido. A veces olvidaba que su hijo adoptivo era tan conocido como él.

—Me alegro —dijo Warner—. Debe de haber sido difícil recomponerse de una acusación falsa como ésa.

—Sí, lo ha sido —dijo Clevenger. «Aún lo es».

—Usted decide, entonces. Mañana, cuando pueda —dijo Warner.

—Cogeré el puente aéreo de las seis al aeropuerto nacional —dijo Clevenger.

—Habrá un coche esperándole —dijo Warner—. Estoy deseando verle.

—Lo mismo digo.

Warner colgó.

—¿Te marchas? —dijo North Anderson desde la puerta del despacho.

Clevenger colgó el teléfono y miró a Anderson. Tenían más o menos la misma edad, los dos llevaban la cabeza casi rapada, ambos medían más de metro ochenta, ambos habían ejercitado su cuerpo hasta tenerlo delgado y musculado. Compartían la misma intensidad en la mirada, una especie de sinceridad insistente que podía obtener confesiones de hombres presos y concesiones románticas de las mujeres. Si Anderson no hubiera sido negro, habrían parecido hermanos, en lugar de sentirse sólo como si lo fueran.

—El Asesino de la Autopista —dijo Clevenger.

—¿El FBI? —preguntó Anderson.

Clevenger asintió con la cabeza.

—Han encontrado otra víctima esta mañana. Una mujer, al norte de Nueva York. Una tumba poco profunda, como las demás.

—Tenemos un montón de cosas entre manos en estos momentos, si quieres saber mi opinión —dijo Anderson.

—Creo que no tienen ni una sola pista —dijo Clevenger. Tiró el cigarrillo en una taza de café, escuchó cómo chisporroteaba.

—No parece que sea el tipo de equipo en el que debamos enrolarnos —dijo Anderson.

—Ha matado a trece personas como mínimo —dijo Clevenger.

—Quizá el trece sea su número de la mala suerte.

—El FBI no llamaría a menos que estuvieran en un callejón sin salida —dijo Clevenger—. Yo digo que no tienen nada. Cero pruebas. —Sacó otro Marlboro dando unos golpecitos en el paquete.

Anderson meneó la cabeza con desaprobación.

—Escucha —dijo—. Puede que el FBI crea que está dispuesto a dejar entrar a alguien, porque están desesperados, pero no van a cederte el control. Nunca te permitirán hacer los movimientos que necesitas hacer.

Clevenger sonrió y encendió el cigarrillo.

—¿Acaso no han intentado echarnos el freno antes?

—Esto es distinto —dijo Anderson—. Es el FBI. Son expertos en echar el freno.

—No perdemos nada por hablar con ellos.

—Quizá no —dijo Anderson—. A menos que lo único que quieran hacer sea hablar.

—¿Qué quieres decir? —preguntó Clevenger.

—Hablar contigo ya no es necesariamente tan sencillo como era antes, Frank —dijo Anderson—. No desde lo de Nantucket.

Lo de Nantucket era el asesinato de la familia Bishop, un infanticidio en la casa del inversor multimillonario Darwin Bishop ocurrido en 2001. Cuando se cerró el caso, Darwin Bishop y su hijo Garret habían ido a la cárcel. La esposa de Bishop, Julia, había sido declarada madre no apta y Clevenger había acabado en la portada de *Newsweek* debajo

de un titular que rezaba «EL PSIQUIATRA FORENSE CLEVENGER
RESUELVE EL ASESINATO DE LA DÉCADA». También había acabado adoptando al otro hijo de Bishop, un chico con problemas
emocionales llamado Billy que había sido el principal sospechoso del homicidio, hasta que Clevenger había demostrado
su inocencia. La fotografía de Billy, un recuadro junto a la de
Clevenger en la portada de *Newsweek*, llevaba un subtítulo:
«Y le da al joven Billy Bishop la oportunidad de comenzar
de nuevo».

Billy sólo tenía dieciséis años cuando tuvo lugar el asesinato y debería haber estado protegido de los medios de comunicación. Pero la opinión pública había mostrado un apetito insaciable por el caso Bishop, y la oficina del fiscal del
distrito se había mostrado demasiado ansiosa por darles cualquier cosa, todo, sobre Billy; siempre que le hiciera parecer
culpable. Cuando al final quedó libre de sospechas, el hambre
de noticias de los medios no hizo más que aumentar. Billy era
joven, duro y guapo. Su historial previo de violencia le convertía en el chico malo de las fantasías de todas las jovencitas.
Leno llamó. Couric hasta visitó a Billy antes de que le saca-
ran de la cárcel. Los productores de *Supervivientes* le ofrecie-
ron 200.000 dólares para que participara en el concurso. Por
suerte, Clevenger era ya su tutor legal y los rechazó.

—¿Crees de verdad que el FBI necesita un relaciones pú-
blicas? —preguntó Clevenger.

—Necesitan algo —dijo Anderson—. Se están llevando
un montón de palos por el hecho de que ese tipo ande suelto. Si filtran que se han reunido contigo a la prensa, conse-
guirán titulares al instante. Parece que están echando mano
de todos los recursos que tienen a su alcance. Así se sacarían
a la opinión pública de encima, al menos por un tiempo.
Mientras tú estés oficialmente en el caso, todo el mundo se
centrará en ti. Y serás tú quien se lleve los palos cuando aparezca otro cadáver.

KEITH ABLOW

—O sea que puede que las cosas no acaben bien para mí —dijo Clevenger—. ¿Desde cuándo hemos empezado a preocuparnos por mi imagen? Eres mi compañero. ¿Quieres ser mi representante?

—Haz lo que tengas que hacer —dijo Anderson—. Sólo recuerda que te lo he advertido.

—No tenía pensado hacerlo solo.

Anderson se pasó un dedo por la gruesa cicatriz rosada que tenía encima del ojo derecho, algo que hacía cuando había problemas a la vista.

—Ya te he dicho que tenemos muchas cosas entre manos. El caso Conway. Bramble. Vega. Puede que no salgan en las noticias nacionales, pero ellos llamaron antes a nuestra puerta. Yo me quedaré al cargo de todo.

—No estamos tan ocupados —dijo Clevenger—. ¿Tan malo es el presentimiento que tienes sobre este caso?

—Lo que pasa es que no lo necesito —dijo Anderson, mirándole fijamente—. Eso es todo.

—Ah —dijo Clevenger, recostándose en su silla—, ahora lo entiendo. Crees que yo sí. Crees que quiero publicidad. Que la necesito.

Anderson levantó las manos.

—Olvida lo que he dicho.

—No. Por favor. Dime lo que piensas.

Anderson negó con la cabeza.

—No quieres oírlo.

—A no ser que en realidad lo único que te preocupe sea que sobrealimente mi ego, o hiera el tuyo.

—¿Qué quieres decir con eso? —preguntó Anderson.

—Quizá me guste salir en los titulares —dijo Clevenger, encogiéndose de hombros—. Y, en el fondo, a ti no.

—¿Crees que estoy celoso? —dijo Anderson, sonriendo—. ¿Crees que se trata de eso? —Cruzó los gruesos brazos—. De acuerdo. Esto es lo que pienso de verdad, en el fondo: creo que dejaste la bebida y la coca, que ya no juegas con tu futuro y que estás haciendo un trabajo genial criando a Billy, y que no deberías meterte en camisas de once varas. Porque básicamente eres un jugador, Frank. Aún te gustan los altibajos más de lo que deberían. En el fondo, aún quieres jugártela. Pero ahora hay algo más en juego que tu futuro. También está el de Billy. Y el mío. Porque somos compañeros. Así que, ¿por qué no te lo tomas con calma? No digo que para siempre. Solamente por ahora.

—Me encuentro bien —dijo Clevenger—. No estoy donde estaba.

—Exacto. Eso es lo que quiero decir. Me acuerdo de cómo estuviste después de lo de Nantucket.

—¿Crees que yo lo he olvidado?

—Quizá. Puede que lo hayas olvidado —dijo Anderson—. Porque si aceptas este caso, aceptas una montaña de problemas. No hablo de que tendrás que viajar por todo el país. No hablo de que tendrás siempre a la prensa encima, vigilando tu apartamento, acampados a la entrada de la puta lavandería donde llevas la ropa sucia. Te conozco. Cuando aparezca otro cadáver, y luego otro, no va a hacer falta que venga nadie a echarte la culpa. Te crucificarás tú solo. Porque en el fondo de tu corazón, crees que puedes resolver este caso.

—Y estoy hablando con la misma persona que me convenció para que aceptara el caso de Nantucket —dijo Clevenger.

—Con la misma persona —dijo Anderson—. No dudaba de ti entonces y no dudo de ti ahora. Apostaría lo que fuera a que resuelves esto. Pero ese tipo ha matado a trece personas en tres años por todo Estados Unidos mientras el FBI ha estado buscándole como si fuera Bin Laden. Y ni siquiera está lo suficientemente preocupado como para deshacerse de los cuerpos como Dios manda. Los deja con el carné de conducir, por si acaso alguien pudiera confundirse a la hora de determinar a quién pertenecen los restos en descomposición. Si haces un trabajo muy bueno, reducirás la carrera de ese tipo de diez a cinco años. Pero eso quiere decir que te quedan dos años más de infierno. Por no hablar de Billy. Y no es que ahora esté en su mejor momento precisamente.

—No he dicho que fuera a aceptar el caso —dijo Clevenger—. Voy a asistir a una reunión. Luego volveré y lo discutiremos.

Anderson bajó la vista al suelo, respiró hondo y volvió a mirar a Clevenger.

—Como ya te he dicho, haz lo que tengas que hacer. —Se dio la vuelta y se marchó.

Auden Prep, en Lynnfield, Massachusetts, estaba a once kilómetros al norte de Chelsea, pero era otro mundo. Su campus de ochenta y una hectáreas tenía más césped del que había en los cinco kilómetros cuadrados de Chelsea. Contando los intereses en fondos fiduciarios y estipendios inflados para prácticas de verano, sus 1.500 estudiantes masculinos generaban considerablemente más ingresos per cápita. Lynnfield no tenía salida al mar y se asentaba sobre una llanura. No había ni hollín ni polvo.

A Clevenger no le gustaba aquel lugar, sobre todo aquel día, cuando esperaba recibir más malas noticias sobre Billy. Estaba sentado en el área de recepción que había junto al despacho de Stouffer Walsh, el responsable de relaciones con los estudiantes de Auden, observando los muebles de caoba tallados, las molduras del techo, el protector reluciente de las paredes, respirando el aire viciado, deseando no haber accedido a matricular a Billy allí. Probablemente al chico le habría ido mejor en el instituto de Chelsea, donde sus astutos profesores quizá hubieran alabado su astucia lo suficiente como para moldearla y transformarla en otra cosa como coraje moral o talante cuando estuviera bajo presión. Pero en el «Plan de acción» para Billy que había diseñado el departamento de servicios sociales de Massachusetts se citaba Auden Prep, así que Clevenger le había matriculado.

Sus notas habían sido malas desde el principio, pero era de esperar. Billy acababa de perder a su hermanita, que había sido asesinada, y a su padre y su hermano, que habían sido condenados a prisión. Él mismo había estado a punto de caer en la trampa e ir a la cárcel de por vida. Así que un suficiente alto en francés e incluso un suficiente bajo en geometría no eran el fin del mundo. Los profesores habían conseguido sortear bien su primera pelea. Nadie había resultado malherido, al otro chico sólo le sangró la nariz y Billy salió con el labio hinchado. Realmente parecía que había sido cosa de críos. El otro chico había tenido más culpa. Para colmo, la temporada de fútbol estaba en marcha. Y Billy podía impedir casi a cualquiera que rebasara la línea de gol. Ya medía uno setenta y siete y pesaba setenta y siete kilos —todo músculo— y tenía los reflejos de una pantera. Así que el Prep había sido indulgente con él. Sólo un mes de libertad condicional académica haciendo de voluntario dos noches a la semana en un asilo. Y pasó el mes y todo quedó perdonado.

Pero seis semanas después, Billy volvió a meterse en problemas. Tuvo otra pelea, esta vez con dos amigos del chico con el que se había peleado anteriormente. Billy les ganó la batalla a los dos. Uno se fue a casa con una pequeña fisura en la mandíbula. Al otro tuvieron que darle seis puntos para cerrarle un tajo en la cabeza. Aun así, eran dos contra uno y la temporada de fútbol todavía estaba en marcha, así que el profesor Walsh no pareció preocuparse mucho. Otro mes de libertad condicional. Otro mes de servicio comunitario.

Clevenger se había preocupado mucho más. Porque conocía el pasado de Billy con mucho más detalle que el profesor Walsh. Sabía que el hecho de que Billy hubiera dejado de provocar hemorragias nasales y fisuras en las mandíbulas se debía tanto a la suerte como al autocontrol. Quizá sus oponentes hubieran levantado la bandera blanca a tiempo y bien alto. Quizá hubieran sido lo bastante listos como para salir corriendo. O quizá a Billy no le caían del todo mal aquellos tres chicos a pesar de que se metían con él. Porque en otros momentos pasados de la vida de Billy —durante los años en que vivía entre un ático de lujo en Manhattan y una finca con vistas al océano en Nantucket— había sido totalmente incapaz de controlarse, al menos hasta que algún bravucón acababa en el suelo inmóvil, con la cabeza abierta y la mirada perdida, apenas sin respiración.

Clevenger sabía que por culpa de su carácter violento, unido a las repetidas detenciones por parte de los Servicios Juveniles por allanamiento de morada y destrucción de la propiedad, Billy había parecido en su época un vulgar sociópata.

Lo que más hacía presagiar que había sucedido algo malo era que Clevenger sabía que Billy había sido víctima de abusos infantiles severos y continuados, palizas salvajes de la mano de su padre multimillonario, palizas que le habían dejado cicatrices por toda la espalda y otras más profundas en la psique. Y esa clase de abusos pueden reducir la capacidad de una persona para evaluar el sufrimiento de los demás. A veces, para siempre.

Clevenger y Billy llevaban un año viviendo juntos, compartiendo un *loft* de ciento setenta y cinco metros cuadrados en una fábrica rehabilitada de Chelsea. Y por muy duro que hubiera sido para Billy adaptarse a ello, para Clevenger lo había sido más.

Como mínimo Billy ya no recibía palizas, no estaba oprimido brutalmente por el propósito de un multimillonario de

reconvertirle en su propia imagen distorsionada. A sus diecisiete años, por fin podía empezar a ser él mismo, poquito a
poquito.

Clevenger, por otro lado, había tenido que contenerse, al
menos en aquello de sí mismo que parecía incompatible con
ser padre de un adolescente. Eso significaba mantenerse sobrio, alejarse de la mala vida, evitar que la puerta del *loft* estuviera permanentemente abierta para las mujeres como había sucedido desde que tenía memoria. Significaba liberarse de
todas las adicciones calmantes que habían mantenido a raya
su propio dolor emocional. Y no había sido fácil. Seguía sin
serlo. North Anderson tenía mucha razón en eso.

Por supuesto, nadie le había dicho que sería fácil. El departamento de servicios sociales se había opuesto inicial-
mente al intento de Clevenger de adoptar a Billy, aduciendo
no sólo su preocupación por que Clevenger fuera soltero, no
sólo por los peligros inherentes a su modo de ganarse la
vida, sino también por los motivos subyacentes de su deseo.
Un paciente adolescente de Clevenger que se llamaba Billy
Fisk se había suicidado hacía unos años, y a sus contactos en
los servicios sociales les preocupaba que pudiera estar intentando resucitar a un muerto, pagar una penitencia, no simplemente hacer una buena obra.

Lo que no comprendía el departamento de servicios sociales, lo que el profesor responsable de las relaciones con los
estudiantes no podía comprender, era que Clevenger estaba
en efecto llevando a cabo una resurrección, no del chico que
se había suicidado, sino de las partes de sí mismo y de Billy
Bishop con las que casi habían acabado sus violentos padres.
Tal era la tarea hercúlea que había asumido: curar al chico
y curar al chico que vivía dentro de él al mismo tiempo.
Necesitaba ponerse bien —y deprisa— para que Billy se pusiera bien.

Una de las secretarias del profesor Walsh, una mujer de

mediana edad que llevaba un traje de lana azul marino y una gargantilla de perlas, se acercó a la sala de espera donde estaba Clevenger.

—El profesor ya puede recibirle —dijo con una sonrisa que no era en absoluto una sonrisa, sino más bien una mueca afable.

Clevenger la siguió, pasando por delante de otras dos secretarias, hasta la puerta abierta del despacho del profesor. Walsh alzó la vista de los papeles que estaba firmando, firmó unas cuantas hojas más, luego se puso en pie detrás de la mesa y alargó la mano. Era un hombre nervioso de casi sesenta años, que llevaba una camisa de raya diplomática blanca y azul con puños de tres botones. El pelo tenía una abundancia poco natural y un color negro poco natural para su edad, lo suficiente como para que Clevenger se preguntara si sería una especie de peluquín o bisoñé moderno.

—Me alegra que haya podido venir avisándole con tan poco tiempo —le dijo a Clevenger mientras le estrechaba la mano—. Y sin que haya entrado en muchos detalles. Por favor, tome asiento.

Clevenger se sentó en la silla de madera que Walsh le había señalado y tapó con su espalda el emblema dorado de Auden Prep: Atlas levantando una estilográfica por encima de los hombros.

—Como le he comentado —dijo Walsh mientras se sentaba—, me temo que Billy se ha vuelto a meter en problemas.

—¿Qué tipo de problemas? —preguntó Clevenger.

—Drogas —dijo Walsh, juntando las manos sobre la mesa.

—¿Drogas? —Desde que había recibido la llamada de Walsh en el trabajo, Clevenger había estado imaginando qué habría hecho Billy. Que hubiera vuelto a pelearse parecía lo más probable. Que hubiera copiado en el examen de geometría que tenía ese día también le había parecido posible, igual que gastarle una broma desagradable, estúpida a un profesor o a un compañero. Pero las drogas no se le habían pasado por la cabeza, quizá porque luchaba siempre por no pensar en ellas. Mantenerse sobrio aún era una batalla que tenía que ganar todos y cada uno de los días.

—Marihuana —dijo el profesor Walsh.

—¿Billy ha fumado hierba?

—Ojalá fuera eso. —Walsh abrió el cajón de la derecha de su mesa y sacó una bolsa de plástico con cierre que contenía marihuana suficiente para liar cincuenta porros. La levantó en alto entre el pulgar y el índice, como si fuera un pájaro contaminado. Luego la dejó caer de nuevo en el cajón—. La encontramos en su taquilla.

—¿Y cómo la encontraron allí? —preguntó Clevenger.

—Se presentó un alumno —dijo Walsh enlazando las manos como si rezara—. Aquí en Auden tenemos un código.

—Un alumno se presentó y dijo...

—Y dijo: «Billy Bishop está vendiendo hierba. La guarda en su taquilla».

Clevenger soltó el aire. Otros chicos podían tontear con las drogas y salir indemnes, pero Billy ya era frágil psicológicamente. Las drogas podían suponer un buen varapalo para él, un actor sorpresa en el escenario de su existencia, capaz de quitarle el protagonismo en sus escenas y convertirlas en una tragedia.

—¿Dónde está Billy? —preguntó Clevenger.

—Recogiendo su taquilla —dijo Walsh—. Le hemos expulsado.

—Comprendo —dijo Clevenger—. ¿Tenía mucho dinero encima? Quiero decir, ¿cómo ha corroborado el informe del otro estudiante?

—La bolsa estaba en su taquilla. No creerá que tenía pensado fumarse toda esa marihuana él solito, ¿verdad?

—preguntó Walsh. Hizo una pausa para dar a su pregunta retórica más impacto—. Su hijo es sumamente inteligente —prosiguió—. Está muy dotado intelectualmente. Nadie va a discutirle eso. Pero su personalidad, sin embargo, es otra cuestión.

—¿Qué explicación ha dado Billy? —preguntó Clevenger.

—Lo ha negado todo —dijo Walsh—. Ha insistido en decir que alguien puso la droga en su taquilla.

—¿Es posible? —dijo Clevenger.

Walsh sonrió.

—No se trata de un caso que requiera de sus grandes habilidades, doctor. No hay que realizar ningún trabajo forense. Lo que ha pasado, ha pasado. —Meneó la cabeza con desaprobación—. Teníamos esperanza en Billy. No sólo yo. Los otros profesores también. Pero creo que hemos sido muy justos.

—Y la temporada de fútbol ya ha terminado —dijo Clevenger.

—¿Disculpe? —dijo Walsh.

—Fueron especialmente justos durante la temporada de fútbol —dijo Clevenger.

Walsh se puso tenso.

—Si se refiere a las peleas de Billy en otoño —dijo—, esos episodios no llegaron al nivel de esta infracción. Este episodio es un delito. Esta vez, no hay otro chico con quien repartir la culpa. Esto es harina de otro costal. —Hizo otra pausa, y pareció un poco impactado por haber utilizado un tópico tan manido—. Por suerte para Billy —dijo—, Auden tiene la política de que la posesión de una sustancia ilícita no comporta llamar a las autoridades. La venta de una sustancia ilícita sí. Pero ningún miembro del personal ha sido testigo de una transacción. De lo contrario, no estaría recogiendo a Billy aquí, estaría pagando una fianza para sacarle de la cárcel.

Clevenger asintió con la cabeza. No tenía sentido matar al mensajero, incluso cuando el mensajero era alguien tan estirado como Stouffer Walsh.

—Gracias por no hacerlo —dijo Clevenger—. Sólo deseo añadir que no estoy enfadado con nadie que no sea Billy. Si le he dado otra impresión, le pido disculpas. —Se puso en pie.

Walsh se quedó sentado.

—Por lo que al proceso de apelación se refiere...

—No sabía que hubiera un proceso de apelación —dijo Clevenger.

—Podrían aprovecharse de él —dijo Walsh—, pero no se lo recomiendo. Dados los hechos evidentes del caso, podría verse como algo, bueno... polémico. Además, se incluiría una transcripción de la reunión en el expediente académico de Billy. Estaría a disposición de otros colegios, incluidos los públicos. Es mejor dejar que la infracción hable por sí misma y se ahorren cualquier comentario negativo adicional que pudiera hacerse sobre Billy. Estoy convencido de que lo habría.

—Parece que no vamos a apelar —dijo Clevenger—. Gracias. —Se dio la vuelta para marcharse.

—Hay otra cuestión bastante desagradable —dijo Walsh, que finalmente se puso en pie. Apoyó las palmas de las manos sobre la mesa.

¿Podía haber ido mal algo más?

—¿De qué se trata? —preguntó Clevenger.

—De la matrícula de Billy.

—Creo que la aboné. ¿Hay algún tipo de cuota de baja?

—No, no, no. No es nada de eso —dijo Walsh—. Está todo pagado. Sólo tengo que recordarle que no hay devoluciones parciales tras una acción disciplinaria. Ya sé que es extraño mencionarlo en un momento así, pero intentar resolver todas las cuestiones financieras potenciales es parte de nuestra política de salida.

73

—Considérelas resueltas —dijo Clevenger.

—Muy bien, pues. Billy debería estar esperándole en recepción. Les deseo de verdad todo lo mejor a ambos, doctor.

—Sí, bien. Gracias de nuevo.

Billy estaba sentado en recepción con la cabeza entre las manos, el pelo rubio, sucio y largo con rastas le colgaba delante de los ojos. A medida que Clevenger se acercaba a él, vio que los músculos de su mandíbula se contraían rítmicamente.

—¿Listo para irnos? —le preguntó Clevenger, esforzándose por mantener la voz firme. No obtuvo respuesta. Puso una mano en el ancho hombro de Billy. Sintió la tensión que había en sus músculos—. ¿Qué tal si hablamos de esto en el coche?

Billy alzó la vista. Tenía los ojos azul claro llenos de rabia y le temblaba el labio superior. Cuando estaba de muy buen humor, su rostro, aunque parecía el de un galán de cine, tenía una cualidad amenazante, había algo inquietante y oscuro en la combinación de labios gruesos, frente prominente y ojos hundidos. El fino arete de oro que llevaba en la aleta izquierda de la nariz tampoco ayudaba. Cuando estaba enfadado, ni que fuera un poco, parecía peligroso. Como ahora.

—Déjame adivinarlo —dijo Clevenger—. ¿Estás cabreado? Contigo mismo, espero.

—A la mierda este sitio —dijo Billy. Se puso en pie y salió de recepción.

Por un lado, Clevenger tuvo ganas de ir tras él y abrazarle y, por otro, de ir tras él y tirarle al suelo. Finalmente se contuvo, salió despacio de la recepción y atravesó el pasillo hacia la salida. Parecía que siempre buscaba la alquimia perfecta para responder a Billy; cuántas dosis de palabras tranquilizadoras por cuántas dosis de disciplina. Era difícil saber

si las partes rotas de su carácter sanarían mejor si las enta-
blillaba con rigidez o si las sumergía en agua tibia con deli-
cadeza. Quería hacer lo correcto con él, ser el padre adecuado para él, pero era duro, sobre todo porque él tampoco
había tenido un padre.

Incluso el aspecto físico de Billy planteaba la cuestión de
lo firme que había que ser con él. Las rastas, para empezar.
Era evidente que habían situado a Billy en la periferia del estilo aceptable para Auden Prep. Pero Clevenger sabía que el
desarrollo personal de Billy llevaba años atrofiado. Así que
cuando había llegado a casa un par de meses atrás con el
nuevo peinado, Clevenger se lo había tomado como una señal, aunque repentina, de que Billy estaba buscando su propia personalidad. Y simplemente había sonreído y le había
dicho la verdad: «Te quedan genial».

En lo del arete en la nariz, Clevenger no había sido menos sincero. «No es mi estilo —le había dicho—, pero no soy
yo quien lo lleva.»

De eso se trataba, ¿no? Billy buscaba su propia identidad.
No la de otra persona.

El tatuaje que Billy se había hecho en la espalda era un
poco más preocupante. Se lo habían dibujado encima de las
cicatrices irregulares que le había dejado el cinturón de su
padre. Una calavera pirata negra azulada de diez centímetros
descansaba sobre sus omóplatos. Debajo, en letras fluidas, fi-
guraba el título de su canción favorita de los Rolling Stones:
«Let it bleed».[1]

Billy le había dicho que el tatuaje era su forma de hacer
suyas las cicatrices, de transformarlas en un recordatorio
de que era mejor dejar que sus verdaderas emociones salieran a la superficie: hacer frente a su dolor en lugar de en-
terrarlo.

1. Deja que sangre *(N. de la t.)*

¿Quién podía discutir eso?

Pero quizá, pensó Clevenger, tendría que habérselo rebatido. Quizá tendría que haberle dado órdenes más a menudo, aunque hubiera pecado de reaccionar de un modo exagerado. Porque las decisiones que Billy tomaba por sí mismo tendían cada vez más hacia un lado oscuro.

Cuando llegó al aparcamiento de Auden Prep encontró a Billy apoyado en el guardabarros delantero de su camioneta Ford F-150 negra. Pasó por delante de él y se dirigió a la puerta del conductor.

—No he hecho lo que Walsh ha dicho —dijo Billy.

Clevenger se giró y vio que Billy le estaba mirando, observándole por encima de la capucha. La expresión de su rostro había pasado de contener rabia a estar llena de indignación. Parecía ofendido de verdad por la acusación que habían formulado contra él. Pero aquello formaba parte del problema con Billy. Crecer con un padre que probablemente recompensaría una confesión con una paliza, había logrado que Billy mintiera muy bien.

—Sube al coche —le dijo Clevenger. Abrió la puerta del conductor y entró.

Los músculos de la mandíbula de Billy empezaron a vibrar de nuevo. Se pasó el pelo a un lado y se dirigió a la puerta del copiloto. Subió y se quedó sentado en silencio, con la mirada fija al frente.

—Encontraron una bolsa de marihuana en tu taquilla —dijo Clevenger—. ¿Estamos de acuerdo en eso al menos?

—Sí —dijo Billy, aún con la mirada fija al frente.

—Pero no era tuya —dijo Clevenger, prediciendo la defensa de Billy—. Sólo se la estabas guardando a alguien.

Billy se volvió hacia Clevenger.

—Tampoco se la estaba guardando a nadie.

—Entonces, ¿qué?

—¿Mencionó Walsh por casualidad...?

—El profesor Walsh —dijo Clevenger.

Billy puso los ojos en blanco.

—¿Mencionó el profesor Walsh por casualidad quién me delató para que miraran en mi taquilla?

—No. No lo mencionó. Pero no tiene...

—No le hiciste muchas preguntas —le interrumpió Billy—. Has imaginado que me habían pillado con las manos en la masa. Punto. Culpable.

A Clevenger no le gustaba la forma como Billy intentaba interrogarle y subirle al estrado de los testigos. Sobre todo no le gustaba que le acusara de no haber dado la cara por él, no después de que lo hubiera arriesgado todo para salvarle de envejecer en la cárcel.

—Si tienes algo que decir —dijo Clevenger—, dilo. De lo contrario, ahórrate el rollo farisaico para que podamos dedicarnos a averiguar dónde obtendremos ayuda para el asunto de las drogas, si es que las estás consumiendo, y dónde tendrías que acabar la secundaria, si es eso lo que quieres.

—Scott Dillard —dijo Billy con petulancia.

—Scott Dillard —repitió Clevenger. Dillard era el cabecilla del trío que había estado acosando a Billy—. Scott Dillard te delató.

Billy asintió con la cabeza.

—¿Y? ¿Tiene la combinación de tu taquilla o qué? ¿Crees que te puso él las drogas? Anda ya.

—No cambian las combinaciones de un año para otro —dijo Billy—. Debió de conseguirla de alguien que la tenía antes que yo.

Toda aquella discusión, pensó Clevenger, era cosa del Billy Bishop de antes. Estaba ofreciendo una explicación plausible, aunque improbable, del lío en el que se había metido. Era el tipo de defensa que podría aportarse a un tribunal; la excusa sobre combinaciones de taquillas recicladas era típica del estilo Perry Mason, que era probablemente lo que más molestaba a Clevenger. Parecía que Billy siempre confiaba en la recurrida duda razonable.

—Supongo que no puedo tener la certeza de qué ha pasado exactamente —dijo—, pero...

—Acabo de decirte qué ha pasado —protestó Billy.

—Lo que sí sé con seguridad es que Auden Prep no quiere que vuelvas.

—¿Me han expulsado temporalmente? —preguntó Billy—. ¿Por cuánto tiempo?

Clevenger lo miró. ¿Realmente el profesor Walsh no se lo había dicho? ¿O Billy no estaba preparado para oír lo que Walsh tenía que decirle?

—No es una expulsión temporal, Billy. Es definitiva. —Pareció que el chico no se enteraba—. Te han echado. Para siempre —dijo.

—Expulsado —dijo Billy.

Clevenger vio que a Billy se le humedecían los ojos. Y la parte de él que quería abrazarle empezó a crecer. Pero incluso a pesar de sentir ese impulso, tenía que preguntarse si las lágrimas de Billy eran auténticas o fingidas. Con aquel chico, nunca se sabía. No sólo parecía un galán de cine. Era muy buen actor.

—¿Por qué no le preguntas como mínimo al profesor Walsh si cambian las combinaciones de un año para otro? —preguntó Billy.

—No va a servir de nada —dijo Clevenger—. Quizá, si no hubiera sido por las peleas, pero... lo tienen decidido.

—Que les den, pues. A la mierda con este sitio. No me importa lo que piense Walsh. Me importa lo que pienses tú. Nadie más.

Parecía como si quisiera ganarse al público.

—Claro —dijo Clevenger—. Ya veo cómo intentas hacer siempre que me sienta orgulloso. —Meneó la cabeza con incredulidad, puso el coche en marcha y salió de la plaza dando marcha atrás. Cuando volvió a mirar a Billy, vio que tenía la mirada fija al frente, las lágrimas le resbalaban silenciosamente por el rostro.

Clevenger volvió a aparcar el coche.

—Venga —dijo.

Billy no le miró.

—Lo que creo es lo siguiente —dijo Clevenger, con voz calmada. Esperó a que Billy se volviera hacia él—. Estoy en esto contigo a largo plazo. ¿Lo entiendes? Nada de lo que hagas hará que me marche. Nada. Ni que te echen de Auden Prep, ni vender hierba. Así que la única diferencia entre contarme la verdad y mentirme es que no podré procurarte la ayuda que necesitas si no dispongo de los hechos. No puedo ser un buen padre sin conocer los hechos.

Billy asintió en silencio.

—Voy a preguntártelo otra vez —dijo Clevenger—, porque es importante que los dos conozcamos el marcador si queremos ganar el partido. ¿Estabas vendiendo drogas, sí o no?

—No —dijo Billy.

—¿Las consumes? —le preguntó Clevenger.

—Puedes hacerme una prueba ahora mismo —dijo Billy—. Y cuando quieras en el futuro.

Clevenger miró a Billy fijamente a los ojos, para detectar alguna duplicidad, pero su mirada era tan impenetrable como el espacio que había ocupado en la línea defensiva del equipo de fútbol de Auden Prep.

—De acuerdo —dijo Clevenger—. Haré algunas llamadas mañana por la mañana para ver si el instituto de Chelsea puede ser una opción. Eso, contando que quieras que lo haga.

—Sí que quiero —dijo Billy—. Quiero seguir estudiando.

—Bien. Y te tomo la palabra en eso de las pruebas toxicológicas. Una vez a la semana.

—Muy bien —dijo Billy.

Clevenger metió la marcha y empezó a salir del aparcamiento.

—Sé que no estás orgulloso de mí —dijo Billy.

Aquellas palabras atravesaron la última capa del amor estricto de Clevenger y llegaron a la parte blanda que había debajo. Alargó la mano y rodeó con los dedos la nuca de Billy.

—No es que no esté...

—Pero lo estarás —dijo Billy—. Ya verás. Aunque ahora todo pinte muy mal, lo estarás.

Cinco

22 DE FEBRERO DE 2003, POR LA MAÑANA
DE CAMINO A QUANTICO, VIRGINIA

Clevenger había retrasado un día la reunión con el FBI para poner en orden el asunto de Billy y charlar con su amigo Brian Coughlin, el director escolar de Chelsea. Ahora, de camino a Quantico en el sedán Crown Victoria que el agente Kane Warner había mandado para que le recogiera en el aeropuerto nacional, estaba pensando en que tendría que haberla cancelado y haberse quedado en casa. Porque, de repente, dejar a Billy solo en Chelsea le pareció arriesgado. Y aceptar colaborar con el FBI significaría dejarle mucho más tiempo solo.

Al menos Coughlin no les había fallado. Clevenger se había reunido con él la noche anterior en Floramo's, un asador próximo al instituto de Chelsea, y había negociado un plan para que Billy continuara su educación a partir del cuarto trimestre, en abril. Para mantenerle alejado de las calles hasta entonces, le había conseguido un trabajo con Meter Fitzgerald, el propietario del astillero que había al final de la calle. Y para mantenerle alejado de las drogas, le había programado tests toxicológicos dos veces a la semana en la clínica satélite que el Hospital General de Massachusetts tenía en Chelsea.

Miró el reloj del salpicadero del Crown Victoria: las 8:26.

Sólo quedaban unos kilómetros para llegar a Quantico. Se preguntó si Billy ya se habría levantado a rastras de la cama, se preguntó qué probabilidades había de que llegara al primero de esos test toxicológicos a las nueve, como habían acordado.

Pensó en llamar para asegurarse de que Billy estaba de camino. Pero le preocupaba que esa clase de vigilancia hiciera tambalear la voluntad del chico.

El sedán redujo la velocidad al cruzar la verja de la Academia del FBI, que compartía un campus de crecimiento descontrolado con el Cuerpo de Marines de Estados Unidos y la Agencia Antidroga.

El centro neurálgico de la Academia era una red interconectada de edificios corrientes que parecían una corporación enorme. Reclutas con chándales azul oscuro, con la insignia del FBI estampada en oro en el pecho, hacían *footing* por la carretera que llevaba a él. Marines con rifles muy potentes hacían guardia en cada cruce. Las aspas de los helicópteros batían el aire. Una sensación palpable de misión, esplendor y secretismo impregnaba el lugar.

Clevenger se debatía entre dos sentimientos enfrentados. El primero era el recelo. No confiaba en las instituciones, aunque fueran las instituciones de la seguridad del estado, porque su mismo tamaño y estructura podían reprimir las tres cosas que más valoraba en el mundo: el coraje, la creatividad y la compasión. Eran las tres cualidades que una persona tenía que encontrar en su interior, y a veces podía pasarse décadas explorando su alma antes de encontrarlas, si es que llegaba a hacerlo. Formar parte de una organización dificultaba la búsqueda, no la hacía más fácil. La falta de coraje, creatividad o compasión en un momento determinado podía ser compartida por el grupo, lo que permitía a cada miembro escapar al sentimiento de culpabilidad que debería derivar de las muestras de cobardía o crueldad.

Pero la segunda sensación que Quantico le inspiraba a Clevenger era una especie de orgullo renuente. El caso Bishop le había convertido en una celebridad, pero no le había granjeado la aprobación de la comunidad de los cuerpos de seguridad del estado. En todo caso, el hecho de que hubiera avergonzado al departamento de policía de Nantucket y a la policía estatal de Massachusetts al demostrar que Billy era inocente le había convertido aún más en un intruso. Ahora el FBI recurría a él para que los ayudara. El gobierno federal llamaba a Frank Clevenger, la mitad de un equipo de dos hombres en un Chelsea bañado por el petróleo.

Clevenger fue escoltado, tras pasar por dos puertas de seguridad, por un largo corredor, luego a través de una tercera puerta y hasta un ascensor que bajó seis pisos hasta la Unidad de Ciencias del Comportamiento, o UCC. El ascensor se abrió a un brillante pasillo de madera noble, iluminado por apliques de latón, con retratos de ex jefazos del FBI en marcos dorados que flanqueaban las paredes.

Un hombre alto de pelo castaño y ondulado y dientes blancos y relucientes estaba frente a las puertas abiertas del ascensor.

—Doctor Clevenger —dijo, con una voz áspera que aún sonó menos amable que por teléfono—, soy Kane Warner. Bienvenido a la Academia.

Clevenger salió del ascensor y estrechó la mano de Warner.

—¿Ha tenido un buen viaje? —preguntó Warner, intentando que no se le notara lo desconcertado que estaba por la vestimenta habitual de Clevenger: vaqueros azules y un jersey negro de cuello alto.

—Todo bien —contestó Clevenger.

Warner sonrió, mostrando sus dientes relucientes. Era guapo, tendría unos treinta largos, pómulos altos, un color de piel inequívocamente saludable y ojos verdes y vivarachos, un muñeco Ken engalanado con un traje gris oscuro de raya diplomática y una corbata de seda roja. La camisa que llevaba era tan blanca como sus dientes, inmaculadamente planchada y almidonada.

—Está todo el mundo esperando en la sala de reuniones —le dijo.

Clevenger siguió a Warner por el pasillo.

—Menudo campus —dijo.

—¿Ciento cincuenta y cinco hectáreas? —dijo Warner, pronunciando su afirmación como si fuera una pregunta, igual que había hecho por teléfono—. Tiene de todo. Es una ciudad en sí mismo. ¿Aulas? ¿Residencias? ¿Comedor? ¿Biblioteca? ¿Un auditorio con capacidad para mil personas? ¿Ocho campos de tiro al blanco? ¿Cuatro campos de tiro al plato? ¿Un circuito de mil setecientos metros para conducción defensiva y de persecución? ¿El callejón Hogan? Lo tenemos todo.

—¿Qué es el callejón Hogan? —le dijo Clevenger.

—Es un pueblo de mentira —dijo Warner—. Para el entrenamiento en el rescate de rehenes, ¿ese tipo de cosas?

—Qué práctico —dijo Clevenger.

—Mucho. —Se detuvo delante de unas puertas dobles—. Espero que decida unirse a nosotros en esto —dijo.

Clevenger le devolvió a Warner un reflejo de su propia sonrisa ancha y lo dejó ahí.

Dentro de la sala de reuniones, dos mujeres y tres hombres estaban sentados alrededor de una mesa larga de caoba pulida. Un mapa de Estados Unidos informatizado e iluminado por detrás brillaba en la pared, trece puntos rojos relucían junto a las autopistas donde se habían encontrado las víctimas del Asesino de la Autopista. Warner se sentó a la cabecera de la mesa y le señaló a Clevenger con la cabeza una silla que había a su lado.

—Empecemos con las presentaciones —dijo Warner—.

Creo que todo el mundo está familiarizado con el currículum del doctor Clevenger —le dijo al grupo. Miró a Clevenger, luego fue señalando con la cabeza a cada persona de la mesa—. Dorothy Campbell, que trabaja con nuestro sistema informático PROFILER; Greg Martino, analista del VICAP, el Programa de detención de criminales violentos; Bob White y John Silverstein, de nuestro Programa de análisis de investigaciones criminales, el CIAP; la doctora Whitney McCormick, la psiquiatra forense en jefe, y Ken Hiramatsu, nuestro patólogo jefe.

Los ojos de Clevenger aún seguían fijos en Whitney McCormick cuando Warner presentó a Hiramatsu. No tendría más de treinta y cinco años, era delgada y muy guapa, de pelo rubio largo y lacio y ojos marrones e intensos. Parecía estar totalmente relajada, segura de sí misma, y sin embargo por la forma como sostenía la cabeza y le miraba, incluso por el pintalabios rosa claro que llevaba, le dio la impresión de que no había renunciado a su femineidad, que las sensibilidades e intuiciones que le pertenecían por nacimiento habían sobrevivido a la formación médica y al entrenamiento del FBI y a todos los horrores que habría visto en su trabajo. Era toda una proeza. Aunque se obligó a mirar a Hiramatsu, la imagen de McCormick seguía grabada en su interior. Así de vulnerable era a la belleza femenina. Casi permeable. El compromiso de convertirse en el padre de Billy asumido el año pasado había contribuido mucho a mantener alejadas a las mujeres de su cama, pero no había servido de nada para alejarlas de su mente.

—Encantado de conocerles a todos —dijo Clevenger, estableciendo contacto visual con todas las personas de la mesa, y dejando luego que su mirada volviera sobre McCormick unos segundos.

—¿Por qué no empezamos con una perspectiva general, Bob? —preguntó Kane Warner.

85

Bob White, un hombre serio, sombrío, de unos cuarenta años, alzó la vista hacia el mapa iluminado de la pared.

—Primero, los números, que confío que ya conocerá, doctor Clevenger. Trece cadáveres. Ocho hombres. Cinco mujeres. Todos ellos fueron encontrados en un radio de nueve metros en torno a la autopista, sepultados en tumbas poco profundas o simplemente tirados de cualquier forma en el suelo. No se hizo ningún intento por ocultar sus identidades. —Se puso en pie, abrió una carpeta y sacó unas cuantas fotografías. Las extendió sobre la mesa de reuniones y empezó a enumerar las ciudades donde se había encontrado a las víctimas—. Carlhoun, Alabama; Patterson, Idaho; Bellevue, Iowa; Brownsville, Kentucky; Northfield, Maine...

Clevenger miró la exposición de la carnicería. Trece cadáveres, los miembros saliendo de la tierra, de las hojas, de la nieve, otros simplemente extendidos en el suelo. Trece víctimas. Sintió el terror absoluto de aquellas personas, el horror al ver que les estaban quitando la vida, que estaban muriendo sin ninguna posibilidad de hablar con la gente a la que querían, sin ninguna posibilidad de despedirse, de expresar arrepentimiento o un agradecimiento final.

—Estaban totalmente vestidas, algunas boca arriba, otras boca abajo —estaba diciendo White—. El asesino no sigue ningún patrón aparente en cuanto a edad, raza o sexo. No sigue ninguna lógica respecto de dónde eran o adónde se dirigían. Todas aparecieron degolladas, pero se utilizaron distintos instrumentos. Algunas de las heridas se infligieron con una hoja corta, como una cuchilla, otras fueron hechas con una hoja larga, como una navaja de bolsillo o un cuchillo para la carne. —Hizo una pausa—. El asesino no parece ser metódico. No lo planea demasiado. Mata espontáneamente. No importa quién eres. Y no está viajando de un punto a otro del país, porque la cronología de los asesinatos le sitúa al norte, al sur, al este, al oeste, sin ninguna lógica aparente. —Señaló con la cabeza la foto más alejada a la derecha de Clevenger—. Puedes ser una anciana. —Señaló con la cabeza la foto más alejada a la izquierda de Clevenger—. O un chico de dieciséis años. Puedes ser blanco o negro, joven o...

Clevenger miró a la mujer y después al chico, dejando que sus ojos se detuvieran en el cuerpo del chico de dieciséis años, extendido sobre la nieve ensangrentada, con su chaqueta gruesa y forrada, los vaqueros y las Nike de bota de ante verde. Todo podía acabar así de rápido, pensó. Incluso para el ser querido de dieciséis años de alguien. Incluso para alguien como Billy o cualquier chico lo bastante decente como para ayudar a un desconocido a llevar las bolsas de la compra a la furgoneta, o lo bastante amable como para ayudar a arrancar un coche averiado en la noche, o lo bastante estúpido como para entrar en un parque oscuro a comprar un par de porros o una papelina de heroína o un par de CD piratas. Luego, un día, recibes una llamada de un policía. Tiene una voz muy seria. Quizá piensas que a tu hijo o a tu hija los han detenido por exceso de velocidad o, peor, por conducir borrachos. Así que te preparas para la mala noticia. Puede incluso que pienses en un abogado que conoces o en el castigo que vas a ponerles. Entonces el policía empieza con la descripción, intentando suavizar el golpe siendo amable, sin enfadarse, lo que hace que se te encoja el corazón por alguna razón. ¿Cuando su hijo o su hija salió de casa, llevaba esta chaqueta, estos pantalones? Y quizá aún tengas esperanzas cuando menciona aquella chaqueta —la azul, forrada con la capucha— e incluso aquellos vaqueros con el trasero desgastado. Porque podrían ser de cualquiera. Así que podría tratarse de un error. Estamos hablando de un millón de adolescentes en Estados Unidos que llevan la misma indumentaria para expresar su individualidad. Pero existe el hecho inequívoco de que tienes el teléfono en la mano, de que eres tú quien ha recibido la llamada, no uno de esos otros dos millones de padres. Así que debe de haber algo más, otro hecho que se acerca a ti a toda velocidad para romper tu mundo en mil pedazos. Y entonces el policía menciona las deportivas de bota verdes. Las Nike de bota. Y se te corta la respiración y te sujetas la cabeza entre las manos y oyes que el teléfono cae al suelo. Y alzas la vista hacia el reloj, quizá porque tienes que ver que la manecilla de los segundos se mueve para creer que lo que está pasando es real. Y entonces sabes que es real. Y sabes que jamás olvidarás las 16:24, que te horrorizará que llegue la tarde el resto de tu vida, y que nada, nada en este mundo, volverá a ser lo mismo. Porque la muerte —el diablo personificado, el azote del universo— ha llamado a tu puerta.

—Totalmente al azar —acabó White.

—Comprendo —dijo Clevenger

—Algo que se repite —dijo Ken Hiramatsu, un hombre asiático que parecía tener treinta y pocos— es la inexistencia de señales de lucha. Moratones relativamente pequeños. Nada de ropas rasgadas. Nada de cuerdas. Nada de cinta aislante. Estas personas se sentían cómodas con el hombre que las mató. Dejaron que se acercara mucho a ellas.

—¿Las drogó? —preguntó Clevenger.

—Las pruebas toxicológicas no han revelado nada —dijo Hiramatsu.

—Parece más bien que las sedujo —dijo Whitney McCormick mirando a Clevenger. Su voz era también bastante seductora, combinaba el tono dulce de una niña con una seguridad en sí misma que desarmaba a cualquiera—. No me refiero a que las sedujera de una forma romántica necesariamente. Aunque apostaría a que es guapo. Atractivo, en cualquier caso. Una cara bonita. Una voz agradable. Va bien peinado. Quizá de una manera obsesiva. Viste bien. Pero lo principal es que es delicado. Un encanto. De algún modo, consigue que sus víctimas confíen tanto en él que no pueden acabar de creerse que las esté matando. Se quedan tan impactadas por lo que está pasando que no oponen resistencia alguna.

—Y no mantiene relaciones sexuales con ellas —se aventuró a decir Clevenger.

—No —dijo White. Miró a Hiramatsu.

—No hemos hallado restos de semen —dijo Hiramatsu—. No deja ningún fluido corporal dentro de sus víctimas, se lleva el de ellas.

—¿Qué quiere decir? —preguntó Clevenger.

—Hemos encontrado en cada cuerpo pruebas de flebotomía —dijo Hiramatsu—. Un pequeño cardenal y la herida de un pinchazo en la fosa antecubital, que coincide con los causados por una aguja hipodérmica.

Bob White puso tres fotografías más sobre la mesa. Eran un primer plano de la parte interior del codo de una de las víctimas.

—¿Les saca muestras de sangre? —preguntó Clevenger.

—Eso parece —dijo Hiramatsu—. A no ser que les inyecte algo que no podemos detectar.

—¿Y la venopunción es de profesional? —preguntó Clevenger.

—Acierta en casi todos al primer intento —dijo Hiramatsu.

—Nosotros creemos lo mismo —le dijo White a Clevenger—. Podría trabajar en un hospital. Un enfermero. Un flebotomista. Incluso un médico.

—No colecciona nada más, por lo que podemos saber —dijo Greg Martino, el analista del VICAP—. Sólo la sangre. No les roba el bolso o la cartera. No hay nada que indique que quiere un mechón de pelo o una joya.

—La sangre los mantiene cerca de él —dijo Clevenger.

—Se acerca y se mantiene cerca —dijo McCormick—.

89

Uno empieza a pensar en el abandono. ¿Es huérfano? ¿Murió su padre o su madre o un amigo de la infancia de forma abrupta?

Clevenger pensó en Billy, otra vez. Había perdido a su hermanita, asesinada, a su padre, que pasaría el resto de su vida encerrado en la cárcel. ¿Cómo afectarían al final tales pérdidas a su vida? Sacudió la cabeza y eliminó la pregunta de su mente.

—¿O fue él? —dijo Clevenger.

—¿Fue él, el que qué? —dijo McCormick.

—El que murió —dijo Clevenger, mirándola—. ¿Pasó algo que hizo que se sintiera como si hubiera muerto? Quizá sea eso lo que quiere ver, la razón que necesita para acercarse tanto a sus víctimas, en primer lugar. Quizá los utiliza para mirar las partes muertas de sí mismo.

—¿Abuso sexual? —preguntó Kane Warner, desde la cabecera de la mesa.

—Posiblemente —dijo Clevenger—. Pero el hecho de que no viole sexualmente a sus víctimas se contradice con esa hipótesis.

—La penetración de la aguja podría ser un equivalente sexual —dijo McCormick.

Aquél era un razonamiento psicológico de primera clase y le decía a Clevenger que McCormick no era un peso ligero.

—Podría ser —dijo Clevenger—. No cabe duda. Pero para mí lo que es evidente es que está buscando consuelo, no emociones. Intimidad, no excitación. No es una cuestión de poder. Es algo a lo que se ve empujado. No está furioso. No busca mutilar o desfigurar. Mata haciendo uso de la mínima violencia. Una única laceración. Se toma el tiempo de enterrar a sus víctimas cuando puede, no tanto para esconder las pruebas, sino porque lo lamenta por ellos y probablemente se siente mal por lo que ha hecho. Pero no va a correr ningún riesgo para ser un buen chico. Está tranquilo y sereno, incluso después de haber matado. Cuando es demasiado arriesgado tomarse el tiempo de enterrar un cuerpo, lo deja a la vista. No quiere que le pillen.

—Todos quieren que les pillen —dijo Kane Warner—. En el fondo.

Clevenger no estaba de acuerdo, pero no dijo nada. Había muchos asesinos que serían felices matando para siempre. No querían que los atraparan. Pero sí que deseaban que los conocieran. Eso es lo que parecía activarles cada vez. El dichoso ego. Un asesino contento de permanecer en el anonimato para siempre puede que fuera capaz de lograrlo.

Warner señaló con la cabeza a Dorothy Campbell, una mujer estudiosa de cincuenta años que dirigía el sistema PROFILER, una base de datos de millones de hechos sobre asesinos en serie, que incluía patrones de conducta y localizaciones geográficas de los criminales violentos conocidos.

—Obviamente, por probabilidades estadísticas, nos enfrentamos a un hombre —dijo—. Con una inteligencia por encima de la media. Probablemente con educación universitaria. Quizá superior. Está muy capacitado para las habilidades sociales, es agradable, pero en el fondo es un solitario. Tiene más de viajero que de vagabundo, alguien que desea estar siempre en movimiento, puesto que la autopista es su terreno de caza. Y no mata por las afueras de Manhattan o Los Ángeles. No le gustan las ciudades. No puede permanecer en el anonimato lo suficiente. Va cerca de las montañas de Vermont o de un parque estatal del Kentucky rural o de las llanuras de Iowa. Necesita su espacio. Puede que sea un hombre al que le gusta el aire libre, un cazador, un excursionista o un campista. —Miró al mapa iluminado, luego de nuevo a Clevenger—. La parte que no tiene sentido es que desdibuja la frontera entre el criminal organizado y el criminal desorganizado.

91

—Nada de «desdibujar» —dijo Bob White—. La hace añicos.

Clevenger conocía la distinción que estaban estableciendo Campbell y White. Un «asesino en serie organizado» era probable que planeara los asesinatos, que atacara a desconocidos, que necesitara que sus víctimas se sometieran a él, que las atara antes de matarlas y que las matara de una forma horripilante. Un «asesino desorganizado», en cambio, cometería sus crímenes de un modo más espontáneo, mataría a gente que conociera, hablaría un poco con ellos, no usaría nada para atarles, posiblemente mantendría relaciones sexuales con los cuerpos de las víctimas y, por lo general, dejaría un arma en cada escena del crimen.

—Se trata de alguien —dijo Campbell— que no parece planear sus asesinatos, pero que de algún modo consigue conocer a sus víctimas, o se comporta con ellas como si tuvieran cierta intimidad.

—Es una persona destrozada —dijo Clevenger—. Sabe lo que están pasando sus víctimas. Siente su dolor. —Aquella frase hizo que Clevenger pensara en Jesucristo—. Probablemente se considera religiosa, o en contacto con Dios, más que con el diablo. Puede que crea que está llevando a cabo la obra de Dios.

McCormick asintió con la cabeza.

—Deja los cuerpos casi como caen —dijo Campbell—, como si le horrorizara lo que ha hecho. Sin embargo, quiere un recuerdo de ellos. Otra dicotomía.

—Lo único que parece obvio —le dijo Kane Warner a Clevenger— es que los paradigmas que hemos desarrollado nosotros no nos aportan una imagen clara de este tipo. Así que sugiero que Whitney le ponga al corriente del caso rápidamente durante los dos próximos días y que se una a la investigación, de la que me informará directamente a mí. Puede que lo mejor sea que se quede en la base por el momento.

Eso sí que era poner a alguien en un apuro. Y el tono de Warner le recordó a Clevenger otra cosa que North Anderson le había advertido. No era probable que el FBI le diera las riendas de la investigación. Warner quería mantener a Clevenger a raya y quería hacerlo personalmente. Por eso había dicho que le informaría directamente a él, por no mencionar el hecho de tener que dormir en una residencia del FBI. Era tan buen momento como cualquier otro para demostrar que no era fácil someterle.

—Ya me presentó esta oferta cuando hablamos por teléfono hace dos días —dijo Clevenger—. Excepto por lo de la pensión completa. Pero aún no estoy convencido de que estén preparados para coger a este tipo.

—¿Disculpe? —dijo Warner, sin perder en ningún momento su sonrisa de político.

—Quiero decir que tienen el mapa elaborado y la información, y que estas personas han hecho un trabajo impresionante con los ordenadores y en el laboratorio. Probablemente Whitney tenga toda la razón acerca de las características psicológicas del asesino. Pero aún están muy lejos. Y puede que sean capaces de coger a este tipo, si tienen estómago para hacerlo.

—¿Puede ser más específico, doctor? —dijo Warner.

—El asesino intima con las víctimas antes de matarlas —dijo Clevenger mirando a las personas sentadas alrededor de la mesa—. Hace que sientan que les importa. Y probablemente así sea, o al menos eso cree él. El problema que tiene es que sólo puede asimilar la intimidad en dosis pequeñas. Por eso tiene que estar siempre moviéndose. Nada de relaciones a largo plazo, que le causan un profundo dolor, como le sucedería a cualquiera.

—Siempre queremos lo que no podemos tener —dijo McCormick.

Clevenger la miró.

93

—Siempre —dijo. Miró despacio a Kane Warner de nuevo—. La clave para hacer que este tipo cometa algún error, la forma de destrozarle psicológicamente, es enfrentarle a sus víctimas. Sacar a sus familiares. Mostrar fotografías de cuando eran pequeños en el telediario. Hacer que los familiares se reúnan en algún lugar cada mes. Que la opinión pública esté informada de esas reuniones. Ahora nuestro hombre está excluido. Es un intruso que se siente como tal de verdad. Puede que tenga trece muestras de sangre, pero esas personas de la televisión tienen mucho más. Fotografías, recuerdos, lágrimas de verdad. Y se tienen las unas a las otras. La necesidad del asesino de intimar, su marca de intimidad, sea cual sea, aumentará. Su ansia crecerá cada vez más y empezará a cometer errores. Quizá sienta la necesidad de volver a la escena de algún crimen. Quizá haga una llamada a una madre o un hermano apenados. Puede incluso que nos deje atraparle, aunque sólo sea para ver a su familia extendida, sentarse en la misma sala que las familias de las víctimas.

—Interesante —dijo Warner, sin demasiado entusiasmo.

—Creo que el doctor Clevenger tiene razón —le dijo McCormick a Warner—. Es como si a este tipo se le diera tan bien mantenerse alejado de la gente que nos mantiene a nosotros alejados de él. Tenemos que tenderle la mano.

Dorothy Campbell asintió con la cabeza.

—Llevo meses diciendo que deberíamos plantarle cara a ese animal —dijo John Silverstein, del Programa de análisis de investigaciones criminales. Era la primera vez que hablaba en toda la reunión—. No sigue ninguna pauta tradicional que nos diga de dónde es o quién es o dónde puede matar de nuevo. Tenemos que hacerle salir.

—Pero podría ser peligroso —dijo Bob White—. ¿Qué pasa si aumentamos su necesidad de matar y no se vuelve descuidado? Quiero decir que este tipo puede esperar entre asesinato y asesinato. Trece cadáveres en tres años. Si acelera el ritmo en un cien por cien, podrá seguir seleccionando y eligiendo los lugares.

Warner asintió con la cabeza.

—Podrían descubrirlo —le dijo Clevenger a White—. Y entonces conseguirían que la presión psicológica fuera incluso mayor. Tienen que estar dispuestos a acelerar su violencia hasta que explote. No será agradable. Pero es el precio que tendrán que pagar por detenerle.

Llamaron a la puerta. Se abrió. Una mujer de unos veintitantos apareció en el umbral. Miró a Kane Warner.

Warner se levantó y fue hacia la puerta. La mujer le susurró algo. Warner soltó un largo suspiro y meneó la cabeza con incredulidad. Luego se dio la vuelta y cerró la puerta.

—La número catorce —dijo—. En un estanque a veinte metros de la ruta 7, en Utah. Un hombre discapacitado... iba en silla de ruedas.

La sala quedó sobrecogida por la noticia.

Clevenger miró a Whitney McCormick, que tenía la mirada que recordaba de la facultad de medicina, cuando estaba con una enfermera junto a la cama de un paciente moribundo, sabedor de que estar tan cerca del final de la vida había disuelto de repente las fronteras habituales entre ellos. Y aquella única mirada de McCormick casi le engatusó para comprometerse con la investigación en aquel mismo momento. En ella había una invitación a dejar que su vida personal y su vida profesional se fundieran en una, a dejar que su necesidad de vivir al máximo y amar al máximo y ser amado totalmente se expresara en el único foro que había encontrado de verdad: la caza de un asesino.

—Según el patólogo local, lleva muerto como mínimo tres meses —prosiguió Warner—. Los restos están de camino. —Miró a Clevenger y, de repente, se quitó la máscara de político—. Para que lo sepa —dijo, sin ningún rastro de in-

95

terrogación en su voz—, duermo y como pensando en este caso. Quiero coger a este tipo más de lo que puede imaginar. —Volvió a ponerse la máscara igual de repentinamente—. Dediquemos todo el tiempo del que dispongamos hoy a proporcionarle toda la información que le hará falta para decidir si desea unirse a nosotros.

Para cuando Kane Warner acompañó a Clevenger a la puerta principal de la Academia y lo entregó a otro sedán negro, Clevenger tenía en la cabeza un principio de perfil del Asesino de la Autopista. Había estado en la sala de reuniones más de dos horas, recopilando más detalles sobre cada una de las escenas del crimen y presionando a todos los jugadores de la mesa para que le contaran sus impresiones instintivas sobre el caso.

Creía que, en efecto, el asesino probablemente sería un hombre, no sólo porque las estadísticas lo indicaban, sino por la fuerza con la que las hojas habían atravesado las arterias carótidas y la tráquea fibrosa de sus víctimas. Probablemente tenía al menos cuarenta años, porque era difícil imaginar que alguien más joven tuviera las habilidades sociales y el porte necesarios para hacer que las víctimas se sintieran tan cómodas con él. Era guapo, pero no especialmente sexual, lo que hacía que las mujeres no le vieran como una amenaza. Había trabajado en hospitales, o en centros de asistencia primaria o en bancos de sangre, dada su competencia con las jeringuillas. Y probablemente era hijo único, porque su necesidad de intimar —«de parientes de sangre»— era tan extrema que resultaba difícil imaginar que esa necesidad se hubiera desarrollado ante la presencia de un hermano. La teoría de Whitney McCormick de que se había quedado huérfano o que le habían abandonado era una apuesta razonable.

Ningún punto del perfil era seguro, y en cualquier caso no era mucho, pero Clevenger sí estaba convencido de algo: habría más cadáveres que examinar y más escenas del crimen que estudiar. El asesino necesitaba seguir asesinando. Estaba enganchado.

Mientras el sedán regresaba al aeropuerto nacional, Clevenger volvió a pensar en las trece fotografías que Bob White había extendido sobre la mesa. Trece vidas. Y ahora el recuento de cuerpos ascendía a catorce, y era completamente imposible saber cuántos cadáveres más se encontrarían aún.

Clevenger imaginó que quizá el asesino también estuviera pensando en sus víctimas. En aquel preciso momento, podía estar conduciendo por una autopista, ansioso por que se pusiera el sol, anhelando extinguir otra vida y ampliar su familia, sus vínculos de sangre.

Sintió que un odio similar se apoderaba de él. Antipatía. Porque para Clevenger el fin de la vida era el enemigo. Despreciaba la muerte, daba igual qué forma adoptara la bestia: cáncer, vejez o asesinato. Simplemente había elegido la causa de la muerte que podía frustrar utilizando lo que había aprendido y los medios que se le ocurrían. Y si a veces la gente decía que se excedía en su trabajo, pues no lo entendían, eso pensaba él. Una investigación era una guerra. Mirabas a la muerte a los ojos y tenías que estar dispuesto a poner toda la carne en el asador si la muerte subía la apuesta inicial, incluso sacrificarte a ti mismo, si era preciso, para terminar con la carnicería.

El sedán le dejó junto a la terminal de US Airways. Los dos primeros puentes aéreos de Washington a Boston habían sido cancelados por la niebla que había en Logan y cuando aterrizó en casa eran las 17:15. Salió con la camioneta del aparcamiento central y utilizó el teléfono móvil para llamar al laboratorio del Mass General.

—Soy el doctor Frank Clevenger —le dijo a la mujer que

contestó—. Estoy a la espera del resultado del test toxicológico de Billy Bishop.

—¿Fecha de nacimiento? —le preguntó la mujer.

—11 de diciembre de 1987.

—Un momento, doctor.

—Que haya dado negativo, por favor —susurró Clevenger. No creía que fumar marihuana fuera el fin del mundo. Ni que los chicos de dieciséis años no se fumaran un porro de vez en cuando. Pero si la sustancia estaba presente en la sangre de Billy, significaría que le había mentido, en su propia cara, sobre el hecho de consumirla, y probablemente sobre el hecho de venderla. Y eso querría decir que su carácter no estaba mejorando en absoluto.

Pasó un minuto. A Clevenger le parecieron diez.

—¿Hola? —insistió.

—Un segundo —dijo la mujer—. El ordenador... Vale. No. En el registro no aparece nada.

—¿No se ha presentado? —preguntó Clevenger.

—Al parecer, no —le contestó.

—¿Podría ser que el resultado figurara en otro lugar?

—Si se hubiera sometido a un test toxicológico, saldría en el ordenador aunque los resultados estuvieran pendientes.

—Bien, gracias por comprobarlo —dijo Clevenger, y sintió el extraño cóctel de ira, frustración y tristeza que sólo Billy Bishop podía provocar en él.

—De nada. —La mujer colgó.

Clevenger marcó el número de su *loft*, no obtuvo respuesta. Marcó el móvil de Billy y le salió su lacónico mensaje grabado: «Ya sabes qué tienes que hacer», luego el pitido. Colgó, volvió a marcar el móvil, le salió de nuevo el mensaje.

—Imbécil —dijo en voz alta, y colgó. Lanzó el teléfono al asiento del copiloto y se dirigió a casa.

Seis

Billy Bishop estaba sentado en el banco de levantamiento de pesas que había instalado en su cuarto en el *loft* de Chelsea de Clevenger, escuchando a los Doors a todo volumen y mirando por las ventanas venecianas el perfil de Boston, que relucía más allá del Astillero Fitzgerald.

El banco de levantamiento de pesas, un escritorio sencillo, la cama y los componentes del equipo de música que había apilado contra la pared, con una maraña de cables interconectados, eran el único mobiliario de la habitación. Pósters de los grupos de rock Puddle of Mud, Pearl Jam y Grateful Death cubrían las paredes.

Había levantado con sumo esfuerzo noventa kilos en seis repeticiones. Se notaba el corazón acelerado y la cabeza le iba a mil por hora.

Se sentía bastante bien consigo mismo. Había ido al astillero, hablado con Peter Fitzgerald y conseguido un trabajo para empezar al día siguiente. Estaba claro que todo aquello era un favor que le hacían a Clevenger, pero al menos no lo había estropeado. Había cerrado el trato. Eso tendría que valer para algo, ¿no? Y era un trabajo bastante guapo, la verdad. Aprendería a arreglar motores de remolcador. Se haría colega de los tipos que los capitaneaban. Y le pagarían diez pavos la hora en metálico al principio, que era calderilla, pero mucho mejor que hacer de voluntario. El profesor Walsh y su secretaria reprimida, y Scott Dillard y todo

Auden Prep podían irse a la mierda, atajo de cabrones hipócritas.

A Dillard y a los matones de sus amigos no les gustaba que les molieran a palos. Ésa era la cuestión, lo que era bastante curioso, si tenemos en cuenta que habían sido ellos los que habían iniciado las dos peleas. Dillard se había metido con el peinado de Billy y con el *piercing* que llevaba en la nariz, y luego sus colegas imaginaron que se tomarían la revancha por la paliza que había recibido.

Por lo que a Billy se refería, uno no empezaba algo que no pudiera acabar. Si lo hacía, se fastidiaba y cargaba con el castigo.

Dillard y compañía, no. Ellos se habían chivado.

Se puso en pie y se dirigió al espejo que había sobre el escritorio. Estaba cachas. Su torso parecía la armadura de un gladiador: unos pectorales perfectamente definidos, un abdomen que parecía una tableta de chocolate, ni un gramo de grasa en ningún lado. Flexionó los brazos y observó cómo los bíceps se volvían duros como una roca.

Así eran todos: unos hipócritas. Pensar que Dillard le había delatado por guardar marihuana en la taquilla cuando había sido uno de sus mejores clientes. El muy cerdo había estado comprándole treinta gramos al mes hasta que había decidido empezar a meterse con las rastas de Billy; primero vacilándole, pero luego se había excedido y le había acosado de verdad. «¿Vienes de Jamaica, tío? ¿Salidito de la isla, tío?» Así que Billy le había cortado el suministro. Fuera. Ni un solo porro más. No hay que morder la mano que te da de comer.

Ésa era la verdadera razón por la que Dillard había querido pelearse: se moría por un porro y no podía conseguirlo.

Billy se acercó más al espejo e inspeccionó el arete de la nariz para asegurarse de que el *piercing* estaba sanando bien. Luego retrocedió y se sentó en el borde del banco de

100

levantamiento de pesas. Se puso las manos detrás de la cabeza e hizo rotar los hombros a derecha e izquierda para realizar unos estiramientos antes de iniciar la siguiente serie.

Que Walsh le hubiera expulsado por una bolsa de hierba hacía que se partiera de risa. ¿Acaso alguien podía creer en serio que el profesor no se tomaba un par de martinis todas las noches cuando llegaba a casa para soportar a su mujer de uno cincuenta y dos, piernas gordas y labios pintados de rojo brillante? ¿En qué se diferenciaba eso de fumarse un porro? ¿O de meterse una raya? ¿Sólo en que el gobierno se llevaba una tajada de los beneficios que daba el alcohol? Además, el alcohol podía destrozarte el hígado o hacer que mataras a alguien si conducías borracho, mientras que la hierba y fumar un porro de vez en cuando no te hacen ningún mal.

Se tumbó en el banco de levantamiento de pesas y agarró la barra que tenía encima de la cabeza. Había añadido discos de cinco kilos a cada lado, con lo que subiría a los cien kilos. Respiró hondo y retiró la barra de los ganchos. La bajó hasta el pecho. Luego expulsó todo el aire de los pulmones y volvió a subir la barra. Hasta arriba. Hizo otra repetición, realizó con dificultad una tercera. En la cuarta, le temblaron los pectorales por el esfuerzo que le suponía controlar la barra mientras la bajaba. Sintió como si sus brazos fueran a ceder. Pero buscó en lo más profundo de su interior e imaginó que la barra quería subir, que la gravedad funcionaba al revés, que lo único que tenía que hacer era trabajar con ella. Cerró los ojos, estiró el cuello y empujó con todas sus fuerzas, apretando los dientes al subir la barra, extendiendo los brazos, aguantando el peso estable una fracción de segundo antes de dejar que rebotara en los ganchos de acero.

—Muy bonito —gritó Clevenger por encima de la música, justo desde fuera de la puerta.

Billy se incorporó, respirando con dificultad, cubierto de sudor.

101

Clevenger señaló con la cabeza el equipo de música.

—¿Te importa bajar eso?

Billy se dirigió hacia el aparato y bajó el volumen.

—Podrías haberme ayudado —dijo volviéndose a Clevenger—. Casi no lo consigo.

—No, no es cierto —dijo Clevenger. Entró en el cuarto—. Ni por asomo.

—Cien kilos —dijo Billy—. Cuatro repeticiones.

—Un nuevo record —dijo Clevenger—. Felicidades. —Señaló con la cabeza el móvil de Billy que estaba en el suelo junto al banco—. Te he llamado mientras volvía del aeropuerto.

—No lo he oído —dijo Billy.

Clevenger asintió.

—He ido a hablar con Peter Fitzgerald —dijo Billy—. Empiezo a trabajar mañana.

—Bien —dijo Clevenger, en un tono reservado.

—Diez pavos la hora —dijo Billy, inyectando más entusiasmo a su voz del que sentía, con la esperanza de que la energía lograra que la discusión obviara mencionar el test toxicológico—. Y resulta que los tipos que llevan los remolcadores son...

—Háblame del test toxicológico —dijo Clevenger.

—No he podido ir —dijo Billy automáticamente. Cogió su camiseta—. Iré mañana —dijo, y se la puso—. Será lo primero que haga.

—¿Qué quiere decir que no «has podido» ir?

—Cuando he terminado en el astillero eran como las cuatro y media, y le había prometido a Casey, esa chica nueva que he conocido, que la llamaría. Estuve hablando con ella hasta las cinco y cuarto, cinco y media, y ya era tan tarde que he pensado que el análisis podría esperar.

—¿Por qué no has ido a hacerte el test antes de ir al astillero, como habíamos acordado? —le preguntó Clevenger.

—Por un millón de cosas —contestó Billy.

—¿Un millón...?

—¿Quieres que te diga la verdad? He dormido hasta el mediodía, luego he salido a hacer *footing* para despejarme la cabeza, he almorzado y todo eso. Luego he empezado a preocuparme por si la clínica estaría llena de gente y no llegaba a tiempo de hablar con Peter. Pero puedo ir mañana por la mañana sin problemas.

Clevenger sabía lo suficiente sobre las personas que consumían drogas —él incluido— para saber que siempre evitaban entregar sus fluidos corporales, para ganar tiempo y que su cuerpo se desintoxicara, para que sus riñones y su hígado eliminaran la verdad.

—¿Por qué no vamos ahora? —le preguntó—. Podemos pasar por el laboratorio que mi colega Brian Strasnick tiene en Lynn. El centro médico de Willow Street. Pasa ahí media noche.

—Le dije a Casey que quedaría con ella —dijo Billy.

—Queda con ella después —dijo Clevenger, intentando mantener el control.

Billy sonrió y negó con la cabeza.

—No le va a gustar que...

—Me importa una mierda lo que le guste —le espetó Clevenger—. Habíamos acordado que irías al Mass General a hacerte un text toxicológico y que luego irías a la entrevista en el astillero. Y me has fallado. Así que vas a venir conmigo a Lynn ahora mismo.

—Porque no confías en mí —dijo Billy, intentando parecer herido.

—Porque no has cumplido tu parte del pacto —dijo Clevenger.

Billy negó con la cabeza. A la mierda, pensó. Quizá la máquina de ese tal Strasnick fuera una porquería. Quizá tuviera la oportunidad de añadir agua a su orina y diluir los metabolitos de la droga hasta concentraciones inapreciables. Si nada de eso funcionaba, aún podría salir una noche más con Casey antes de que se armara la gorda con Clevenger.

—Vale —dijo—. Vamos.

—¿Qué tal te ha ido en Quantico? —le preguntó Billy, en cuanto se subieron a la camioneta de Clevenger.

—Creo que ha ido bastante bien —dijo Clevenger. Deseaba que Billy no indagara más, por dos razones. Primero, estaba demasiado enfadado como para hablar de temas triviales. Segundo, y más importante, quería mantener a Billy alejado de su trabajo como psiquiatra forense, para evitar proporcionarle una dieta continua de asuntos tenebrosos.

—¿Qué caso quieren que lleves?

—Un caso de asesinato.

—¿El del Asesino de la Autopista? —preguntó Billy emocionado—. ¿No sería fantástico que trabajaras en ese caso?

—Me han pedido que no hable de la reunión —dijo Clevenger con tirantez. Miró a Billy, vio que se quedaba abatido—. Con nadie.

—Claro —dijo Billy.

—Es lo que quieren.

—Pero les has dicho que a North no le escondes nada.

Clevenger sintió que Billy trataba de buscar su puesto. Una parte de él no quería tener nada que ver con Clevenger y la otra quería acercarse tanto como le fuera posible. Acercarse más que a nadie. Y quizá, si Billy se hubiera sometido al test toxicológico, Clevenger le habría contado algo más de la reunión. Nada demasiado truculento. Nada que estuviera clasificado de verdad. Sólo algo que le hiciera saber que Clevenger le tenía confianza. Pero hacerlo ahora, sería enviar un mensaje equivocado. Billy tenía que aprender que la confianza era algo que se ganaba.

—Hace mucho tiempo que North no me falla —dijo.

Billy apartó la vista y miró por la ventana del copiloto.

Condujeron en silencio durante los siguientes minutos, camino a la ruta 16 Este pasando por Revere, mientras Clevenger se preguntaba en qué estaría pensando Billy, imaginando que probablemente estaría menos concentrado en el test toxicológico que en si acabaría el test a tiempo para coger el tren en Lynn y verse con su novia en el centro comercial North Shore a dieciséis kilómetros, en Peabody; había quedado con ella justo antes de salir del *loft*. Quizá estaría preguntándose si en Tower Records tendrían un CD que quería o si tenía suficiente dinero para pagar una habitación en el Motel 6, que estaba al final de la calle del centro comercial.

Pero Billy no estaba pensando en nada de eso. Durante esos dos minutos que pasaron en silencio, mirando por la ventana, pensó en cómo sería abrir la puerta y saltar de la camioneta. Imaginó una mezcla poderosa de pánico y placer justo antes de chocar contra la carretera, gran parte de ese placer se derivaría de lo horrorizado que se quedaría Clevenger. Oyó el chirrido de los frenos al detener el coche en el arcén, el sonido de sus pasos mientras Clevenger corría hacia donde Billy descansaba boca abajo, sangrando sobre el pavimento. Y aunque Billy no podía explicarse del todo la satisfacción que sentiría al volverse y ver el dolor y el pánico en el rostro de Clevenger, sabía que estaba conectada con el hecho de que Clevenger no estaba dispuesto a hacerle tanto daño a él como él estaba dispuesto a hacérselo a sí mismo. Ésa era su forma de escurrir el bulto, de jugar sus bazas, aunque no pudiera decir a qué juego jugaban él y Clevenger, aunque se le escapara por completo el hecho de que el autocontrol de Clevenger era algo llamado amor y que su propia carencia de él era algo llamado odio hacia sí mismo.

Billy Bishop podía rendir culto a su cuerpo y a su pelo y

al pequeño aro dorado que llevaba en la nariz, y a las letras azul verdosas y la calavera pirata que se había tatuado en la espalda. Podía dárselas de que peleaba bien, que era un buen jugador de fútbol americano y que atraía como un imán a las chicas guapas. Pero esa vanidad tan sólo era una defensa de cómo se sentía en su interior: feo, totalmente corrompido, merecedor de todas las palizas que había recibido y que recibiera en su vida. Como casi todos los niños maltratados, en lo más profundo de su alma, le había otorgado el beneficio de la duda a su maltratador, al hombre de la correa.

Pero Billy no acabó tirado en el asfalto. Cuando los dos minutos de silencio llegaron a su fin, saltó en otra dirección. Se volvió hacia Clevenger.

—No hace falta que me haga el test —dijo.

—Sí que vas a hacértelo —dijo Clevenger.

—Puedo decirte qué saldrá.

Clevenger miró a Billy y vio que hablaba en serio. Dio un volantazo, entró en el aparcamiento de un Dunkin' Donuts y metió la camioneta en una plaza.

—De acuerdo. ¿Qué saldrá?

—Marihuana —dijo Billy, resistiendo el impulso de sonreír—. Me fumé un par de porros que no pude vender en el colegio.

A Clevenger se le cayó el alma a los pies. Durante unos segundos se sintió totalmente impotente, estúpido por haber intentado hacerle de padre a un chico cuando él mismo no había tenido un padre. ¿A quién intentaba salvar? ¿A Billy? ¿A él? ¿Por qué no admitía simplemente que juntos no tenían remedio, que no se podía sacar un clavo con otro clavo?

—¿Cuánta has...?

—No es lo único que saldría —dijo Billy.

Clevenger exhaló el aire y se preguntó qué vendría a continuación.

—Marihuana... —prosiguió Billy, observando cómo la palabra parecía herir de nuevo a Clevenger—, y cocaína... y esteroides.

Clevenger pudo ver por su tono de voz que Billy había tenido la intención de herirle, que intentaba atraerle de la única forma que sabía: negativamente, a través de la confrontación. Y aquello le recordó que rescatar a Billy siempre le había parecido como correr un maratón. Al menos, la oposición que el departamento de servicios sociales había mostrado a que adoptara a Billy le había ayudado a comprender ese punto. Más de la mitad de los chicos adoptados a la edad de Billy, con historias como la suya, acababan viviendo en la calle, en la cárcel o muertos antes de cumplir los veinte. Ganar la batalla por su alma significaba cogerle de la mano mientras extirpaba despacio, a conciencia, sus demonios. Significaba luchar durante años, perder muchas batallas.

—¿Y qué piensas que deberíamos hacer? —preguntó.

Billy se encogió de hombros, seguía mirando fijamente a Clevenger a los ojos.

—Piensas que es trabajo mío decidirlo —dijo Clevenger, principalmente a sí mismo.

Billy giró la cabeza y miró por el parabrisas.

Clevenger hizo lo mismo.

—Está la reacción estándar «Estás castigado» —dijo—, que no funcionará, si quieres saber mi opinión. Creo que serías bastante feliz encerrado en el *loft* un mes con tus pesas y el equipo de música, dejando entrar a chicas a hurtadillas. —Hizo una pausa—. También está lo de «Vete de casa, estás solo, a menos que ingreses en un programa de treinta días». Y ese modo de pensar tiene cierto mérito. El rollo del «amor estricto» puede funcionar. Pero es arriesgado con alguien como tú. Estás tan descontento contigo mismo que quizá en la calle te sentirías como en casa. Podrías pensar que te lo mereces. Y yo no quiero eso para ti. La verdad es que no podría soportarlo. —Miró a Billy para ver si aceptaba la pipa de la paz que le estaba ofreciendo. No lo hizo—. Otros padres simplemente llaman a la poli —prosiguió—. Dejan que el fiscal del distrito consiga una condena contra su hijo por posesión de drogas y esperan que el juez lo meta en Narcóticos Anónimos y le someta a tests toxicológicos como parte del trato para conseguir la condicional. —Se encogió de hombros—. No tiene por qué ser siempre una mala idea. La posibilidad de que te caiga una sentencia de cárcel puede hacer que te resulte más difícil pasártelo bien colocándote.

—O más emocionante —dijo Billy, con la mirada aún fija al frente.

Clevenger se volvió hacia Billy, vio la expresión de suficiencia de su rostro. Y justo en ese momento le habría sentado muy bien cogerle del cuello y golpearle la cabeza contra el parabrisas, para borrarle aquella sonrisita de los labios de un plumazo, para enseñarle que por muy duro que creyera que era, había gente mucho más dura que él. Quizá ésa fuera la lección que Billy tenía que aprender, la que nadie había sido capaz de enseñarle en el patio de Auden Prep.

Pero a medida que Clevenger sentía que la ira aumentaba en su interior, que se le aceleraba el corazón, que se le tensaba la mandíbula, se dio cuenta de que una paliza era lo que Billy andaba buscando. De manera inconsciente, intentaba resucitar la relación que había tenido con su padre, esta vez asignando a Clevenger el papel del maltratador. Clevenger meneó la cabeza, y pensó en lo mucho que tardaba el pasado en morir. Estaba tan sólo a un error —un bofetón, un puñetazo— de convertirse en su propio padre, con lo que se completaría el viaje patológico de ser víctima a convertirse en maltratador. Era algo seductor, aquella obsesión por repetir roles. La única salida era expresar la dinámica, en lugar de actuar sobre ella.

—Claro que —dijo— hay padres que simplemente pierden los nervios y les dan una paliza de muerte a sus hijos.

Billy le miró.

—Me importa una mierda. Adelante, si es eso lo que quieres.

—Eso es lo que tú quieres.

Billy puso los ojos en blanco.

—Yo estuve en la misma situación que tú —dijo Clevenger.

—¿De qué situación hablas? —preguntó Billy.

Clevenger volvió a mirar por el parabrisas.

—De intentar demostrar lo fuerte que era sobreviviendo a una paliza tras otra. Primero de mi padre. Luego, cuando se marchó, le encontré un sustituto bastante bueno. Casi me maté con la cocaína y el alcohol.

—¿Tú? —dijo Billy—. ¿Tomabas cocaína?

Clevenger entrecerró los ojos en la noche.

—Aliviaba el dolor. Ésa es la parte obvia. Pero hacía algo más. Mantenía vivo el sueño de mi padre. El sueño de que tenía un padre que se preocupaba por mí.

—No lo pillo —dijo Billy.

—Siempre que me maltratara a mí mismo —dijo Clevenger mirándole—, siempre que no mereciera algo mejor, podía creer que me quería. A mí, al que siempre la jodía. A mí, al adicto. Al mentiroso. Qué más daba que el viejo fuera un borracho fracasado. Qué más daba que echara mano del cinturón cuando se cabreaba conmigo. No era que no me lo mereciera. Lo único que tenía que hacer era mirarme en el espejo para ver que sí que me lo merecía.

Billy le estaba escuchando con más atención.

—Sientes un dolor muy grande cuando te das cuenta de que eres una persona que vale la pena, Billy —prosiguió Clevenger—. Que vale la pena de verdad, quiero decir, por tu corazón, no por tu pelo o tu cara o tu cuerpo. Porque entonces empiezas a sentir cuánto te dolía que te quitaran esa convicción a patadas, cuánto sufrías antes de desprenderte por fin de todo eso. Empiezas a entender lo que cuesta tener un padre que no te quiere. Y entonces empiezas a sufrir de verdad.

—O a apagarte —dijo Billy.

Aquel comentario cogió a Clevenger por sorpresa.

—Todo el mundo te dice siempre cómo deberías hacer frente a las cosas —dijo Billy—. Como si eso fuera a hacerte feliz. Pero, ¿quién puede asegurarte que eso no va a empeorarlo todo, incluso hacer que pierdas el control?

Clevenger asintió con la cabeza. Billy tenía razón. Si bajabas la guardia y te enfrentabas a tus demonios, siempre había la posibilidad de que te ganaran.

—No voy a mentirte —le dijo—. Hay gente a quien le pasa. A veces el dolor es demasiado grande para soportarlo. Pero a la gente que se une, como podríamos hacerlo tú y yo, no le sucede tan a menudo. Si estuvieras dispuesto a contármelo cuando te apetezca tomar drogas, en lugar de consumirlas, si tú y yo pudiéramos hablar más cuando estés deprimido en vez de colocado, acabaríamos derrotando todo esto.

—Pero no eres mi loquero —dijo Billy.

Clevenger se preguntó durante un momento si Billy por fin estaba pidiendo ver a un terapeuta, algo que le había estado instando a hacer. Pero entonces se dio cuenta de que Billy pedía otra cosa.

—No —le dijo—, no soy tu terapeuta. Estoy intentando ser un padre para ti. —Observó que Billy tragaba saliva con fuerza, lo que significaba que o bien le había emocionado lo que Clevenger había dicho o que lo fingía—. Así que dime adónde te llevo, campeón. Tú decides. Puedo dejarte en el centro comercial, llevarte de vuelta al *loft* o pasar por el laboratorio de Strasnick. Elijas lo que elijas, sigo estando contigo al cien por cien.

—¿Por qué tendríamos que ir al laboratorio? —pregun-

tó Billy—. Ya te he dicho lo que va a salir en el test toxicológico.

—Aún es demasiado pronto para que te tome la palabra
en eso. Podrías estar consumiendo un montón de drogas
más. Si no pasamos por el laboratorio, aún tendré que preocuparme por si sé de verdad a qué nos enfrentamos. Y preferiría que no fuera así.

Billy miró por la ventana del copiloto. Pensó en lo mucho
que le debía a Clevenger en realidad. Pensó que lo que Clevenger le había dicho tenía sentido; los puntos que podía entender, en cualquier caso. Pero sobre todo pensó en cómo
había largado todo lo que consumía, exceptuando el éxtasis
que tomaba de vez en cuando. Y llevaba una semana sin comerse una pastilla. Así que estaba seguro de que no saldría
en el test toxicológico. Y ya le había dicho a Casey que no
podría llegar al centro comercial hasta la noche. Así que en
resumidas cuentas, no tenía nada que perder si daba un poco
de su sangre y su orina. Se volvió hacia Clevenger.

—Vamos al laboratorio —dijo.

111

Siete

Era casi la una de la madrugada, pero Jonah no tenía sueño. Estaba tumbado en la cama, con los vaqueros puestos y nada más, los brazos y las piernas abiertos sobre el colchón, sonriendo en dirección al techo. Los músculos perfectamente esculpidos de su pecho, hombros, brazos y piernas tensados. El apartamento aún le resultaba extraño, le hacía sentirse libre. Lo anónimo del lugar —sus paredes vacías, las sábanas y las toallas blancas y nuevas, la moqueta beige recién limpiada que iba de pared a pared, los platos y los utensilios de plástico, el sofá de vinilo y la mesa del comedor de madera enchapada— hacían que se sintiera renacer. Nadie en el edificio le conocía. Nadie a lo largo de la carretera de cinco kilómetros que llevaba al hospital le conocía. Durante las semanas pasadas desde su llegada a Canaan no había instalado ningún teléfono, conectado el cable, pedido ningún periódico. O bien comía en la cafetería del hospital o engullía platos para llevar del restaurante chino Chin Chin que había a dos manzanas de su apartamento o del House of Pizza de Canaan que estaba justo en la esquina.

Michelle Jenkins le había pedido que salieran juntos dos veces más, pero había rehusado educadamente en cada ocasión. No necesitaba a una mujer. Sus casos habían aumentado a ocho pacientes que le inyectaban no sólo su dolor, sino el de sus atribulados padres y madres y hermanos que asistían a las reuniones familiares en la unidad de internamiento. Esas ocho historias se convirtieron pronto en dieciséis, luego en treinta y dos, después en sesenta y cuatro. Cada día de trabajo era una orgía sin descanso de sufrimiento.

A Jonah le satisfacía.

Entrelazó los dedos y se puso las manos detrás de la cabeza, cerró los ojos y pensó en la niña de seis años Naomi McMorris, violada cuando tenía tres. Se había quedado sentada en silencio en su despacho durante los treinta primeros minutos que habían pasado juntos, los tobillos cruzados, sus piernecitas de niña balanceándose hacia delante y hacia atrás, demasiado asustada como para mirarle durante más de unos pocos segundos seguidos. Era hermosa, aunque muy delgada, tenía el pelo rubio y liso y unos ojos azul verdosos y conmovedores, unos ojos que sabían mucho más de lo que les correspondía por edad, unos ojos que daban a entender lo mucho que había visto, tan pronto, de la crueldad humana. El novio violador de su madre había llegado y se había marchado, pero había dejado el conocimiento adulto y extraño dentro de ella. Ése era el motivo por el que Naomi se hacía cortes de forma habitual, se abría las muñecas a base de arañazos cuando no podía tener a mano un cuchillo o un tenedor o un lápiz roto, y se quedaba mirando la sangre mientras manaba. Porque una niña de seis años era incapaz de encontrar las palabras que expresasen el terror que tenía que ser sentirse penetrada —que la penetrasen—, el dolor inenarrable, la desesperación. Hacerse cortes podía contar la historia sin palabras, el desgarro en la integridad de su cuerpo, el fluido rojo y cálido goteando en la alfombra. Una y otra vez salía de su habitación en la unidad de internamiento o se levantaba en la cafetería y mostraba las muñecas sangrantes para que todo el mundo las viera, los ojos muy abiertos, la

113

mirada de triunfo, como si dijera: «Que deje de ser un secreto. Me han desgarrado».

Antes de jubilarse del Canaan Memorial, el doctor Wyatt había dejado escritas unas órdenes en el informe de Naomi diseñadas para mantenerla a salvo. Estableció que le limaran las uñas todos los días, que le restringieran el acceso a los objetos afilados y que controlaran su seguridad cada cinco minutos. Eran medidas sensatas para evitar que se cortara. También lo eran los 75 miligramos de Zoloft que tenía que tomar cada mañana para animarse, los dos miligramos y medio de Zyprexa que tenía que tomar cada tarde para calmar su agitación y los 25 miligramos de Trazadone que tenía que tomar cada noche para ahuyentar las pesadillas.

El problema era que las hemorragias de Naomi eran principalmente internas. Evitar que se cortara la piel jamás impediría que los fragmentos de su infancia despedazada fueran destruyendo su psique en silencio.

Jonah sabía que jamás lograría tener acceso a una niña como Naomi siguiendo los métodos convencionales. No iba a abrirse a él simplemente porque le llamaran «doctor» o prometiera no hacerle daño. Tenía que ser una víctima, como ella. Tenía que estimular su instinto de consolar y proteger a otra persona, un instinto que a menudo sobrevivía al trauma, que incluso se volvía más fuerte gracias a él.

—No me gusta estar aquí —le había dicho Jonah después de pasar sentado con ella aquellos primeros treinta minutos.

Naomi aún no había hablado, pero le había mirado por primera vez.

—Odio estar aquí —le dijo Jonah.

Otra mirada de la niña. Un encogimiento de hombros. Luego, mirándose los pies balanceantes dijo:

—¿Por qué?

«¿Por qué?» Dos palabras, seis letras, pero una brecha no menos milagrosa que cuando las aguas del mar Rojo se abrieron para que los judíos pudieran cruzar hasta la Tierra Prometida. Un alma de seis años, que aún era novata en este mundo horrible, le invitaba a entrar en su interior. A él, que llevaba embrutecido más de cuatro décadas en el planeta. A él, cuyos propios pecados estaban más allá de las palabras. A él, hacia ella. Hacia Dios.

—¿Prometes no decírselo a nadie? —le preguntó.

La niña asintió con la cabeza.

—¿Me lo juras?

—Te lo juro —dijo Naomi.

—Son malos conmigo —dijo Jonah.

La niña dejó de balancear las piernas.

—¿Quiénes?

—Los otros médicos.

Naomi le miró, siguió mirándole.

—¿Cómo? ¿Qué te hacen?

—Me llaman cosas. Se burlan de mí.

—¿Por qué?

—Supongo que porque no les gusto.

—¿No les gustas? —le preguntó.

—No quieren que esté aquí. No quieren que sea su amigo.

—¿Por qué no?

Jonah se encogió de hombros. Un niño de seis años no sería capaz de imaginar por qué otros niños de seis años la tenían tomada con él. Y por el momento, Jonah tenía seis años y estaba haciéndose amigo de una niña de seis años. Quería forjar la clase de alianza estrecha que pueden establecer los niños de esa edad. «Nosotros» contra «ellos». Nosotros contra el resto del mundo.

—Todo esto es un secreto —dijo—. Entre tú y yo. Se supone que no debo decírtelo.

—No diré nada —dijo Naomi.

Jonah sonrió.

—¿Puedes venir mañana?

—Vale.

«Vale». Otra victoria contra el aislamiento de Naomi. Un triunfo. Naomi regresó a su habitación y Jonah se quedó en su despacho. Pero ahora sabía que poco a poco, día a día, se acercaría más a él. Al aparecer vulnerable frente a ella, le daría el permiso que la niña necesitaba para ser vulnerable con él. Y, juntos, como víctimas, proporcionarían a sus demonios un público, les dejarían gritar y llorar y lamentarse tan fuerte y durante tanto tiempo como les hiciera falta.

Jonah abrió los ojos y volvió a mirar al techo de su dormitorio. Casi podía oler la piel fresca de Naomi. Deseó que estuviera con él en aquel preciso instante. Deseó que Tommy Magellan y Mike Pansky y sus otros pacientes también estuvieran allí. Deseó no tener que irse jamás de la unidad de internamiento. Deseó poder comer, dormir y bañarse allí, entre aquellas personitas rotas. Porque cerrar la puerta tras él todas las noches era como dejar encerradas partes de sí mismo.

Aquella imagen de la puerta cerrada, con él a un lado y ellos en el otro, se le clavaba en la mente y en la garganta. De repente, se sentía más solo que triste. Y la soledad era la zona peligrosa. La soledad era lo que hacía que quisiera salir del apartamento y pasear por las calles, en busca de la verdad, a hurgar en las intimidades.

Nunca había cedido al impulso de quitar una vida en la misma ciudad en la que trabajaba, pero había estado cerca. Demasiado cerca. Había pasado los meses de noviembre y diciembre de 1995 en Frills Corners, Pensilvania, justo a las afueras del parque forestal Allegheny, trabajando en el centro médico regional de Venango. La unidad de psiquiatría infantil de allí no era de internamiento y admitía sólo a pacientes que pudieran «garantizar su seguridad» y prometieran no hacerse daño a sí mismos. Eso significaba que los niños podían ir a casa de visita u obtener «pases» para salir con sus padres. El lugar estuvo casi vacío desde el día antes de Navidad hasta el lunes siguiente. Para Jonah, aquello significó cinco días de soledad. Y la noche de aquel domingo todo había empezado de nuevo: el dolor punzante dentro del cráneo, la quemazón en la piel, la horrible lucha para que el aire le llegara a los pulmones. Así que había salido a pasear justo después de medianoche. A respirar. A combatir el calor.

Ella le estaba esperando. Como el resto. Ally Bartlett, de veintiocho años de edad, ni alta ni baja, quizá con diez kilos de más, ojos marrones medianos y pelo negro y rizado, sentada en una parada de autobús que había delante de un bar, vestida con unos pantalones de lana color canela y un chaquetón de lana azul. Llevaba una gruesa bufanda roja enrollada en dos vueltas alrededor del cuello. No llevaba gorro. Ni guantes. Le miró desde el momento en que dobló la esquina. No apartó la mirada cuando se dirigió hacia ella.

—Debe de estar congelándose —le dijo, sonriendo mientras Jonah se sentaba a una distancia respetuosa de ella.

Jonah vestía unos vaqueros claros y un jersey de cuello alto gris. No llevaba abrigo. Pero no tenía frío.

—Me han robado el abrigo —le dijo a la chica

—El autobús tendría que llegar en unos minutos —dijo ella—. Coja esto —le dijo y se desenrolló la bufanda—. Al menos hasta que venga.

—No puedo aceptarla —dijo Jonah, sabiendo que lo haría.

—No se haga el héroe —le dijo—. Hace mucho frío. —Acabó de quitarse la bufanda, y mostró una cruz dorada que llevaba en el cuello.

Jonah asintió con la cabeza en un gesto de reconocimiento silencioso de aquella señal, de la ofrenda que le hacía Dios. Cogió la bufanda y se la enrolló al cuello, absorbiendo la esencia embelesadora de Ally, el *bouquet* de su perfume, maquillaje, sudor y aliento.

117

—Me llamo Phillip —dijo—. Phillip Keane. Soy médico del Venango Regional.

—Ally Bartlett —dijo ella. Miró calle abajo—. Llegará en cualquier momento, seguro —dijo.

Su ansia le desequilibraba y pasó a interrogarla con torpeza.

—¿Qué tal las vacaciones?

—Horribles —dijo la chica con una sonrisa aún más ancha.

—¿Por qué? —Pensó que parecía desesperado—. ¿Qué ha sido horrible?

La sonrisa desapareció.

—Es una historia muy larga.

Así que Ally ya estaba cerrando la puerta. Le había ofrecido amabilidad y luego se había alejado. En el frío glacial. Le daría más a un vagabundo plantado en una esquina que suplicara unas monedas. A Jonah, le habría devuelto mal el cambio tranquilamente. A Jonah, un hombre dedicado a curar a los demás, no le haría ni caso. Sentía que la cabeza iba a partírsele en dos. Veía su arteria basilar, a lo largo de la base del cerebro, palpitando, las neuronas furiosas en el tejido fibroso profiriendo gritos agónicos mientras se tensaban con cada latido de su corazón. Necesitaba consuelo, aunque fuera el consuelo que le produciría oír el grito ahogado de Ally, mirar a sus ojos aterrorizados, conocer su dolor. Se metió la mano en el bolsillo para coger el estilete que llevaba. Miró al bar desierto que tenían detrás, luego examinó la calle. Estaban solos.

—¿Dónde está ese autobús? —dijo Jonah con la voz temblorosa. Se puso en pie. Y se habría dirigido hacia ella y habría quitado —sin más alegría que cuando Abraham levantó la daga contra Isaac— la vida que le hacía falta, la vida que Dios le estaba dando. Pero la chica habló.

—Te parecerá una locura —dijo—, pero ¿quieres tomar

una copa o beber algo? Es que nunca se sabe en realidad a quién conoces, o por qué.

Una copa o beber algo. Jonah dejó de agarrar con fuerza el cuchillo. Respiró hondo y exhaló el aire.

Ally ladeó la cabeza.

—Bueno, tú estás aquí. Yo estoy aquí. El autobús no viene. Hace muchísimo frío. Y tenemos un bar a unos cinco metros. —Levantó las manos—. Es como si Dios intentara decirnos algo, ¿no te parece?

—Con Dios, nunca se sabe —dijo Jonah. Fingió dudar. Soltó el cuchillo—. ¿Por qué no? —dijo al cabo de unos segundos.

Se sentaron a una mesa al fondo del pub Sawyer's y pidieron un par de cervezas.

—Tienes una voz increíble —le dijo Ally—. ¿Te lo han dicho?

—A veces.

—Es extraña, casi.

Jonah levantó una ceja.

—No en ese sentido —dijo ella, con una risa deliciosa—. No extraña en cuanto rara. Extraña en el buen sentido. Amable. Pero más que amable. Reconfortante o algo así.

—Bueno, ¿por qué han sido unas vacaciones tan horribles? —le preguntó Jonah.

Ally bajó la vista a su cerveza.

—Te gusta insistir, ¿eh?

—Ya me lo dicen. Todo el tiempo.

La chica volvió a mirarle.

—Mi padre —su voz quedó reducida a un susurro, sus ojos empezaron a cerrarse— se está muriendo.

Entonces, se echó a llorar.

Jonah se quedó sentado en silencio, paralizado. Quizá, a pesar del ser en el que se había convertido, a pesar de todas las cosas horribles que había hecho, Dios le había enviado de verdad a un ángel.

Ally abrió los ojos y le miró de nuevo. No dejaba de secarse las lágrimas, pero más y más manaban de sus ojos.

—Lo siento. No te he pedido que entraras aquí para poder derrumbarme así. Parece que no puedo...

—No puedes... —Jonah se inclinó hacia delante.

Ally dejó que las lágrimas le resbalaran por la cara.

—Hacerme a la idea.

Jonah alargó los brazos sobre la mesa y le cogió una mano entre las suyas. Ella no se resistió en absoluto a que la tocara.

—¿De qué se está muriendo tu padre? —le preguntó.

—De algún virus que le ha infectado el corazón —dijo—. Se le ha hinchado y no bombea correctamente. Endo...

—Endocarditis vírica —dijo Jonah.

Ally utilizó la manga del jersey para secarse las lágrimas.

—Es verdad que eres médico.

—Es verdad.

—¿Del corazón? —le preguntó.

—En cierto sentido, supongo —contestó—. Soy psiquiatra.

Ella sonrió de nuevo.

—No me extraña —dijo.

—¿El qué, no te extraña?

Su sonrisa se suavizó y se convirtió en un gesto especialmente cálido, casi afectuoso.

—No me extraña que sienta como si pudiera contarte cualquier cosa —le dijo.

Jonah sintió que la tensión abandonaba sus músculos, que el calor abandonaba su piel. Se dio cuenta de que había dejado de sentir dolor.

—Háblame de él —le dijo.

Y Ally lo hizo. Sin que Jonah tuviera que ser indiscreto o instarla a ello o amenazarla, la chica le dio su verdad. Le contó las cosas que le gustaban de su padre y las cosas que odiaba. Le contó cómo había sido para ella crecer en Ithaca, Nueva York. Le contó que un chico de segundo curso de Cornell la había violado a los catorce años. Le contó que su padre le había preguntado qué había hecho para que el chico creyera que ella buscaba sexo, y que su padre la había abrazado mientras lloraba, le había acariciado el pelo y le había prometido que todo iría bien. Le contó que deseaba poder hacer lo mismo por él ahora. Le contó que su madre, una mujer religiosa, se había vuelto a casar y que sólo había ido dos veces a visitar a su padre al hospital. Le contó que su hermano mayor estaba en una prisión federal, sentenciado a diez años por transportar cocaína de un estado a otro. Le contó que los recuerdos de la violación aún se interponían en su placer sexual.

Ally Bartlett, concluyó Jonah, era en efecto un ángel. Y se la había llevado a casa y le había hecho el amor y había dormido a su lado aquella noche. Aquella noche y nunca más. Porque sabía que al final Ally querría conocerle del mismo modo que ella le había dejado a él conocerla. Los retazos de vida que había ido recolectando de los demás no la engañarían.

Jonah se incorporó en la cama. El recuerdo de Ally Bartlett, como los recuerdos de sus pacientes de la unidad de internamiento del Canaan Memorial, sólo conseguía hacer que se sintiera más solo. El apartamento empezaba a parecerle cada vez más una cárcel que una fortaleza.

Eran casi las dos. Ansiaba recorrer las calles. Ansiaba encontrar a alguien. Tener a alguien. Cogió el frasco de Haldol de encima de la mesilla de noche, lo abrió y masticó tres miligramos del fármaco, los fragmentos de las pastillas le arañaron la garganta al obligarse a tragarlos. Luego, miró por la puerta de su cuarto el maletín viejo y con hebillas que descansaba en el suelo del salón.

No quería hacerlo. Era sucio y repugnante y ni siquiera

sabía qué se había apoderado de él para hacerlo. Quizá fuera algo que tenía integrado en el cerebro, un apetito aberrante programado genéticamente. Quizá fuera un vestigio de rituales primitivos enterrados en algún lugar de la red de miles de millones de neuronas que conformaban su corteza cerebral. Después de todo, a veces nacían personas con las manos y los pies palmeados. Quizá lo suyo fuera un atavismo conductual.

Fueran cuales fueran sus raíces, fuera cual fuera su extraño poder, una vez que había cedido a la costumbre la primera vez, le resultaba casi imposible resistirse a repetirla. Porque en parte sí que satisfacía su ansia. Cuando había soportado días y días de soledad, a veces con aquello podía sobrellevar las últimas y terribles horas.

Se puso en pie. Entró en el salón, cogió el maletín y se sentó en el sofá. Desabrochó una de las correas y luego la otra. Alineó las ruedas de la combinación y lo abrió. Entonces separó sus fauces, metió la mano dentro y sacó un pequeño estuche de piel negro con cremallera, de los que podrían usarse para guardar un aparato para tomarse la tensión o un alijo de diamantes.

Se recostó en el sofá, acariciando el estuche, sintiendo el tubo de cristal que había dentro. De vez en cuando, el mero hecho de tocar aquello, saber que estaba ahí, le bastaba. Pero aquella noche no sería suficiente. Ya estaba sudando. Ya estaba salivando. Ya imaginaba el terror reflejado en los ojos de Anna Beckwith aquella noche en la ruta 90 Este.

Abrió la cremallera del estuche y sacó lo que le hacía falta: un tubo de ensayo medio lleno de sangre. Lo hizo rodar entre las palmas de las manos para calentarlo. Se pasó la suave base de cristal por los labios, luego un poco más y se la metió en la boca, casi saboreando el preciado líquido.

Se sintió enormemente culpable. Avergonzado. Pero, ¿por qué? ¿Acaso se condenaría a un niño por mamar?

122

¿Acaso las personas que iban a la iglesia se sentían culpables por probar el cuerpo de Cristo? ¿Acaso no éramos todos, al final, un ser glorioso? Y si Jonah sentía aquello más que los demás, lo conocía mejor que los demás, ¿había que condenarlo por ello?

Se deslizó del sofá y se puso de rodillas. Retiró el tapón de goma violeta clara del extremo superior del tubo. Se vertió unas gotas de sangre en la lengua, extendió otra gota por los labios y volvió a colocar el tapón con cuidado en su lugar. La sangre era cálida y salada, sabía a nacimiento y a muerte y, lo más importante, a otros. A todos los otros. Un collage fantástico de sus vidas, sin límites, arremolinándose en su interior. Una reencarnación del mar primigenio del que un día brotó la vida. Empezó a relajarse casi de inmediato. Al cabo de medio minuto empezó a sentirse verdaderamente en paz. Su corazón se ralentizó y su respiración se calmó. El dolor que sentía en la cabeza se evaporó, dejando atrás un tintineo agradable en las sienes, en la nuca. Dios mediante, lograría pasar la noche. Lograría llegar a la mañana, cuando tendría a Naomi y a Tommy y a Mike y a Jessie y a Carl y al resto. Al resto de él.

123

El día amaneció lloviznoso y gris y frío. Jonah fue corriendo a la unidad de internamiento y llegó justo antes de las siete de la mañana, algo que había convertido en un hábito. Le encantaba llegar pronto porque el lugar aún no había adoptado su ritmo normal. El personal de enfermería estaba cambiando de turno: se marchaban los enfermeros de noche y llegaban los de día. Algunos pacientes aún dormían, otros se estaban desperezando, otros estaban somnolientos por no haber podido dormir nada en toda la noche. Algunos acababan de salir de la ducha, otros aún iban en pijama. La mayoría tenía la cama sin hacer. Jonah podía oler el dulce almizcle de sus sábanas, las almohadas y las mantas, su pelo apelmazado y despeinado, los sudores nocturnos. Era el momento del día en que estos internos de cinco, seis y diez años más extrañaban su casa, más presos se sentían y era el momento en el que Jonah más necesitado se sentía y más en casa, en el que más formaba parte de su clan familiar.

Fue de inmediato a la habitación de Naomi McMorris. La puerta estaba entornada. Miró dentro y la vio tumbada en la cama despierta, el pelo dorado desplegado sobre la almohada, el puño agarrando la oreja de trapo de un conejito rosa pálido. Llamó suavemente a la puerta, la empujó un poco más y esperó a que los ojos de la niña se encontraran con los suyos. Cuando ocurrió, le pareció que todo el amor que tenía reprimido en su interior empezaba a fluir, y sintió la clase de liberación exquisita que imaginaba que siente una mujer cuando su bebé empieza a alimentarse de su pecho rebosante.

—¿No le has contado a nadie nuestro secreto, verdad? —le preguntó.

La niña se incorporó en la cama y negó con la cabeza.

—Bien.

—¿Y tú? —preguntó ella.

Jonah sintió unos escalofríos en la nuca. Naomi lo quería todo de él tanto como él lo quería todo de ella.

—Jamás —dijo él.

—Bien.

Jonah le guiñó un ojo.

—¿Nos vemos luego?

Naomi asintió con la cabeza.

Jonah comenzó a marcharse.

—He soñado contigo —le dijo la niña.

Jonah se quedó inmóvil, le daba miedo creer que realmente había escuchado lo que creía que había escuchado:

que Naomi y él hubieran estado juntos por la noche, cuando él estaba tumbado en la cama de su apartamento, mirando al techo. Entró en el cuarto y esperó.

—¿Quieres que te lo cuente? —dijo al cabo de unos segundos.

—Por favor —dijo él.

—Salíamos a dar un paseo junto a un lago muy profundo —le dijo—. Hacía sol y calor y era bonito y yo... —Se puso roja.

—¿Tú, qué?

—Te cogía de la mano.

Jonah casi se quedó sin respiración. Sentía la mano de Naomi en la suya.

—¿Y?

—Y entonces... —Soltó una risita.

—Entonces...

La niña se esforzó por parar de reír.

—Te apartaba de mí de un empujón y te caías al lago y te ahogabas. —Se encogió de hombros—. Supongo que no sabías nadar. Lo siento.

—Y entonces te has despertado —dijo Jonah.

—Ajá.

—Y tenías mucho frío.

—Me estaba congelando —dijo.

—Y te costaba respirar.

—Casi no podía respirar. —Miró a Jonah entrecerrando los ojos—. Oye, ¿cómo sabes el resto del sueño?

Lo que Jonah sabía del sueño de Naomi era que estaba proyectando sus propios miedos en él. Lo que le preocupaba de verdad era que él la apartara de un empujón, que la engatusara para expresar sus sentimientos más íntimos y luego la empujara para que se hundiera o nadara sola. Y en su corazón, a Naomi le daba miedo que si Jonah lo hacía, aquello la matara. Sería incapaz de salir a flote tras otra traición. Por

125

eso cuando despertó era ella la que sentía que se estaba ahogando.

—Sé mucho de sueños —dijo Jonah. Hizo una pausa—. ¿Quieres saber lo más importante del tuyo?

—Sí. ¿Qué es?

Jonah le guiñó un ojo.

—Que voy a cogerte la mano muy fuerte si alguna vez estamos cerca de un lago.

Naomi puso los ojos en blanco.

—Nunca te tiraría al lago de verdad —le dijo.

—Yo tampoco te tiraría al lago —dijo Jonah—. Puedes estar segura.

—Vale —dijo la niña.

—Entonces, ¿nos vemos después? —le preguntó.

—Hasta luego, cocodrilo.

—Nos vemos en el Nilo.

Ocho

Clevenger llegó al trabajo justo pasadas las nueve de la mañana, colgó la chaqueta en el armario del vestíbulo y metió la cabeza en el despacho de North Anderson.

—¿Cómo va eso?

—Richie Egbert necesita el informe ya —le dijo Anderson, apenas sin mirarle—. Resulta que algunos de los testigos de la acusación contra Sonny Raveno tienen graves problemas de credibilidad. —Se puso a teclear—. Egbert va a interrogarles de nuevo mañana.

—Supongo que es una buena noticia.

—Para Sonny —dijo Anderson. Sonó el teléfono, pero siguió tecleando.

—¿Quieres que lo coja yo? —le preguntó Clevenger.

—Lleva sonando todo el día. —Anderson cogió un fajo de mensajes rosas de la mesa, se dio la vuelta en la silla y se los pasó—. Tengo que acabar este informe.

Clevenger cogió los mensajes y los hojeó. El primero decía que llamara a Cary Shuman del *Boston Globe*. El segundo, que llamara a Margie Reedy de las noticias por cable de Nueva Inglaterra. Los tres siguientes eran de Josh Resnek del *Chelsea Independent*.

—¿Qué coño ha pasado?

Anderson cogió el periódico que había encima de la mesa.

—Es por el *New York Times* de hoy —dijo, y se lo pasó a Clevenger.

Clevenger examinó los titulares.

—¿Me estoy perdiendo algo?

—No te ofendas. Sales abajo.

Clevenger le dio la vuelta al periódico. Sus ojos se centraron en un titular en la esquina inferior derecha de la primera página: EL FBI RECURRE A UN EXPERTO FORENSE EXTERNO PARA EL CASO DEL ASESINO DE LA AUTOPISTA.

—Esos cabrones... Decidí no aceptar el caso.

—¿Les diste un «no» rotundo? —le preguntó Anderson.

—Les dije que necesitaba tiempo para pensarlo. Lo decidí anoche.

—Supongo que el FBI tiene sus propias necesidades. Mientras tú meditabas sobre las tuyas, ellos airearon las suyas a la prensa.

Clevenger sintió que le subía la tensión mientras leía los dos primeros párrafos:

ASSOCIATED PRESS

La Oficina Central de Investigación, sometida a una presión cada vez mayor para que resuelva la serie de homicidios conocidos como los Asesinatos de la Autopista, ha solicitado la ayuda del doctor Frank Clevenger, un psiquiatra forense que trabaja en Boston especialmente conocido por resolver el asesinato del bebé Brooke Bishop, hija del multimillonario Darwin Bishop, hace dos años en Nantucket.

«Esta agencia removerá cielo y tierra», ha declarado Kane Warner, director de la Unidad de Ciencias del Comportamiento del FBI. «Le hemos pedido al mejor y más brillante que colabore con nosotros y le hemos dado todo lo que necesita para ayudarnos.»

—Esta mañana he llegado a las ocho —dijo Anderson—. Ya había once llamadas en el buzón de voz. Todas de periodistas. Así que salí a por los periódicos. Tienes el *Washington Post*, el *Globe* y el *Herald* encima de tu mesa.

Clevenger cruzó el pasillo hacia su despacho, cogió el teléfono, marcó el número de Kane Warner y extendió los periódicos sobre la mesa mientras esperaba a que le contestaran.

—Despacho del director Warner —respondió una voz de hombre.

—Soy Frank Clevenger.

—Un momento, doctor.

Clevenger hojeó los periódicos. El artículo del *Globe* no era más largo que el del *Times*, pero el *Herald* había dedicado dos páginas enteras al Asesino de la Autopista, completadas con un mapa rudimentario de los lugares donde se habían hallado los cuerpos y una fotografía que ocupaba tres columnas de Clevenger respondiendo una pregunta en una conferencia de prensa que había dado sobre lo sucedido en Nantucket cuando concluyó el caso Bishop.

—¿Doctor Clevenger? —respondió por fin Warner.

Clevenger se puso a caminar por el despacho.

—¿A qué está jugando?

—¿Disculpe?

—Le dije que no había decidido si iba a colaborar con ustedes o no.

—¿Le ha disgustado la cobertura informativa?

—¿Sabe qué? Que le den... —Se dispuso a colgar.

—Espere. Por favor. Yo no he filtrado la historia.

Por el rabillo del ojo, Clevenger vio que una furgoneta de los informativos de Nueva Inglaterra se detenía junto al edificio donde estaba el despacho.

—Espera que...

—Respondí cuando me llamaron de Associated Press. Haberles dicho «sin comentarios» tampoco habría enterrado la historia. Pero le juro que yo no levanté la liebre. He interrogado a todas las personas que participaron ayer en la reunión; todas niegan haberlo filtrado. Siento lo sucedido. No sé cómo ha podido ocurrir.

—Deje que nos ahorremos a los dos tiempo y problemas —dijo Clevenger—. No voy a trabajar en el caso.

—Le pediría que lo pensara un poco más. Usted...

Empezó a sonar otra línea del despacho de Clevenger y luego, otra más.

—Mi decisión es un «no» —dijo Clevenger—. Categórico. Definitivo. ¿Lo entiende? Le diré a la prensa que lo he rechazado por motivos personales. Usted puede decirles lo mismo. Espero que con eso salve la cara. No busco poner a nadie en una situación embarazosa.

—¿Contribuiría a su decisión que habláramos de su remuneración? —le preguntó Warner.

—¿Es que no ha oído nada de lo que le he dicho?

Los teléfonos dejaron de sonar justo cuando una segunda furgoneta de la televisión —ésta, del Canal 7— se detuvo fuera.

—Estoy autorizado a subir hasta quinientos la hora. Es una cifra importante para nosotros.

—Escúcheme —dijo Clevenger, observando cómo las antenas de satélite emergían de las furgonetas—. Ninguna cifra me hará cambiar de opinión. No es cuestión de dinero. —Por el rabillo del ojo vio a North Anderson en la puerta de su despacho. Le indicó con la mano que entrara.

—¿Qué me dice de la número catorce? —le preguntó Warner.

Anderson se sentó en el sillón que había frente a la mesa de Clevenger.

—Catorce... —dijo Clevenger.

—Víctimas.

Clevenger no dijo nada.

—Catorce personas muertas, doctor. Y voy a decírselo sin

rodeos: estamos en un callejón sin salida. Para mí, usted no es un escaparate. Le necesito.

El cuarenta y nueve coma nueve por ciento de Clevenger quería decir «sí», quería medir su energía con la del Asesino de la Autopista, entregarse por completo a una búsqueda encomiable y absorbente que se tragase todas las dudas que tenía sobre su existencia, como si estaba vivo del todo, si era bueno del todo, si podía educar a un hijo. Si añadía un potencial romance con Whitney McCormick, los pies no le llegaban al suelo.

—No puedo. Ahora no —dijo—. No es una investigación de poca monta. Entrar en el caso significa entrar a fondo. Significa vivirlo y respirarlo durante todo el tiempo que dure. No estoy en situación de hacer eso.

Una de las otras líneas telefónicas empezó a sonar de nuevo.

—Dígame qué le haría cambiar de opinión —dijo Warner.

—Espero que atrapen a ese tipo —dijo Clevenger—. Me gustaría mucho que lo detuvieran. Pero tendrán que hacerlo sin mí. —Colgó. Cogió el otro teléfono y también colgó.

Anderson miró por la ventana a un hombre y una mujer que descargaban una cámara de televisión, un trípode y un equipo de sonido de la parte trasera de la furgoneta de los informativos de Nueva Inglaterra. El otro equipo ya estaba de camino a la puerta principal.

—¿Quieres que se lo comunique yo?

—Es cosa mía —dijo Clevenger. Miró por la ventana entrecerrando los ojos y meneó la cabeza con incredulidad.

—¿Cuál es la verdadera razón por la que rechazas el caso? —le preguntó Anderson.

Clevenger no respondió.

—Porque si quieres echarte atrás por mí —dijo Anderson—, es mejor que sigas adelante. Me pasé de la raya con lo que te dije el otro día.

—No. Tenías razón —dijo Clevenger. Miró a Anderson—. Billy toma drogas.

Anderson se tomó la noticia como un puñetazo en el estómago.

—Dios mío, Frank, lo siento.

—También las vende. Le han expulsado de Auden.

Llamaron a la puerta de entrada.

—Que esperen —dijo Anderson—. ¿Cuándo lo has descubierto?

—Hace dos días.

—¿Marihuana?

—Entre otras cosas.

—¿Necesita desintoxicarse?

Clevenger negó con la cabeza.

—No estoy muy seguro de lo que necesita. Pero creo que lo que demuestra todo esto es que me necesita más que nunca. No es el momento de desaparecer. —Respiró hondo y soltó el aire—. Nunca he dejado que nadie confiara en mí de verdad. —Vio que Anderson iba a protestar—. En el trabajo, sí. Espero que ya sepas que yo te apoyaría pasara lo que pasara. Creo que mis pacientes siempre han creído que podían contar conmigo. Pero fuera de eso, en mi vida personal, no me he hecho responsable de nadie que no fuera yo, y es un fenómeno bastante reciente. No tengo mujer. Ni hijos. Billy ha sido el primero que ha hecho que quiera asumir responsabilidades, poner a otra persona por delante. Tengo que seguir con esto. Tengo que hacer lo correcto con él.

Una tercera furgoneta de televisión aparcó junto al edificio.

—Si puedo ayudarte en algo, sólo dímelo.

—Sigue diciéndome cuándo estoy a punto de cagarla.

El teléfono empezó a sonar otra vez.

Anderson esbozó una gran sonrisa.

132

—Sólo si me prometes que tú harás lo mismo.

—Hecho.

Mientras Clevenger se dirigía hacia el exterior de su despacho para hablar con los periodistas allí reunidos, Jonah Wrens, a 335 kilómetros al norte, en Canaan, Vermont, abría la puerta de su despacho a Naomi McMorris. Le habían recogido el pelo en dos coletas, atadas con lazos rosas. Llevaba un peto vaquero con tres ratones y un trozo grande de queso suizo bordados en el pecho. Las enfermeras le habían comprado unas deportivas de piel blancas decoradas con corazones de plástico rojos brillantes que se iluminaban cada vez que daba un paso.

—¿Te va bien ahora? —le preguntó la niña.

—Me va perfecto —dijo Jonah.

Naomi ocupó su asiento frente a la mesa de Jonah. Esta vez, Jonah ocupó el que había a su lado. Miró las vendas que le cubrían los antebrazos. Había visto la piel destrozada de debajo, una parte cicatrizada, otra en carne viva y recién suturada.

—¿Por qué te cortas, Naomi? —le preguntó.

Giró los brazos para que Jonah no le mirara las vendas.

—¿Por qué? —repitió Jonah.

—Porque sí —dijo con timidez.

—Porque...

—Me hace sentir bien.

—¿Qué te hace sentir bien? —preguntó Jonah—. ¿Los cortes? ¿La sangre que sale? ¿Cómo la gente se asusta cuando lo haces? ¿O todo junto?

La niña bajó la vista a su regazo.

—Puedes contármelo. No pasa nada.

Se quedó callada.

—¿Qué te parece si te cuento yo primero otro secreto?

Naomi alzó la vista.

—Siempre que me prometas que no vas a contárselo a los otros doctores —le dijo.

—Jamás —contestó la niña.

Jonah se desabrochó los puños de la camisa, se subió las mangas y giró los brazos. Vio que Naomi abría mucho los ojos mientras miraba fijamente las cicatrices horizontales que recorrían los antebrazos de Jonah, el historial de sus gestos suicidas.

—Yo también lo he hecho —dijo.

—¿Por qué?

Jonah la miró como si le dijera: «Ya sabes por qué».

—Para que esa cosa asquerosa saliera —dijo la niña.

Jonah asintió con la cabeza. Se miró las cicatrices, pero vio al violador de Naomi intentando separarle las piernas, imaginó el miedo y la confusión de su rostro. La confusión dominaba porque le resultaba imposible adivinar el horror que estaba por venir. Lo que sabía era que estaban manipulando su cuerpo de una forma que no había experimentado jamás, los brazos extendidos, las piernas abiertas, dejando paso a un hombre, un hombre cuyo rostro estaba más cerca de lo que deseaba. Y aunque su confusión crecería a medida que el hombre intentara abrirse más camino, su miedo se dispararía, eclipsándolo todo. Luego el hombre se abriría paso a su interior y todo su mundo se oscurecería. Al pensar en ello, al sentirlo, a Jonah se le llenaron los ojos de lágrimas.

Naomi lo miró del modo en que pueden hacerlo los niños que saben demasiado, los niños tan recién llegados a este mundo que todo lo que les rodea —incluido el sufrimiento de los demás— aún quema con tanta fuerza e intensidad como el sol del mediodía. Por instinto, quería darle más de sí misma, más del dolor que había tenido reprimido en su interior. Porque parecía que era lo que él quería. O lo que necesitaba.

134

—Sentía que entraba dentro de mí —dijo—. Aquella cosa asquerosa y pegajosa.

—Y no sabes si puede que siga ahí dentro.

Ahora a Naomi empezaron a humedecérsele los ojos.

—Hablar de ello como lo estamos haciendo hace que quieras cortarte ahora mismo —dijo Jonah.

Una lágrima empezó a resbalar por la mejilla de Naomi. Empezó a frotarse las manos.

—Conozco otra forma de asegurarnos de que ha desaparecido. Esa cosa asquerosa.

—¿Cuál?

Jonah extendió las manos.

—Con esto. —Vio que Naomi juntaba con fuerza las rodillas—. Confiamos el uno en el otro, ¿verdad?

La niña asintió, pero cruzó los tobillos.

—Cierra los ojos —le pidió Jonah. Contuvo la respiración, a la espera de ver si Naomi podía hacerlo, si —a diferencia de Anna Beckwith y el resto— estaba dispuesta a ser sanada, si era capaz de ser curada. Porque la capacidad de confiar, que requiere confiar no tanto en la bondad de los demás como en la fuerza de uno mismo, era lo que Naomi necesitaba de verdad, más que el Zyprexa o el Zoloft o el Trazadone. Necesitaba ponerse en las manos de otra persona y ver que podía salir ilesa. Ése era el antídoto para todo aquello que su violador había dejado dentro de ella.

Jonah cerró los ojos y rezó en silencio al Dios que amaba, al Dios que le amaba, para que le diera algo de la fuerza del Señor y poder llenar la parte de él que era aquella niñita preciosa. Y cuando abrió los ojos, Naomi demostró tener esa fuerza. Cerró los ojos y los mantuvo cerrados, las patas de gallo se marcaban en las comisuras, toda su frente tensa visiblemente por el esfuerzo que hacía por no abrirlos de nuevo.

A Jonah se le puso la piel de gallina.

—Vas a sentir mis manos en ti —le dijo, la voz más melodiosa, más tranquilizadora que nunca—. Prométeme que no abrirás los ojos —le dijo.

—Prometido —susurró ella.

Jonah se puso en pie y le colocó las palmas de las manos suavemente sobre la cabeza.

—Puedo saber si hay algo malo dentro de ti —le dijo—. Si lo hay, puedo sacártelo, y pasármelo a mí. Movió las manos hacia las sienes de Naomi, luego a las mejillas, se emocionó al notar la humedad que habían dejado las lágrimas.

—¿No te hará daño? —preguntó ella, retrocediendo un poco.

Que se preocupara por él casi le dejó sin respiración.

—Soy mayor que tú —le dijo— y muy fuerte. Puedo guardar mucho más dentro de mí. —Jonah extendió los dedos sobre sus orejas, llevó las manos a su cuello y presionó ligeramente con los pulgares la carne blanda junto a la tráquea—. No me pasará nada. Y a ti tampoco.

Las patas de gallo junto a los ojos de Naomi se suavizaron, luego desaparecieron. Mientras Jonah masajeaba su mandíbula con los pulgares, la tensión que había allí también se desvaneció. Se quedó quieta mientras Jonah recorría con las manos sus hombros, bajaban por el costado y pasaban por encima de su abdomen. No se movió en absoluto cuando se puso en cuclillas delante de ella, con las manos en sus muslos. Sólo cuando las colocó sobre sus rodillas, volvió a ponerse tensa.

—No va a pasarnos nada —susurró Jonah—. Todo lo malo está saliendo. Lo noto.

Naomi se relajó lo bastante como para que Jonah deslizara las manos entre sus rodillas, luego, para que pasara las palmas por el interior de sus muslos. Sólo cuando tuvo las manos lo suficientemente cerca como para enmarcar sus ingles —sin llegar jamás a tocar ese punto—, Jonah las retiró. Le masajeó las pantorrillas, luego los tobillos, le quitó las deportivas y trabajó sobre las plantas de sus pies.

Al final, se puso de nuevo en pie y volvió a colocar las manos sobre su cabeza.

—Abre los ojos —le dijo.

Naomi hizo lo que le pidió.

Jonah se arrodilló delante de ella y la miró a los ojos azul verdosos y brillantes durante un buen rato.

—Ya se ha ido.

—¿Estás seguro?

—Sí.

La niña frunció el ceño mientras examinaba el paisaje interior de su alma.

—Creo que sí. —Asintió con la cabeza—. Sí. Se ha ido.

Jonah se recostó en su silla y le sonrió.

—¿Adónde ha ido? —le preguntó Naomi.

—Primero, a mí —le contestó—. Luego, a Dios.

—¿Tengo que rezar para que no nos moleste más?

—Creo que es una idea estupenda.

—Entonces, lo haré —dijo—. Todas las noches.

—Yo también —dijo Jonah—. De ese modo, no importa dónde estés tú, no importa dónde esté yo, siempre estaremos juntos.

—Para siempre —dijo la niña.

137

SEGUNDA PARTE

Tres semanas después

Uno

16 DE MARZO DE 2003, CERCA DE LA MEDIANOCHE
RUTA 45 NORTE, AL NORTE DE MICHIGAN

Tenía el cerebro al rojo blanco. Los nudillos se le habían puesto blancos. El equipo de música del BMW reproducía a todo volumen ruido blanco. Había salido de Canaan con muy buenas intenciones, había conducido 770 kilómetros para ir de excursión al desfiladero Pine Creek de Pensilvania, se había bañado en un agua cristalina, había respirado aire de montaña prístino, y se había purificado. Pero llevaba sólo tres días en la carretera y ya volvía a sentir angustia, la cabeza le retumbaba, tenía el cuello y la mandíbula rígidos, y el corazón y los pulmones sobreexcitados. Había tomado cinco miligramos de Haldol, incluso había probado el preciado fluido color rubí de su maletín, pero ninguna de las dos cosas había contenido la marea de maldad que subía en su interior.

Todas las células de su cuerpo gritaban por los que había dejado atrás: Naomi McMorris, Mike Pansky, Tommy Magellan, quince pacientes más que había acogido en su interior en el Canaan Memorial, centenares antes que ellos. Añoraba tocar su piel, sentir su dolor, ver su reflejo en sus ojos.

También añoraba a Michelle Jenkins. Le había invitado a cenar en su última noche en Canaan y Jonah había aceptado.

—¿Adónde vas a ir ahora? —le preguntó en el restaurante.

—Me tomaré unas semanas para relajarme antes de acudir al siguiente destino —dijo— y, luego, ¿quién sabe? La verdad es que puedo elegir el estado que quiera.

—Misterioso hasta el final —dijo ella con una sonrisa.

Con su melena negra y sedosa brillando y sus dientes blancos relucientes, Jenkins le parecía tan hermosa como cualquiera de las mujeres con las que había estado. La deseaba.

—Lamento que no hayamos llegado a conocernos mejor —le dijo—. Ya sé que mantengo a la gente a distancia. —Hizo una pausa para dar efecto a sus palabras—. Sobre todo cuando me siento atraído por alguien. —Observó el rostro de Jenkins mientras ésta recibía la confesión, aquella oda a lo que podría haber sido, y vio en sus ojos que había despertado esa poderosa combinación de protección y sexualidad que Jonah podía provocar en las mujeres.

—¿Por qué pones tantas barreras? —le preguntó con dulzura.

—Creo que no tengo una respuesta completa a esa pregunta —dijo—. En parte tiene que ver con el hecho de que cuando era pequeño siempre estábamos mudándonos. Todo lo que construía, amistades, romances adolescentes, logros en el campo de fútbol, se venía abajo cada uno o dos años. Al cabo de un tiempo, me di cuenta de que no tenía sentido echar raíces.

—¿Por el trabajo de tu padre?

Jonah asintió.

—Por el ferrocarril. Era ingeniero. Íbamos allí donde se construyera una vía. A los doce, ya había vivido en nueve estados, por todo el país.

Jenkins ladeó la cabeza y le miró fijamente a los ojos.

—Tenías que mudarte con él cuando eras pequeño. No

tieres que seguir mudándote de mayor. Sólo te lo parece. Podrías construir algo que durase.

—A veces, es lo que creo —dijo mirándola de un modo que le hiciera sentir que la asociaba con la posibilidad de comprometerse.

Ella respiró hondo, alargó la mano por el centro de la mesa y unió su meñique con el de él.

—Entonces, supongo que no será casualidad que hayas esperado a tu última noche en Canaan para pasar un rato conmigo —le dijo.

No era casualidad. Tampoco era ninguna casualidad que Jonah se sintiera libre de hacer el amor con ella aquella noche, libre de estar con ella por completo, porque iba a dejarla para siempre. Desnudos los dos juntos, anticipó cada uno de sus movimientos, dio rienda suelta a los deseos encerrados en lo más profundo de su inconsciente, la tocó y saboreó como ella nunca hubiera conseguido solicitar. Hizo que se corriera una y otra vez ejerciendo la presión más suave con los dedos o la lengua en los lugares precisos o en los momentos precisos. Y cuando por fin la penetró lo hizo en el instante exacto en que ella le deseaba desesperadamente, por lo que empezaron a moverse como si fueran realmente una sola persona, de la forma suprema en que los hombres y las mujeres fantasean pero no logran del todo, porque son seres autónomos y distintos.

No sucedía así con Jonah. Él podía despojarse de su piel, deslizarse en el interior de la de una mujer y hacerle todo lo que ella se haría a sí misma, si se conociera lo suficientemente bien como para hacerlo. Porque se había convertido en ella.

En la embriaguez de su propio placer, mientras escuchaba los gemidos artificiosos de Jonah, Jenkins probablemente ni se percató de que él no había eyaculado. Nunca lo hacía durante el acto sexual. Quería que las mujeres liberaran sus

143

energías cálidas, eróticas y húmedas en él, y no al revés. Su placer consistía en absorber el de ellas.

Ahora, conduciendo a través de la noche, se había quedado seco de nuevo. Completamente seco. Y nadie podía saber lo extremo que era su sufrimiento cuando se producía esa desecación. Nadie podía imaginar el horror que era vivir sin límites personales, sin ego, una existencia en la que las vidas de los demás —sus sufrimientos y esperanzas y miedos y pasiones— se convertían en las suyas, sólo para acabar apartándose de él una y otra y otra vez. Su existencia era un fracaso interminable que le enterraba bajo una capa de dolor tras otra; de dolor solitario, sin el colofón del funeral, el solaz de la lápida, el consuelo de un hombro en el que llorar.

Imaginen amar a tantos y perderlos a todos.

Hacía dos noches que tenía el mismo sueño. Estaba tumbado en un lecho de flores primaverales en un valle exuberante, el sol le calentaba la cara, una suave brisa le acariciaba. Se sentía realmente en paz, conectado a todas las cosas vivas, sano y curado al fin. Cerró los ojos, se estiró y respiró hondo para recibir la nueva mañana.

Estaba casi dormido cuando percibió que una sombra caía sobre él. Abrió los ojos y vio a una mujer esplendorosamente hermosa de pelo dorado, ojos color esmeralda brillantes y perfecta piel marfileña que se arrodillaba a su lado.

—¿Quién eres? —le preguntó.

Cuando habló, lo hizo con la voz más dulce que había oído en su vida.

—Tu corazón no es el tuyo.

A Jonah le pareció una metáfora elegante del amor.

—Te lo entregaría gustosamente —le dijo él.

—Pero no puedes entregarlo, puesto que no es tuyo. Hace muchísimo tiempo que no lo es.

Qué cierto era aquello. Absolutamente cierto. Jonah tuvo la sensación de que por fin había encontrado un espíritu afín, alguien que comprendía el lugar especial que ocupaba en el mundo, su carga especial.

—Llevo muchas almas dentro de mí —le dijo.

La mujer empezó a desabrocharle la camisa, dejó la prenda a un lado y le besó el pecho.

Jonah inclinó la cabeza hacia atrás y cerró los ojos, a la espera de que pasara al botón de su cintura, a la cremallera de debajo, de que le introdujera en ella.

—Estás tan cansado —le susurró la mujer mientras le recorría el abdomen con la punta de la lengua—. Necesitas relajarte.

—Sí —musitó. Jonah arqueó la espalda con placer, levantándose hacia ella. Y entonces notó la primera punzada de dolor en el esternón. Intentó incorporarse, pero apenas podía levantar la cabeza. Vislumbró la hoja de un escalpelo, mojado de sangre. De su sangre. Estaba desesperado por escapar, pero tenía las manos y los pies paralizados. Entonces, sintió que ella empezaba su festín, los dientes afilados le rasgaban la piel, el músculo, deshuesando con tanta furia el esternón que éste empezó a astillarse. El dolor era insufrible, una tortura infernal que le despertó de su sueño, gritando, temblando de terror, las sábanas empapadas en sudor.

145

No podía encontrar ningún refugio para su aislamiento. De día, no. De noche, tampoco. Y para el siguiente hospital que le habían asignado quedaba toda una semana.

Veía la carretera borrosa. El ansia de encontrarse con otro ser humano casi le cegaba. Tomó la siguiente salida, en dirección a la ruta 17, hacia el Parque Forestal de Ottawa. Si lograba llegar, quizá sobreviviera a su anhelo. Tenía comida y agua suficiente para acampar una semana. Podía ir de excursión por el monte Arvon, escalarlo y acercarse a Dios, alejarse de la tentación.

Pero Dios le tenía preparada otra prueba. A un kilómetro y medio de la salida, un hombre que llevaba una mochila se volvió y le mostró el pulgar para que le llevara. En mitad de la noche. En mitad de la nada. Un hombre que estaba justo en el lugar equivocado, justo en el momento equivocado. Jonah apartó la mirada, apretó los dientes y pasó de largo. Entonces, casi contra su voluntad, como empujado por la parte de él que era Benjamin Herlihey, el niño de nueve años confinado en una silla de ruedas, alzó la mirada hacia la derecha, al retrovisor. Vio que el hombre en el arcén meneaba la cabeza y dejaba caer el puño, frustrado. Y vio algo más. El hombre llevaba un parche en el ojo.

Algo sencillo, un parche. Podía haber docenas de explicaciones. Un accidente laboral. Una tara de nacimiento. Un ojo vago debido a la esclerosis múltiple. Una hemorragia retiniana a causa de la diabetes. Una paliza. Para alguien que no fuera Jonah todo habría quedado en una mera curiosidad. Algo que se ve y que se olvida al cabo de dos o tres kilómetros. Pero para Jonah aquella curiosidad penetró en su interior como un garfio, hundiéndose en su piel, en su alma. Le hizo aminorar la marcha, recoger el sedal, detener el coche en el arcén y quedarse a la espera.

Jonah vio que el hombre empezaba a andar hacia él. Era delgado y fuerte. Caminaba con brío, a pesar del peso de la mochila.

Se asomó a la ventanilla del copiloto.

Jonah se volvió hacia él, vio que tendría unos treinta años, que era guapo y de facciones duras, llevaba una barba de cuatro días y tenía el pelo rojizo y largo hasta los hombros que se había cubierto con un gorro de esquiar a rayas grises y negras. Bajó la ventanilla.

—¿Hay alguna posibilidad de que se dirija a Trout Creek? —le preguntó el hombre nervioso.

—Puedo dejarte bastante cerca —dijo Jonah, frotándose la mandíbula entumecida. Esbozó una sonrisa forzada—. Deja la mochila en el asiento de atrás.

El hombre se quitó la mochila, la dejó atrás y se subió al coche al lado de Jonah. Extendió la mano.

—Doug Holt.

—Jonah Wrens. —Estrechó la mano helada de Holt.

—Ya creía que no iba a llevarme nadie en toda la noche. La gente ya no para.

—Yo antes hacía mucho autoestop —dijo Jonah, incapaz de apartar la mirada del parche de Holt—. Tenía que hacerlo, para visitar a la chica con la que salía cuando estaba en la facultad de medicina. No tenía dinero para el autobús. —Meneó la cabeza con incredulidad, como si recordara los años de vacas flacas—. Puedo llevarte casi hasta Trout Creek.

—No sabes el favor que me haces —dijo Holt—. Sabe Dios cuánto tendría que haber... —Se detuvo, fue consciente de repente de que Jonah le estaban examinando. Se tocó el parche del ojo—. Una escopeta de aire comprimido. Un amigo mío. Tenía cinco años.

147

¿Se trataba otra vez de Ally Bartlett, dispuesta a revelárselo todo a Jonah? ¿Era Doug Holt otro ángel, que aparecía justo a tiempo?

—¿Seguisteis siendo amigos? —le preguntó.

—Hasta la fecha. El único problema es que Troy se fue a vivir a la otra punta del mundo. Es profesor de inglés en Japón. Además, está casado y tiene tres hijos. Hablo con él un par de veces al año.

Era más información de la que Jonah había pedido. Saboreó cada palabra. El dolor que sentía en la cabeza empezó a calmarse. Su vista empezó a aclararse. Puso el coche en marcha y salió de nuevo a la carretera. Podía ser que, después de todo, lograra pasar la noche.

—¿Y tú, Doug? ¿Estás casado?

—Espero estarlo —dijo—. Me dirijo a casa de los padres de mi novia. Me está esperando allí. Voy a lanzarle la pregunta mañana por la noche. Con la rodilla en el suelo y toda la parafernalia.

—Mañana por la noche. —Jonah sintió que la excitación empezaba a eclipsar su desesperación—. Qué maravilla.

—Es una chica estupenda.

—¿En qué sentido?

Holt se encogió de hombros.

—Esa cosa del amor incondicional, ¿sabes? Estaría conmigo pasara lo que pasara.

—¿Cómo os conocisteis?

—Fue el destino.

—¿Sí?

—Es médico residente de oftalmología. Fui a hacerme una revisión con mi médico habitual y ella estaba haciendo algún tipo de rotación con él. —Se encogió de hombros—. Es extraño cómo son las cosas, ¿no? Que Troy disparara aquella escopeta me quitó algo, pero me devolvió algo, al cabo de veinticinco años. Si no, nunca habría conocido a Naomi.

Naomi. ¿Podía ser el nombre una coincidencia? Jonah se imaginó a Naomi McMorris sentada en su despacho. Sintió que una oleada de tranquilidad se apoderaba de él. Dios seguía a su lado.

—Los caminos del Señor son inescrutables —le dijo a Holt sonriendo.

Holt le devolvió la sonrisa y guiñó un ojo.

Jonah se quedó mirándolo unos segundos, luego giró la cabeza y miró a la carretera. Empezó a acelerársele el pulso. Un dolor sordo le subió por la nuca. Porque sabía que Doug Holt —si es que de verdad se llamaba así— le había estado mintiendo. Un hombre ciego de un ojo desde los cinco años no aprende nunca a guiñar, nunca elige cerrar su ojo bueno para quedarse ciego. Ni siquiera un instante.

—De hecho, está embarazada —prosiguió Holt, con nostalgia—. De cuatro meses. Así que están sucediendo un montón de cosas nuevas en mi vida. Estoy muy ilusionado.

Jonah no percibió demasiada emoción en la voz de Holt, probablemente porque su supuesto compromiso y el futuro bebé eran mentira.

—¿Le has contado a Naomi esa historia que me has contado a mí, la de tu amigo Troy? —le preguntó—. ¿Que te disparó en un ojo?

—Claro —dijo Holt. Se encogió de hombros—. Trabajaba bajo la supervisión de mi médico.

—¿Dónde sucedió?

—¿El qué?

—El accidente. Con la escopeta.

—En el campo que hay detrás de mi casa —dijo Holt—. Había un estanque donde íbamos a pasar el rato, a jugar a indios y vaqueros. Troy ni siquiera sabía que era de aire comprimido. Era de su hermano mayor. La había cogido de su cuarto.

—Entiendo —dijo Jonah—. ¿Tu discapacidad te impide trabajar?

—Soy artista —dijo Holt.

—¿Qué tipo de arte haces?

—Trabajo con cristal, hago esculturas, joyas, con cristal de colores.

—Qué interesante.

—Puede serlo —dijo Holt—. Cuando consigues que el cristal haga lo que quieres. —Hizo una pausa—. ¿Y tú?

—Soy psiquiatra.

—Vaya. Eso sí que parece interesante.

—Siempre lo es. Me encanta ser capaz de descubrir la verdad sobre la gente. —Jonah miró a Holt, y siguió mirándole fijamente hasta que Holt se puso visiblemente tenso. Entonces, volvió a mirar a la carretera—. Puede que te parezca raro, pero me gustaría verlo.

149

—¿Mi trabajo con el cristal?

—No. Tu ojo. O lo que quede de él. —Miró a Holt, quien de repente pareció preocupado—. ¿Es pedir demasiado?

—Estás de coña, ¿verdad?

—Hablo bastante en serio.

Holt movió una mano hacia la manija de la puerta.

—Te prometo que no es agradable. Por algo lo llevo tapado.

—La gente siempre se tapa por algo —dijo Jonah—. Pero he visto, y oído, cosas horribles a lo largo de mi vida. Puedes enseñármelo. —Pasaron unos segundos en silencio—. Adelante.

—Nunca se lo enseño a nadie.

Jonah esbozó una sonrisa forzada.

—Si hay alguna otra razón por la que llevas el parche que la que me has dado, deberías decírmelo.

—¿Qué quieres decir?

Jonah aminoró la marcha y detuvo el coche en el arcén.

—Lo único que quiero es la verdad, Doug. Si es que te llamas así.

Holt deslizó la otra mano un centímetro hacia el botón eléctrico de la consola central.

Jonah se llevó la mano al cuchillo de caza que guardaba al pie de su puerta. Tenía una hoja de veinte centímetros, afilada como una cuchilla de afeitar. No quería usarlo, sabía que utilizarlo sería un pecado contra el Dios al que amaba, pero se moría por saber la verdad, aunque la única verdad que pudiera sacarle a aquel hombre fuera el pánico genuino que supondría rajarle el cuello.

—Te pondré un ejemplo. Digamos que el parche sólo era una forma inteligente de llamar la atención en la carretera y aumentar tus probabilidades de que alguien parara. Ahora ya no me importaría. Lo que me importa ahora es que seas sincero al respecto.

Holt permaneció inmóvil y sin decir nada.

—Tan sólo dime la verdad —dijo Jonah—. Te lo ruego.

Holt giró la cabeza y miró por su ventanilla.

—Muy bien —dijo—. Allá va. —Luego, sin más previo aviso que la tensión de sus antebrazos, apretó el botón para abrir el cierre centralizado y, a continuación, tiró de la manija. Sus movimientos fueron coordinados, pero un poco lentos. Porque mientras se abría la puerta, Jonah ya balanceaba el brazo, cuchillo en mano, para atravesar las arterias carótidas, el esófago y la tráquea de Holt.

Holt se volvió y le ofreció a Jonah la mirada perpleja de todas sus víctimas. Podía ser que sus ojos enfocaran el tiempo suficiente como para ver que Jonah lo abrazaba, sollozando. Y probablemente aún estuviera vivo para oír las dos palabras que le susurró al oído, unas palabras que habrían sonado profundamente sinceras, porque salían del fondo del corazón de Jonah.

—Lo siento.

151

Arrastró a Doug Holt un metro y medio hacia el interior del bosque y lo dejó allí, con sus dos ojos sanos mirando al cielo negro, el parche del ojo atado como un torniquete alrededor del brazo del que Jonah había extraído la sangre. Sacó la mochila del asiento de atrás, la lanzó junto a él y se volvió para marcharse. Pero, entonces, la curiosidad pudo con él y se puso en cuclillas para ver qué llevaba Holt con él; quién había sido, después de todo.

Encontró los objetos esperados: algunas mudas, una tienda de nailon, un piolet de escalador, una botella de agua. Y de repente, halló lo inesperado: los capítulos de la vida de Doug Holt.

El primero era una citación judicial, fechada once días atrás, para que Holt compareciera ante el tribunal de sentencias del condado de Bristol, Connecticut, por los cargos de posesión de marihuana y cocaína con el fin de distribuirla. Eso explicaba su rudimentario disfraz. Estaba huyendo.

El segundo eran dos billetes de United Airlines a Brasil, uno a nombre de Holt y el otro a nombre de la doctora Naomi Caldwell. Iban a irse del país juntos.

Y, entonces, Jonah encontró lo que le destrozó por dentro: una fotografía de una chica morena de treinta y pocos años, que se abrazaba con las manos el abdomen embarazado; una caja de terciopelo negro con un modesto anillo de compromiso de diamantes; y una caja de regalo de cartón blanca más grande que contenía una concha espléndida de cristal marrón, atravesada por un arco iris.

Dentro de la caja de regalo había un sobre minúsculo. Jonah lo abrió y leyó la tarjeta:

> *Para el señor y la señora Caldwell:*
> *Por favor acepten esta pequeña muestra de mi gratitud inmortal por haber traído al mundo a Naomi. Me ha cambiado la vida para siempre.*
>
> *Doug*

«Inmortal». Jonah se dejó caer de rodillas sobre la tierra helada. Holt le había contado la verdad, incluso desde detrás de su disfraz. No toda la verdad. No sobre que estaba huyendo de la ley. Pero sí sobre lo importante. La mujer a la que amaba. El bebé que iba a nacer. Y Jonah, en su arrogancia, en su pánico furioso al creer que le estaba engañando, que le estaba apartando de la sangre vital que tan desesperadamente necesitaba y tan justamente merecía, había sido incapaz de ver aquella verdad, había sido incapaz de seguir su sendero hasta el corazón de Doug Holt.

Sobre todo había sido incapaz de escuchar.

Las lágrimas le resbalaban por la cara. Preguntas para

Holt inundaban su cabeza. ¿Habían planeado él y Naomi el embarazo? ¿Qué sentía acerca de ser padre? ¿Cómo era su relación con su propio padre? ¿Sabía el sexo del bebé? ¿Habían elegido ya nombre?

Holt se lo habría contado. Habría contestado a esas preguntas y a más. Con sinceridad. Y al hacerlo, habría convertido a Jonah en parte de su familia creciente.

Por el contrario, Holt estaba muerto, y un bebé nacería sin padre, con una herida abierta infligida ya a su psique.

Dios le había mandado, en efecto, a otro ángel, pero Jonah había sido incapaz de recibir el regalo. Había fracasado miserablemente. Había matado a un hombre y no había absorbido casi nada de su alma. Le había arrasado. Obliterado.

Para siempre.

Mientras recorría la autopista a toda velocidad, sintió un asco por sí mismo como el que jamás había sentido antes. Se sentía vil. Grotesco. Y sentía todo eso aún más porque el dolor que le taladraba la cabeza, la mandíbula, el corazón y los pulmones había desaparecido. El asesinato de Holt en sí, sin ninguna posibilidad de proporcionarle la resurrección, había llenado el vacío doloroso de su propia existencia.

Sólo a un monstruo saciaría la destrucción pura.

Pensó de nuevo en el suicidio, pero sólo un instante. Aún ansiaba lo que Jesucristo había prometido en la cruz. Quería ser curado en esta vida. Perdonado. Quería la redención. Aunque tuviera que arriesgarlo todo para conseguirla. Porque entonces —y sólo entonces— podría morir en paz.

153

Dos

. El *New York Times* publicó la carta de Jonah en primera plana. Para cuando Clevenger llegó en su coche al despacho a las nueve de la mañana, un ejército de periodistas, que llenaron la ventanilla de micrófonos con los distintivos de la CNN, la Fox, la CBS y Tribunal TV, le estaba esperando. Miró hacia el despacho y estableció contacto visual con North Anderson, que estaba fuera, con aspecto inquieto, con los brazos enormes cruzados sobre el pecho y un periódico doblado en el puño.

Los periodistas le rodearon cuando se bajó de la camioneta, dándose empujones y codazos para hacerse sitio, gritando preguntas: «¿Está en contacto con el FBI? ¿Cómo interpreta la carta? ¿Qué le parece que haya tenido 300 amantes? ¿Va a responderle?»

Clevenger les contestó con el habitual «Sin comentarios» mientras se abría paso entre ellos con dificultad, subía las escaleras del edificio y escapaba al interior, seguido de Anderson.

Anderson cerró con llave la puerta cuando hubieron entrado.

—¿Qué diablos está pasando? —preguntó Clevenger.

Anderson le pasó el periódico.

—El *Times* ha publicado una carta del Asesino de la Autopista en primera plana.

Clevenger meneó la cabeza con incredulidad.

—¿Y todo el mundo viene a saber cuál es mi punto de vista? —Comenzó a abrir el periódico.

—La carta va dirigida a ti.

Clevenger se detuvo y volvió a mirar a Anderson.

—Debe de haber visto la noticia de cuando rechazaste colaborar con el FBI. Supongo que le gustó lo que vio.

Clevenger acabó de abrir el periódico. El corazón empezó a latirle con fuerza a medida que leía el titular en la esquina superior derecha de la primera página: EL ASESINO DE LA AUTOPISTA PIDE AYUDA PARA QUE LE CUREN. Siguió leyendo:

> Nota del *Times*
>
> El 26 de marzo de 2003, este periódico recibió una carta de un individuo que decía ser el Asesino de la Autopista, el asesino en serie responsable de al menos 14 muertes por todo el país. La carta, dirigida a nuestro editor jefe, es una súplica al doctor Frank Clevenger, el psiquiatra forense de Boston conocido por haber resuelto el asesinato del bebé Brooke Bishop ocurrido en la isla de Nantucket. Informaciones basadas en hechos incluidas en la carta nos convencen de su autenticidad.
>
> Tras considerar atentamente la situación con el consejo editorial y siguiendo el asesoramiento del FBI, publicamos la carta en su totalidad. El *Times* se reserva el derecho a publicar o no cualquier correspondencia futura.

—¿Kane Warner? —dijo Clevenger, alzando la vista.

—Tiene que haber sido él —dijo Anderson—. Alguien tuvo que dar luz verde al *Times* para que la publicaran.

—Y convencerles de que la publicaran sin decirme nada a mí.

—De ese modo, no podrías buscar a un abogado para que detuviera las rotativas.

—¿Crees que es auténtica? —preguntó Clevenger.

Anderson asintió con la cabeza.

—Tómate unos minutos para leerla y después hablamos de lo que vamos a hacer.

Clevenger oyó el «vamos» con claridad.

—Gracias —dijo.

—Encantado —Anderson se dio la vuelta y se marchó.

Clevenger se sentó a su mesa, cautivado desde la primera frase.

> Doctor Clevenger:
> Estoy empapado y sucio de la sangre de otros, pero en mi corazón hay bondad. No tengo ningún motivo para matar, pero no puedo evitar hacerlo. Mi ansia por arrebatar la vida a otros es mayor que por comer, practicar el sexo o aprender. Es irresistible.
> He pensado en destruirme. He llevado a cabo intentos débiles. Débiles porque destruir todo mi ser no sería ningún triunfo. Tampoco sería un triunfo rendirse a la «autoridad», para que luego me juzgaran unos hombres de miras estrechas y me encerraran como a un animal.
> La gloria sería derrotar a las tinieblas de mi alma, liberar la luz eterna para que brillara. Y el único que puede juzgar adecuadamente mi éxito o mi fracaso en esta maravillosa búsqueda es Nuestro Señor Jesucristo, el Rey del universo.
> ¿Acaso no es mi lucha, al fin y al cabo, un reflejo de la gran lucha del hombre? ¿Acaso mi existencia no es más que un microcosmos de la esperanza de la humanidad en que el bien triunfe sobre el mal? Al hacer frente a mi tendencia destructiva, ¿acaso no estoy dando un primer paso hacia la redención?

Y si soy redimido, ¿no lo somos todos en cierta medida? Si resucito, ¿no se levanta toda la humanidad conmigo?

Oigo las palabras de Jung:

«La triste verdad es que la auténtica vida del hombre consiste en un complejo de oposiciones inexorables: día y noche, nacimiento y muerte, felicidad y desgracia, bien y mal. Ni siquiera estamos seguros de que uno prevalecerá sobre el otro, de que el bien vencerá al mal o la alegría derrotará a la tristeza. La vida es un campo de batalla. Siempre lo fue y siempre lo será, y si no fuera así, la existencia llegaría a su fin.»

Ayúdeme a luchar en esta batalla, mi Armagedón. Ayúdeme a renacer, bueno y decente, como fui en su momento. Sea mi sanador.

Soy hombre. Estoy en la mitad de la vida. Nunca he estado en la cárcel. No tengo historial de tratamiento psiquiátrico. No oigo voces. No tengo visiones. No bebo alcohol ni tomo ninguna droga ilegal. No tengo ninguna enfermedad médica.

Mi coeficiente intelectual está al nivel de un genio, pero mi intelecto no me protege de las necesidades básicas que me sobrevienen.

Si estuviera sentado ahí con usted, le diría que siento una soledad aplastante, un agujero enorme y doloroso dentro de mí. El dolor es a la vez físico y psicológico. Me hace llorar como un niño. Y es este aislamiento insoportable el que me lleva a quitarles la vida a otros. Hay algo en el hecho de presenciar la pureza y la veracidad de la muerte que me conecta con todos las cosas vivas y me da paz. Descanso junto a cada una de mis víctimas.

Tienen más suerte que yo: mi descanso nunca es permanente. Mi ansia comienza de nuevo, a veces al cabo de unas horas, a veces al cabo de unos días, a veces unas semanas después.

No puedo alimentar mi alma por los medios habituales. No tengo amigos, ni una familia que me quiera. No tengo animales de compañía. No tengo hogar. Deambulo sin cesar.

Mi madre era buena y dulce, una mujer intachable. Mi padre era un monstruo. Quizá yo encarne esa dicotomía.

Fui producto de un embarazo y un parto normales. Fui un niño sano psicológica y físicamente, excepto por el hecho de que sufría una fobia paralizante al colegio.

De joven, tenía pocos intereses, pero tenía facilidad para los estudios, salía con chicas con frecuencia, aunque no me he casado nunca.

He tenido más de trescientas parejas sexuales a lo largo de mi vida. Soy heterosexual.

Puesto que, sin duda, el FBI le ha puesto al corriente de mi caso, sabrá que extraigo sangre a mis víctimas. Llevo esa parte de ellos conmigo. Un talismán, quizá.

Pero también llevo sus almas dentro de mí. Y, en ese sentido, siguen vivos.

Para ahorrarle la energía que supone hacer cábalas, le diré que aprendí la habilidad de la venopunción como médico condecorado del ejército. Me licencié con honores. No se emprendieron acciones disciplinarias contra mí.

Ésta es mi propuesta: puede formularme cualquier pregunta. Le diré todo lo que pueda decirle sin poner en riesgo mi libertad (que es simplemente la libertad de encontrar a Dios, algo que no creo que pudiera lograr en la cárcel, probablemente en el corredor de la muerte). Querría que intentara ser igual de franco conmigo, para minimizar las probabilidades de que el seguir usted y yo siendo unos desconocidos provocara que me sintiera aún más solo y más necesitado de la vida de los demás.

Para confiar en usted, necesito que confíe en mí.

¿Resuelve crímenes? ¿Qué crímenes se han cometido sobre usted? ¿De qué crímenes, grandes o pequeños, es usted culpable?

Ha adoptado a un chico con problemas. ¿Fue usted mismo un chico con problemas? ¿Sigue siendo aquel chico?

¿Está usted, como yo —y como el joven Billy Bishop—, luchando por renacer?

Coja mi mano, examine mi corazón, deje que yo mire el suyo. Desentierre mis demonios y ayúdeme a exorcizarlos de mi alma.

Un hombre de Dios
al que llaman el Asesino de la Autopista

Hay momentos en la vida de una persona que son como puntos de titulación química, que cristalizan todo lo que les ha precedido y cambian la naturaleza de todo lo que vendrá después. Alteran la vida y la definen. Para Clevenger, ese momento fue leer las palabras del Asesino de la Autopista. Se le puso la carne de gallina. Le subieron escalofríos por la nuca. Fue hacia la puerta de North Anderson.

—¿Qué piensas? —dijo Anderson, que dio la vuelta a la silla de su mesa para mirarle.

—Va en serio. Quiere ayuda.

—¿Qué vas a hacer?

—Hay una parte de mí que querría mantenerse alejada de este asunto, tan sólo para fastidiar a Warner, pero no creo que pueda seguir haciéndolo.

—Yo tampoco. Yo que tú, iría a Quantico y me enteraría de todo lo que haya que saber sobre este tipo. Visitaría las escenas de los crímenes. Vería los cadáveres. No confiaría en lo que me dijera nadie. Si es tu caso, conviértelo en tu caso de los pies a la cabeza. Te ayudaré en todo lo que haga falta.

Clevenger asintió con la cabeza.

—Pareces preocupado.

—No me gusta la parte sobre Billy —dijo Clevenger—. No quiero que se vea involucrado en todo esto. Lo lleva de maravilla. Va a trabajar todos los días. Los tests toxicológicos dan negativo. Y está comenzando a abrirse de verdad. —Se encogió de hombros—. Anoche vino a mi cuarto y me habló de lo mucho que aún le apetece fumarse un porro, o esnifar coca. Y me contó más cosas de esa chica, Casey, con la que está saliendo.

—Genial.

—Pero nunca puedo estar seguro de que el próximo test no vaya a dar positivo. Nunca puedo estar seguro de nada con él.

—Yo estoy seguro de algo sobre él —dijo Anderson.

—¿De qué?

—Sabe lo que es que asesinen a alguien cercano a él. En el fondo, sabe por qué haces lo que haces.

—Piensa en cuántos periodistas hay ahí fuera. Es el primer día. Todo esto va a atraer la atención. No quiero que sienta que me está perdiendo. Nada vale eso.

—Creo que si se lo cuentas, verá que jamás podría perderte.

Clevenger llamó a Kane Warner. La secretaria le pasó con él directamente.

—Doctor —dijo Warner.

—Si vamos a trabajar juntos —le dijo Clevenger—, no quiero más sorpresas. Si vuelve a haber alguna sorpresa desagradable, me largo.

—De acuerdo —dijo con frialdad.

—¿El *Times* ha publicado todo lo que escribió el Asesino de la Autopista?

—No se han reservado nada.

—Espero lo mismo.

—Comprendido —dijo Warner—. Pero va a ser importante que trabaje codo con codo con el equipo que conoció aquí.

—Me gustaría ir mañana.

—Le estaré esperando.

—Una pregunta más —dijo Clevenger.

—Adelante.

—¿Por qué decidió publicarla?

—No fue decisión mía.

—¿Se supone que tengo que creerle?

—Le pedí al *Times* que no la publicaran. Creo que es demasiado peligroso para usted jugar a ser Freud desde la distancia. Si resulta que da con un punto débil psicológicamente en una de sus «sesiones», puede que lo paguemos con más cadáveres.

161

—Si no fue usted quien dio luz verde —dijo Clevenger—, entonces...

—El periódico habló con mi superior —dijo Warner—. Con el director del FBI.

—¿Con Jake Hanley?

—Jake es amigo del editor del *Times*, Kyle Roland. También está pensando presentarse al Senado por Colorado, su estado. Que haya un asesino en serie por ahí suelto no le hace ningún favor a su popularidad. Quiero que todo esto acabe... no me importa cómo. —Warner hizo una pausa—. ¿Puedo hacerle una pregunta?

—Dispare.

—Hace un mes decidió no trabajar conmigo. Me dio un no rotundo. ¿Qué ha pasado? ¿Por fin el caso tiene suficiente publicidad para usted?

Clevenger estaba demasiado enfadado para responder con otra cosa que no fuera una obscenidad. Así que se quedó callado. Y durante aquel silencio, tuvo que hacerse a sí mismo la misma pregunta que Warner le había formulado. ¿Le habían seducido? ¿Habían pagado finalmente sus honorarios en narcisismo?

—Probablemente ni usted mismo conozca la respuesta —dijo Warner—. No importa. Ahora estamos en el mismo barco, sólo que un par de cadáveres más tarde.

Clevenger se aclaró la garganta.

—Mañana estaré ahí a las diez.

—Whitney McCormick le recibirá en el vestíbulo. Puede empezar a ponerle al día.

Clevenger colgó. Miró por la ventana hacia el grupo de periodistas. Se puso en pie, bajó la persiana y volvió a sentarse a su mesa. Releyó la carta del Asesino de la Autopista. Luego encendió el ordenador y empezó a planear cómo iba a responderle.

El objetivo estaba claro. Él creía que todos los homicidas habían sido asesinados emocionalmente. Al quitar una o más vidas, estaban repitiendo su propia muerte, proyectándose a sí mismos como agresores, en lugar de como víctimas, como seres poderosos, en lugar de como débiles. Quería rastrear lenta y metódicamente las raíces de la violencia del Asesino de la Autopista hasta llegar a los primeros traumas de su vida que la hubieran generado. Quería hacer que lamentara su propia destrucción, en vez de recrearla una y otra vez.

Aquello supondría, en efecto, una resurrección, un renacimiento del niño torturado que vivía dentro del asesino.

Aquel niño tenía una conciencia, podía experimentar la culpa, y quizá podría instarle a que entregara al asesino o le hiciera meter la pata.

El niño anhelaba la intimidad. Para tener la esperanza de contener la violencia del Asesino de la Autopista, Clevenger tendría que proporcionarle esa intimidad.

Pero el miedo también consumía al niño. Intentar acercarse demasiado, ir demasiado deprisa, haría que huyera.

Clevenger empezó a escribir:

Accedo a responder todas tus cartas. Comprendo que me cuentes lo que puedas sin poner en riesgo tu libertad. Yo te contaré todo lo que pueda sin violar la intimidad de otras personas, incluida la de mi hijo.

Sé que en el fondo no eres un asesino. Algo ajeno a ti se ha adelantado a tu bondad una y otra vez. Albergas en tu interior un parásito que te provoca un ansia insoportable que alimentas con la vida de otros. Llamaré a ese parásito el Asesino de la Autopista. ¿Cómo debo dirigirme a ti?

¿Cómo te infectaste? ¿Qué provocó el mayor de los dolores en tu vida? ¿Alguna vez tuviste claro por qué sufrías «una fobia paralizante al colegio»? ¿A qué edad se agravó ese problema? ¿Qué sucedía en tu casa en aquella época?

¿Cómo era tu ansiedad, física y emocionalmente?

Decir que tu madre era intachable y que tu padre era un monstruo deja muchas cuestiones sin responder. ¿En qué sentido específico demostraba ella su bondad y en qué sentido específico te hacía él sufrir? ¿Se divorciaron? Si no fue así, ¿qué les mantuvo juntos? ¿Siguen vivos?

¿Por quién se sentían atraídas tus trescientas amantes, por el Asesino de la Autopista o por ti? ¿Ayudaban a satisfacer su apetito o el tuyo? ¿Se trata de un apetito por tener una unión emocional, sexual, o ambas?

¿En qué guerra serviste? Si fue en Vietnam, ¿en qué provincias? ¿Entraste en combate?

Si logramos exorcizar al asesino que llevas dentro, ¿qué quedará? ¿Quién eres, sin el Asesino de la Autopista?

¿Cuándo fuiste consciente por primera vez de su existencia?

¿Cómo te sientes tú inmediatamente después de que el Asesino de la Autopista cometa un crimen? ¿Cuántas veces ha matado? Haz una lista de todos los lugares donde has dejado cuerpos.

Haces varias preguntas sobre mí. En respuesta a la primera, entre los crímenes cometidos sobre mí se incluyen que mi padre me pegara y me humillara. Como tú, sé algunas cosas sobre hombres monstruosos. En respuesta a la segunda, te diré que entre los crímenes de los que soy culpable se incluyen intentar durante años acallar mi dolor con el alcohol y las drogas.

¿Qué drogas has consumido tú para subyugar al Asesino de la Autopista?

¿Qué haces con la sangre que extraes de tus víctimas?

Puesto que es obvio que has leído las palabras de grandes hombres, acabaré con unas de Thomas Hardy: «Si existe un camino hacia lo mejor, éste requiere una mirada plena a lo peor».

Así empezamos, dos hombres contra un asesino.

Doctor Frank Clevenger

Cuando Clevenger regresó a casa aquella noche encontró a Billy Bishop sentado a la mesa del comedor, en vaqueros y sin camiseta (su tatuaje «Let it bleed» tenía un aspecto especialmente duro en su espalda perfectamente definida), con una pila de libros y docenas de artículos de periódico fotocopiados delante de él.

—¿Qué es todo esto? —le preguntó Clevenger mientras se acercaba a él por detrás. Entonces, al examinar los titulares de los periódicos, se le cayó el alma a los pies. Todos trataban sobre el Asesino de la Autopista. Los libros eran sobre

asesinos en serie. Una sensación de presentimiento le sobre-
cogió.

Billy se apartó las rastas de la cara al alzar la vista para
mirarle. Su mirada era de pura emoción.

—He pensado que podría ayudar en mi tiempo libre.

—Ayudar...

—Un grupo de periodistas dio conmigo en el astillero
—dijo, hablando un poco demasiado deprisa—. Les dije que
no tenía nada que decir. Luego fui corriendo a buscar el *Times*. Sé que vas a aceptar el caso. ¿Cómo podrías no hacerlo? —Le guiñó un ojo—. Por cierto, tienes como veinte
mensajes de periodistas en el contestador.

Clevenger miró otra vez los artículos. Eran de periódicos
de todo el país.

—Tengo todo lo que se ha escrito sobre este tipo —dijo
Billy—. Todo lo que se ha publicado, desde el *Oregonian* al
Washington Post.

165

Algo que no había esperado era que Billy, lejos de molestarse por que Clevenger hubiera aceptado el caso del Asesino de la Autopista, se sintiera atraído por él. Pero tenía sentido. Lo más importante que le había sucedido en la vida
había sido el asesinato de su hermanita. Y antes de aquella
tragedia, su padre violento le había maltratado una y otra
vez. Acabar con la vida de alguien siempre sería algo familiar para él.

Clevenger se sentó a la cabecera de la mesa.

—No creo que sea una buena idea —dijo—. Tienes que
centrarte en seguir sano y prepararte para el colegio.

—No es que pudiera seguir en el astillero exactamente,
rodeado de cámaras de televisión. El señor Fitzgerald me
dijo que me tomara el día libre.

—Eso lo entiendo —dijo Clevenger—. Y veo que quieres
ayudarme. —Respiró hondo e intentó ordenar sus pensamientos para poder compartirlos de un modo útil—. Pero

también sé por lo que has pasado en tu vida. Y creo que tienes que construir una base más sólida antes de involucrarte en algo así.

—No estoy involucrado. Sólo estoy...

—No quiero que te preocupes por este asunto.

Billy miró fijamente a Clevenger unos segundos. Luego, echó la cabeza hacia atrás y se quedó mirando al techo.

—Lo capto —dijo—. Te preocupa que si me meto en este rollo, me meta demasiado.

—Creo que podría ocuparte mucho tiempo —dijo Clevenger—. Creo que podría distraerte. Y creo que es un caso bastante deprimente, si lo analizas bien. No necesitas esa clase de negatividad en tu vida ahora mismo.

Billy le miró de la forma penetrante en que a veces podía hacerlo, cuando su inteligencia emocional se ponía a trabajar como un radar.

—Lo que realmente piensas es que podría obsesionarme. Quizá incluso tomar el camino equivocado y acabar como él. Siendo un asesino.

—No es eso lo que pienso —dijo Clevenger de forma reflexiva. Pero, ¿no era así? ¿No era posible que al sumergirse en las tinieblas Billy pudiera caer en sus propias sombras?—. Billy, a lo largo de tu vida has hecho cosas buenas y cosas malas. Sólo ha pasado un mes desde las peleas en Auden. Sólo llevas unas semanas sin tomar drogas. Creo que pensar en la violencia es un error. Eso es todo.

—Entendido —dijo Billy con rotundidad. Se encogió de hombros y cerró los libros—. Puedes consultar todo esto cuando quieras. He tardado un buen rato en reunirlo. —Empezó a temblarle el labio superior—. Algunos artículos los he sacado de Internet, pero el resto he tenido que cogerlo de las microfichas de la biblioteca. —Se puso en pie y empezó a marcharse hacia su cuarto.

—Espera —le llamó Clevenger. Quería decir algo más

para honrar el esfuerzo que Billy había hecho realmente en un intento de ser útil, de ayudarle—. Te agradezco de verdad que hayas...

—Claro, de nada —dijo Billy sin volverse. Entró en su habitación y cerró la puerta tras él.

Clevenger se puso en pie y se dirigió hacia el cuarto. Cuando estaba a medio metro de la puerta, ésta se abrió.

Billy se quedó en el umbral, mirando al suelo.

—¿No podemos dejar el tema? —le preguntó—. ¿Puedes al menos respetarme lo suficiente como para alejarte cuando te lo pido?

Clevenger asintió con la cabeza, a desgana.

La puerta volvió a cerrarse.

Tres

1 DE ABRIL DE 2003
CHELSEA, MASSACHUSETTS

La puerta seguía cerrada a las seis y media de la mañana cuando Clevenger se marchó para coger el puente aéreo de las ocho con destino a Washington. Se reunió con Whitney McCormick en su despacho del edificio principal de la Academia del FBI en Quantico. Iba muy elegante con unos pantalones negros de corte recto, una camiseta negra ajustada y una chaqueta negra que era el telón de fondo perfecto para su melena lisa y rubia. Estaba tan hermosa como la última vez que Clevenger la había visto.

—Bienvenido al equipo —le dijo, extendiendo la mano—. Te ha invitado... el propio asesino.

Para centrarse en la educación de Billy, Clevenger había reducido su sensibilidad para la belleza femenina, pero no hasta el grado cero. Mientras estrechaba la mano a McCormick no le pasó por alto su piel suave, sus dedos largos y graciosos, sus uñas cuidadas, quizás incluso una ternura especial en su forma de apretarle la mano.

—Anoche acabé el primer borrador de mi respuesta —dijo—. Lo he traído conmigo.

—Genial —dijo ella—. Podré aprobarlo con la misma rapidez. —Fue hasta la mesa y se sentó—. Ponte cómodo. —Señaló con la cabeza un sofá de piel situado a un lado de la sala.

—¿Aprobarlo? —dijo Clevenger mientras se sentaba.

—Así hemos estructurado las cosas con el *Times*. Antes de que publiquen nada, me lo pasarán a mí. Si yo creo que es cuestionable, pasará a Kane Warner para que él tome la decisión final.

—No había pensado que me corregirían.

—Relájate —le dijo ella, con una voz verdaderamente tranquilizadora—. Nadie se va a poner autoritario.

—Gracias por tranquilizarme —dijo Clevenger—. Pero sólo para saberlo, ¿qué clase de contenido podría ser «cuestionable»?

—Es difícil decirlo sin verlo antes —dijo—. En cuanto a ti, supongo que un ejemplo sería que revelaras sin darte cuenta información confidencial sobre la investigación. Y respecto al Asesino de la Autopista, podría censurar algo que fuera insoportable de leer para los familiares de las víctimas, algo que fuera inaceptable.

—De acuerdo.

—Supongo que la Agencia y tú también podríais tener algún desacuerdo en cuanto a hasta dónde se puede llegar con este tipo —dijo, en un tono menos reconfortante—. Hasta qué punto podemos presionarle.

—¿La Agencia? Hace un minuto eras tú quien revisaba mis cartas.

McCormick sonrió.

—Cuenta conmigo para apoyarte hasta el final. ¿De acuerdo? Por lo que dijiste en la reunión, sé lo que te propones con este tipo. Tenemos que hacerle frente y no esperar sentados a que aparezca el siguiente cadáver. Por eso Kane y yo teníamos opiniones enfrentadas respecto a si debíamos publicar las cartas o no.

—Pero...

—Pero estoy de acuerdo con Kane en que hay un riesgo. Podría volverse en nuestra contra. Podría empeorar su actitud en lugar de mejorarla.

169

—Sin duda.

—Entonces, estamos todos de acuerdo.

—Es pronto para eso —dijo Clevenger. Se fijó en los títulos de McCormick de la facultad de medicina de Yale y de la residencia en psiquiatría de Yale colgados en la pared que tenía delante. A su lado había una pizarra blanca llena de frases a medias, flechas que conectaban un pensamiento con otro, algunas palabras subrayadas tres o cuatro veces, otras tachadas—. ¿Lluvia de ideas? —le preguntó, señalando la pizarra con la cabeza.

—Más bien niebla de ideas —contestó—. En apariencia, este tipo nos lo da todo: no esconde los cuerpos; su proceder es inconfundible, incluyendo los cuellos rajados y las heridas de la venopunción; deja un montón de huellas, incluso en los sellos que usó para mandar tu carta al *Times*. Pero nada de todo eso nos conduce a ningún lado. Obviamente las huellas no coinciden con nadie que tengamos en la base de datos. Podemos encontrar los cuerpos días o semanas o meses después de que los deje tirados. Y las víctimas no tienen absolutamente nada en común.

—Mata al azar porque está fuera de control —dijo Clevenger—. Por lo que escribió en el *Times*, lo que le hace matar no es ver a una persona de un sexo, constitución, color de pelo o edad concretos. Lo que le empuja a matar es la soledad. No se fija. No está buscando a su siguiente niña de doce años, rubia y de ojos marrones.

—¿Niña rubia y de ojos marrones? —preguntó McCormick, ladeando la cabeza—. ¿De dónde has sacado eso?

. Clevenger se dio cuenta de que había tomado prestado el color de pelo y ojos de McCormick para su ejemplo.

—Lo siento.

Ella esbozó una media sonrisa.

—Recuérdame que no te haga enfadar.

—¿Por qué tendría que recordártelo?

Esta vez esbozó una sonrisa completa.

—Pese a lo impulsivo que se muestra este tipo, es metódico —dijo McCormick—. No tenemos ni un solo testigo presencial que le haya visto fugazmente. No hemos recibido ninguna llamada de alguien que lograra escapar. No deja nada en la escena que se pueda rastrear. Esto demuestra que tiene verdadera autodisciplina, una planificación verdadera, aunque nos quiera hacer creer que pierde el control.

—Quizá él también quiera creerlo —dijo Clevenger—. Le absuelve de la responsabilidad moral.

—Y de la responsabilidad legal. Es una buena base para declararse no culpable por enajenación mental cuando le detengan. Puede decir: «Eh, mirad, no podía evitarlo. Leed si no lo que escribí en el *Times*». —Hizo una pausa—. Lo que he empezado a preguntarme es cómo domina sus ansias de asesinar. Porque recorre grandes distancias sin matar a nadie. Debe de estar interactuando de una forma muy íntima con otra gente además de con sus víctimas.

—Para empezar, ha tenido muchas parejas sexuales —dijo Clevenger.

—Eso no quiere decir necesariamente tener intimidad —dijo ella.

—Estoy de acuerdo.

—Hace que piense en un camionero que cruza Estados Unidos —dijo—. Recoge a autoestopistas que le hablan largo y tendido sobre su vida, quizá conoce a una mujer necesitada aquí y allá en un bar o en un restaurante e interpreta el papel de terapeuta, quizá pague a una prostituta para que se desahogue y, a veces, eso le basta. Pero otras veces no puede conectar. Y es entonces cuando mata.

—O cuando no puede conectar lo suficiente... —dijo Clevenger.

—Sigue.

—Quizá si intima lo suficiente con una persona, si le

proporciona de verdad un chute emocional, la deja marchar. Si no puede, mata para compartir el momento de la muerte, para interpretar el papel del familiar que vela el lecho del moribundo.

McCormick asintió con la cabeza.

—Eso explicaría por qué esas personas no luchan demasiado para huir de él. Consigue ganárselos.

—Y si eso es cierto —dijo Clevenger—, quiere decir que hay personas ahí fuera que han intimado muchísimo con él y siguen vivas. A los que crearon un vínculo muy estrecho con él, los dejó marchar. Pagaron su deuda.

—Encontrarlas no sería fácil —dijo McCormick—. Probablemente no tengan ni idea de lo cerca que han estado de convertirse en víctimas.

—Puede que en el fondo sí que lo sepan. —Clevenger la miró fijamente a los ojos—. Imagina que conoces a alguien con el que intimas de inmediato.

—Lo he visto en las películas —dijo—. En la vida real, creo que es bastante raro.

No podía acusarse a McCormick de estar coqueteando con él.

—Por eso cuando sucede, no se olvida. —Clevenger se inclinó hacia delante—. Si de algún modo pudiera sacar en el *Times* el tema de que nuestro hombre inspira ese tipo de sensación —prosiguió—, puede que logremos que la gente piense en ello. Quizá llame alguien.

—Vale la pena intentarlo.

Llamaron a la puerta.

—Adelante —dijo McCormick.

Kane Warner abrió la puerta. Iba otra vez vestido de punta en blanco; en esta ocasión llevaba un traje azul marino de raya diplomática, una corbata roja y una camisa de cuello ancho.

—Doctor Clevenger —dijo, con la voz de un entomólogo

que identifica a un bicho que ha recogido de una brizna de hierba.

—Kane —dijo Clevenger.

—Si podéis tomaros un descanso —dijo mirando a McCormick—, hemos recibido un paquete para el doctor Frank Clevenger, a la atención de la doctora Whitney McCormick. Lo ha traído Federal Express, hace poco más de una hora. El pedido estaba escrito a máquina. En el remitente figura el nombre de Anna Beckwith. El muy cabrón también ha utilizado el número de su tarjeta de crédito.

Clevenger y McCormick siguieron a Warner al sótano de la Unidad de Ciencias del Comportamiento, hasta una sala de observación con una pared de cristal de quince centímetros de grosor que daba a otra sala más pequeña que tenía el suelo de hormigón, paredes de ladrillo y una puerta de acero pulido que parecía la puerta de la caja fuerte de un banco. Una caja de cartón normal y corriente de unos veinte centímetros de alto y treinta de largo descansaba sobre un bloque de hormigón elevado en el centro de la sala.

Warner cogió un teléfono instalado en la pared y habló por él.

—Listos —dijo.

—¿Desde dónde la han enviado? —preguntó Clevenger.

—Del norte de Pensilvania. Desde un pueblecito que se llama Windham, cerca de Nueva York. La echó en un buzón de Federal Express situado junto a un centro comercial.

—¿Figura el peso? —preguntó McCormick.

—Un poco menos de un kilo —contestó Warner.

La puerta de la sala se abrió y un hombre que llevaba una máscara de soldador y sostenía un escudo largo de plexiglás se acercó a la caja. Metió las manos en los agujeros del escudo para ponerse unos guantes antiexplosión que había unidos a él. Los guantes tenían una lámina de fibra de carbono fijada en la palma. Empezó a cortar el cordel de la caja.

—Hemos mandado agentes a Windham para que echaran un vistazo, por si había suerte —dijo Warner—. Nadie que trabaja en los alrededores del buzón recuerda haber visto a alguien extraño. Ahora los agentes están examinando los moteles y las zonas de acampada.

El hombre que abría la caja había acabado de cortar los cordeles y estaba pelando el cartón presionando hacia abajo en dirección al bloque de hormigón.

—Podría ser un engaño —dijo McCormick—. Con toda la publicidad que se le ha dado al caso, la gente va a intentar subirse al carro.

Warner negó con la cabeza.

—Hemos analizado las huellas de la cinta adhesiva. Concuerdan con las halladas en las escenas de los crímenes y con las de la carta del *Times*.

Clevenger observó cómo unas páginas arrugadas de periódico caían de los lados de la caja. Entrecerró los ojos para ver lo que descubrían: una gran concha de cristal. Atravesada por un remolino de colores.

—¿Qué diablos es eso? —dijo Warner.

El hombre que abría la caja apartó con cuidado la concha de cristal. Debajo, había una tarjeta escrita a mano y una carta escrita a máquina. Warner volvió a hablar por el teléfono.

—Les echaremos un vistazo en cuanto las hayan procesado.

El hombre levantó el pulgar en dirección a Warner.

Clevenger miró a McCormick para que le explicara la situación.

—Buscarán huellas y se asegurarán de que no contienen ninguna sustancia tóxica, como ántrax.

—¿Tardarán mucho? —le preguntó Clevenger.

—Dos, tres horas —dijo McCormick.

—¿Por qué no le pedimos que nos lo muestre por el cristal ahora? —preguntó Clevenger.

—Escúchate —le dijo Warner a Clevenger—. Estás pendiente de las palabras de esa sanguijuela. ¿Crees que estará sentado repasando nervioso el *Times* de arriba abajo para ver tu carta? Está jugando contigo.

—Al menos por fin hemos entrado en el juego —dijo Clevenger.

—No hay ningún motivo para esperar dos horas, Kane —intervino McCormick.

—Supongo que tienes razón —dijo Warner. Le guiñó un ojo—. Como tú quieras. —Habló por el teléfono—. ¿Puedes acercar la tarjeta y la hoja al cristal?

El hombre se quitó los guantes antiexplosión, dejó apoyado el escudo protector en el bloque de hormigón y se puso unos guantes de goma. Cogió la tarjeta y la hoja, los acercó a la ventana de observación y los sostuvo contra el cristal.

La tarjeta era la que Doug Holt había escrito a los padres de su prometida Naomi, agradeciéndoles que la hubieran traído al mundo.

La carta escrita a máquina decía:

Doctor Clevenger:

No apruebo que trabaje con el FBI, por muy comprensible y predecible que pueda ser ese instinto inicial por su parte. Le tiendo mi mano como a un hermano. Creo que tiene la capacidad de ayudarme a poner fin a mi violencia. Intentar conseguirlo a través de mi captura es una pérdida de nuestro valioso tiempo y nuestra energía. Dejemos que los estrechos de miras se entretengan con esas tonterías.

¿Ha leído los escritos de la doctora McCormick? Son los escritos de una cazadora, no de una sanadora. De un

175

ave de presa del gobierno. Es incapaz de ver, como lo hacía Aleksandr Solzhenitsyn, que «la línea que separa el bien del mal atraviesa el corazón de todos los seres humanos».

Incluso su propio corazón.

El intento de encerrarme, quizá de ejecutarme, de privarme de mi derecho divino a vencer el mal que hay en mí, tan sólo puede avivar ese mal. Después de todo, ¿podría alguien culpar a un león por atacar al que le observa con unos prismáticos?

Imagine hasta qué punto usted o la doctora McCormick se sentirían invadidos si yo estuviera resuelto a acortar su viaje hacia la curación.

Un hombre de Dios
al que llaman el Asesino de la Autopista

176

P.S.

Tenga la amabilidad de hacer llegar la tarjeta y la escultura de cristal a los padres de la doctora Naomi Williams de Trout Creek, Michigan. Su futuro yerno, Doug Holt, la hizo en honor a su hija. Habría querido que la tuvieran. Yo también.

Naomi debería tener el cuerpo de su novio. Su alma habita en mí.

Michigan, ruta 17 Este, a un kilómetro y medio de la ruta 45 Norte.

El equipo de Ciencias del Comportamiento se reunió con Clevenger en la sala de situación.

—Es una amenaza directa —dijo Bob White, del Programa de análisis de investigaciones criminales, mirándole desde el otro lado de la larga mesa—. Deberíamos reexaminar toda esta idea de la psicoterapia pública. Nos está diciendo directamente que el riesgo es demasiado alto.

Kane Warner asintió con la cabeza.

Clevenger se inclinó hacia delante en su asiento.

—Por supuesto que no me gusta la idea de que amenace a nadie —dijo—. Pero de hecho puede que sea beneficioso, no perjudicial.

—¿Beneficioso? —preguntó Warner.

—Hemos interrumpido su pauta sin publicar ni una respuesta en el *Times* —dijo Clevenger—. Hasta ahora sus objetivos eran personas desconocidas, mataba al azar. Si realmente está estrechando tanto el círculo, si está desviando su ira hacia mí o hacia Whitney, puede que seamos capaces de atraparle antes de lo que creía.

—Es invisible —dijo White—. Sólo porque se acerque, incluso lo suficiente como para mataros a uno de vosotros, no significa que vayamos a atraparle. Puede desaparecer de nuevo en la autopista, más famoso que nunca.

—¿Dorothy? —dijo Kane Warner mirando a Dorothy Campbell, la responsable del sistema informático PROFI-LER.

—No cabe duda de que mantener un diálogo con un sujeto aumenta las probabilidades de arresto —dijo—. Ha resultado siempre en todos los casos, desde asesinos en serie a secuestradores de aviones y a Unabomber. También habría resultado en Waco. El enfoque que se nos plantea aquí es que tratamos con una persona sumamente inteligente que es obvio que comprende nuestro método de trabajo y, al menos en el caso de Whitney, sabe quiénes somos.

—Tampoco es que haya tenido que descifrar ninguna clave —dijo McCormick—. La centralita da el nombre de todo el mundo. Mi fotografía está colgada en la página web del FBI.

—Lo único que digo —le explicó con amabilidad Camp-

177

bell a McCormick— es que existe el peligro de que nos esté manipulando, incluso a ti.

—¿Con qué finalidad, Dorothy? —preguntó Kane Warner.

—Para confundirnos —dijo—. Para conseguir que la Agencia se vuelque en él, cuando su única intención, como ya ha mencionado Bob, podría muy bien ser pavonearse, labrarse un nombre. No hay duda de que la carta al *Times* encaja con este perfil. —Hizo una pausa—. Igual que matar a una de las personas que le están buscando.

—Eso puede hacerlo sin el *New York Times* —dijo Clevenger.

—Pero con el *Times* —dijo Campbell—, invita a participar del espectáculo a millones de personas. Se convierte en el asesino en serie más famoso de la historia. Una cosa es que se burle del FBI. Otra bien distinta es que tenga entre sus objetivos a agentes, o asesores.

—Creo que este tipo nos está tendiendo una trampa —dijo White.

John Silverstein, el compañero de White del CIAP, meneó la cabeza con desaprobación.

—Quizá sea así —dijo—. Pero sigo creyendo que tenemos que continuar por este camino. Hace tiempo que buscamos la oportunidad de acelerar la investigación. Pues aquí está. No podemos echarnos atrás cuando él ha dado este paso.

—Yo no me trago que quiera confundirnos —dijo McCormick—. Creo que espera que nos echemos atrás. Intenta asustarnos para que nos retiremos.

—¿Por qué crees eso? —preguntó White sin convicción.

—Es él quien está sitiado psicológicamente —dijo McCormick—. Si el doctor Clevenger tiene éxito, nuestro hombre va a enfrentarse a demonios que su mente inconsciente se esfuerza por mantener enterrados. El asesino que lleva dentro está buscando una forma de interrumpir el proceso terapéutico y seguir con su derramamiento de sangre.

Clevenger pensó en ello. Tenía sentido.

—Y si nos echamos atrás —dijo él—, podrá decirse a sí mismo que pidió ayuda, y que no sirvió de nada. Que nadie ha querido ayudarle. Podrá seguir matando con la conciencia más tranquila. —Hizo una pausa—. Creo que debería ponerle en evidencia y tranquilizarle asegurándole que trabajo por mi cuenta, que mi objetivo es curarle, no hacer que lo detengan.

—Que es el que tiene que ser, si queremos que funcione —dijo McCormick mirando directamente a Clevenger—. Si le atrapamos, será gracias a esa curación, no a pesar de ella. Si usted hace su trabajo y nosotros hacemos el nuestro, le cogeremos.

—Creo que deberías reconsiderarlo —dijo Warner—. Estás sobreestimando lo dóciles que son los sociópatas a cualquier tipo de psicoterapia, por no decir a una terapia que se desarrolla ante la opinión pública. Y estás infravalorando el peligro que ello implica.

—No creo que tengamos una idea mejor —dijo McCormick—. Y no creo que vaya a rendir un buen servicio a la confianza de la gente si me centro en mantenerme a mí misma a salvo, a expensas de la siguiente víctima.

Warner respiró hondo y exhaló el aire.

—No creo que el director Hanley vaya a abandonar su postura original sin que el equipo formule una petición unánime. —Estableció contacto visual con Bob White, quien meneó la cabeza con consternación.

—No me lo enchufes a mí —dijo McCormick—. La puerta de Jake Hanley no está nunca cerrada. Cualquiera que esté absolutamente convencido de que tendríamos que cancelar la operación debería ir a hablar con él.

—Yo no tengo ese tipo de poder —dijo Warner. Le guiñó un ojo.

John Silverstein hizo una mueca.

Dorothy Campbell se aclaró la garganta.

McCormick perdió su cara de concentración.

—¿Qué se supone que quiere decir eso?

—Nada —dijo Warner.

—¿Es que crees de verdad que Jake Hanley hace lo que yo digo? —preguntó McCormick.

—No intento sacarte de quicio, Whitney —dijo Warner—. Pero no voy a fingir que el campo de juego está nivelado en este caso. Los McCormick son muy importantes para el director ahora mismo. Si no quieres creerlo, es problema tuyo. —Se encogió de hombros de un modo arrogante—. No ha sido mi intención faltarte al respeto.

—Claro que no —dijo ella.

Se hizo el silencio en la sala.

Warner empezó a recoger los papeles que tenía delante. Le sonó el móvil. Metió la mano en el bolsillo de la pechera de la chaqueta del traje, lo sacó y abrió la tapa.

—Kane Warner —dijo. Una pausa—. Muy bien. Me aseguraré de que informen al doctor Hiramatsu. —Cerró la tapa—. La policía estatal de Michigan ha encontrado el cuerpo de Doug Holt —dijo—, en el lugar exacto donde nuestro hombre dijo que estaría. Van a traerlo en helicóptero.

El silencio de la habitación se hizo más intenso.

—¿Alguien tiene algo más que decir? —preguntó Warner recorriendo la mesa con la mirada.

Unas cuantas personas negaron con la cabeza.

—Muy bien —dijo Warner.

—¿De qué iba todo eso? —le preguntó Clevenger a McCormick mientras volvían al despacho de ésta.

—Mi padre —contestó ella—. Dennis McCormick.

—El Dennis... —dijo Clevenger, pero se detuvo cuando vio que la respuesta ya estaba escrita en su rostro. Se sorprendió de sí mismo por no haberlos relacionado. El padre de Whitney McCormick había sido un importante agente del FBI, que había llegado a congresista y a recaudador de fondos para políticos. Había ayudado a resolver los casos del Acechador Nocturno y del Hijo de Sam antes de dejar la Agencia para presentarse al cargo. Más recientemente, había colaborado en la elección de candidatos republicanos de todo el país.

—Kane cree que mi padre tiene el poder de influir en las decisiones del FBI. También cree que mi padre me consiguió este trabajo.

Clevenger no dijo nada.

McCormick se detuvo y miró a Clevenger.

—Adelante. Pregunta.

—De acuerdo —dijo Clevenger mirando a McCormick a los ojos—. ¿Puede tu padre influir en las decisiones del FBI?

—No lo sé —contestó.

—Parece una respuesta sincera.

—No has formulado la parte difícil de la pregunta.

Clevenger dudó.

—No vas a herir mis sentimientos.

—¿Te consiguió tu padre este trabajo? —le preguntó.

—No lo sé —contestó. Pareció que bajaba los hombros ligeramente.

—Otra respuesta sincera. Y ahora, ¿puedo hacerte la única pregunta que importa?

McCormick asintió.

—¿Te mereces este trabajo? ¿Cuántos años tienes? ¿Treinta y cinco? ¿Psquiatra forense en jefe del FBI? ¿Tan buena eres?

Algo nuevo apareció en el rostro de McCormick, una mezcla de orgullo distraído y determinación feroz. Respondía a la pregunta sin tener que pronunciar ni una sola palabra.

181

—Yo también lo creo —dijo Clevenger—. He trabajado con los mejores psiquiatras forenses del país. No quedarías en un segundo plano con ninguno de ellos.

McCormick sonrió.

—¿Significa eso que tengo carta blanca para corregir las cartas que escribas para el *Times*?

—Por supuesto que no.

—Me lo temía.

Cuatro

*E*l jueves 3 de abril de 2003, el *New York Times* publicó la carta de Clevenger al Asesino de la Autopista palabra por palabra, incluyendo el compromiso de que no trabajaría directamente con el FBI. El 5 de abril recibieron la respuesta del Asesino de la Autopista, enviada a través de Federal Express desde un buzón situado junto a un edificio de oficinas de Rogers City, Michigan, en el lago Huron, cerca del parque forestal Mackinaw:

Doctor Clevenger:

Mi primer recuerdo (cambiado sólo un poco para evitar refrescar la memoria de otros) es de una fiesta de cumpleaños que me organizó mi madre cuando cumplí cuatro años. La celebramos en un parquecito que había cerca de casa. Un día soleado de mayo. Hierba verde. Flores. Una brisa suave. Unos columpios y un tobogán. Un balancín.

Mi madre había alquilado un tiovivo con caballitos de madera tallados y de colores vivos para que nos montáramos yo y una docena de amigos. Preparó un banquete a base de helados de menta, algodón de azúcar y galletas. Y había regalitos para los invitados.

Eran extravagancias raras. Teníamos muy pocas.

Me encantó ese día. Recuerdo que sentí un orgullo abrumador. Era mi fiesta de cumpleaños. Eran mis ami-

gos. Me adoraban, me trajeron coches Hot Wheels, animales disecados, libros, pinturas.

Pero incluso más importante que mi cumpleaños y mis amigos, ahí estaba mi madre, hermosa, llena de vitalidad, por encima de todo, cariñosa y buena. Montado en mi caballito, al pasar la veía sonriendo, riéndose, lanzándome un beso. Instantáneas de un ángel. Me hizo un regalo especial aquel día que conservo conmigo incluso ahora, una figurita que me recuerda que una vez fui puro y vulnerable, un niño cariñoso que no había hecho daño ni a una mosca.

Mis amigos y yo jugamos durante horas. Llevé a mi madre a casa caminando, me sentía como un héroe vencedor, con mi botín en los brazos, no dejaba de pensar en qué maravillas podrían esperarle a un niño de cuatro años. Estaba a punto de aprender a leer, atarme los zapatos, montar en bicicleta.

La puerta de nuestra casa estaba abierta. Mi alegría desapareció. Mi padre estaba en casa. Vino a por nosotros en cuanto entramos, le dio un golpe de revés a mi madre, que cayó al suelo, y se puso a despotricar y a decirle que no había dinero para «la fiesta del pequeño bastardo». Me interpuse entre los dos, y me pegó a mí. Se me nubló la vista. Caí al suelo. Noté el sabor de la sangre en la boca. El diente de delante se me movía al tocarlo con la lengua. Vi páginas arrancadas de mis libros, trozos rotos de los animales disecados, mis coches Hot Wheels desparramados a mi alrededor. Entonces vi que aplastaba con el pie todos y cada uno de los coches.

Mi madre estaba encogida de miedo en una esquina, sollozando. Deseé ser mayor, más corpulento, más fuerte, capaz de defenderla. Ella se llevó un dedo a los labios, para advertirme que me quedara callado, luego me lanzó otro beso. E incluso con el sabor de la sangre en la

184

boca, me sentí a salvo y seguro, incluso victorioso sobre el monstruo que se hacía llamar mi padre.

Había salido victorioso, con sangre en la boca. A los cuatro años. ¿Explica eso la calma que siento al saborear la sangre de otros?

¿O es mejor pista la indefensión que sentí aquel día, la impotencia absoluta al no poder ayudar a alguien a quien quería? Porque al matar, igual que en el sexo, se siente un poder innegable, un triunfo final sobrecogedor y terrible.

También se produce una unión. ¿Acaso mi madre y yo experimentamos juntos una muerte espiritual en aquella pequeña casa de los horrores? Cuando abrazo a un hombre o una mujer que están muriendo, ¿estoy regresando a sus brazos, como anhelo hacer a veces?

Sin responder a sus preguntas directas sobre mi familia inmediata (que podrían contribuir a identificarme), basta con decir que en mi vida mi padre está muerto. Mi madre siempre estará viva para mí.

En respuesta a otra de sus preguntas, creo que vinculé mi ansiedad al colegio sólo porque éste me separaba de la persona a la que adoraba. Quizá me preocupaba su seguridad en casa. No lo recuerdo.

Lo que sí recuerdo es cómo era aquella ansiedad. Me desintegraba. No sentía un dolor físico, sino como un desorden total. Entropía. Pánico de que mi realidad, mi yo, fuera a la deriva y pudiera dispersarse. Para siempre.

Siento esta misma ansiedad cuando mayor es mi impulso por quitar una vida. Pero ahora, el dolor físico es un componente de gran importancia en mi sufrimiento. Tengo unos dolores de cabeza terribles. Me duele la mandíbula. Tengo palpitaciones. Me cuesta respirar.

Después de matar, todos estos síntomas desaparecen. Experimento una paz profunda. Una unión perfecta con el universo.

He intentado tranquilizar al Asesino de la Autopista con alcohol y marihuana, pero no me ha servido de nada.

¿Cómo puedo llamar al niño asustado que hay en mi interior? ¿Cómo debería mi sanador dirigirse a la parte de mí que tragó sangre en el suelo de la casa de mis padres o lloraba por mi madre en el patio del colegio? ¿Ese niño bueno? Llámele Gabriel, un mensajero de Dios, un eco de mi inocencia.

Revelarle el lugar del descanso final de todos los cuerpos sería prematuro. Nuestra relación no ha hecho más que comenzar. Pero comprendo la importancia que las familias le dan a los restos corporales. Todo les será devuelto a su tiempo. Para empezar, busquen en los primeros cincuenta metros de la salida 42 de la ruta 70, cerca de Moab, Utah.

¿Ha querido matar alguna vez, Frank? ¿Utilizó el alcohol y las drogas para aplacar ese impulso? ¿Se dedica a comprender a los asesinos para comprenderse a sí mismo?

¿Cómo le humillaba su padre? Sea concreto. Si desea que continúe siendo comunicativo con usted, séalo también usted conmigo.

No puede esperar llegar al corazón de mi psicopatología desde la distancia.

*Un hombre de Dios
al que llaman el Asesino de la Autopista*

Al cabo de unas pocas horas Clevenger tomaba un avión en Boston para reunirse con Whitney McCormick en el lugar que el Asesino de la Autopista había identificado en Utah.

Empezó a trabajar en su respuesta durante el vuelo. Quería darle poder a Gabriel, la parte del asesino que seguía siendo inocente y buena.

Creía que la razón principal por la que Gabriel no podía poner freno a los asesinatos era que era débil: demasiado puro, demasiado bueno, totalmente escindido del lado oscuro de su naturaleza, del lado «tenebroso» en el que se encontraba la agresión.

Gabriel era todo compasión, un reflejo de su madre. El Asesino de la Autopista era todo rabia, un reflejo de su padre.

Para asumir el control, Gabriel tendría que adentrarse en el lado oscuro. Como un cirujano que extirpa un tumor, tendría que penetrar con un bisturí en su propia alma y manejarlo con decisión.

El Asesino de la Autopista tenía razón al insistir en que Clevenger le contara las humillaciones que había sufrido de niño. Tenía razón al preguntar si el hecho de que Clevenger se dedicara a buscar a asesinos reflejaba una fascinación por el carácter destructivo. Porque necesitaba aprender con ejemplos cómo convertir su propia ira en el deseo de proteger a los demás.

«No puede esperar llegar al corazón de mi psicopatología desde la distancia.»

Clevenger tendría que atacar sus propias cicatrices, su buena fe como hombre que recordaba qué era sufrir de niño.

La idea le asustó, en parte porque no le entusiasmaba la perspectiva de revivir sus traumas, en parte porque millones de personas leerían cosas sobre él que eran sumamente personales y embarazosas.

Eso incluía a North Anderson. Y a Kane Warner. Y a Whitney McCormick. Y a Billy.

Pero, ¿cuál era el verdadero riesgo? ¿El abandono? ¿El aislamiento? ¿Acaso no creía en el fondo en lo que le habría dicho a un paciente: que revelar su yo —sobre todo las partes que suplican mantenerse en secreto— es el camino hacia el amor y la autoestima auténticos?

187

Si no podía soportar contar su verdad al *New York Times*, ¿cómo podía pedirle a Gabriel que lo hiciera?

«No puede esperar llegar al corazón de mi psicopatología desde la distancia.»

Cogió el bolígrafo y empezó a escribir:

Gabriel:

Mi padre, ya fallecido, me humillaba con métodos corrientes y poco corrientes. Cuando estaba borracho me daba con el cinturón. Aprendí a no esconderme de él porque hacía que las palizas fueran peores cuando me encontraba. Recuerdo que yo me preguntaba cómo era posible que alguien que apenas se tenía en pie pudiera hacerme salir del lugar más remoto de la casa: del interior de un armario, encogido debajo de la cama, acurrucado detrás de un abrigo viejo colgado en el sótano.

188

Clevenger dejó caer la cabeza hacia atrás y la apoyó en el reposacabezas, recordando. Casi podía oler el aliento a alcohol que destilaba su padre, ver sus ojos inyectados en sangre, unos ojos que seguían aterradoramente fijos incluso cuando la emprendía a golpes con él. Respiró hondo, luego se inclinó hacia delante para continuar escribiendo.

Llegaba a casa buscando pelea. Al contrario que tu madre, la mía carecía del valor necesario para absorber su ira. A menudo le recibía profiriendo quejas ampulosas sobre algo malo que le había hecho yo durante el día. No haber ordenado mi cuarto. No haberme comido el almuerzo. Haberle soltado alguna «impertinencia» real o imaginaria.

Llegué al punto de ir a recibirle a la puerta con ella, para acabar rápido con aquello.

Otro recuerdo cruzó su mente, luego suplicó para alejarlo de la página. Se obligó a escribirlo:

No llevaba nada debajo de los vaqueros porque que mi padre me bajara la ropa interior me resultaba demasiado humillante y aterrador. En más de una ocasión, pensé que esa parte le gustaba en especial. Y no sabía si su placer era puro sadismo o tenía un componente sexual. Supongo que no quería saberlo, probablemente aún no quiera.

Cuando estaba sobrio, era aún más creativo, puesto que optaba por las torturas psicológicas y no físicas. Una de sus preferidas era tenderme la trampa de decirnos a mi madre y a mí que iríamos al parque de atracciones o a la playa o a comprar el perro que tanto deseaba. Podíamos bajar a la calle o incluso llegar al aparcamiento de una feria ambulante. Y, entonces, negaba con la cabeza y se echaba a reír. Sólo cambiaba la excusa:

«¿Crees que vas a ponerte a jugar y a montarte en todas las atracciones teniendo la habitación como la tienes? Anda ya.»

«¿Crees que voy a confiarte la responsabilidad de cuidar a un perro cuando no puedes responsabilizarte ni de ti mismo? Anda ya.»

«¿Crees que vas a estar tumbado en la playa con todos los deberes que aún te quedan por hacer? Anda ya.»

Al recordarlo, lo más extraño de toda aquella rutina cansina era las veces que caí, cuánto deseaba creer en su capacidad para la bondad, cuánta esperanza depositaba en que mi mundo tuviera mejor aspecto aunque fuera sólo por un día.

Le odiaba. En cierto sentido aún le odio, incluso sabiendo que era un hombre roto que también sufría mucho.

189

Cuando era pequeño, pensé en matarle en más de una ocasión. ¿Está ese asesino aún dentro de mí?

Clevenger dejó el bolígrafo y volvió a recostar la cabeza.

El ruido del avión aterrizando en el aeropuerto Canyonlands Field le despertó. Se reunió con Whitney McCormick en el cuartel de la policía estatal del condado de Wayne. Se dirigieron a la ruta 70 en una furgoneta de la policía estatal con dos agentes y el doctor Kent Oster, el forense del condado.

Una mañana de lluvia helada había dejado paso a una tarde con un sol radiante. A medida que se aproximaban a Moab, la ruta 70 ofrecía vistas esplendorosas al atravesar el desierto San Rafael, bordear los majestuosos acantilados Book y el parque nacional Arches y girar al norte hacia el cañón del Colorado.

Se detuvieron en la salida 42. Después de tan sólo quince minutos de búsqueda, el agente Gary Novick llamó a los demás.

Cuando Clevenger llegó, McCormick ya estaba ahí.

—Tiene mala pinta —dijo, mirando hacia un sendero de maleza enmarañada.

Clevenger siguió la mirada de McCormick y vio el cuerpo de una mujer en descomposición, totalmente vestido con un traje sencillo de flores y una chaqueta de punto verde. Empezó a caminar hacia él, pero se detuvo tras dar tres pasos. La cabeza estaba separada del cuerpo. Examinó el suelo y la vio a unos metros de distancia en una pila de hojas, los ojos abiertos, mirándole, mechones de pelo gris ondeando al viento.

—Dios mío —dijo entre dientes.

El doctor Oster se arrodilló junto al cadáver y estiró el cuello para estudiar la herida.

—Es un hombre fuerte —dijo—. Ha cortado la columna vertebral limpiamente. —Se acercó más—. El cadáver lleva aquí varios meses, como mínimo —dijo. Se puso unos guantes quirúrgicos, echó un vistazo debajo del cuello del vestido de la mujer y miró el rostro áspero e incorpóreo—. Setenta años. Quizá setenta y cinco. —Se levantó, se dirigió a la cabeza y se puso en cuclillas a su lado—. Heridas faciales traumáticas obvias. Fracturas múltiples, en la mandíbula y el arco cigomático. Los senos frontales están aplastados.

—Éste no es el Asesino de la Autopista amable y dulce —dijo Jackie McCune, el otro agente—. Esta vez estaba exaltado.

—Ensañamiento —dijo McCormick—. Con ésta, explotó.

Los agentes empezaron a peinar la zona en busca de pistas.

Clevenger se acercó al cuerpo. Miró los brazos desnudos de la mujer.

—No veo ninguna marca que indique que le extrajera sangre —dijo.

Oster se unió a él. Levantó cada brazo con cuidado para inspeccionar la fosa antecubital.

—No hay ninguna señal de venopunción —dijo—. Podría haber alguna en algún otro lugar. Dejaré indicada esta cuestión para el equipo de patología del FBI.

Novick salió del bosque con un bolso.

—Estaba diez metros más allá —dijo. Les mostró un carné de conducir—. Paulette Bramberg. Setenta y tres años. Vivía en Old Pointe Road. —Miró a Clevenger y a McCormick—. Está a cinco kilómetros de aquí. Mandaré a alguien.

Cinco

$\mathcal{H}$abía empezado a caer aguanieve. Los vuelos de Clevenger y McCormick sufrieron un retraso de un par de horas, así que cenaron algo en el aeropuerto.

—Este asesinato rompe la pauta —dijo McCormick.

—En más de un sentido. Ya sé que hemos estado diciendo que no hay una pauta demográfica que una a las víctimas —dijo Clevenger—, pero ésta es la primera anciana de la que tenemos noticia.

Whitney meneó la cabeza con incredulidad.

—¿Por qué no lo hemos visto antes?

—Es difícil ver algo así en una pauta tan difusa como la que ha creado el Asesino de la Autopista —dijo Clevenger—. Creo que Paulette Bramberg es el centro de esta pauta. El punto débil. Creo que desencadenó algo que le hizo explotar.

—Si tenía la edad que pensamos, era lo bastante mayor como para ser su madre. Pero él adora a su madre. O eso dice. —Bebió un sorbo de agua mineral.

—La tiene idealizada —dijo Clevenger—. Nadie es todo bondad. Pero puesto que su padre le maltrataba todos los días, necesitaba creer que alguien le quería de un modo incontestable. Mi suposición es ésta: creo que al final su madre le falló de mala manera, y que no ha sido capaz de superarlo.

—Bueno, vamos a evitar esta cuestión de momento. No necesitamos que entre en contacto con las reservas de ira que le hicieron pasar de degollar a decapitar a sus víctimas.

—Creo que es imposible volver a introducir al genio en la botella —dijo Clevenger.

El camarero se acercó a la mesa.

—¿Todo bien de momento?

Clevenger miró a McCormick, quien asintió con la cabeza.

—Todo bien.

McCormick retomó la conversación donde la habían dejado.

—Simplemente no lo menciones.

—Nos ha enviado a buscar un cuerpo en concreto entre sabe Dios cuántos. De manera consciente o inconsciente quiere hablar de lo que hemos encontrado. Y lo más importante que hemos encontrado es el ensañamiento.

McCormick meneó la cabeza con desaprobación.

—Si tuvieras un paciente en psicoterapia que comentara vagamente algún hecho que te hiciera pensar que podría haber sido maltratado cuando era pequeño, no te detendrías necesariamente en ello. Podrías archivarlo en tu mente y sacarlo a colación mucho más tarde, y con mucha prudencia.

—Puede que sí o puede que no.

—Lo que quiero decir es que no querrías provocar una crisis emocional por ir demasiado lejos demasiado rápido.

—No ha hecho un comentario vago. Ha decapitado a una persona. No está siendo sutil.

McCormick sonrió.

—Escribe tu carta y ya lo discutiremos después.

—¿Por qué no ahora?

Eludió contestar.

—¿Ya la has empezado? ¿La carta?

Clevenger asintió con la cabeza.

—¿Quieres que le eche un vistazo al borrador?

Sintió una indecisión que le resultaba familiar y la identificó como resistencia, la inquietud que había sentido con su propio psicoanalista antes de abrirse a él.

—Al final tendré que leerla —dijo ella.

193

Clevenger se llevó la mano al bolsillo de atrás, abrió la carta y se la entregó.

McCormick la leyó, alzando la vista hacia él unas cuantas veces con una combinación de preocupación y afecto en sus ojos. Dejó la hoja sobre la mesa.

—No sabía que habías pasado por algo así.

—No es algo que haría público en circunstancias normales —dijo.

—¿Estás seguro de que quieres hacerlo?

—No —dijo—. Pero me ha dicho abiertamente que esto es *quid pro quo*. Doy tanto y recibo tanto. Y le creo.

—¿Y si te pide más de lo que le puedes dar? ¿No hay ninguna zona restringida?

—Tendré que dárselo. Porque, al final, voy a pedir mucho más de él. Voy a pedirle que renuncie a su libertad.

—¿Qué es lo que no querrías contarle?

Clevenger sonrió.

—Tú primero.

McCormick eludió la cuestión.

—Yo digo que sea lo que sea eso que no querrías contarle, es tu última baza. No la pongas sobre la mesa demasiado pronto.

—Buen consejo.

—Algunas veces sirvo para algo. —Pasaron unos segundos. Dejó el tenedor y le miró, ladeando la cabeza—. De acuerdo, yo primero.

Clevenger pensó que iba a hacer una broma.

—¿Estás segura de que quieres ponerlo sobre la mesa tan pronto?

—¿Por qué no? —Se sonrojó de la misma forma encantadora en que lo había hecho una semana antes en su despacho de Quantico—. Mi padre ha sido una fuerza tan poderosa en mi vida que todos los hombres han salido perdiendo en la comparación.

194

A Clevenger le sorprendió aquella revelación.

—Sin duda no es nada sexual —se apresuró a añadir—. Pero es un hombre con tanto talento. Es interesante a tantos niveles. Y siempre se ha ocupado mucho de mí. Cuando algo me preocupa me escucha. Me escucha de verdad.

—Y no has sido capaz de encontrar eso en nadie más.

—Algunas veces creí que sí, pero no duró mucho. Parece ser que una vez que te acuestas con un hombre, se cierra emocionalmente en lugar de abrirse. No sé si es por mí o por ellos. Y no sé si todos los hombres son así o sólo los que yo elijo.

—¿A quiénes has elegido? —le preguntó.

—A cirujanos, desde la facultad de medicina, siempre —dijo—. A un neurocirujano. A un cirujano plástico. A un oftalmólogo. Incluso a un podólogo.

—No son artistas de la escucha precisamente.

McCormick respiró hondo.

195

—Quizá si no hubiera concentrado mi atención en mi padre, estaría dispuesta a conformarme con menos.

—O quizá si no te conformaras con menos te parecería que le estabas sustituyendo, traicionando.

Whitney comprendió lo que quería decir.

—Es posible.

—Lo esencial es que no tienes que conformarte —dijo Clevenger, y le sorprendió el afecto obvio que había en su voz.

Los ojos de McCormick mostraron que le había gustado oír aquello.

—Te toca —dijo—. ¿Qué es lo que no te gustaría publicar en el *New York Times*?

La respuesta le salió bastante deprisa.

—Creo que el hecho de que mi padre me pegara... —Se detuvo, y entornó los ojos para alcanzar a ver la verdad real que se escondía en el fondo de su mente—. Creo que hizo que me cuestionara si yo valía algo, como persona. Como hombre. Creo que toda mi vida ha girado en torno a demostrar que sí valgo.

—¿Sólo tú? —preguntó—. ¿O quieres demostrar que todo el mundo vale algo en cierto modo? Incluso los asesinos. Incluso el Asesino de la Autopista.

Ahora fue Clevenger quien respiró hondo y exhaló el aire. Se descubrió pensando no sólo en sí mismo, sino también en Billy Bishop.

—Cuando tu propio padre no te ve como una persona, tienes que esforzarte mucho para verte como tal, para ver esa parte de ti que es real e importante, la parte que es digna de amor. Quizá se convirtió en una costumbre para mí. Probablemente quiero hacer por todo el mundo lo que él no pudo, o no quiso, hacer por mí. —Sintió que se le tensaba la garganta, quizá porque ya había dicho suficiente, quizá porque había hablado demasiado—. ¿Entiendes? —logró decir.

McCormick respondió deslizando la mano por la mesa y cogiéndole la suya.

Clevenger pasó el pulgar por el suyo, luego llegó hasta la base y acabó en el interior de la palma.

—Entiendo —le dijo ella.

El aguanieve se había transformado en un manto de lluvia. Lo único que estaba claro aquella noche era que ningún vuelo saldría de Canyonlands Field. Clevenger y McCormick se dirigieron al Marriott del aeropuerto en taxi.

Clevenger llamó a Billy por el camino.

—Hola —contestó. Por la voz, parecía cansado.

—¿Cómo estás?

—Bien —dijo con desdén.

—Han cancelado el vuelo por la lluvia. ¿Por qué no nos sentamos a hablar cuando llegue mañana?

—Claro.

—Llegaré sobre las tres más o menos.

—Cuando sea. Estaré aquí.

—Escucha —empezó a decir Clevenger—. Te echo mucho de... —Pero Billy ya había colgado. El golpe quedó reflejado en el rostro de Clevenger cuando cerró la tapa del teléfono.

—Te está compartiendo con el FBI —dijo McCormick—. Y con el Asesino de la Autopista.

Clevenger asintió con la cabeza.

—Quizá deberías llevarle contigo la próxima vez que vayas a Quantico. Podríamos hacerle el tour para los VIP.

—Quiero mantenerle alejado de lo que hago —dijo Clevenger—. Ya ha visto bastante violencia.

McCormick asintió sin ganas.

—¿Qué piensas? —le preguntó Clevenger.

—La verdad es que no es asunto mío —dijo.

—Finge que lo es.

Ella asintió.

—Acabó viviendo contigo por lo que haces. Después de todo, ya eras psiquiatra forense cuando apareciste en su vida y le salvaste de ir a la cárcel para siempre.

—¿Y?

—Y sigues siendo psiquiatra forense. ¿Por qué tendrías que fingir ser otra cosa?

—Últimamente ha tenido problemas con la violencia y las drogas —dijo Clevenger.

—Y te preocupa que si se acerca más a tú trabajo, la cosa empeore. Crees que podría volverse más violento.

La inquietud de Clevenger había transmitido a Billy el mismo mensaje.

—Quizá —dijo Clevenger.

—Interesante —dijo ella.

—¿Qué quieres decir con «interesante»?

—¿Estás seguro de que no estás proyectando tus miedos en él? Según la carta que acabas de enseñarme te preocupa que puedas llevar dentro a un asesino. Eso no quiere decir que haya uno dentro de él.

—Entiendo lo que dices.

—Eso es lo que dice la gente cuando no está de acuerdo con lo que ha oído.

Clevenger le sonrió. Quizá fuera mejor invitar a Billy a entrar en su vida profesional, incluso en los rincones más oscuros. Quizá Billy era menos frágil de lo que Clevenger creía. Pero seguía pareciéndole arriesgado.

—Bueno... —dijo McCormick—. Debería ser directa. Vamos a pedir dos habitaciones.

—Podemos pedir tres, si quieres —dijo Clevenger. Le cogió la mano—. No tengo prisa, Whitney. —Pronunciar su nombre hizo que se sintiera cómodo—. Pero para que lo sepas, no dejaré de escucharte después de que empecemos a hacer el amor.

—Si alguna vez hacemos el amor.

—Si alguna vez lo hacemos—le concedió Clevenger.

McCormick le puso la mano en la rodilla.

Clevenger se quedó despierto hasta pasada la medianoche para acabar la carta a Gabriel, también conocido como el Asesino de la Autopista:

Cuando era pequeño, pensé en matarle en más de una ocasión. ¿Está ese asesino aún dentro de mí?

Sin duda. Aunque en un estado embrionario. Y cuanto más puedo tocar esa parte no nata de mí, cuanto más puedo sentir la impotencia y rabia viscerales que generó la violencia de mi padre, menos probable es que renazca.

Acepto mi dolor. Tú rechazas el tuyo. Dices que te

sentiste victorioso «con la sangre en la boca» porque sabías que tenías el amor de tu madre. Pero tu sensación de triunfo sólo era una defensa contra sentimientos más profundos de terror y debilidad. Como niño de cuatro años que eras, nunca te enfrentaste de veras a la terrible verdad que suponía la sangre goteando de tu boca, que no pudieras hacer nada para protegerte a ti mismo y que nadie más te protegería o podría protegerte.

Ahora buscas el poder final sobre los demás —decides si viven o mueren— como si eso pudiera eliminar la humillación y la impotencia que sentiste.

Hablas de que experimentas un dolor físico importante: migrañas, dolor en la mandíbula. Sientes una ansiedad terrible: palpitaciones, te cuesta respirar. Pero dudo que sientas una tristeza o una rabia viscerales. Porque la peor parte de lo que pasaste cuando eras pequeño aún sigue encerrada en tu inconsciente.

199

¿Qué trauma no logras afrontar, Gabriel? ¿Qué furia enterrada explotó cuando estuviste con Paulette Bramberg? ¿Qué tenía aquella anciana (una mujer de la edad de tu madre) que provocó que perdieras completamente el control, por lo que no te bastó con estar con alguien que moría y tuviste la necesidad de matar de una forma tan brutal, tan monstruosa? Y ¿por qué no le extrajiste sangre? ¿Tener la sangre de Paulette Bramberg dentro de ti sería envenenarte?

¿O el pecado de Paulette Bramberg fue simplemente que estuvo fría con el Asesino de la Autopista, guardó las distancias y jamás llegó a sentir la intimidad extraordinaria e inmediata que creo que puedes inspirar en los demás, de manera que te abren su corazón como nunca antes habían hecho; se abren a un desconocido de un modo que recordarían toda su vida si su vida no quedara interrumpida?

Te pedí que me dijeras dónde estaban los restos de todas las víctimas del Asesino de la Autopista. Me has dado un cuerpo distinto de los demás. ¿Por qué?

Creo que encontrar la respuesta será el principio del fin del Asesino de la Autopista.

Llamaron a la puerta de su habitación. Miró el reloj. Las 0:50.

—¿Quién es? —dijo.

—Whitney.

Caminó hacia la puerta y la abrió. Whitney estaba fuera, descalza, llevaba unos vaqueros azules descoloridos y una sudadera gris y gastada del FBI. Vestida de manera informal, aún estaba más deslumbrante.

—¿No puedes dormir? —le preguntó Clevenger.

—Me alegra que hayamos pedido dos habitaciones —dijo.

—De acuerdo...

—Pero creo que no tendríamos que usar las dos.

Clevenger la cogió de la mano, tiró de ella para hacerla entrar en la habitación y estrecharla entre sus brazos y, luego, la empujó suavemente contra la puerta mientras ésta se cerraba. Se besaron con intensidad, cediendo a los labios y la lengua del otro, alimentando el ansia del otro. Luego, sin previo aviso, McCormick lo apartó, casi enfadada. Sonrió al ver su sorpresa, se quitó la sudadera y la dejó caer al suelo. Estaba desnuda de cintura para arriba. Clevenger se acercó, alargó la mano, le rozó los pechos con la punta de los dedos, y vio que se le erizaban los pezones. Entonces se arrodilló, le desabrochó el botón de los vaqueros y le bajó la cremallera, y le besó la parte inferior del abdomen.

—Te deseo desde la primera vez que te vi —le dijo Clevenger en un susurro.

—Eso podría ser mala señal —dijo ella, sus palabras fueron apagándose cuando Clevenger apretó la mano entre sus piernas.

—Podría ser —dijo. Se levantó, la cogió en brazos y la llevó a la cama.

Hicieron el amor primero con ternura, luego con furia, dos personas que vivían al límite, entregándose la una a la otra, liberando sus pasiones y frustraciones, sus esperanzas y necesidades hasta quedar exhaustas y tumbadas en silencio mirándose a los ojos.

—Has estado con muchas mujeres —dijo ella.

—¿Perdón? —dijo sin alterarse—. No te estaba escuchando.

Whitney se echó a reír.

—Que te den —dijo.

Entonces, volvieron a hacer el amor.

201

6 DE ABRIL DE 2003
SALIENDO DE UTAH

Clevenger le enseñó a McCormick la carta terminada justo antes de que embarcaran en sus respectivos vuelos, el de ella estaba previsto para las 12:25 y el de él para las 12:50.

Whitney meneó la cabeza con desaprobación.

—Mira —dijo—. Te prometí que te apoyaría y lo haré. Pero estás tirando a matar directamente y quiero que lo pienses bien. Mientras él se desangra psicológicamente, podría derramar la sangre de muchas otras personas.

—Tarde o temprano va a tener que enfrentarse a sus demonios —dijo Clevenger—. Mejor que sea temprano.

Un altavoz anunció la última llamada para el vuelo de McCormick.

—Si responde negativamente en su próxima carta, volveremos a estudiar el tema —le dijo ella.

—Trato hecho.

Whitney se dio la vuelta para ir a la puerta de embarque.

—Te echaré de menos —le dijo Clevenger, sorprendido de nuevo por sus propias palabras. Hacía mucho tiempo que no se había permitido interesarse por una mujer. Aquello le inquietaba.

Whitney se volvió, asegurándose con timidez de que nadie había oído a Clevenger, quizá alguno de los agentes de la policía estatal, un periodista cauteloso o un agente del FBI encubierto que trabajara en el caso. Al no ver a nadie, se puso la palma de la mano sobre el corazón y se lo entregó.

Jonah Wrens lo había visto —y oído— todo. Estaba sentado en la puerta de embarque con un traje de lana de raya diplomática gris claro, camisa de cuello ancho azul claro y una corbata a rayas azules, el maletín a los pies, fingiendo leer el *Sentinel and Telegraph* de Salt Lake. El corazón le latía con fuerza. Le dolían los ojos. Había pedido ayuda. Había confiado. Y le habían traicionado. Clevenger nunca había tenido intención de unirse a él en su lucha por la redención. Quería encerrarle. Le había prometido que no trabajaría con el FBI, pero había seguido trabajando con ellos: con Whitney McCormick, la cazadora.

Con los binoculares, desde una posición privilegiada en una colina empinada a setecientos metros de distancia, Jonah había visto cómo la furgoneta de la policía estatal de Utah se detenía en el arcén de la salida 42, había esperado a que se bajara todo el mundo, rezando para que Clevenger no estuviera. Pero entonces le había visto, había visto claramente el fraude que era. Y había sentido que aquella soledad demasiado familiar empezaba a roerle el alma, a escarbar en él, dejándole vacío y agonizando.

Ahora el dolor era incluso peor. Necesitaba llenarse, fortificar su médula con la vida de otra persona. Y quién mejor para alimentarle que el hombre que le había prometido aliviar su sufrimiento.

Se levantó de su asiento junto a la puerta de embarque, metió la mano en un agujero del bolsillo delantero de sus pantalones y asió el mango del cuchillo de caza que llevaba sujeto con cinta adhesiva a la pierna. Lo giró para liberarlo. Entonces, empezó a caminar hacia Clevenger, imaginando cómo le sonreiría como si fueran viejos amigos, le sorprendería con un abrazo, luego guiaría la hoja hacia su esternón, taladraría el ventrículo izquierdo de su corazón y, a la vez, le susurraría al oído lo mucho que le dolía a él el corazón, lo mucho que había ansiado que le curaran, que Clevenger había sido su última oportunidad, su única esperanza. Luego, simplemente se marcharía y dejaría atrás su cuerpo para escapar con lo que pudiera llevarse del espíritu de aquel hombre, la verdad absoluta en sus ojos moribundos.

Quizá eso, después de todo, fuera la única parte auténtica de Clevenger que se podía obtener.

Se acercó a tres metros... dos y medio... dos y, entonces, de repente, Clevenger desvió la mirada y estableció contacto visual con él. Durante un segundo o dos, no más. Fue como un destello. Sin embargo, en aquel fugaz intercambio de miradas, Jonah creyó haber visto el alma de Clevenger, haber vislumbrado parte de aquella inteligencia excepcional, poderosa e incluso feroz, pero también algo herido y necesitado, algo vacío y solo. Vio partes de sí mismo. Y aquel reflejo hizo que dejara de asir con firmeza el cuchillo de caza y que su ira cediera, y le aclaró las cosas perfectamente.

Recordó lo que le había dicho el decano de la facultad de medicina Johns Hopkins, el mentor de Jonah cuando estu-

diaba allí: que la vida le depararía momentos como aquél
—momentos de epifanía—, pero nunca había experimentado ninguno. Ahora veía el plan supremo que el Señor tenía
en mente para él: ser sanado, pero también sanar.

Cerraría un círculo magnífico: él y Clevenger redimién-
dose el uno al otro. Dos psiquiatras uniendo sus corazones y
sus mentes, convirtiéndose en uno solo.

¿Quién podía decir, después de todo, si había sido él
quien había pedido ayuda a Clevenger o Clevenger quien le
había pedido ayuda a él? ¿Acaso no estaba claro que la mano
de Dios les había conducido para que se encontraran el uno
al otro? ¿Acaso no era cierto que jamás hubiera sabido de la
existencia de Clevenger si no hubiera sido por el boletín in-
formativo que los había vinculado a los dos? ¿Y no había
sido obvio —incluso para el FBI— que toda la vida profesional de Clevenger le había guiado hasta aquel momento?

204

Cuando Jonah pasó junto a Clevenger oyó, como por primera vez, las palabras de adiós de Clevenger a Whitney Mc-
Cormick. «Te echaré de menos». Y recordó haber visto en la
expresión de su rostro que aquellas palabras salían directamente de su corazón. Clevenger se estaba enamorando de
una mujer que no podía amar, una mujer que carecía de empatía, una mujer que le arrastraría a un agujero negro de desesperación.

Jonah podía salvarle. Jonah podía arreglar lo que Clevenger tenía roto en su interior, los trozos fracturados de su psique que estuvieran quedando atrapados en la red pegajosa
de McCormick. Y en el curso del proceso, siguiendo los caminos inescrutables de Dios y sólo cuando Dios quisiera, Jonah comprendió que también él, con su fe inquebrantable, se
salvaría.

Seis

*E*n Chelsea, Billy Bishop por fin estaba despertándose. Eran las 13:30. Se apoyó sobre un codo y miró a Casey Simms, de dieciséis años, que aún dormía en la cama a su lado, tumbada junto a él; los rizos largos y color caoba de su pelo caían sobre su hombro, su ombligo atravesado por un diamante, un código de barras como los que se pasan por la caja del súper tatuado en la parte baja de la espalda.

Se habían quedado despiertos hasta pasadas las tres de la madrugada, haciéndolo una y otra vez, y hablando de todo y de nada en particular durante aquel torrente incesante de verborrea que provoca la buena hierba. La hierba de Casey. Habían hablado de cuando Billy perdió a su hermanita y de cómo era vivir con Clevenger y de lo fantástico que era que su nombre hubiera salido en el *New York Times*, de cómo todo el mundo en Auden Prep y su escuela hermana, la Governor Welch Academy, donde estudiaba Casey, hablaba de ello, de que ahora Billy era más famoso que nunca. Y habían hablado de que los padres de Casey no la entendían, de que a su padre lo único que le interesaba eran los negocios y el tenis y que a su madre lo único que le interesaba eran los negocios, ir de compras y el tenis, y de que Casey no iba a vivir mucho tiempo en su ciudad, Newburyport, a una hora al norte de Boston, donde las calles parecían sacadas de un plató de película de 1890, con fachadas demasiado pintorescas y carteles dorados de madera demasiado pintorescos, a lo lar-

205

go de aceras perfectamente enladrilladas iluminadas con farolas de gas prístino que no eran más que una mentira porque eran artificiales. Falsas. Casey quería ser real, espontánea, estar viva, aquí y ahora. Quería irse a Los Ángeles, ser actriz.

La chica se giró sobre su espalda, dejando al descubierto sus pechos reales de dieciséis años, los pezones atravesados por un aro de oro de catorce quilates. La pareja le había costado la paga de una semana.

—Tengo que irme antes de que llegue —dijo Billy.

Se sentía un poco culpable por haber fumado maría, pero no había fumado tanta como Casey y cargó un ochenta por ciento de la culpa de su desliz a ella, a Auden Prep, a Clevenger y al señor Fitzgerald del astillero. Después de todo, no había sido Billy quien había comprado los porros. No había sido él quien había decidido dejar el colegio. No había sido él quien había provocado las peleas que al final le habían acarreado la expulsión. No había sido él quien había metido a los periodistas de nuevo en su vida. No había sido él quien había llevado dos remolcadores al astillero para que los lijaran y los pintaran hora tras hora, día tras día, cuando lo que necesitaban de verdad era que los hundieran en el puerto de Boston. Y no había sido él quien había decidido que se tenía que quedar solo en Chelsea mientras Clevenger volaba a la otra punta del país con la psiquiatra rubia y ardiente del FBI que Billy había visto por televisión.

—¿Vas a hacerlo? —preguntó Casey—. ¿Vas a marcharte?

—Por poco tiempo —dijo Billy—. Dos, tres días. Tengo que pensar.

—Ve a la casa de campo que tenemos en Vermont. Tengo la llave. Está en el lago Champlain, a las afueras de Burlington. Está genial. Tiene lo básico. Cocina de leña, esa clase de cosas. Era de mis abuelos. Nadie sube nunca en invierno.

Billy no habría podido expresar con palabras por qué quería irse exactamente. Y habría negado la verdad: que su marcha era un forma de ganarse la atención de Clevenger. Sólo sabía que se sentía fatal —una combinación de soledad, inquietud y enfado— y que necesitaba alejarse de ese sentimiento.

—No debes decírselo a nadie.

—¿Crees que lo haría? —Pasó la mano por el abdomen suave y musculado de Billy—. No te vayas todavía.

Le hizo el amor a Casey igual que levantaba pesas, para demostrar que era fuerte, que era un hombre de verdad, que era invulnerable. Quería tocarle todos los rincones del cuerpo para demostrar que él era intocable. Así que cuando ella tensó las piernas, arqueó la espalda y gritó sintió que se quitaba un gran peso de los hombros y suspiró de un modo que hizo pensar erróneamente a la joven Casey que se había corrido con ella. La verdad era que hacía rato que no estaba ahí.

207

Casey se marchó del *loft* antes que él. Billy recogió los restos de los porros, escribió una nota diciendo que estaría fuera «un par de días» y se marchó por la salida del sótano para evitar a los periodistas que se agolpaban en la acera frente al edificio. Cogió el tren de cercanías que iba de Chelsea a la estación del Sur de Boston y allí se subió al Amtrak de Vermont en dirección a Burlington vía Springfield, Massachusetts; en total, era un viaje de nueve horas y media.

Durmió todo el camino hasta Springfield. La parada era de dos horas, así que se comió una hamburguesa con queso y unas patatas fritas y dio una vuelta por las tiendas de la estación. Se compró unas gafas de sol de espejo y un pañuelo de colores. En un kiosco de revistas vio el *New York Times*, examinó la primera página y vio que habían publicado otra de las cartas del Asesino de la Autopista, la que Clevenger había leído el día anterior, antes de ir a Utah y encontrar el cuerpo de Paulette Bramberg. Intentó obligarse a pasar de largo, intentó demostrarse a sí mismo lo poco que le importaba lo que estaba haciendo Clevenger, que había captado perfectamente el mensaje de que se mantuviera alejado de sus asuntos y no se entrometiera. Pero no lo logró del todo. Porque sí que le importaba. Compró el periódico y se lo puso debajo del brazo, mientras se decía a sí mismo que lo leería en el tren, cuando le apeteciera y sólo si le apetecía.

Con el cambio de horario y una hora de retraso en el vuelo a Logan, Clevenger no llegó al *loft* hasta casi las nueve de la noche. Varios reporteros de prensa y televisión seguían esperando y le asediaron, gritando preguntas sobre si de verdad había roto filas con el FBI, si el Asesino de la Autopista controlaba más su psicoterapia pública que él mismo, si creía que el Asesino de la Autopista era viejo o joven, blanco o negro, tal vez incluso una mujer. Clevenger contestó con un único «Sin comentarios» mientras se abría paso entre los periodistas, que avivaron una ronda de preguntas mucho más personales a las que Clevenger no respondió en absoluto: ¿tenía realmente bajo control su consumo de drogas? ¿Había consumido alguna vez drogas intravenosas? ¿Había revelado su consumo de drogas al departamento de servicios sociales antes de adoptar a Billy Bishop? ¿Revelaría ahora esa información?

Casi había llegado a la puerta cuando Josh Resnek, editor del periódico local *Chelsea Independent*, gritó una pregunta que le hizo detenerse y volverse despacio.

—¿Qué sucederá si logra curar a este tipo pero no le encuentra? —preguntó Resnek—. ¿Eso le preocupa, doctor?

Los otros periodistas se callaron.

Resnek era un hombre alto y fornido de unos cincuenta años, iba a medio afeitar, tenía la piel curtida y el pelo rebelde y canoso. Parecía el tamborilero del cuadro *Spirit of '76*, sólo que veinte años más joven. En la época en que Clevenger acababa el día con tres whiskys en el Alpine Lounge de la calle de su *loft*, Resnek —mitad periodista, mitad filósofo, medio genio, medio lunático— había sido la mejor compañía que podía esperar en la larga barra. Aquel hombre podía hablar de deportes, de política, o de la historia de Chelsea décadas atrás. Y cuando los dos iban por la tercera ronda, a veces podían hablar de verdad: sobre los problemas con la familia, y la diferencia entre la ley y la justicia, y el milagro de la belleza femenina, y el miedo a la muerte.

—¿Si le curo y no le encuentro nunca? —repitió Clevenger para ganar tiempo.

—¿Es lo que él quiere, no? —le presionó Resnek—. Que le curen y no le atrapen. Y usted es muy bueno metiéndose en la mente de la gente. Por eso le eligió a usted precisamente.

Clevenger pensó en el panorama que estaba describiendo Resnek. Y la respuesta que dio no sólo era la que le salía del corazón, sino también la que el propio Asesino de la Autopista habría querido oír, lo cual estaba muy bien porque los periodistas —incluidos los de las cadenas televisivas de ámbito nacional— aguardaban con expectación sus palabras.

—Lo que me interesa es que se ponga bien y deje de matar —dijo—. El resto es cosa del FBI.

Se dio la vuelta, alargó la mano hacia la puerta y la abrió.

—¿Está diciendo que no les ayudará a atraparlo? —chilló un reportero de la Fox.

Clevenger entró.

—¿Durante cuánto tiempo seguirá tratándole si sigue matando? —gritó otro de la CBS.

Clevenger cerró la puerta tras él y se quedó unos segundos con la espalda apoyada en ella, luego empezó a subir los cinco pisos que había hasta el *loft*.

Dentro, el olor a marihuana todavía impregnaba el aire. Llamó a Billy, no obtuvo respuesta, miró en su cuarto, y lo encontró vacío. Siguió el hedor hasta donde parecía más intenso, sacó el cubo de debajo del fregadero y vio las colillas y la ceniza que Billy había desechado. Se le aceleró el pulso y se le tensó la mandíbula. Iba a meter al chico en un programa de desintoxicación ese mismo día, y punto. Se había acabado eso de jugar al gato y al ratón. O entraba en el programa o lo echaba de casa para siempre. Él decidía. Entonces, pegada con cinta adhesiva a la encimera de la cocina, vio la nota que Billy había garabateado en una hoja arrancada de una libreta. La leyó.

—Estarás de broma —dijo apretando los dientes—. ¡Imbécil!

210 Pero su enfado se estrelló contra una oleada de culpa y preocupación. Culpa, porque vio que le molestaba que Billy hubiera desviado su atención del Asesino de la Autopista, como si la investigación, y no hacerle de padre, fuera su primera prioridad. Preocupación, porque Billy se había metido en un montón de problemas en las narices de Clevenger y podía acabar encontrándose con muchísimos más en la calle.

Llamó al móvil de Billy, pero oyó que sonaba en su cuarto. Llamó a North Anderson a casa.

Anderson contestó.

—Soy Frank —dijo Clevenger.

—Bienvenido. Te quedaste retenido, ¿eh? Con McCormick. Algunos tíos tenéis...

—Escucha, me vendría muy bien tu ayuda.

—Recibí tu mensaje sobre el cadáver —dijo Anderson—. Decapitado. Tu hombre nos ha sorprendido a todos.

—No sólo con la investigación —dijo Clevenger—. Con Billy. Se ha marchado.

—¿Que se ha marchado? Le vi ayer antes de cenar. Tenía una cita con esa chica, Casey.

—Me ha dejado una nota diciéndome que se va «un par de días». También ha dejado un montón de marihuana por ahí en medio. Vuelve a tomar drogas. Y es obvio que no le importa que yo lo sepa.

—Dios santo —dijo Anderson—. ¿Tienes idea de adónde ha ido?

—No. No sé si Casey tendrá algo que ver. Por la cantidad de ceniza que hay en la basura, seguro que había marihuana suficiente como para que se colocaran los dos de lo lindo. —Meneó la cabeza con incredulidad al darse cuenta de que no había visto nunca a Casey y que no recordaba cómo se apellidaba.

—¿De dónde es? —le preguntó Anderson.

—De Newburyport, creo. Al menos Billy fue allí una o dos veces para quedar con ella. También sé que se han visto un par de veces para comer en el astillero. Quizá lo conoce a través de alguien de allí. O puede que estudie en uno de los colegios con los que Auden Prep organiza sus «reuniones». —Exhaló el aire—. Por lo que yo sé, podría ser su camello.

—Empezaré por el astillero, luego iré al Prep —dijo Anderson—. La encontraremos. Espero que ella nos pueda decir adónde ha ido.

—Conozco a algunos polis de Newburyport —dijo Clevenger—. Les llamaré.

—Yo me hago cargo de esto, Frank. Ya he llevado casos de personas desaparecidas, ¿recuerdas? Un par de cientos más. Ahora mismo tienes bastante con qué entretenerte.

Aquello le dolió, aunque no había nada en el tono de Anderson que sugiriera que era lo que había pretendido.

—Puede que ése sea el problema —dijo Clevenger

—Venga, date un...

Clevenger no iba a darse un respiro ni a decirse que lo estaba haciendo bien o lo que fuere que Anderson iba a sugerir.

—Llámame al móvil en cuanto tengas algo.
—Claro.

Billy había cubierto la mayor parte del trayecto a Burlington, Vermont, cuando encendió la luz, sacó el *New York Times* del receptáculo del asiento de delante y se puso a leer la carta del Asesino de la Autopista. Leyó el fragmento sobre la idílica fiesta en el parque organizada para el cuarto cumpleaños del asesino, luego leyó y releyó la historia de terror a su llegada a casa:

La puerta de nuestra casa estaba abierta. Mi alegría desapareció. Mi padre estaba en casa. Vino a por nosotros en cuanto entramos, le dio un golpe de revés a mi madre, que cayó al suelo, y se puso a despotricar y a decirle que no había dinero para «la fiesta del pequeño bastardo». Me interpuse entre los dos, y me pegó a mí. Se me nubló la vista. Caí al suelo. Noté el sabor de la sangre en la boca. El diente de delante se me movía al tocarlo con la lengua. Vi páginas arrancadas de mis libros, trozos rotos de los animales disecados, mis coches Hot Wheels desparramados a mi alrededor. Entonces vi que aplastaba con el pie todos y cada uno de los coches.

Mi madre estaba encogida de miedo en una esquina, sollozando. Deseé ser mayor, más corpulento, más fuerte, capaz de defenderla. Ella se llevó un dedo a los labios, para advertirme que me quedara callado, luego me lanzó otro beso. E incluso con el sabor de la sangre en la boca, me sentí a salvo y seguro, incluso victorioso sobre el monstruo que se hacía llamar mi padre.

—Y una mierda, querías defenderla —dijo en voz alta.
Un hombre gordo que dormía al otro lado del pasillo se movió, gruñó y se quedó dormido de nuevo.

Billy miró la página entornando los ojos y meneó la cabeza con incredulidad.

—¿Y te lanzó un beso? —dijo en un susurro—. Anda ya, joder.

No tuvo que esforzarse mucho por recordar los sentimientos que le habían despertado las palizas que había recibido cuando tenía cuatro años. Su madre estaba en casa. Pero estaba demasiado asustado como para pensar en protegerla. Estaba ocupado intentando no llorar, porque las lágrimas no apagaban la violencia de su padre, la encendían. Y su madre no le lanzaba besos mientras la correa de su padre le rasgaba la piel. Se encerraba en el baño para no recibir ella y no ver lo que le sucedía a él.

¿La odiaba? No. Ella no desempeñaba ningún papel, no podía hacer nada, era una prisionera igual que él. Pero sin duda no hacía que se sintiera más a salvo ni más seguro. Esa parte de la carta del Asesino de la Autopista era una patraña más.

El Asesino de la Autopista estaba fantaseando, quizá incluso se engañaba a sí mismo. Era un psicópata. Quizá el tipo realmente creyera que aquella mujer estaba viva en su casa, que era su ángel de la guarda que le miraba con ojos amorosos mientras a él le daban una paliza de muerte.

Billy echó la cabeza hacia atrás y cerró los ojos. Y al cabo de un minuto o dos recordó algo clave. Recordó su propia fantasía mientras su padre dirigía la correa contra él. No era la de ser un niño abandonado con una madre que se encogía de miedo en la esquina y le susurraba palabras de amor. Era la de tener un padre que le quisiera. Un hombre que cuidara de él.

Fantaseaba justo con un padre opuesto al que tenía, y estaba dispuesto a jugarse lo que fuera a que el Asesino de la Autopista fantaseaba precisamente con una madre opuesta a la que tenía. Era ella la que le había golpeado y hecho caer al suelo, aplastado sus juguetes y llamado «pequeño bastardo».

213

Se moría por contarle a Clevenger sus ideas sobre la carta, lo cual hizo que se sintiera estúpido. «Como si le interesara lo que piensas», se reprendió a sí mismo.

Habría rechazado por completo el impulso de contactar con él si no hubiera sido por otra revelación que tuvo mientras el tren avanzaba a toda velocidad hacia el norte. Se dio cuenta de que Clevenger era la clase de persona con la que había fantaseado todas aquellas veces que su padre le había intimidado, despotricando y golpeándole. Alguien que estuviera a su lado. Que luchara por él, no con él. Quizá por eso le resultaba tan difícil vivir con él. Quizá a eso se debía el asunto de las drogas. Quizá tenía problemas para creer en algo con lo que había soñado: un padre de verdad, un hombre que le quisiera de verdad.

—Eres un caso triste, Bishop —farfulló Billy—. A ese tío no le importas una mierda. —Pero aquellas palabras no cuajaron porque eran únicamente producto del miedo. Miedo a que nadie le quisiera. Miedo a perder lo que había encontrado, a que Clevenger le fallara, a que resultara ser una ilusión. Y eso sería muy triste, y además embarazoso. Porque la verdad era que Billy estaba empezando a querer a Clevenger tanto como Clevenger le quería a él.

Por eso se colocaba. Por eso había ido por el mal camino.

Llegó a Burlington a las 0:55. Habría cogido un tren de vuelta a la estación del Sur de Boston en aquel mismo momento, pero no había ninguno hasta las siete de la mañana. Así que salió de la estación, se introdujo en el frío gélido de una mañana de Vermont y empezó a caminar por la ruta 7 en dirección a la cabaña de los padres de Casey.

Clevenger no pudo dormir aquella noche. Ninguno de los policías de Newburyport con los que había contactado conocía a ninguna «Casey». Peter Fitzgerald, del astillero, la había visto por allí, pero no pudo aportar ningún dato. Luego, a las 3:37, sonó el teléfono. El número de casa de North Anderson apareció en la pantalla de identificación de llamadas. Clevenger fue a descolgar el auricular, pero su mano se quedó paralizada, preocupado por si iba a recibir malas noticias, por si aquella llamada era la que recibían los padres más desgraciados del mundo, comunicándoles que su hijo había sufrido una sobredosis o que le había atropellado un coche o le habían asesinado. Eran las 3:37. ¿Iba a recordar aquella hora el resto de su vida, a despertarse sobresaltado la mayor parte de las noches, mirando esos dígitos color rojo sangre del despertador? Se obligó a contestar.

—¿Has descubierto algo? —preguntó.

—Se ha ido a Vermont —dijo Anderson.

—¿A Vermont?

—He encontrado a su novia hace una hora. Estudia segundo curso en la Governor Welsh Academy en Georgetown. Se hace llamar Casey, pero en realidad se llama Katherine Paulson Simms. Pertenece a una de las familias más importantes de Newburyport. No quería decirme nada, una chica muy leal, hasta que me tiré el farol de que quizá la poli querría hablar con ella por la hierba que se olvidó en tu apartamento.

—¿Por qué se ha ido a Vermont?

—Le dijo a Casey que necesitaba pensar, tener un poco de espacio, esas cosas. Los Simms tienen una cabaña en el lago Champlain. Le dio la llave. He llamado a Greyhound y a Amtrak. Ha ido en tren, ha usado una American Express, la tuya, para pagar el billete. Salió justo antes de la una de la madrugada.

—Gracias —dijo Clevenger—. Voy para allá ahora mismo.

—Escucha, Frank —le dijo Anderson—. Si me estoy metiendo donde no me llaman, dímelo, pero tal vez el chico fuera sincero con ella. Quizá necesite reflexionar, aclararse.

—Necesita desintoxicarse —dijo Clevenger.

—Ésta podría ser su forma de desintoxicarse. ¿Quién sabe? Quizá estos dos días le vengan bien.

—¿Qué se supone que tengo que hacer entonces? ¿Esperar sentado?

—A veces es lo único que se puede hacer. Al menos es lo único que puedo hacer con mi Kristie. Aún es demasiado joven como para subirse a un tren, pero ha estado distante unas cuantas veces. Y puede ocurrir estando al otro lado del pasillo. No será muy distinto con Tyler.

—Que tiene, ¿qué edad? ¿Cinco meses? No hace falta que empieces a preocuparte ya.

—Empecé a preocuparme el día que nació.

Clevenger respiró hondo.

—¿Hay teléfono ahí arriba?

—En la cabaña, no. Tampoco hay calefacción. Pero tienen una estufa de leña y un montón de troncos apilados en el porche.

—¿Por qué no enviamos un coche patrulla para que compruebe si ha llegado?

—Yo me ocupo.

—Avísame si... —empezó a decir Clevenger.

—Si no hay ninguna luz encendida o no sale humo de la chimenea, te llamo —le interrumpió Anderson—. De lo contrario, intenta dormir un poco.

—Eso haré. Gracias.

7 DE ABRIL DE 2003, POR LA MAÑANA

No consiguió dormir más de una hora, se quedaba traspuesto cinco o diez minutos, luego se despertaba y escuchaba el silencio del *loft*, con la esperanza de oír una puerta ce-

rrándose o el agua de la ducha corriendo o las pisadas de
Billy sobre el suelo. Pero no oyó nada.

A las 6:20 estaba completamente despierto, recordó que
había pedido que le enviaran el *New York Times* y fue a re-
cogerlo a la puerta. Se sentó en el sofá y releyó su respuesta
a la última carta del Asesino de la Autopista publicada en
primera plana. Imaginó al asesino leyéndola a la vez que
él en un parking de camiones o en un área de descanso o
mientras se comía un buen desayuno caliente en alguna cafetería que podría estar tan sólo a cuatrocientos metros de
donde había dejado otro cuerpo. Y sintió que se le revolvía el
estómago. Porque imaginó que aquel cuerpo era el de Billy.
Y se preguntó si el hecho de perderle cambiaría la respuesta
que le había dado a Josh Resnek, el periodista del *Chelsea
Independent*: que curar al Asesino de la Autopista era lo
único que le importaba, que atraparle era asunto del FBI. Se
preguntó hasta qué punto su empatía soportaría el asesinato de un hijo.

Pero no se suponía que tuviera que mantenerse entero,
¿verdad? Para eso existían los jurados y los jueces y todo el
sistema de leyes: para amortiguar el irresistible deseo de
venganza de los familiares. Porque si se dejara la justicia en
manos de las víctimas, la horca ganaría a la cárcel por cien a
uno.

Juntos, como sociedad, podemos aspirar a actuar como
Jesucristo o Gandhi. Solos, la mayoría de nosotros actuaría-
mos como Terminator.

Sonó el teléfono. Otra vez North Anderson. Clevenger
contestó.

—Creo que puede estar volviendo a casa —dijo Anderson.

Clevenger miró al techo, cerró los ojos y dio gracias a
Dios.

—¿Cómo lo sabes? —le preguntó.

—Después de que la policía de Burlington me dijera que había actividad en la cabaña, cogí el coche y vine hasta aquí —dijo Anderson—. Para asegurarme de que estaba bien.

—¿Has ido a Vermont? ¿En mitad de la noche? Me dijiste que me quedara sentado en casa.

—Tú no puedes seguirle. Eres su padre —dijo riéndose entre dientes—. El caso es que está despierto, vestido y acaba de abandonar la casa camino a la estación de tren. Quizá la vida dura no le va. Probablemente volverá a usar tu tarjeta de crédito. La rastrearé. Por si decide dar un rodeo.

—Quizá deberías pararle y traerle a casa.

—Si es lo que quieres —dijo Anderson—. Es decisión tuya.

Clevenger pensó en ello, en lo bien que se sentiría respecto a Billy en aquel preciso momento y en lo que podría sentir dentro de un día o una semana.

—Supongo que será mejor que le dejemos decidir adónde quiere ir —dijo.

—Es duro, ¿verdad? —preguntó Anderson.

—¿El qué?

—Querer a un chico como tú le quieres a él.

A Clevenger se le hizo un nudo en la garganta.

—¿Se hace más fácil con el tiempo?

—Es cada vez más difícil.

—Genial —dijo Clevenger.

—Sí —dijo Anderson.

Clevenger sonrió.

—Gracias de nuevo, North.

—Hablamos pronto.

Siete

Jonah Wrens se dispuso a leer la carta de Clevenger por quinta vez justo antes de una reunión familiar con los padres de su nuevo paciente, el niño de nueve años Sam Garber. Aquella mañana había empezado a sustituir, por un periodo de dos semanas, a un psiquiatra en vacaciones que trabajaba para la unidad de hospitalización del centro médico de Rock Springs, a los pies de las montañas de Aspen. Pero apenas podía concentrarse en su trabajo. La carta le había puesto furioso. Las partes sobre la vida de Clevenger eran bastante interesantes. La revelación sobre que había fantaseado con matar a su padre parecía sincera. Pero, luego, la carta daba un giro hacia la superioridad moral y la manipulación descarada.

Acepto mi dolor. Tú rechazas el tuyo. Dices que te sentiste victorioso «con la sangre en la boca» porque sabías que tenías el amor de tu madre. Pero tu sensación de triunfo sólo era una defensa contra sentimientos más profundos de terror y debilidad. Como niño de cuatro años que eras, nunca te enfrentaste de veras a la terrible verdad que suponía la sangre goteando de tu boca, que no pudieras hacer nada para protegerte a ti mismo y que nadie más te protegería o podría protegerte.

219

Ahora buscas el poder final sobre los demás —decides si viven o mueren— como si eso pudiera eliminar la humillación y la impotencia que sentiste.

Hablas de que experimentas un dolor físico importante: migrañas, dolor en la mandíbula. Sientes una ansiedad terrible: palpitaciones, te cuesta respirar. Pero dudo que sientas una tristeza o una rabia viscerales. Porque la peor parte de lo que pasaste cuando eras pequeño aún sigue encerrada en tu inconsciente.

¿Qué trauma no logras afrontar, Gabriel? ¿Qué furia enterrada explotó cuando estuviste con Paulette Bramberg? ¿Qué tenía aquella anciana (una mujer de la edad de tu madre) que provocó que perdieras completamente el control, por lo que no te bastó con estar con alguien que moría y tuviste la necesidad de matar de una forma tan brutal, tan monstruosa? Y ¿por qué no le extrajiste sangre? ¿Tener la sangre de Paulette Bramberg dentro de ti sería envenenarte?

¿Por qué mentiría Clevenger?, se preguntó Jonah. ¿Qué motivo podría tener para falsear el cuerpo que Jonah había dejado junto a la ruta 80 de Utah, el cuerpo de un hombre de al menos setenta años, un hombre de la edad de su padre? Un hombre que se llamaba Paul. Un hombre que había muerto en silencio entre sus brazos, de una forma no más horrible que cualquiera de las otras víctimas del Asesino de la Autopista ¿Qué clase de trampa mental intentaba tenderle Clevenger, retando el recuerdo que Jonah tenía de su madre, una madre a la que todavía echaba de menos, cada día en la carretera? ¿Por qué se rebajaba a usar artimañas despreciables para mancillar su relación insinuando que Jonah almacenaba en su inconsciente ira hacia la única persona que le había querido de verdad, la única persona a la que él había querido de verdad?

El final de la carta hizo que a Jonah aún se le acelerara más el pulso. Hizo rechinar los dientes. Porque vio el anzuelo que Clevenger había lanzado a los lectores del *Times*, su intento no tan sutil de atraparle refrescando la memoria de las personas buenas y generosas que había dejado marchar, para convertirlas también en cazadoras.

> *¿O el pecado de Paulette Bramberg fue simplemente que estuvo fría con el Asesino de la Autopista, guardó las distancias y jamás llegó a sentir la intimidad extraordinaria e inmediata que creo que puedes inspirar en los demás, de manera que te abren su corazón como nunca antes habían hecho; se abren a un desconocido de un modo que recordarían toda su vida si su vida no quedara interrumpida?*
>
> *Te pedí que me dijeras dónde estaban los restos de todas las víctimas del Asesino de la Autopista. Me has dado un cuerpo distinto de los demás. ¿Por qué?*
>
> *Creo que encontrar la respuesta será el principio del fin del Asesino de la Autopista.*
>
> *Doctor Frank Clevenger*

Jonah cerró los ojos y se imaginó en el aeropuerto de Utah, atravesando con su cuchillo el corazón de Clevenger. En aquel momento deseó haberlo hecho, deseó haber sacado a Clevenger de su desgracia, en lugar de intentar curarle o que él le curara. Porque era obvio que Whitney McCormick había infectado a Clevenger hasta los huesos, que estaba perdido en el deseo que sentía por ella.

Se metió la mano en el bolsillo y sacó la figurita que le había regalado su madre en la fiesta de cumpleaños del parque, un diminuto caballito de tiovivo lacado. Pasó el pulgar por la crin arriba y abajo, la capa de pintura negra desgastada por haberla tocado durante tantos años, y le hizo pensar en qué prueba podría ponerle Dios, qué se le exigía ahora.

Un toque en la puerta le hizo regresar de nuevo al presente. Sacudió la cabeza para despejarse y abrió los ojos.

—Adelante —gritó.

La puerta se abrió y los padres de Sam Garber, Hank y Heaven, entraron. Parecían un par de artículos salidos de las rebajas de la humanidad; el marido tendría quizá sesenta años, era bajito, nervioso y tenía el pelo hirsuto y los ojos inyectados en sangre; la mujer era mucho más alta, no tendría más de treinta y cinco años, pesaba como mínimo ciento cuarenta kilos y parecía irritada.

—Por favor, siéntense —dijo Jonah. Abrió el informe de Sam por un dibujo del servicio de urgencias que mostraba los puntos de sus lesiones físicas. El niño había sido ingresado en el centro médico de Rock Springs después de que su profesor de gimnasia le encontrara moratones recientes y marcas de quemaduras curadas en el abdomen, la espalda, los brazos y las piernas, lo que había llevado al departamento de servicios sociales de Wyoming a alejarlo de forma temporal del hogar de los Garber.

—¿Entienden por qué Sam ha sido ingresado en esta unidad? —empezó Jonah, mirando alternativamente de Hank a Heaven y luego de nuevo a Hank.

—Debido a que ese tal señor Daravekias pensó lo que no era —dijo Hank.

—Sobre los cardenales —dijo Jonah—. Y las quemaduras.

—Ya le hemos explicado todo eso al asistente social —dijo Hank.

Jonah miró fijamente a Heaven, quien le devolvió abiertamente la mirada, masticando aún un chicle.

—Por lo que he leído —dijo—, le han dicho al asistente social que Sam se cayó por las escaleras hace poco y que se cayó de la bici un tiempo atrás. Y ¿también había algo sobre que se cayó en la chimenea?

—Que es también lo que dice Sam —dijo Hank.

—¿Cómo se cayó por las escaleras? —le preguntó Jonah a Heaven.

—Supongo que tropezó —dijo Hank—. Siempre se está cayendo. Le quiero hasta la muerte, pero tiene la coordinación de una puta mula.

¿Que le quería hasta la muerte? No si Jonah podía evitarlo.

—¿Vio cómo se caía? —le preguntó a Heaven.

La mujer devolvió la mirada a Jonah durante unos segundos.

—Supongo que no puedo estar vigilándole todo el tiempo —contestó al fin, masticando algunas de las palabras.

Jonah siguió mirándola. Por un instante, vio el rostro de su propia madre, mucho más delgado que el de Heaven, mucho más pálido, los ojos más claros y brillantes. Con un acto de voluntad se obligó a apartarla de su mente, y se reprobó a sí mismo en silencio por dejar que su imagen se mezclara con la de un monstruo.

—También hemos descubierto otra cosa preocupante —prosiguió, mirando a unos ojos que volvían a ser los de Heaven, color tierra y sin vida.

—Puede que a usted le preocupe —dijo Hank—. A nosotros no.

—Me preocupa a mí —le concedió Jonah mirándole—. Y también al asistente social.

—Bueno, usted, el asistente social y los demás pueden relajarse —dijo Hank—. Estamos criando bien a nuestro hijo. Los accidentes pasan.

Jonah se miró las manos, entrelazadas sobre la mesa delante de él. Y por una fracción de segundo las imaginó oprimiendo el grueso cuello de Heaven Garber. Cerró los ojos e intentó aplacar la ira que se estaba apoderando de él.

—Le hicimos una radiografía completa a su hijo —dijo—.

Hemos encontrado dos fracturas. Una en el antebrazo izquierdo, curada. Otra casi curada, pero más reciente, cerca del bíceps derecho. —Abrió los ojos y miró a Heaven.

—Como ya he mencionado —dijo Hank—, Sam está siempre cayéndose.

—En la radiografía aparecieron lo que nosotros llamamos fracturas en espiral —le explicó Jonah—. Es como se rompería un palo si lo retorciéramos como una bayeta mojada al escurrirla. —Levantó los puños e hizo rotar uno de ellos hacia los Garber y el otro hacia él. Y, de nuevo, vio sus manos retorciendo el cuello de Heaven—. Se abre una grieta en el hueso en forma de S a medida que éste cede —dijo con voz temblorosa.

—Podría haber pasado en el par de ocasiones que se cayó de la bici. Probablemente se pilló los brazos y se hizo eso —dijo Hank.

—Eso ocurre cuando alguien se enfada con un niño —dijo Jonah—. Pongamos que alguien hubiera agarrado a Sam y hubiera decidido darle una lección. —Volvió a mirar directamente a Heaven Garber.

—Ya sé que todo el mundo habla pestes de Heaven y de mí —dijo Hank—. Pero escuche una cosa, Sam nunca mentiría sobre nosotros. Y estoy aquí para decirle que nunca hemos...

Jonah meneó la cabeza con incredulidad. Señaló la puerta con la cabeza.

—La puerta está cerrada con llave —dijo, hablando ligeramente más alto que en un susurro—. Este despacho está insonorizado.

Hank volvió despacio la vista hacia atrás y miró de nuevo a Jonah con cautela.

—Sé cómo son los niños —dijo Jonah—. A veces se descontrolan.

—Sam, no —dijo Hank.

—Díganme la verdad —dijo Jonah, y desvió la mirada hacia Heaven, los puños cerrados.

—Como ya le he dicho, no hay nada que... —empezó a decir Hank.

—Cierre el pico —le espetó Jonah, sin apartar la vista de Heaven, que dejó de mascar el chicle.

Quizá Hank hubiera oído al asesino que había dentro de Jonah. O quizá tan sólo hubiera visto que se le tensaban los músculos de los antebrazos. Fuera cual fuera la razón, no volvió a abrir la boca.

—Las fracturas en espiral de los brazos de Sam van en sentido contrario a las agujas del reloj —le dijo Jonah a Heaven—. Eso, junto con la pauta que siguen los cardenales sobre la fractura más reciente, demuestra que la persona que los causó es zurda. Como usted.

Heaven se volvió hacia Hank.

—No voy a quedarme aquí escuchando todo esto. Vámonos de...

Jonah vio los labios de su madre moviéndose mientras Heaven hablaba. Sus palabras confluyeron en una cantinela indescifrable. Y el odio que sentía por Clevenger y Whitney McCormick y aquella mujer se transformó en una tormenta en su interior, los rayos y los truenos nublaron los recuerdos que intentaban emerger de su inconsciente, recuerdos de la crueldad atroz de su madre.

Intentó ponerse en pie, pero las piernas no le respondieron, una parálisis que ya había padecido antes cuando se reunía con padres que habían maltratado a sus hijos. Era como si su mente desactivara sus músculos, a no ser que le hiciera a Heaven Garber todo lo que quería hacerle.

—Escúcheme —dijo Jonah interrumpiendo los improperios de Heaven—. No creo que sea usted mala.

Heaven le miró sin comprender nada.

—A usted le sucedió algo para convertirse en una persona que ataca a un niño pequeño. Probablemente fue algo horrible, probablemente pasó cuando era muy pequeña. Quizá cuando tenía exactamente nueve años, como Sam. —Jonah creyó ver un atisbo de aceptación en el rostro de Heaven. Luego desapareció—. Puedo ayudarla a recordar. Puedo ayudarla a curarse. Y quizá, entonces, algún día recupere a su hijo.

Heaven se puso en pie.

—La única ayuda que necesitamos es la de un abogado.

Hank se levantó, pero despacio, como si las últimas palabras de Jonah —sobre perder a su hijo— hubieran eliminado parte de su resistencia.

Jonah intentó levantar las manos, pero eran un peso muerto.

—Estaré trabajando aquí dos semanas —le dijo a Heaven—. Venga a verme. Estoy dispuesto a reunirme con usted todos los días.

Heaven alzó el labio y mostró los dientes separados en el centro, igual que los de la madre de Jonah. ¿O acaso era Jonah quien los veía así?

—Ustedes los médicos se creen que lo saben todo —dijo furiosa—. Pues yo...

Hank la agarró de su rollizo brazo y empezó a tirar de ella hacia la puerta.

—Por favor —dijo Jonah—. Espere.

Heaven se deshizo del brazo de su marido y se volvió hacia Jonah con una expresión de frágil indulgencia en su rostro, como si esperara una disculpa.

—Ha crecido en tamaño porque por dentro se siente muy pequeña —le dijo Jonah—. Pero no puede comerse o beberse o fumarse todo su sufrimiento. Seguramente ya debe de tener úlceras. ¿Han empezado ya a sangrar?

Heaven respiraba con dificultad, pero parecía que le escuchaba a medias.

—Su dolor también le está obstruyendo el corazón. Lo nota cada vez que sube esas escaleras, por las que dice que se cayó Sam.

Heaven meneó la cabeza con incredulidad.

—Usted no sabe nada sobre mí —protestó ella, pero débilmente; había un rastro de miedo en su voz, miedo a la Verdad, que no es distinto del temor a Dios.

—Sabe que lo sé —dijo Jonah. Miró de soslayo los labios de Heaven mientras éstos se tornaban escarlata, el color del lápiz labial de su madre. ¡Cuánto la echaba de menos! Lo que daría por que le abrazara. Por olerle el pelo, acariciarle el cuello cálido con la nariz. Cerró los ojos, la vio de nuevo acurrucada en aquella esquina, lanzándole un beso. Y cuando por fin abrió los ojos, los Garber se habían marchado.

7 DE ABRIL DE 2003, POR LA TARDE

A las 18:10 Clevenger oyó barullo en la calle, miró por la ventana y vio que Billy se abría paso por entre el grupo de periodistas y desaparecía por la puerta de entrada del edificio. Sintió una profunda sensación de alivio. Pero a medida que Billy empezaba a subir los cinco pisos hacia el *loft*, la inquietud de Clevenger también empezó a aumentar. Estaba preocupado por él. Había vuelto a tomar drogas y estaba lo bastante intranquilo como para haber salido corriendo sin decir adónde iba.

A Clevenger también le preocupaba hacer lo correcto. Y no quería que su enfado le impidiera hacerlo. «No le saltes al cuello por lo de la hierba —se recordó a sí mismo—. O por lo de la tarjeta de crédito.»

Se abrió la puerta. Billy entró. Llevaba un par de *New York Times* debajo del brazo, lo que hizo que Clevenger se preocupara por si había seguido insistiendo en el caso del Asesino de la Autopista. Billy cerró la puerta tras él y asintió con la cabeza para sí como si estuviera reuniendo el valor para decir algo importante.

—¿Qué? —se adelantó Clevenger con tacto.

—No puedo quedarme aquí —le dijo el chico.

Clevenger se sintió como si le hubieran dado una patada en el estómago.

—Tienes que decirme qué te pasa, Billy. No puedes esperar que...

—Tengo que desintoxicarme —dijo—. Lo necesito. Eso, e ir a Alcohólicos Anónimos o a Drogadictos Anónimos o lo que sea. No puedo mantenerme alejado de las drogas. Has sido bueno conmigo, pero necesito más ayuda.

A veces, aunque no a menudo, el mundo te da lo que quieres. Clevenger sintió que aquélla era una de esas ocasiones.

—Vale —le dijo.

—¿Quizá podrías llevarme al centro médico North Shore? Un par de chicos del colegio fueron allí cuando tuvieron problemas.

—Claro —dijo Clevenger—. No tienes por qué hacerlo solo. —Y, entonces, hizo lo que parecía más natural y lo más incómodo a la vez, quizá porque su padre nunca lo había hecho. Ni una sola vez. Se acercó a Billy, le rodeó con los brazos, lo atrajo hacia él y lo abrazó con fuerza. Y al cabo de unos momentos, notó que Billy hacía lo mismo. Y luego dio un paso más, volvió la cabeza y le dio a su hijo adoptivo un beso en la mejilla. Y supo que a pesar de todo lo que les había sucedido a ambos y lo que había habido entre ellos, que a pesar de lo que aún tenían que afrontar, todo sería más fácil gracias a aquel abrazo y a aquel beso y a los que vendrían. Porque podrían enfrentarse a ello juntos.

Billy tenía los ojos llorosos cuando Clevenger lo soltó.

Pero aquella vez había algo distinto en sus lágrimas. Aquella vez intentaba reprimirlas. Aquella vez no había duda de que eran auténticas. Se puso a temblar. Tuvo que aclararse la garganta para poder hablar.

—Te cambio un favor por otro —le dijo Billy. Cogió el periódico que llevaba debajo del brazo—. Tú me llevas al hospital y yo te doy una pista sobre el Asesino de la Autopista.

Clevenger dudó. Realmente no quería que Billy se involucrara en el caso. Pero por primera vez se dio cuenta de que quizá no fuera capaz de detenerle. Billy estaba justo ante él con el *Times* en la mano, cinco días después de que su nombre saliera en la primera carta del Asesino de la Autopista, dos minutos después de que los periodistas le hubieran acosado para sonsacarle algún comentario.

Y lo que era incluso más importante, era evidente que Billy quería ayudar. Quería ayudar a atrapar al asesino. Y, quizá, permitirle alimentar esa necesidad le ayudaría a hacer con su violencia potencial lo que Clevenger había hecho con la suya: transformarla en el deseo de sanar, el compromiso de proteger. Pensó en unas líneas de la última carta del Asesino de la Autopista:

> *¿Ha querido matar alguna vez, Frank? ¿Utilizó el alcohol y las drogas para aplacar ese impulso? ¿Se dedica a comprender a los asesinos para comprenderse a sí mismo?*

Sí, pensó Clevenger. «Sí» era la respuesta a cada una de aquellas tres preguntas. Y quizá Billy no fuera distinto de él. Quizá quería ayudar a Clevenger con la investigación para ayudarse a sí mismo. Quizá estuviera preparado para utilizar su dolor para aliviar el dolor de los demás.

—Trato hecho —le dijo.

Billy se sentó en el sofá y abrió el periódico delante de él.

—Supuestamente el padre de este tipo le maltrataba, ¿verdad?

Clevenger asintió con la cabeza.

—¿Y se ponía a pensar en su madre? —Se encogió de hombros—. Yo no lo hice nunca. No cuando me pegaba. —Se encogió de hombros—. ¿Y tú?

Clevenger pensó en ello. Pensó en todas las noches en que había absorbido la violencia de su padre, en cómo había aprovechado todas sus fuerzas sólo para controlar su miedo.

—No —contestó.

—Por supuesto que no —dijo Billy—. Rezabas para que se acabara. Y si eras como yo, te descubrías deseando tener un padre normal. De hecho, yo fantaseaba con la idea de que tenía uno en alguna parte, que un día echaría la puerta abajo y me sacaría de ahí.

—Yo también —dijo Clevenger.

—Tal y como yo lo veo, este tipo se está inventando a la mujer que estaba en ese rincón de la habitación —dijo Billy—. Quiere creer que tenía una madre buena, un ángel de la guarda. Pero no la tenía. Tenía la peor. Era ella quien le maltrataba. —Se inclinó hacia delante y empezó a hablar más deprisa—. No hubo ninguna fiesta de cumpleaños en el parque. No hubo regalos. Sólo hubo palizas. Se ha inventado toda esa felicidad de mierda. No vivía con un demonio y con un ángel. Únicamente con un demonio. Un demonio mujer. El tipo es un esquizofrénico.

Aquella última palabra, «esquizofrénico», ayudó a que Clevenger cristalizara la idea que había empezado a formarse en su mente mientras escuchaba a Billy.

—A no ser que ella fuera las dos cosas —dijo.

—¿Qué quieres decir? —preguntó Billy.

—Es más fácil sobrevivir a algo predecible. Algo que siempre es malo. Como cuando mi padre llegaba a casa. Al menos sabía qué debía esperar. Sabía qué era él.

—Y podías mentalizarte para soportarlo.

—Y podía odiarle.

Billy le miró socarronamente.

—¿Eso es bueno?

—Impide que el odio quede enterrado y sea cada vez más fuerte —dijo Clevenger. Hizo una pausa—. Si el Asesino de la Autopista tenía una madre que era buena y cariñosa una parte del tiempo y sádica el resto de las veces, él nunca habría sido capaz de descargar esa ira. Quedaría reprimida en su inconsciente. Porque la persona a la que más amaba en el mundo, aquella madre ideal de la que escribe, también era la que le torturaba. Así que el odio no puede ir a ningún lado. Si ataca al «demonio mujer», también ataca al «ángel». Mata a una y mueren las dos.

—Que es la razón por la que mata a otras personas, tan sólo son sustitutos de ella.

—Podría ser. —Sin duda, aquella idea explicaría por qué el Asesino de la Autopista intimaba tanto con sus víctimas, reproducía el lazo maternal idealizado, y luego lo cortaba, literalmente. Paulette Bramberg era una imitación demasiado buena. Probablemente aquella mujer tenía la edad de su madre. Probablemente aquella mujer incluso se parecía a su madre.

231

—Entonces puede que sí le organizara aquella fiesta —siguió Billy— y que le hicieran todos esos regalos, y, luego, se fueron a casa y ella se convirtió en una persona totalmente distinta. Le pegó, cuando menos se lo esperaba. Empezó a chillarle que no tenían suficiente dinero. Le destrozó los juguetes.

No estaba mal, pensó Clevenger. El chico le seguía perfectamente.

—Y cuando eso pasa —dijo Clevenger—, separa la imagen del ángel, la mantiene viva en una esquina de la habitación y acepta la paliza. No puede soportar pensar que su ma-

dre le maltrataba. Así que se inventa a un padre maltratador.
—Asintió para sí mismo—. ¿Quieres saber mi opinión?
Pues que no había ningún padre en casa. O tenía un padre
muy, muy débil.

—Entonces, ¿qué hacemos ahora? —preguntó Billy,
emocionado.

Clevenger le guiñó un ojo.

—Te llevamos a desintoxicación. —En el momento en
que aquellas palabras salieron de sus labios, supo que habían sonado bruscas. Desdeñosas. Vio que Billy languidecía
poco a poco delante de sus ojos—. Y cuando salgas —añadió
enseguida—, quiero que vengas conmigo a Quantico y sepas
más cosas del caso.

Sus ojos brillaron de nuevo.

—¿Hablas en serio? —le preguntó—. ¿Me llevarías contigo?

232   —Se te da bien esto —dijo Clevenger—. Podría venirme
bien tu ayuda.

Ocho

Jonah dejó su habitación del motel Ambassador de Rock Springs a las 0:20. Estaba pasando por una de esas «noches realmente oscuras del alma» sobre las que había escrito su querido F. Scott Fitzgerald. Su suite espartana le parecía un ataúd.

No lograba dormir más de quince minutos sin que le despertara su pesadilla habitual, aunque esa noche había dado un giro aterrador. La mujer rubia de rizos largos y sueltos que le acariciaba y luego le roía la piel y los huesos, ansiosa por devorarle el corazón, le miraba ahora a través de los ojos de su madre. Marrones claros. Luminosos. Y mientras dormía sintió que anhelaba su amor al mismo tiempo que luchaba por escapar de ella, y se quedó dormido más tiempo del debido, lo suficiente como para decirle que la amaba, pero también lo suficiente como para que la bestia rebañase más allá de su esternón. Así que cuando se despertó, lo hizo con un chillido, agarrándose el pecho para evitar que su corazón asolado se le saliera del cuerpo.

¿Era eso lo que Clevenger y McCormick tramaban? ¿Privarle del único consuelo verdadero que había tenido en toda su vida? ¿Quitarle el recuerdo de su madre? ¿Mancillarla? ¿Conducirle a la soledad absoluta, hasta que se volviera loco?

233

Con las sienes latiéndole con fuerza y dolor de mandíbula, se subió al X5, puso la *Sinfonía n.º 10* de Mahler y condujo en dirección a la ruta 80 Este. La cogió a unos cien kilómetros de la salida de Bitter Creek, lo bastante lejos del hospital como para evitar que le vieran solo, pasada la medianoche. Estaba de paso en el hospital y, por tanto, era un centro natural de curiosidad. No necesitaba inspirar más.

Detuvo el coche en el aparcamiento vacío de una cafetería 24 horas, entró con su ejemplar del *Times* y pidió un café largo a una mujer rellenita de unos sesenta y tantos años que atendía el lugar. Luego se sentó en un reservado a beber el café y fingió leer la carta mientras miraba a la mujer a hurtadillas, sólo para convencerse de que se movía y respiraba, para convencerse de que estaba despierto de verdad, vivo de verdad. Como ella.

Con la mano temblorosa, cogió un folio doblado y un bolígrafo del bolsillo de su abrigo, abrió el papel y releyó el principio de su respuesta a Clevenger:

Doctor Clevenger:

¿Qué se siente al estar enamorado? ¿Se siente esa felicidad pura y absoluta que dicen cuando los límites del ego se desvanecen, cuando te unes a otro ser humano eróticamente?

¿O sólo es otro estupefaciente? ¿Es adicto a la doctora McCormick del mismo modo que fue adicto al alcohol y las drogas? ¿Como forma de huir de su dolor? ¿De verdad es mejor perderse en ella que en una botella?

Bebió un trago largo de café, sin notar que le escaldaba los labios, la boca y la garganta. La mujer de detrás de la barra le miró.

—¿Todo bien?

Jonah le devolvió la sonrisa
—Perfecto. —Cogió el bolígrafo y empezó a escribir.

El asesino que lleva dentro no permanecerá en estado embrionario, sino que recorrerá la tierra como el Asesino de la Autopista. Todos los días que yo siga enfermo representarán su falta de disposición a amar al prójimo, los límites de su empatía, su fracaso como sanador. Proyectaré no sólo mis sombras, sino también las suyas.

Para usted sigue siendo más importante estar al servicio de la ley de los hombres que de la de Dios, más importante cogerme que curarme. ¿Dónde está Dios en ese plan? ¿Cree de verdad que se puede encerrar el mal entre rejas? ¿Acaso no entiende que ya estoy dentro de usted, que la lucha por mi alma se ha convertido ahora en una lucha por la suya?

235

Tenía la vista borrosa y notaba el pulso latiéndole detrás de los ojos, pero siguió adelante:

Cree que puede evitar esta lucha sumergiendo su corazón y su mente en el acto sexual. Elige a su cazadora para evitar elegir un yo verdadero, para evitar la pregunta que le obsesiona. ¿Es usted —en el fondo, en el momento más oscuro de su noche— un sanador o un cazador, mi médico o mi ejecutor?

Le ayudaré a responder a su pregunta. Porque yo soy —al contrario que usted— un hombre de palabra.

Uno a uno, le habría devuelto cada uno de los cuerpos, para que las familias se reunieran con ellos, pero me ha demostrado que no se lo merece: cuando llegó a Utah con el FBI (después de prometerme que renegaría de ellos), luego cuando me mintió acerca de mi ofrenda con la intención de que me cuestionara mi amor por mi madre, mi defensora, mi ángel.

¿Con qué fin? ¿Dejarme aún más aislado? ¿Hacer de la muerte mi único ángel? ¿Es que nadie le quiso incondicionalmente, Frank Clevenger? ¿Es que no ha amado nunca a nadie profundamente? ¿Tan imposible le resulta entender tal emoción que tiene que menospreciarla?

Su padre le mintió y usted se ha convertido en un mentiroso. Su padre le torturó llenándole de esperanzas y, luego, haciéndolas añicos. Haría lo mismo conmigo si yo se lo permitiera.

No lo haré. No dejaré que me destruya, ni tampoco toleraré su autodestrucción. Estábamos destinados a salvarnos el uno al otro. Ser fiel a ese gran viaje es mi camino a la redención.

Y yo soy el suyo.

Un hombre de Dios
al que llaman el Asesino de la Autopista

Jonah dejó el bolígrafo, bebió más café. Creía, en efecto, que se había embarcado en un gran viaje, sabía que también era desalentador, no menos que el viaje de Jesucristo para encontrar a Dios en su interior y, luego, ayudar a los demás a encontrarlo dentro de ellos.

La diferencia era que Jonah estaba resuelto a evitar la cruz, resuelto a terminar en esta vida la tarea que tenía ante él, aunque significara encontrarse cara a cara con el diablo.

No se acostó hasta las 4:50, después de haber conducido una hora hacia el este para echar la carta en el buzón de Federal Express de Creston, Wyoming, y luego dos horas más hasta el motel Ambassador de Rock Springs. Programó el despertador de la mesilla de noche para las siete, quería descansar unas horas, sentía una paz extraña, no ansiaba con todas sus fuerzas ver a sus pacientes, el dolor de cabeza había desaparecido, sus ojos volvían a ver bien. Había dicho exactamente lo que necesitaba decir. Haría lo que necesitaba hacer. Hacía mucho, mucho tiempo que no se sentía tan bien y se quedó dormido con facilidad.

Después de semanas sin poder dormir, saboreó un sueño profundo, desprovisto de pesadillas y, de hecho, se despertó como nuevo. Quizá había doblado una esquina, pensó. Quizá Dios podía ver el esfuerzo que estaba dispuesto a hacer. Quizá por fin había tomado el camino correcto.

Entró en el baño, encendió la luz y se miró al espejo. Y lo que vio le quitó el aliento: tenía la cara y el cuello salpicados de sangre.

Se llevó las manos a los ojos para hacer desaparecer aquella ilusión, pero ésta seguía mirándole fijamente. Sacudió la cabeza con incredulidad. El hombre del espejo hizo lo mismo. Alargó la mano, intentó borrarle. Pero el hombre del espejo también alargó la mano. Y cuando sus dedos se tocaron, el recuerdo de lo que Jonah había hecho unas horas antes empezó a emerger.

Se vio a sí mismo caminando hacia la barra de la cafetería, sonreír y preguntarle a la mujer si podía usar el servicio. Vio cómo ella le guiaba a través de la cocina y señalaba una puerta abierta. Y luego se vio sentado a horcajadas sobre su cintura, las manos alrededor del cuello, su pelo gris azulado extendido sobre el suelo de baldosas de cerámica rosas.

Apartó la mano del espejo como si estuviera ardiendo.

—No —rogó.

Pero su reflejó sólo le imitó y las imágenes siguieron cruzando su mente a toda velocidad. Se vio agarrando el pelo de la mujer y tirando de su cabeza hacia atrás, vio la hoja de su cuchillo cortándole la tráquea y los músculos faríngeos, sintió el rocío cálido de sus arterias carótidas cubriendo su rostro.

237

—No puede ser —suplicó—. Por favor, Dios mío. —Se alejó del espejo.

El pánico se apoderó de él. Cualquiera podría haber presenciado lo sucedido en la cafetería. Cualquiera podría haberle visto alejarse en su coche. Alguien del motel podría haberle visto regresar con sangre en la cara o haberse fijado en la sangre del coche.

Sus glándulas suprarrenales segregaban epinefrina, abasteciéndole para la tarea que tenía entre manos, pero también subiéndole la tensión, dilatándole con mucho dolor las arterias que le alimentaban el corazón y el cerebro.

Cogió la ropa ensangrentada del suelo, quitó la sábana de la cama y lo metió todo en una bolsa de basura. Luego se duchó, se puso unos pantalones limpios y una camisa, cogió una toalla mojada y salió al aparcamiento; esperaba encontrar el X5 hecho un desastre y se sintió aliviado al descubrir que sólo había unas manchas rojas en el volante. Las limpió.

Regresó a la habitación temblando. Empezó a caminar por ella.

—Cálmate —se dijo a sí mismo una y otra vez—. Nadie está llamando a la puerta. No había ningún coche patrulla fuera.

Encendió el televisor, pasó los canales y encontró lo que buscaba. Una periodista joven y guapa estaba delante de la cafetería de Bitter Creek, entrevistando a un hombre de unos cincuenta años, barrigón y calvo y con una barba de dos días que cubría su rostro ceniciento.

—Sally llevaba quince años trabajando aquí —dijo—. Yo no... —Se aclaró la garganta—. Una cosa así... Es una pesadilla. No sé qué decir.

—¿No sabe usted si alguien había amenazado a la señorita Pierce? —le preguntó la reportera—. ¿No había nadie sospechoso en el restaurante? ¿Un viajero? ¿Un trabajador nuevo?

—No, que yo sepa.

La periodista se volvió hacia la cámara.

—Esto es todo desde aquí, J. T. Un asesinato brutal en el tranquilo pueblo de Bitter Creek. Una mujer decapitada mientras cubría el turno de noche de una cafetería local. No hay testigos. No se conoce ningún móvil. Y la policía se niega a especular si puede ser obra del Asesino de la Autopista o no.

Jonah apagó el televisor. Se sentó en el borde de la cama, abrazándose, balanceándose hacia delante y hacia atrás, su mente tiraba en demasiadas direcciones: sentía culpa por lo que había hecho; miedo de que le atraparan; un pánico atroz de haber perdido el contacto con la realidad, de haber perdido el control hasta el punto de haber quitado una vida sin ser consciente de ello. Luego estaba la terrible verdad de que matar había vuelto a calmarle, de que había dormido como un bebé después de derramar la sangre de una mujer.

«Había dormido como un bebé después de derramar la sangre de una mujer». Oyó su propio pensamiento en sus oídos, como si lo hubiera pronunciado otra persona. ¿Era Dios? ¿Era el buen Señor que le prometía renacer, incluso en aquel momento oscuro? ¿O estaba volviéndose loco?

Quiso marcharse de Wyoming en aquel preciso instante, regresar a las montañas para intentar recuperar el control, pero sabía que una partida repentina levantaría sospechas. El FBI estaría rastreando la zona, haciendo preguntas. Puede que incluso se pasaran por el hospital. Tenía que mantener la cabeza fría, ir a trabajar como si nada hubiera pasado.

Cogió el frasco de Haldol y tomó un miligramo. Decidió administrarse la medicación tres veces al día, intentar mantenerse en contacto con la realidad.

Mientras Jonah estaba pendiente de la cobertura informativa del asesinato, Clevenger llevaba a Billy a la unidad de desintoxicación del centro médico North Shore de Salem, a unos cuarenta minutos al norte de Chelsea. Había recibido las llamadas de Kane Warner y de Whitney McCormick con los detalles de la escena del crimen de Wyoming y para pedirle que asistiera a una reunión en la sede del FBI a las tres de la tarde. Warner parecía incluso más hostil de lo normal. McCormick parecía preocupada. Había reservado un vuelo para el mediodía.

Un empleado responsable de las admisiones que se llamaba Dan Solomon, de unos cincuenta y cinco años, de piel curtida y gastada, que llevaba un pendiente con un diamante en la oreja, y tenía los ojos azul zafiro, entrevistó a Billy sobre su consumo de drogas y su historial psiquiátrico.

—Entonces, ¿sólo marihuana y cocaína? —le preguntó.

—Exacto —dijo Billy. Miró a Clevenger.

—¿Algo más? —le preguntó Solomon.

Billy se encogió de hombros

—Éxtasis, de vez en cuando.

—¿Te resultaría más fácil si saliera de la sala? —le preguntó Clevenger a Billy.

—No. Quédate.

—Escúchame —le dijo Solomon; se le iluminaron más los ojos—. No tiene ningún sentido guardarse nada. Ya sé que crees que sí. Yo también mentía a mis orientadores. Piensas que ya estás aquí y que de todos modos vas a recibir el tratamiento de diez días, así que ¿qué consigues hablando claro? Pero recuerda una cosa: hablar claro es tener media batalla ganada. Porque en realidad todo esto trata de ser una persona sincera, de ser dueño de tu dolor, no de intentar alejarlo con drogas o mentir en el proceso. Contarme lo que has tomado, fumado, esnifado o chutado es un gran paso en esa dirección.

Billy volvió a mirar a Clevenger, luego a Solomon.

—Oxicontin, un par de veces. Y, mm... Me he inyectado cocaína dos veces.

Solomon le miró fijamente.

—Tres veces —dijo Billy.

Siguió mirándole fijamente.

—La he fumado en una ocasión —dijo Billy.

—Has consumido crack —dijo Solomon, tomando notas.

—Una vez —dijo Billy.

Clevenger sintió que se le desgarraba el corazón, pero intentó que no se le notara.

—¿Seguro que eso es todo? —le preguntó a Billy.

—Sí —dijo Billy definitivamente.

—Confiaré en tu palabra —le dijo—, hasta que me des algún motivo para no hacerlo. ¿De acuerdo?

Billy asintió con la cabeza.

—¿Has sufrido alguna vez de depresión? —prosiguió Solomon.

—No sé si he sufrido de otra cosa —dijo Billy.

—¿Alguna vez te han hospitalizado en una unidad psiquiátrica o te han tratado con medicamentos?

—Me ingresaron una vez en el hospital —dijo Billy—. Después de que asesinaran a mi hermana.

Solomon no se inmutó. Como el resto de la gente, había oído hablar de Billy Bishop y del asesinato de Nantucket.

—¿Alguna vez has pensado en el suicidio?

Clevenger esperaba que la respuesta fuera «no», principalmente porque el pronóstico de Billy sería mejor, pero en parte porque no podía evitar tener la sensación de que la salud mental de Billy —o la ausencia de ella— sería una especie de veredicto sobre su papel de padre. Sólo llevaba unos años en la vida de Billy, pero quería creer que esos años habían tenido algún efecto en la psicopatología de Billy.

—Un par de veces —dijo Billy.

A Clevenger se le desgarró aún más el corazón, pero mantuvo la expresión de concentración en su rostro.

—¿Cuándo? —le preguntó Solomon.

241

—No lo sé —dijo Billy—. Quizá cuando me echaron del colegio. Un par de veces en aquella época.

—Y pensaste en hacer... ¿qué? —le preguntó Solomon.

Billy se encogió de hombros.

—Meterme una sobredosis. Inyectarme un montón de coca o algo así.

La imagen de encontrarse a Billy muerto en el *loft* hizo que Clevenger cerrara los ojos.

—Lo siento —dijo Billy.

Clevenger abrió los ojos y vio que Billy le estaba mirando.

—No tienes que sentir nada, campeón —le dijo—. Soy yo el que siente no habértelo preguntado cuando estabas tan deprimido.

—No te lo habría dicho —dijo Billy.

—Y, ahora, ¿piensas en hacerte daño? —preguntó Solomon.

—En absoluto —dijo Billy. Recordó lo que había pensado cuando Clevenger le llevaba al laboratorio de Brian Strasnick en Lynn para que se sometiera a un test toxicológico, cuánto había deseado que Clevenger sufriera al verle saltar del coche en marcha, chocar contra el asfalto. Le miró.

—Ya no quiero hacerme daño a mí ni hacérselo a mi padre —dijo. Y lo decía en serio.

Jonah Wrens entró a trabajar puntualmente a las ocho de la mañana. Llevaba una camisa de etiqueta almidonada y con botones color azul lavanda, una corbata perfectamente anudada azul oscuro y lavanda, unos pantalones de marca grises de franela y mocasines de piel de cabra. Entró en la sala de enfermeras, dio los buenos días con un movimiento de cabeza a la secretaria de la unidad y a la enfermera jefe y se sentó a hojear los informes de los pacientes que le habían asignado para las dos semanas siguientes.

—¿Ha oído lo del asesinato? —le preguntó la enfermera jefe, Liz Donahue.

Jonah la miró. Era una mujer de cuarenta y muchos años que se había divorciado dos veces, sin hijos y que podría ser hermosa si no fuera bulímica.

—¿El asesinato? —preguntó.

Toda la afabilidad del rostro de Donahue se evaporó, dejando paso a unos ojos hurañas, unas mejillas hundidas y unos labios finísimos.

—¿En la cafetería de Bitter Creek?

¿Era producto de su imaginación la sospecha que oyó en su voz? Jonah negó con la cabeza.

—Han decapitado a una mujer —dijo.

—Es repugnante —dijo la secretaria de la unidad girando la silla para mirar a Jonah y a Donahue. Tenía treinta y pocos años, estaba rellenita y llevaba el pelo recogido en una trenza rubia que le colgaba hasta casi la parte baja de la espalda—. La gente está enferma. Espero que encuentren al que lo hizo y le corten a él la cabeza. Que lo aten a una silla y se lo tomen con calma para que sufra. Que lo vea todo en un espejo.

«¿En un espejo?» Jonah entornó los ojos. ¿Podía ser que las dos supieran lo que había hecho? ¿Llevaba la palabra asesino escrita en el rostro? Se palpó la mejilla, se miró los dedos para asegurarse de que no los tenía manchados de sangre.

—¿No saben quién ha sido? —fue lo único que se le ocurrió decir.

—Ha tenido que ser el Asesino de la Autopista —dijo Donahue, con el rostro animado de repente por la emoción—. Supongo que lo leeremos en el *Times*. Al menos yo lo haré.

Le gustan las cartas, pensó Jonah. Le gustan en el mismo sentido que a la gente le gusta la revista *People* y los telefilmes. ¿En eso se habían convertido él y su sufrimiento? ¿En un entretenimiento?

La secretaria de la unidad también era todo sonrisas.

—Probablemente le hizo las mismas cosas enfermizas que a esa tal Paulette Bramberg de la que Clevenger habló en su última carta. Fue en Utah, ¿no? Dijo que se cebó con ella, que probablemente le cortó la cabeza limpiamente como a ésta.

Mientras hablaba la secretaria, Jonah vio los ojos de Paulette Bramberg mirándole sin comprender nada desde el lecho de hojas de la ruta 80 de Utah. La imagen sólo duró un instante, pero lo bastante como para convencerle de que Clevenger no le había mentido en su última carta. Ya había matado antes a una mujer utilizando la fuerza bruta. Pero, ¿sólo una vez?

—Odia a las mujeres —dijo Donahue—. Si queréis que os diga lo que pienso, ese tipo es Sam Garber dentro de veinte, treinta años.

Jonah sabía que tendría que decir algo, sabía que le tocaba hablar a él.

—¿Sam Garber? —fue lo único que pudo decir.

—Le han ingresado cinco veces en los últimos dieciocho meses —dijo la secretaria de la unidad.

Donahue meneó la cabeza con desaprobación.

—Tiene el historial clásico de un sociópata en ciernes: prende fuego a las cosas, hace daño a los animales, se orina en la cama.

—Tenemos que mantenerle alejado de su madre —dijo Jonah.

—Buena suerte —dijo Donahue—. Los servicios sociales no han movido ni un dedo para protegerle.

—¿Por qué no? —preguntó Jonah.

—Sigue la disciplina del partido. Repite como un loro las historias que le han hecho aprender sus padres sobre cómo se hirió. Nadie ha sido capaz de demostrar lo contrario.

—Nadie quiere demostrar lo contrario —replicó la enfermera jefe—. No es que los pisos tutelados del estado hagan cola por admitirle. El chico es un coñazo. Ha agredido muchas veces al personal. Y ha intentado prender fuego al hospital en dos ocasiones.

—Necesita prender fuego a su madre —dijo Jonah automáticamente, horrorizado de oír sus propias palabras cuando salieron de su boca. Pero, ¿eran sus palabras? ¿Qué le estaba pasando? Se rió para suavizar lo que había dicho, pero su risa sonó hueca, mecánica.

La secretaria y Donahue se miraron la una a la otra.

—Supongo que es una forma de verlo —dijo Donahue. Se aclaró la garganta—. ¿Se ha levantado con el pie izquierdo esta mañana, doctor Wrens?

Jonah reunió toda la energía positiva que pudo.

—Sólo era un chiste —dijo guiñando un ojo.

La doctora Corrine Wallace, la jefa de psiquiatría del hospital, apareció en la puerta de la sala de enfermeras. Era una mujer atractiva de unos cuarenta años, de pelo castaño que llevaba por los hombros y un optimismo extraño y contagioso en el que confiaban su personal y sus pacientes. Pero ahora su rostro y su voz estaban sombríos.

—¿Podemos hablar un minuto? —le preguntó a Wrens.

—Por supuesto —contestó él con timidez.

—Es sobre lo que ha pasado en la cafetería.

Jonah se quedó helado mientras su paranoia crecía.

—Justo estábamos hablando de ello —dijo la secretaria—, esperamos que frían a ese cabrón.

Después de todo, quizá alguien le hubiera visto en la escena del crimen, pensó Jonah. Quizá la policía estuviera esperándole en aquel preciso momento, en la puerta de la unidad de internamiento.

—¿Vamos? —le preguntó Wallace.

Caminaron los dos en silencio por el pasillo hasta el despacho de Jonah.

245

—¿Quieres sentarte? —le preguntó Jonah.

Ella negó con la cabeza.

—Trabajamos muy estrechamente con los departamentos de policía de la zona —comenzó. Jonah deslizó la mano al interior del bolsillo delantero de sus pantalones y asió la navaja plegable—. Un tal sargento John «Buck» Goodwin me ha llamado esta mañana —prosiguió—. Es el detective asignado al asesinato de Bitter Creek. Le he dicho que le ayudaría.

¿Estaban utilizando a Wallace de «poli bueno»?, se preguntó Jonah. ¿De verdad creían que se daría la vuelta y dejaría que registraran la habitación de su hotel sin ninguna orden judicial?

—¿De qué forma? —le preguntó Jonah.

—El propietario de la cafetería y los trabajadores están absolutamente destrozados por lo sucedido —dijo Wallace—. La víctima, Pierce se llamaba, era una persona muy querida. Resulta que su hija también trabaja allí de camarera. Todo el personal es como una gran familia. —Hizo una pausa—. Normalmente, nunca le pediría a un interino que hiciera esto, pero hoy me marcho de la ciudad a un seminario. Y el doctor Finnestri se siente muy incómodo con las personas que han sufrido un trauma.

Jonah casi no podía creer lo que oía. ¿De verdad Wallace estaba a punto de pedirle que tratara a los compañeros de Pierce? ¿A su hija? ¿Era ésta la forma que tenía Dios de castigarle, de hacerle ver de primera mano el sufrimiento que había causado? Se sintió aterrorizado y conmovido.

—No creo que te ocupe más de dos o tres horas de tu tiempo —dijo Wallace—. Si al menos pudieras hablar con esas personas por teléfono... Sobre todo con la hija.

—Me gustaría ayudar —dijo Jonah, dirigiéndose no sólo a Wallace, sino a Dios—. De hecho, les invitaré a que vengan a verme aquí mismo al hospital.

—Es evidente que esta tarea no figura entre las obligaciones de tu puesto. Podemos pagarte un suplemento.

—Ni pensarlo. Es lo mínimo que puedo hacer —dijo Jonah.

Jonah se reunió con Sam Garber media hora después. Le hacía sentir bien concentrarse en el chico, olvidarse de lo que había sucedido la noche anterior.

Sam era fornido y mucho más alto que la mayoría de niños de nueve años y hablaba en un tono monocorde que también le hacía parecer mayor. Sólo su piel suave y el flequillo recto sobre la frente le delataban. Estaba sentado muy erguido en la silla situada delante de la mesa de Jonah, el ceño fruncido, un ligero enojo en su rostro mientras le contaba a Jonah lo patoso que era, que se había caído y hecho daño una y otra vez, que lo único que quería era irse a casa con su madre y su padre.

—Esta vez no va a poder ser —le dijo Jonah.

Sam frunció aún más el ceño.

—Sé que no puedes retenerme aquí —dijo tímidamente.

Jonah escuchó una súplica en las palabras de Sam. «No me retendrás aquí. No puedes rescatarme». Sabía que tenía que demostrar su resolución, probarle a Sam que podía ponerse en sus manos.

—Puedo y lo haré —le dijo—. No hay posibilidad alguna de que te vayas de aquí a casa. Irás a un lugar seguro. Porque sé exactamente lo que tu madre te está haciendo.

—No me está haciendo nada.

—¿Me habías visto alguna vez en este hospital? —le preguntó Jonah.

—No.

—¿Sabes por qué me han llamado?

Sam se encogió de hombros.

247

—Leo la mente —dijo Jonah.

—¿Sí? —se burló Sam—. ¿Qué eres? ¿Una especie de superhéroe? ¿También tienes visión de rayos X?

—Te lo enseñaré.

Sam dudó, lo cual le dijo a Jonah que el niño no estaba tan seguro de que leer la mente fuera imposible.

—Adelante —le dijo—. No me importa.

Jonah se levantó y se acercó a él.

—¿Puedo tocarte la cabeza? —le preguntó.

—Qué tontería —dijo Sam. Pero dejó caer ligeramente la cabeza.

—Cierra los ojos —le dijo Jonah.

Sam hizo lo que le pidió. Quizá parecía que tuviera doce o trece años, que hubiera sufrido mucho más de lo que su edad podía sugerir, pero tenía nueve años, aún era sugestionable, aún estaba dispuesto a creer y era capaz de esperar que existieran personas raras en el mundo que tenían poderes especiales; quizá incluso el poder suficiente para salvarle.

Jonah colocó las manos sobre la cabeza del chico, cerró los ojos y respiró hondo. Imaginó las fracturas en espiral y con forma de S que Sam tenía en el radio y el húmero.

—Cuando tu madre te pega —le dijo—, te coge por el brazo y tú te retuerces y te revuelves para escapar.

Sam permaneció callado.

Jonah recordó la historia de Heaven Garber sobre que Sam se había caído por las escaleras, de la bicicleta, en la chimenea. Después de haber escuchado a un sinfín de víctimas y a un sinfín de maltratadores, sabía que sus historias probablemente contenían elementos de verdad. Combinar hechos reales con hechos ficticios crea el engaño más poderoso.

—Una vez —se aventuró Jonah—, intentaste escapar de ella mientras te agarraba de ese modo, te pegaba y te gritaba. Pero de repente te soltó y caíste por las escaleras.

Sam cerró los ojos con más fuerza, como si quisiera desprenderse de aquel recuerdo.

—¿Se rió de ti? —le preguntó Jonah—. ¿Te llamó patoso? —Sintió que la cabeza de Sam asentía debajo de sus manos—. ¿Sucedió lo mismo con la chimenea? ¿Te soltó?

—Ajá —dijo Sam.

—¿Te caíste hacia atrás sobre la pantalla de protección? Sam volvió a asentir con la cabeza.

Jonah imaginó a Heaven Garber burlándose de Sam mientras éste lloraba. Casi podía oír cómo se carcajeaba. Movió las palmas de las manos hacia los lados de la cara del chico, notó que sus lágrimas empezaban a brotar, luego sintió que la tristeza se apoderaba de él. ¡Qué maravilla que la marea de la pena le arrastrara, le llevara lejos de sus preocupaciones sobre la persona en la que se había convertido, sobre lo que era capaz de hacer!

—¿Dónde estaba tu padre? —le preguntó, muy bajito, como si estuvieran rezando.

—No lo sé.

—¿Le has contado alguna vez lo que había pasado en realidad?

—Ella me dijo que jamás me creería —dijo Sam—. Me dijo que haría que me mandara a un reformatorio por mentir, y por lo otro, lo de los animales. Por hacerles daño. Me dijo que no volvería a verle.

—¿Y tú pensaste que él la elegiría a ella antes que a ti? Sam se encogió de hombros.

Jonah exhaló todo el aire y se arrodilló delante de Sam. Miró fijamente al niño.

—Ahora ya lo has dicho —le dijo—. No vas a cambiar tu versión, pase lo que pase. ¿Hecho?

—Pero, ¿qué va a hacerme?

—No puede hacerte nada.

—¿Por qué no? —le preguntó Sam.

249

Jonah recordó la expresión de desconcierto de Hank Garber cuando mencionó lo de perder a Sam para siempre.

—Porque tu padre te elegirá a ti —dijo. Le sonrió—. Tú también eres una especie de superhéroe.

—¿Yo? —El niño negó con la cabeza. Pero le había intrigado—. ¿Qué quieres decir?

—El poder siempre lo has tenido tú. No tu madre. Sólo que no lo sabías.

—¿Estás seguro? No me siento muy poderoso.

—Segurísimo —dijo Jonah. Miró fijamente a los ojos asustados de Sam—. ¿Qué me dices? ¿Trato hecho? ¿No vas a cambiar tu versión?

Sam volvió a fruncir el ceño. Se cogió el labio inferior con los dientes y se lo mordió unos segundos.

—Trato hecho —dijo el niño.

Nueve

Un agente llamado Phil Steiner escoltó a Clevenger desde el vestíbulo de la Academia del FBI al laboratorio de patología. Kane Warner y Whitney McCormick ya tenían puestos los guantes y las batas, y estaban de pie junto a otra doctora que inspeccionaba un cuerpo de mujer tumbado sobre una mesa de disección de acero inoxidable. Clevenger se puso la indumentaria necesaria y se unió a ellos.

—Hemos pensado que podíamos empezar la reunión aquí —le explicó McCormick mientras Clevenger se acercaba a la mesa.

Kane Warner saludó a Clevenger asintiendo con la cabeza de la forma más breve.

—El cuerpo de Wyoming ha llegado hace una hora —prosiguió McCormick—. Sally Pierce, sesenta y dos años.

Clevenger miró a Pierce y se quedó sin aliento. La habían golpeado hasta dejarla irreconocible, tenía los párpados hinchados como los de un sapo, los pómulos hundidos, el labio inferior colgando de unas tiras de tejido color rubí, los dientes rotos cubiertos de sangre seca. Le faltaban mechones de pelo, presentaba el cuero cabelludo tan machacado en algunos puntos que se podía ver el cráneo. Tenía las orejas co-

251

lor berenjena. Una laceración irregular y contusiones negras y azules le rodeaban el cuello.

Clevenger alzó la vista y miró a McCormick. El contras-
te entre el cadáver y su belleza natural hacían que pareciera
de otro planeta. Sintió el impulso de abrazarla, de besarla, de
sentirse vivo con ella.

—Soy Elaine Ketterling —dijo la mujer de la cabecera de
la mesa, ofreciéndole una mano enguantada—. Jefa adjunta
de patología.

Clevenger le estrechó la mano.

Ketterling se acercó a la cabeza de Sally Pierce.

—Como estaba diciendo, es obvio que presenta graves
contusiones en cara, orejas y cuero cabelludo, que concuerdan con una paliza continuada y extrema. Estoy segura de
que encontraremos fracturas faciales y hemorragia cerebral
cuando hagamos una resonancia magnética. —Colocó los
dedos debajo de la barbilla de Pierce y echó la cabeza suavemente hacia atrás—. El traumatismo craneal cerrado habría
bastado para matarla —dijo—, pero también presenta una
laceración de catorce centímetros de profundidad en el cuello, seis centímetros por encima de las clavículas. —A medida que Ketterling ejerció más presión, la laceración irregular alrededor del cuello de Pierce se abrió a una hendidura
color rojo púrpura, luego a un cañón que dejaba al descubierto la tráquea cortada transversalmente, las yugulares y
las carótidas como un esquema sacado de la *Anatomía de
Gray*—. Una parte de la herida se extiende por la columna
vertebral —dijo Ketterling—, y se encorva hacia el final, lo
que concuerda con que la hoja del cuchillo que se ha encontrado en la escena se doblara. No pudo penetrar bien en la
carne.

—¿Utilizó un cuchillo que ya estaba en la cafetería? —le
preguntó Clevenger a McCormick.

Ella asintió.

—El propietario lo ha identificado. No podemos rastrear el arma.

Ketterling se movió a lo largo de la mesa de disección, pasando las manos por los hombros de Pierce, los brazos, los antebrazos, las muñecas y las manos.

—Los cardenales de las extremidades superiores son mucho menos graves —dijo—. Mucho más difusos. No hay marcas de que le ataran los brazos o las muñecas. Lo más probable es que el asesino se sentara aquí encima para impedir que se moviera. —Señaló dos moratones grandes y elípticos a lo largo de los bíceps de Pierce. Luego, sus manos siguieron moviéndose, bajando por las piernas y los tobillos de Pierce hasta llegar a los pies—. No hay más laceraciones obvias aparte de la del cuello —dijo—. Sospecho que las fracturas se limitarán a los huesos faciales y al cráneo. Tendré más datos definitivos después de hacerle un TAC.

—¿No hay marcas de venopunción? —le preguntó McCormick.

—He examinado la piel detenidamente —dijo Ketterling—. No hay señal de flebotomía. Claro que podría haber cogido sangre de uno de los vasos que cortó. De las carótidas. De las yugulares. Tuvo que haber una hemorragia masiva. —Fue hacia el final de la mesa y señaló con la cabeza la entrepierna de Pierce—. He observado el gran volumen de sangre seca en la vulva y la parte superior de los muslos —dijo—. Después realizaré un examen pélvico completo para buscar lesiones y analizar si hay restos de semen.

—No hay semen —dijo Clevenger, principalmente a sí mismo.

—¿Disculpe? —dijo Ketterling.

—Ahora su ira es absoluta —dijo, mirando todavía el cuerpo—. No puede contenerla. Ansiaba destrozar a esta mujer, y a Paulette Bramberg, no intimar con ellas.

—Bueno, eso es bastante obvio —dijo Warner. Miró a

Clevenger—. Teníamos a un asesino con un conflicto emocional y ahora tenemos a uno con la mente clara. Me resulta difícil entender cómo hace eso que estemos más cerca de atraparle.

—Mente clara es lo único que no tiene —dijo Clevenger—. Está perdiendo el control.

—Excelente —dijo Warner—. Sacaré un comunicado de prensa que diga que la carnicería de Wyoming es en realidad una buena señal.

McCormick miró a Warner.

—¿Podemos dejar esto para más tarde?

—Ningún problema —dijo Warner—. Nos vemos dentro de quince minutos. —Y se marchó.

—Está funcionando —dijo Clevenger, sentado en el sofá del despacho de Whitney McCormick. Dejó de mirarla a ella y se volvió hacia Kane Warner—. Por primera vez, ha matado en un lugar arriesgado. Podrían haberle pillado in fraganti o haberle visto huyendo. Ha actuado de forma precipitada. Con menos planificación. Es lo que queremos.

Warner se rió con arrogancia.

—Es lo que tú quieres —dijo desde su sillón frente a la mesa de McCormick—. Yo quiero centrarme en los datos. No le hemos cogido. No le vio nadie. No ha utilizado un arma que podamos rastrear. Hemos tenido dos docenas de agentes inspeccionando la zona todo el día sin conseguir ninguna pista. Si está tan fuera de control, ¿por qué no ha cometido ningún error? ¿Por qué no ha utilizado su cuchillo y lo ha dejado en la escena? ¿Por qué no ha matado a plena luz del día, delante de testigos presenciales?

—Si mantenemos la presión, lo hará —dijo Clevenger—. Y, entonces, le capturaremos, mucho antes de lo que lo habríamos hecho.

—Eso lo dices tú —dijo Warner, inclinándose hacia delante en la silla—. Quizá empiece a «derramar sangre» de verdad y decapite a un par de personas en alguna tienda de saldos de alguna de las cincuenta mil carreteras secundarias de esta gran nación. Quizá no se vuelva descuidado hasta que todo el país esté muerto de miedo y salgamos en la portada de *Newsweek*, intentando explicar por qué la terapia al estilo Clevenger para asesinos en serie no parece la fórmula adecuada para este maníaco en concreto. —Sonrió con suficiencia—. Claro que tú seguirías saliendo en portada...

—¿Es eso lo que te da miedo, Kane? —le preguntó—. ¿La mala prensa?

—No tengo miedo de...

—Prefieres a un asesino más lento, más constante, alguien que genere menos titulares, más alejado. Permitámosle que vaya dejando un cuerpo aquí y otro allí, de vez en cuando, que la cosa se alargue lo suficiente como para que puedas conseguir el próximo ascenso o quizá un supersueldo como responsable de seguridad del Reagan National o el Caesar's Palace.

A Warner se le estaba poniendo el cuello rojo.

—No creo que llegue a cobrar los quinientos dólares a la hora que pronto te pagaremos a ti.

—Cada cual se lleva...

—Esto no nos lleva a ninguna parte —le interrumpió McCormick. Miró a Warner—. Díselo ya —dijo.

Clevenger la miró con recelo. Ella evitó su mirada.

Warner se recostó en su asiento y se enderezó la corbata.

—Nos hemos reunido con el director Hanley esta mañana —dijo con tono triunfalista—. En tu correspondencia futura con el Asesino de la Autopista te limitarás a recomendarle cómo puede contener su violencia, centrándote en conseguir que se entregue. No queremos que caldee el ambiente, por decirlo de alguna forma.

—Me suena a promover la abstinencia entre las chicas de diecisiete años que toman la píldora —dijo Clevenger. Miró a Whitney McCormick en busca de apoyo.

Ella permaneció en silencio.

—¿Estás de acuerdo con él? —le preguntó Clevenger.

—No estoy segura de estarlo —dijo sin gran confianza—. Pero tampoco estoy convencida de no estarlo.

Clevenger la miró de soslayo.

—El cuerpo de Paulette Bramberg llevaba meses en ese bosque. La decapitó mucho antes de que él y yo empezáramos a cartearnos.

—Pero tú la desenterraste deprisa —dijo Warner—. Sea lo que sea lo que despertó en este tipo, has hecho que suelte un cadáver que simboliza su temperamento explosivo. Y ahora ha matado con más brutalidad aún. No me gusta la pauta que está siguiendo. Y al director tampoco.

—Quien casualmente está pensando en presentarse a senador —dijo Clevenger.

Sonó el teléfono. McCormick contestó.

—¿Sí? —Su expresión de desconcierto iba en aumento conforme avanzaba la conversación—. Comprendo. Gracias. Se lo comunicaré a los demás. —Y colgó.

Warner y Clevenger la miraron.

—Llamaban de patología. Han encontrado un cuchillo dentro de la víctima, de la señora Pierce.

—¿Dentro... dónde? —preguntó Warner.

McCormick miró a Clevenger como si la noticia que estaba a punto de dar fuera a sentenciarle.

—El mango salía del cuello del útero —dijo—. La hoja ha bisecado el útero. No han encontrado restos de semen.

Pese a lo grotesco de aquella información, pese a lo mucho que horrorizaba a Clevenger, no hacía más que confirmar lo que creía que estaba sucediendo en la mente del Asesino de la Autopista: la destrucción de sus mecanismos de defensa psicológicos. Pero vio que estaba solo en ese convencimiento.

Warner miró a Clevenger como si fuera personalmente responsable del deceso de Pierce.

—¿Lo captas ahora? —le preguntó—. Tienes que hacer que se calme, que vuelva a estar controlado. Conseguirnos más tiempo.

—Es una estrategia equivocada —dijo Clevenger—. Antes tenía el tiempo a su favor. Le gustaba marcar el ritmo.

—Así que te niegas —dijo Warner.

Clevenger vio la cara de satisfacción de Warner y se dio cuenta de que quería que dimitiera, que se moría por subir corriendo al despacho de Jake Hanley para decirle que ya no habría más cartas.

—Dame un día para pensarlo —dijo.

Warner se puso en pie.

—Tómate el tiempo que quieras —le dijo—. Mientras tanto, si recibimos otra carta de... tu paciente, sacaremos lo que podamos de ella y la dejaremos sin responder.

—Puede que vosotros zanjéis así el asunto —dijo Clevenger—. Pero puede que él no. ¿Crees que ahora está fuera de control? Espera a ver qué pasa cuando se sienta abandonado, como si ya nadie le estuviera escuchando.

Warner esbozó su sonrisa más hipócrita.

—Siempre puede pedir hora en este mismo despacho —dijo—. Daré mi autorización para que te visite dos veces a la semana en Levenworth. —Le hizo una reverencia a McCormick—. Cuídate.

—¿Qué coño te pasa? —le preguntó Clevenger a McCormick cuando Warner se marchó—. Me has dejado solo.

—Están preocupados —dijo McCormick.

—Te he preguntado a ti.

—Me preocupa.

—¿El qué? ¿Que puede que no se derrumbe inmediatamente, que puede que en efecto tarde un tiempo? ¿Por qué ibas a esperar otra cosa? Lleva en este juego mucho tiempo. Demasiado tiempo.

McCormick se puso un poco rígida.

—No es sólo eso —dijo, su voz bajó de tono unas octavas.

—De acuerdo...

McCormick se inclinó hacia delante.

—Creo que deberías pensar un poco en cómo tus propias historias podrían cobrar vida en este asunto.

—¿Mis propias historias?

—Tu estrategia es clara. Quieres poner su ira tan al rojo vivo que se queme. Pero creo que no has reflexionado sobre si tienes alguna motivación inconsciente para presenciar esa crisis emocional.

—Para presenciar... —dijo Clevenger, perplejo. Meneó la cabeza con incredulidad y volvió a mirar a McCormick. Entonces cayó en la cuenta de lo que estaba insinuando—. ¿Crees que le manipularía para que se volviera más violento... por mí? ¿Para que expresara mi ira?

—Nunca de forma intencionada.

Clevenger se rió.

—¿Estás bromeando, verdad?

McCormick no respondió.

—¿No crees que ya he visto bastante violencia?

—En este caso estamos viendo más que nunca. Es lo único que sé. Y no le estás dando la menor importancia, y eso me preocupa. Si dependiera únicamente de ti, le presionarías más y más.

—Hasta que se derrumbara.

—Sin aceptar las opiniones del resto del equipo.

Clevenger miró al techo, respiró hondo y, luego, volvió a centrarse en McCormick.

—Tu padre estaría orgulloso —le dijo.

—¿Qué coño se supone que quiere decir eso? —le espetó.

—Su hija se ha pasado a la política, como él.

—No intento ser un político, Frank. Yo...

—Quizá lo lleves en los genes. —La miró con más intensidad—. Sabes que vamos por buen camino. Excepto por el hecho de que se lleva a cabo en el *New York Times*, esta terapia no es distinta de las demás. No se llega al otro lado de ninguna psicopatología grave sin pasar por un pequeño infierno. La cuestión siempre es si uno tiene la firmeza necesaria para el viaje. Quizá tú no la tengas.

—Eso no es justo.

—No eres capaz de defender lo que sabes —la presionó Clevenger.

—Sí que soy capaz —afirmó; lo dijo como una niña pequeña, y pareció que le molestaba mucho haber pronunciado aquellas palabras de aquella forma.

Clevenger meneó la cabeza con desaprobación.

—Muy en el fondo, crees que no tienes permiso para decir lo que piensas y defenderlo. No estás segura de si este despacho es tuyo o de tu padre. Así que te comportas como lo haría él, optas por lo seguro.

—Este despacho es mío. Y quiero que te vayas. Ahora.

—Ahí lo tienes —dijo Clevenger—. Eso es firmeza. Tan sólo tienes que enseñarla cuando hay algo más importante en juego que tu ego. La vida de alguien, por ejemplo. —Se puso en pie y se marchó.

Clevenger no volvió al aeropuerto hasta pasadas las siete de la tarde. Reservó plaza en el avión de las 20:20 a Boston y comprobó los mensajes de casa. Tenía uno de Billy, que le decía que se sentía bastante cómodo en la unidad de desintoxicación del centro médico North Shore y le daba las gracias por haberle llevado allí. Parecía que estaba bastante bien, lo que hizo que Clevenger se sintiera un poco mejor que cuando se había marchado de Quantico. Pero el mensaje siguiente al de Billy le bajó los ánimos.

—Doctor Clevenger —dijo una voz de mujer—, soy Linda Diario del departamento de servicios sociales de Massachusetts. Le llamo para saber cuándo podríamos vernos para comentar una conversación que he tenido con uno de los médicos de la unidad de desintoxicación esta tarde. Le agradecería que se pusiera en contacto conmigo tan pronto como le sea posible.

El departamento de servicios sociales nunca llamaría para darle una buena noticia. Clevenger marcó el número del centro médico North Shore y le pasaron con la habitación de Billy.

—¿Qué tal estás, campeón? —le preguntó.

—Como si me hubiera atropellado un camión —contestó Billy—. No me dan muchos medicamentos.

—Nunca es fácil, pero vale la pena. Aguanta.

—Lo haré —dijo Billy—. ¿Tú cómo estás?

—Estoy de camino. —Hizo una pausa—. Me han dicho que hoy te ha entrevistado una asistente social.

—Ha venido una mujer.

—¿Te ha preguntado por la relación que tenemos?

—Claro. Le he dicho que estamos muy unidos. Más unidos que nunca. Que incluso trabajamos juntos un poco.

Clevenger sintió una presión en el pecho.

—¿Le has mencionado la investigación sobre el Asesino de la Autopista?

—Me lo ha preguntado. Sólo le he dicho que estaba leyendo acerca de él, para intentar ayudarte. —Pasaron unos segundos en silencio—. ¿Se suponía que no tenía que decírselo?

Clevenger no quería cargar a Billy con otra preocupación.

—No pasa nada. Creo que los servicios sociales quieren hacerme unas preguntas, pero puedo arreglármelas.

—No tendría que haber dicho nada.

—No hay problema —dijo Clevenger—. De verdad. —Hizo una pausa—. ¿Qué normas hay sobre visitas?

—Nada de visitas los tres primeros días —dijo Billy.

—Entonces te llamo mañana por la mañana.

—Gracias.

—Te quiero, colega.

—Yo también.

Clevenger colgó.

Habían empezado a embarcar el vuelo. Clevenger se puso en la cola. Casi había llegado a la puerta cuando oyó que Whitney McCormick le llamaba. Se volvió y vio que iba a su encuentro.

Whitney se le acercó.

—Creo que no deberíamos dejar que acabara así —le dijo.

—¿Nuestra relación o nuestro trabajo en el caso? —le preguntó Clevenger.

—Nuestra relación —contestó ella—. Quédate esta noche. No tenemos que hablar de la investigación.

Clevenger la miró a los ojos. Eran brillantes y bonitos y estaban llenos de una cierta ansia que reconoció por primera vez como la mirada que había visto en los ojos de los adictos, la mirada de sus propios ojos cuando iba a buscar drogas. McCormick le necesitaba como una persona necesita un chute, quizá exactamente de la misma forma que necesitaba la aprobación de su padre, que ansiaba su amor, cuando lo que realmente necesitaba era amar.

—Billy está en un programa de desintoxicación —dijo—. Tengo que estar cerca de él.

261

Whitney asintió con la cabeza y logró esbozar una media sonrisa.

—Mi ofrecimiento de enseñarle la Academia sigue en pie.

—Puede que en eso te tomemos la palabra.

Cuando Whitney se inclinó y le abrazó, Clevenger le devolvió el abrazo. Pero cuando ella alzó la vista de una forma que le invitaba a besarla, él apartó la mirada.

Le soltó.

—Cuídate —le dijo Whitney.

—Tú también.

Clevenger volvió a comprobar los mensajes cuando llegó al *loft* de Chelsea. North Anderson le había llamado dos veces mientras estaba en el avión. Encendió el móvil y vio que Anderson había intentado contactar con él dos veces en ese teléfono. Llamó a la oficina, no obtuvo respuesta y marcó el número de su casa.

—¿Sí? —contestó Anderson.

—Soy Frank.

—Hay algo que tienes que saber.

—Dispara.

—Stephanie Schorow del *Herald* me ha llamado hoy a la oficina. Me ha preguntado por Billy y por ti.

—¿Qué te ha preguntado?

—Sabía que Billy está en un programa de desintoxicación. Me ha parecido que insinuaba que los servicios sociales estaban poniendo en duda tu custodia. Ya se ha entrevistado con un par de fuentes de allí. Le han soltado el típico «no podemos ni confirmarlo ni negarlo», lo que ha hecho que aún se interesara más por el tema.

Clevenger dejó caer la barbilla sobre el pecho. Por primera vez sentía que la investigación sobre el Asesino de la Autopista y su vida personal chocaban frontalmente.

—Cualquiera que trabaje en el centro médico podría haber tenido la brillante idea de llamar a la prensa.

—Puede que la prensa haya dado con ello por sí misma. Estoy seguro de que no te pierden la pista.

—Tengo un mensaje de los servicios sociales —dijo Clevenger, mientras repasaba la lista de llamadas recibidas—. Quieren hablar conmigo. —Vio los números del *Herald News* y del *New York Times*—. A mí también me han llamado del *Herald*. Y del *New York Times*.

—Sea lo que sea lo que vayan a publicar, ahora está parado —dijo Anderson—. Esta noche no puedes hacer nada.

—Pero no dormiré mejor.

—Supongo que no. ¿Cómo está Billy?

—Hasta ahora va todo bien —dijo Clevenger.

—Me alegro —dijo Anderson—. Cualquier cosa que necesites, llámame. ¿De acuerdo?

—Gracias.

263

Clevenger marcó el número del buzón de voz en cuanto terminó de hablar con Anderson. Como esperaba, el mensaje del *Herald* era de Stephanie Schorow, que quería entrevistarle acerca de la relación que Clevenger tenía con Billy. Pero el mensaje del *New York Times* era de Kyle Roland, el legendario editor del diario, no de un periodista que buscara un articulito secundario para la historia del Asesino de la Autopista. Y Roland había dejado los números de su despacho, de su móvil y de su casa.

Eran las once de la noche pasadas. Clevenger le llamó al móvil.

Roland contestó al primer tono de llamada.

—Kyle Roland —dijo, con la voz ronca pero musical tan característica de él. Clevenger visualizó a aquel hombre de setenta años aún musculoso en el ático de lujo de Manhattan que Clevenger había visto fotografiado en la sección de Estilo del *Times*, todas las paredes cubiertas de librerías empotradas que iban del suelo al techo y estaban llenas de clásicos, grandes biografías y las novelas que más le gustaban a Roland: las novelas policíacas. Tenía primeras ediciones de todas las obras de Conan Doyle, Chandler, Hammet. Y tenía volúmenes firmados de las grandes plumas emergentes. Evanovich. Kellerman. LeHane. Coben. Parker.

—Frank Clevenger le devuelve su llamada.

—Se lo agradezco —dijo Roland—. Hoy he tenido que tomar una decisión difícil. La he tomado, quería que lo supiera, y quiero saber cómo va a responder.

—Mucho quiere usted en una sola frase —dijo Clevenger.

Roland se rió, pero fue directo al grano.

—Esta mañana hemos recibido otra carta del Asesino de la Autopista, vía Fedex. Menciona que usted y la doctora McCormick tienen un romance. Les vio juntos en Utah.

Clevenger apenas podía creer lo que acababa de oír.

—¿Nos estaba observando?

—Eso es lo que afirma. Y parece posible. Les dijo dónde podían encontrar el cuerpo de Paulette Bramberg. Pudo haber pasado por allí con el coche mientras ustedes estaban en la escena. Pudo haber estado en cualquier lugar de ese bosque. Pudo haber estado esperando en la puerta de embarque cuando llegó. —El corazón le dio un vuelco—. O en su hotel.

—Tan cerca estuvo —dijo Clevenger, su voz justo por encima del susurro.

—Le he llamado porque el FBI me ha pedido que no publique la carta —dijo Roland.

—¿Kane Warner?

—Warner y Jake Hanley, los dos.

—¿Y?

Roland se aclaró la garganta.

—Hay razones legítimas para no publicar cierto material, incluso un material tan persuasivo como éste. Y creo que eso sucede cuando hay algo que pone en peligro una investigación policial tan importante como la del Asesino de la Autopista.

—¿No pueden suprimir la parte que hace referencia a McCormick y a mí?

—¿Suprimirla? Imposible. Creo que esa alusión es esencial dentro del mensaje del asesino. Una parte de su carta se centra en su relación con la doctora McCormick. Yo no soy psiquiatra, pero creo que eso quiere decir algo, sobre todo dada la probabilidad de que estemos tratando con un hombre con muy pocos vínculos emocionales reales, si es que tiene alguno.

Clevenger exhaló el aire. Parecía que al final se demostraba que todo era cuestión de política, como siempre, incluso si salía de la boca elegante de Kyle Roland.

—Si no va a publicarla, ¿por qué se molesta en hablarme de ello?

—Sí que voy a publicarla —dijo Roland—. En primera plana, a todo color, saldrá mañana por la mañana.

Clevenger sintió que le invadía una oleada de energía.

—Entonces, ¿a qué venía eso de poner en peligro la investigación? —le preguntó.

—Es importante que me entienda. No habría publicado la carta si creyera que representaba un obstáculo real para atrapar al asesino. Pero no lo creo. Creo que Kane y Jake intentan no ensuciarse las manos y quitarse a la opinión pública de encima. Y ésa no es una razón lo bastante buena como para censurar nada... incluso por un amigo.

—Bravo por usted.

—Así que ahí va mi pregunta. ¿Responderá a la carta sin que esté involucrado el FBI? Aplicaríamos las mismas normas básicas. No publicaremos nada que facilite que este tipo salga impune.

265

Clevenger sintió que tenía frente a él otro dilema. Si elegía continuar su psicoterapia pública con el Asesino de la Autopista, no sólo jugaría según sus reglas, jugaría sin contar con ningún tipo de apoyo. Además estaría trabajando en el caso mientras intentaba esquivar al departamento de servicios sociales y una nueva tormenta de atención por parte de los medios de comunicación que sin duda empezarían a revolotear alrededor de él y de Billy en cuanto el *Boston Herald* llegara a los kioscos. Por no mencionar que los tabloides lo pasarían en grande con su romance aparentemente finiquitado con McCormick. Pero pese a todas estas razones para decir no, se oyó decir sí, y se sintió bien al decirlo. Hecho. Y se dio cuenta —no por primera vez, pero quizá con más claridad que nunca— que él y su trabajo en este mundo eran inseparables. Una sola cosa. Elemental. El padre de Billy Bishop estaba casado con la psiquiatría forense. Pueden llamarlo profesión u obsesión o adicción. La etiqueta no importaba. La motivación por entender cómo se creaban los criminales violentos y cómo funcionaba su mente estaba por encima de cualquier etiqueta, por encima de cualquier juicio de valor, por encima de la razón. Frank Clevenger se veía obligado, de forma permanente e inextricable, a comprender el carácter destructivo allí donde lo veía. El divorcio no era posible. Jamás.

—Excelente —dijo Roland—. Si puede hacernos llegar su respuesta, digamos, antes de la una de la tarde de mañana, la publicaremos el jueves.

—La tendrá —dijo Clevenger.

—Entonces hablamos mañana —dijo Roland.

Diez

Clevenger no durmió nada. Su mente seguía visitando Utah, repitiendo cada uno de sus movimientos, intentando registrar una cara que encajara con las palabras del Asesino de la Autopista. Pero no pudo enfocar ninguna. Como había dicho Roland, el asesino pudo haber estado en cualquier sitio: de paso con el coche por la escena del crimen mientras Clevenger y McCormick salían de la furgoneta de la policía estatal, en el restaurante donde habían cenado, en el aeropuerto. Y había otra razón por la que quizá su rostro no se hubiera grabado en la mente de Clevenger. No desentonaba. No tenía unas facciones raras, nada que hiciera que la gente volviera la cabeza. Un hombre de aspecto agradable que no causaba inquietud. Un hombre que era una pizarra en blanco y al que uno podía abrirle su corazón.

Fue a coger el *New York Times* en cuanto oyó que caía al suelo delante del *loft*. Se sentó y leyó la carta del Asesino de la Autopista y releyó un fragmento tres veces:

Cree que puede evitar esta lucha sumergiendo su corazón y su mente en el acto sexual. Elige a su cazadora para evitar elegir un yo verdadero, para evitar la pregunta que le obsesiona. ¿Es usted —en el fondo, en el momento más oscuro de su noche— un sanador o un cazador, mi médico o mi ejecutor?

Le ayudaré a responder a su pregunta. Porque yo soy —al contrario que usted— un hombre de palabra.

Uno a uno, le habría devuelto cada uno de los cuerpos, para que las familias se reunieran con ellos, pero me ha demostrado que no se lo merece: cuando llegó a Utah con el FBI (después de prometerme que renegaría de ellos), luego cuando me mintió acerca de mi ofrenda con la intención de que me cuestionara mi amor por mi madre, mi defensora, mi ángel.

¿Podía ser, se preguntó, que el Asesino de la Autopista no recordara lo que le había hecho a Paulette Bramberg?

Sonó el teléfono. Miró la pantalla de identificación de llamadas. El FBI. Contestó.

—Frank Clevenger.

—Soy yo —dijo Whitney McCormick—. El *Times* ha recibido otra carta del Asesino de la Autopista.

—Ya lo sé —dijo Clevenger—. Anoche hablé con Kyle Roland.

—¿Hablaste con Kyle Roland?

Clevenger pensaba que no tenía que contarle a McCormick el acuerdo al que había llegado con Roland para seguir con la terapia del Asesino de la Autopista. Podía ser que Kane Warner o Jake Hanley intentaran ponerle fin de nuevo.

—Quería explicarme por qué no le había ocultado la parte sobre nosotros al FBI —le dijo—. Creía que debían saber que el Asesino de la Autopista se centraba en nuestra relación.

—Kane me ha interrogado sobre ello —dijo McCormick.

—¿Qué le has dicho?

—La verdad. Que me importas.

A Clevenger le sorprendió lo mucho que le había gustado oír aquello.

—Tú a mí también —le dijo—. Por si sirve de algo.

—Sirve de mucho —dijo ella—. Quizá cuando todo esto acabe pueda demostrarte cuánto. —Hizo una pausa—. Kane quería saber si nos habíamos acostado.

—No puede preguntarte eso. Trabajas para él.

—Sí que puede si tiene motivos para creer que podría afectar a mi trabajo.

—¿Y qué ha pasado?

—He respondido a su pregunta y me ha apartado del caso. Me ha dicho que no puede confiar en que sea objetiva. Hanley le ha respaldado.

—Ayer te pusiste de su lado, no del mío. ¿Cómo pueden decir que no eres objetiva?

—Ya no importa —dijo—. He dimitido.

—¿Has dimitido? —Clevenger recordó la expresión de suficiencia en el rostro de Kane Warner cuando éste casi había conseguido que él dejara el caso—. ¿Por qué les das esa satisfacción?

—No tiene nada que ver con ellos —dijo—. He pensado en lo que me dijiste en el despacho. Tenías razón. Nunca he sabido si realmente merezco este trabajo.

Quizá McCormick era más vulnerable de lo que Clevenger había imaginado. Quizá sí que le había afectado lo que le había dicho.

—¿Qué vas a hacer ahora? —le preguntó.

—Ganarme el puesto.

Clevenger oyó una mezcla de desafío e intriga en su voz que le decía que no había renunciado ni mucho menos a la investigación sobre el Asesino de la Autopista.

—Ganarte el puesto, ¿cómo? —le preguntó.

—No hay ninguna duda de que nuestro hombre mató a Sally Pierce. La carta tenía manchas de su sangre. La echaron en un buzón de Fedex a unos ochenta kilómetros de Bitter Creek. En Creston. Si está comportándose como tú dices, quizá no planeara realmente este asesinato. Quizá no estaba de paso. Quizá aún siga por la zona.

—No vayas tras él, Whitney.

Ella no respondió.

—Eres psiquiatra, no policía. No es cosa tuya intentar capturarle. Sin duda no ahora, sin el apoyo de la Agencia. Y sin duda no cuando te ve como la «cazadora».

—Quizá eso sea lo que le da miedo.

—¿El qué?

—Que sea yo quien pudiera encontrarle. Que realmente sea la hija de mi padre.

—O quizá te esté tendiendo una trampa —dijo Clevenger—. Quizá quiera que vayas tras él.

—Sé cuidar de mí misma.

—Hay otras formas de demostrarlo sin ponerte en peligro.

—Es un consejo interesante, viniendo de ti. Tú nunca has jugado sobre seguro.

—Y lo he pagado.

—Te llamo en un par de días —dijo McCormick.

—¡Whitney!

Le colgó.

Clevenger llamó de inmediato a casa de North Anderson.

—¿Qué pasa? —le preguntó.

—La psiquiatra con la que trabajaba en el FBI, Whitney McCormick, ha dejado el trabajo.

—¿Y?

—Nos liamos. Eso es lo que ha desencadenado su dimisión. El Asesino de la Autopista debió de vernos en Utah. Escribió sobre ello en una carta al *Times*. La han publicado esta mañana.

—Es difícil librarse de las malas costumbres, jefe —le dijo Anderson—. Espero que la chica lo mereciera.

—Creo que se le ha metido en la cabeza intentar encontrar al Asesino de la Autopista por su cuenta, recuperar su trabajo, yo qué sé. Puede que lo único que consiga sea que la mate.

—¿Quieres que la vigile?

—Creo que va camino de Wyoming —dijo Clevenger—. Sé que es pedirte demasiado, pero yo no puedo controlarla sin que se entere. Y tengo que capear el temporal que se me viene encima aquí con los servicios sociales.

—Haré que alguien compruebe las reservas de vuelos —dijo Anderson—. Si ha reservado plaza en alguno, estaré en él.

—Te debo una.

—Ya hace tiempo que no nos debemos nada, colega.

Clevenger dedicó las tres horas siguientes a redactar el borrador de la respuesta a la carta del Asesino de la Autopista. Creía que el asesino estaba proyectando en él sus emociones al preguntarle si alguien había mostrado por Clevenger un amor puro: nadie había amado al asesino incondicionalmente, sin duda no la madre a la que llamaba su «ángel». Con los datos aportados por los cuerpos mutilados de dos mujeres de sesenta y tantos años, Clevenger decidió seguir con la teoría que se les había ocurrido a él y a Billy: al asesino lo crió una mujer que podía ser dulce un momento y violenta al siguiente. Él estaba imitando aquella dinámica: intimaba con sus víctimas y luego las degollaba.

Había llegado la hora de aumentar la presión psicológica. Si el asesino creía de verdad que el cuerpo de Paulette Bramberg no estaba más terriblemente desfigurado que el resto, era porque tenía la capacidad de romper realmente con la realidad. Psicosis. Y si Clevenger podía provocar esa fractura, la capacidad del asesino de razonar, planear una estrategia y evitar ser atrapado quedaría obliterada.

La versión definitiva de su carta estaba diseñada para demoler los mecanismos de defensa del Asesino de la Autopista, para desenmascarar la locura que ardía debajo:

271

Gabriel:

Quieres saber si he experimentado el amor verdadero, pero la pregunta es mejor planteártela a ti. Los cuerpos encontrados en Utah y Wyoming dejan claro que diriges tu ira hacia la mujer que dices adorar: tu madre. ¿Por qué si no perderías el control de un modo tan absoluto con mujeres de su edad? ¿Por qué si no la herida más espeluznante que has infligido —a la mujer que mataste en Wyoming— la dirigirías a sus órganos reproductores?

¿Recuerdas acaso haber matado a Paulette Bramberg? ¿O tu mente está tan ciega al maltrato que sufriste de la mano de tu madre que no puede soportar contemplar la destrucción que infliges a los demás en su lugar?

Cuando volviste a casa después de la fiesta de cumpleaños en el parque, no fue tu padre quien te pegó. Fue tu madre, la mujer a la que tienes idealizada como tu sufrida defensora, la belleza que imaginas encogida de miedo en una esquina, lanzándote un beso. ¡Qué ilusión más hermosa!

Tu madre te dio esa fiesta de cumpleaños, luego se volvió contra ti y te castigó por habértela dado, te partió el labio, destrozó tus regalos. ¿Cómo podía tu mente joven dar sentido a esa dicotomía: bondad y crueldad en la misma persona? ¿Qué otra cosa podías hacer sino dividirla en dos: la madre perfecta que te quería por encima de todo y la madre demoníaca que te torturaba?

Las dos eran la misma persona. Te quería y te odiaba, te cuidaba y te maldecía, te mimaba y te pegaba.

¿De qué otra forma te aterrorizaba, Gabriel? ¿Qué más te hizo para que llegaras a separar por completo tu sensibilidad e inteligencia de tu agresividad, de modo que la agresividad flotó libremente, incontrolada por la razón, no moderada por la empatía, y el Asesino de la Autopista la incorporó a su persona?

No creo que busques víctimas. Creo que buscas consuelo, amor, el tipo de unión completa que fantaseabas tener con ella. Pero era un espejismo entonces y es un espejismo ahora. Que te recuerden ese hecho vuelve a encender la ira primitiva que sentiste de niño, la furia absoluta que siente el bebé cuando apartan sus labios hambrientos del pecho de su madre.

Clevenger decidió escribir otra línea dirigida a alguien que pudiera recordar haber tenido una interacción extraña, íntima, con un perfecto desconocido:

Sólo cuando alguien satisface tu necesidad titánica de intimidad puedes dejar marchar a esa persona. Sólo cuando alguien conecta de inmediato y de manera intensa —de un modo que él o ella no es probable que olvide— te sientes lo bastante bien alimentado como para renunciar a tu banquete de sangre.

273

No cogiste ninguna muestra de sangre de Paulette Bramberg ni de Sally Pierce. Con ellas, tu violencia fue absoluta e incontrolada, posiblemente del todo inconsciente, puesto que manaba de esa fuente oscura que te niegas incluso a reconocer: el odio que sientes hacia la mujer que te trajo al mundo.

El dolor de cabeza y en la mandíbula, el dolor de estómago, son las formas que tiene tu cuerpo de reaccionar a la represión de la verdad: no tenías a nadie que te defendiera cuando eras niño. Eras del todo vulnerable a los cambios de humor de la mujer de la cual dependías para obtener amor. Cuando te lo daba, te sentías vivo. Cuando te lo negaba, te sentías muerto. Y al recorrer las autopistas, estás huyendo de la verdad que supone que ella fuera las dos cosas: tu ángel y tu demonio.

La razón por la que te centras en mi relación con

Whitney McCormick es que las relaciones hombre-mu-
jer siempre te han parecido dañinas, llenas de peligros.
Porque en tu mente una mujer no es nunca lo que pare-
ce. Detrás de cada palabra amable, de cada caricia, de
cada momento apasionado, acecha el demonio imprede-
cible que temías de niño: el demonio que equivocada-
mente recuerdas como tu padre.

¿Llegaste a conocer a tu padre, Gabriel? ¿Puedes re-
cordar su cara? ¿Su voz? ¿Tienes alguna posesión que le
perteneciera? ¿Te has preguntado alguna vez por qué
no? ¿Adónde ha ido? ¿Se esfumó en el aire?

¿Por qué tu madre te llamo «pequeño bastardo», que
literalmente significa niño sin padre?

Quería que el Asesino de la Autopista se enfrentara a la
verdad induciéndole a hacerse una imagen mental de ésta:

274

Deja esta carta un momento, cierra los ojos y vuelve
a imaginar la escena que describiste en tu casa. Pon el
rostro de tu madre en la persona que te golpeaba, te re-
prendía, destrozaba tus juguetes. ¿Puedes siquiera so-
portar hacerlo? Y una vez que hayas puesto ese rostro en
tu agresor, ¿puedes apartarlo de ahí? Tal vez lo mantie-
ne ahí fijo de forma permanente la realidad, la verdad
que el Asesino de la Autopista no soportó ver jamás: que
tu madre era, como tú, la luz y las tinieblas, el bien y el
mal, el cielo y el infierno.

Las palabras de Jung que citaste deberían hablarte
ahora:

«La triste verdad es que la auténtica vida del hom-
bre consiste en un complejo de oposiciones inexora-
bles: día y noche, nacimiento y muerte, felicidad y
desgracia, bien y mal. Ni siquiera estamos seguros de

que uno prevalecerá sobre el otro, de que el bien vencerá al mal o la alegría derrotará a la tristeza. La vida es un campo de batalla. Siempre lo fue y siempre lo será, y si no fuera así, la existencia llegaría a su fin.»

Záfate de tus ilusiones. Permítete ser el chico herido por una madre violenta y esquizofrénica, en lugar de la personificación viviente de su enfermedad. Abraza las partes de ti que murieron cuando eras niño y dejarás de anhelar ver cómo mueren los demás. Contempla con atención y detenidamente qué fue asesinado en tu interior y el Asesino de la Autopista morirá como un vampiro al ver la brillante luz de la verdad.

Cada día que sigas enfermo refleja en efecto mis limitaciones como sanador, pero también representa tus limitaciones como ser humano y como cristiano. Si no logramos detener al Asesino de la Autopista, mis aptitudes como médico serán cuestionadas. Pero el riesgo que corres tú es mayor: el veredicto final de tu alma.

Eres tú quien está perdido en el amor ciego por una mujer, Gabriel, no yo. Contémplala como la persona que era y serás libre.

Leyó la carta unas cuantas veces antes de firmarla. Iba a por su lado más visceral. Había aprendido que era la única forma de dar un paso de gigante hacia delante, en una investigación o en psicoterapia. Los auténticos grandes avances llegaban cuando te dejabas llevar por completo por tu intuición. Pero cuando aceptabas una apuesta así, no había vuelta atrás. O lograbas comunicarte con el paciente y cambiabas su vida, o le perdías; a veces por aquella sesión, a veces para siempre. Y Clevenger no se hacía ilusiones: perder a Gabriel significaba que otras personas perderían la vida.

Once

*J*onah ocupó su asiento detrás de la mesa en cuanto Hank Garber se sentó en una de las sillas frente a ella. Sam estaba sentado al lado de su padre, tamborileando nerviosamente con los dedos sobre su muslo. El *New York Times* descansaba sobre la mesa de Jonah, su carta expuesta en primera plana.

Hank señaló el periódico.

—¿Otra de esas cartas de Nueva York? —Meneó la cabeza con incredulidad—. Apuesto a que le gustaría meterse en la cabeza de ese chalado.

—Sí —contestó Jonah con una sonrisa—. Me gustaría. —Hizo una pausa—. Me alegra que estuviera dispuesto a verme. Y creo que también es bueno que su esposa no pudiera venir. Eso nos da a los tres un poco de tiempo.

—Heaven tiene sus propios problemas de salud —dijo Hank mirando a Sam—. La espalda le está fastidiando otra vez. Está sufriendo una barbaridad.

Sam bajó la vista.

Jonah no quería que el chico perdiera el coraje.

—Confíe en lo que yo le digo. Su hijo está sufriendo mucho más que su esposa —le dijo a Hank—. Por eso le he pedido que viniera. Sam quiere que oiga de primera mano lo que va a contar mañana a los servicios sociales. Necesita que le apoye, que admita que está diciendo la verdad.

Hank miró a Sam.

—Ha dicho la verdad desde el principio.

Sam se encogió de hombros débilmente.

—Dos o tres accidentes —dijo Hank; sus ojos impasibles miraban fijamente al chico.

—Contarle a los servicios sociales lo que pasó realmente le ayudará a mantener la custodia de su hijo —continuó Jonah—. Podría llevárselo a casa, siempre que su esposa no siga viviendo con usted, por supuesto.

Hank parpadeó una vez, pero no dejó de mirar a Sam ni un segundo.

—Hemos tenido una mala racha. Pero ahora voy a estar mucho más en casa. Voy a ocuparme más de las cosas. Voy a asegurarme de que estás a salvo.

Sam alzó la vista para mirar a su padre.

Jonah vio que la esperanza empañaba la mirada del chico. El pobre niño pensaba que realmente las cosas podían ser distintas esta vez, que quizá debiera guardar su secreto.

—Vamos, Sam —dijo Jonah—. Cuéntaselo.

Sam volvió a bajar la mirada.

—Tienes todo el poder —le dijo Jonah. Esperó a que Sam le mirara—. Pero tienes que usarlo.

Sam miró fijamente a los ojos de Jonah durante varios segundos, como si estuviera recargando la batería agotada que hacía funcionar su alma. Se volvió hacia su padre.

—Ya sabes cómo es conmigo —dijo.

«Ya sabes cómo es conmigo». Jonah sintió un cosquilleo en el cuero cabelludo. Sam había pronunciado sólo esas cinco palabras, pero no fueron menos conmovedoras para Jonah que la Declaración de Independencia o la Proclamación de Emancipación o las palabras de Jesucristo desde la cruz. Porque con ellas, el golpeado y maltratado Sam Garber, encadenado a una vida que no era vida, había declarado de repente y de forma irrevocable que era libre, que estaba vivo.

Hank levantó la mano.

—Todo va a ir bien si tú...

277

—Pero no irá bien —dijo Sam, con un nudo en la garganta—. Lo sabes.

Hank cerró los ojos.

Jonah esperó unos segundos antes de hablar. Cuando lo hizo, su voz era pura compasión. Toda su ira estaba felizmente sumergida en las vidas torturadas que tenía ante él.

—¿Por qué le da tanto miedo perderla, Hank? —le preguntó—. ¿Por qué se arriesgaría a perder a Sam?

Hank respiró hondo, negó con la cabeza.

—¿Quién le dejó a usted cuando era niño? —preguntó Jonah.

—Nadie por elección propia. Eso se lo aseguro.

—Perdió a alguien que quería.

De repente, Hank parecía enfadado.

—Mis padres murieron, ya que tiene tantas ganas de saberlo —dijo Hank.

—Sí que quiero saberlo —dijo Jonah, su voz era una ola suave que acariciaba la orilla—. ¿Cuántos años tenía?

—Seis —dijo Hank.

—En un accidente de circulación —dijo Jonah, medio para sí mismo. Su respiración se calmó. Los músculos de los brazos se le pusieron fláccidos—. Usted iba en el coche.

Hank asintió con la cabeza.

El último ruido de fondo que Jonah oía en su cerebro se evaporó.

—¿Quién le crió?

—Me enviaron con una tía mía.

«Me enviaron. No me crió. Ni me cuidó.»

—Era cruel —dijo Jonah.

—Yo era un crío difícil —dijo Hank. Le guiñó un ojo a Sam.

—No podía dejar a su tía cuando era pequeño —dijo Jonah—. Ya había perdido a las dos personas que más le querían.

Hank permaneció en silencio.

—Se habría quedado solo. No tenía adónde ir.

Hank se encogió de hombros de la misma forma débil en que Sam lo había hecho unos momentos antes.

—Es por cómo era —dijo Hank. Entonces entornó los ojos y meneó la cabeza al darse cuenta de que sus palabras eran muy similares a las que había oído decir a Sam.

—Ahora viene la parte más triste —dijo Jonah—. En realidad usted nunca se marchó. Porque Heaven es igual que su tía. Probablemente incluso se parece a su tía, si lo piensa. Una mujer grande. Rubia. De ojos marrones.

La expresión de incredulidad del rostro de Hank demostraba que lo que Jonah había dicho era cierto.

—Lo único que ha hecho es transferir su sufrimiento a su hijo.

Hank tragó saliva con dificultad.

—Sam es como yo —dijo, la voz rota—. Es fuerte.

—En efecto, lo es —dijo Jonah—. Pero quizá no tanto como usted. Y puede que Heaven sea más violenta que su tía. Ése es el mayor peligro cuando se recrea el pasado, nunca se puede reproducir exactamente igual. —Hizo una pausa—. Usted sobrevivió. Eso no quiere decir que Sam también sobreviva.

A Hank se le llenaron los ojos de lágrimas.

—Mañana va a contar la verdad —dijo Jonah—. Eso le da una última oportunidad de ser leal a Sam. No la deje escapar, Hank. Ayude a los servicios sociales a hacer lo correcto. Apoye a Sam.

Pasaron unos segundos en silencio.

—¿Papá? —dijo Sam.

Hank no podía mirarle.

—¿Papá?

Hank se rodeó con los brazos y dejó caer la cabeza.

—Todo irá bien —dijo Sam.

Jonah casi se quedó sin respiración al ver cómo aquella víctima, aquella alma joven y torturada, se convertía ante sus ojos en sanador.

A Hank le temblaba la barbilla.

—De acuerdo —dijo, aún mirando hacia abajo—. De acuerdo. Lo haremos juntos.

Sam esbozó la primera sonrisa sincera que Jonah había visto en su rostro, una sonrisa ancha de oreja a oreja. Se puso en pie, se acercó de un salto a Hank, pero se detuvo en seco cuando éste no alzó la cabeza.

Jonah literalmente contuvo la respiración mientras los segundos avanzaban despacio, unos segundos ralentizados por la importante cuestión de si Hank —que no era más que un chico maltratado, asustado— podía crecer de repente y convertirse en un hombre de verdad, en un padre de verdad dispuesto a hacer por su hijo lo que no había podido hacer por sí mismo. Diez, once segundos pasaron en aquel purgatorio. Y justo cuando Jonah estaba a punto de perder la esperanza, justo cuando estaba a punto de reconocer que Dios no podía estar en todas partes para todo el mundo en todo momento, vio con gran asombro que Hank abría los brazos, cogía a su hijo y lo sujetaba con fuerza contra su corazón. Y, entonces, Jonah sintió que el amor de Dios les iluminaba a todos, a pesar de Anna Beckwith y Scott Carmady, y Paulette Bramberg y Sally Pierce y todos los demás. A pesar de Heaven Garber. A pesar del monstruo que había sido su propio padre. A pesar de todos los malvados del mundo. A pesar de su propia maldad. Y, en el fondo de su corazón, supo que se salvaría.

Aunque a menudo no somos conscientes de ello, el mundo es simétrico, sigue una pauta real. Estamos conectados los unos con los otros de formas místicas, ilimitadas, de las que sabemos muy poco. Mientras Hank Garber abrazaba a su hijo en el despacho que Jonah tenía en la quinta planta del centro médico de Rock Springs, en Boston, a 5.396 kilómetros de distancia, a Clevenger le acompañaban al despacho que Linda Diario tenía en la quinta planta del departamento de servicios sociales.

Llevaba ya un par de *rounds* de un día que parecía un combate de los pesos pesados. Kane Warner le había llamado a las seis de la mañana, clamando contra la decisión del *Times* de publicar la carta del Asesino de la Autopista y para advertirle que no respondiera.

—Estarías interfiriendo en una investigación en curso —le había dicho Warner.

—Resulta que he sido parte de esa investigación hasta que decidiste dejarme fuera —le dijo Clevenger—. Ahora tengo que seguir mi camino.

—La única persona que te importa eres tú, ¿verdad?

—Si se supone que ahora tengo que empezar a sentirme mal por ti, pide cita para consulta.

—Ese tipo está centrado en la relación sexual que tenéis Whitney y tú —dijo Warner—. Os estuvo observando en Utah. Y tal y como yo interpreto su carta, se le ha metido en la cabeza la retorcida idea de que puede salvarte de ella. No puedes saber si está esperándola a la vuelta de la esquina de su apartamento ahora mismo. Y no te importa una mierda.

Fue lo último que dijo Warner antes de colgar y Clevenger aún tenía la frase clavada en la mente cuando Linda Diario, la directora de los servicios sociales, se levantaba de su mesa para recibirle.

—Me alegro mucho de que haya podido venir avisándole con tan poco tiempo —dijo Diario. Era una mujer obesa que podía esconder cuarenta o cincuenta años debajo de todo aquel relleno; llevaba una falda estrecha azul marino, un cinturón de brillantes eslabones dorados y una blusa de seda color marfil demasiado abierta que dejaba al descubierto más de su generoso escote de lo que probablemente nadie quisiera ver. Extendió la mano.

Clevenger se la estrechó.

281

—Le he pedido a Richard O'Connor que se una a nosotros. Llegará en cualquier momento.

—¿O'Connor? ¿El fiscal? —preguntó Clevenger.

—Dejó la oficina del fiscal del distrito hace dos meses y fichó para nosotros —dijo Diario.

Clevenger había colaborado como testigo de la defensa en un juicio por asesinato en el que O'Connor era el fiscal. Una mujer psicótica con depresión posparto había matado a su hija de tres años. Su testimonio había contribuido al veredicto de no culpable por enajenación mental.

—Supongo que no pasa nada —dijo—. No se me ocurrió traerme a un abogado.

—Es nuestra política siempre que discutimos el bienestar de un niño.

Clevenger asintió con la cabeza. Imaginó que si la cosa se ponía difícil podía hacer una llamada rápida a Sarah Ricciardelli, la abogada de Quincy, Massachusetts, que con tanta pericia le había orientado en la adopción de Billy. Tenía el despacho a sólo quince minutos de allí.

—¿Por qué no empezamos y vemos cómo va el tema? —le dijo a Diario.

—¿Por qué no? —dijo Diario mirando hacia la puerta—. Richard. Creo que ya conoces al doctor Clevenger.

O'Connor entró. Era un tipo enjuto y nervudo que mediría uno setenta y cinco y tendría unos treinta años largos, de frente prominente y ojos azules y fríos e inflexibles.

—He oído hablar mucho de usted últimamente —dijo O'Connor—. Es difícil no hacerlo.

—Riesgos del trabajo —dijo Clevenger. Advirtió que O'Connor no extendía la mano.

Se sentaron los tres alrededor de una mesa de reuniones que ocupaba el lado corto del despacho en forma de L.

Diario soltó un largo suspiro y abrió la carpeta que tenía delante.

Clevenger vio que las páginas de encima eran las que había rellenado al solicitar la adopción de Billy.

—Permítame que le exponga con claridad nuestra preocupación —dijo Diario.

—Por favor —dijo Clevenger mirando a O'Connor, que esbozó una media sonrisa.

—Tenemos en nuestro poder un informe de uno de nuestros médicos que identifica a Billy Bishop como «un chico que requiere ayuda» —dijo Diario.

Ésa era la expresión en clave para «niño en peligro». Desencadenaba una investigación oficial por parte de los servicios sociales.

—¿A qué tipo de ayuda se refiere, en este caso? —preguntó Clevenger.

Diario eludió la pregunta.

—Nos preocupa la seguridad de Billy —le dijo—. Es obvio que Billy ha estado consumiendo drogas.

—Como muchos chicos de su edad —dijo Clevenger—. Incluidos muchos que no han pasado ni de lejos por lo que ha pasado él.

—Las ha consumido en casa —dijo O'Connor con rotundidad, como el fiscal que seguía siendo en su interior.

Clevenger permaneció en silencio. Empezaba a pensar que quizá quería que Sara Ricciardelli estuviera en la sala, después de todo.

Diario cogió la solicitud de adopción. Clevenger vio que tenía las uñas mordidas hasta la carne, una señal de agresividad contenida.

—Nos preocupa que no fuera completamente sincero cuando adoptó a Billy. —Pasó varias páginas y se detuvo en un cuestionario en el que Clevenger había detallado su historial médico y psiquiátrico—. Cuando rellenó esta solicitud, escribió la palabra «no» en la casilla de drogodependencias.

—No tomaba drogas en aquel momento, ni ahora —dijo Clevenger.

—Creo que queda claro que la pregunta hace referencia a todo su historial médico, pasado y presente —dijo Diario, y le pasó la solicitud a O'Connor.

—Yo no creo que quede claro en absoluto —dijo Clevenger. O'Connor negó con la cabeza.

—El espíritu de la pregunta es obvio —dijo—. Se exige una respuesta global.

—Miren —dijo Clevenger—, me habría encantado decirles que ya no bebía. Estoy orgulloso de ello. —Creyó que había ido al grano—. Por el amor de Dios, he publicado mi historial de drogadicción en el *New York Times*.

—Exacto —dijo Diario—. Ahí quería llegar. No teníamos conocimiento de que usted había tenido... problemas con el alcohol, y menos con la cocaína. Si lo hubiéramos sabido, habríamos integrado esos hechos en nuestra decisión sobre si era usted o no el tutor apropiado para Billy Bishop.

—¿Y habrían decidido que no lo era? —dijo Clevenger.

—No se trata de eso —dijo Diario—. Estoy hablando de si fue sincero o no con nosotros. Nos arriesgamos con usted a pesar de que nos preocupaba que fuera padre soltero y recelábamos del hecho de que hubiera conocido a Billy mientras investigaba el asesinato de su hermana. Le otorgamos el beneficio de la duda en más de un punto, doctor.

Clevenger tuvo la sensación de que Diario estaba sentando las bases para presentar una revisión formal de la custodia de Billy.

—No sabía que me hubieran acusado de nada —dijo mirando a O'Connor.

—Pero ahora resulta que ha tenido problemas graves con las drogas —dijo Diario—. ¿Sería justo decirlo así?

—Sin duda no me lo tomé a la ligera —dijo Clevenger.

—Nosotros tampoco podemos hacerlo —dijo Diario—.

No cuando Billy tiene problemas graves mientras usted está... distraído con otros temas.

—¿Se refiere a la investigación sobre el Asesino de la Autopista? —dijo Clevenger.

—Sí —dijo Diario—. Y a una probable nueva relación, al menos según el *Times*.

—¿Cree usted todo lo que lee?

—Supongo que sería mejor preguntar si Billy lo cree —dijo Diario—. Y qué siente al respecto.

—Billy le dijo a un médico que está trabajando con usted en la investigación —dijo O'Connor—. Yo no soy psiquiatra, pero quizá sienta que tiene que hacerlo, para ganarse su tiempo.

—No está involucrado en la investigación —dijo Clevenger.

—Ha seguido el caso atentamente, incluso le ha dado algún consejo —dijo O'Connor.

—Se marchó de casa —añadió Diario—. Ha estado consumiendo drogas.

—¿Acaso no ve ninguna relación? —le preguntó O'Connor.

Clevenger sabía que debería llamar a Sarah Ricciardelli, sabía que estaba hablando sin pensar, pero no podía contenerse.

—Creo que Billy es un joven muy complicado —dijo—. Creo que quiere estar más cerca de mí, algo que yo también quiero. Y también creo tiene algún lado oscuro en su psique que tiende a aprovechar y canalizar para ayudar a los demás, a personas que son víctimas, como él. Es otro de los puntos que tenemos en común. Y no veo que haya nada de malo en ello.

—Usted se ve reflejado en él —dijo Diario.

Clevenger sabía que aquella afirmación era, de hecho, una acusación. Diario estaba insinuando que Clevenger proyectaba su identidad en el chico, criándole a su imagen y semejanza, incluidos los problemas con las drogas y su intensa relación psicológica con los crímenes violentos.

—Creo que tenemos cosas en común y cosas que nos se-

285

paran —dijo Clevenger—. Pero no voy a eludir la cuestión. Es cierto. Sí que me veo reflejado en Billy en algunos aspectos.

Diario asintió para sí misma, respiró hondo y exhaló el aire. El olor del atún que había cenado la noche anterior salió de su boca.

—¿Se someterá a tests toxicológicos aleatorios? —le preguntó a Clevenger.

—¿Que si haré qué?

O'Connor se inclinó hacia delante.

—¿Está dispuesto —le preguntó— a someterse a tests toxicológicos aleatorios para asegurarnos de que actualmente no está consumiendo ninguna sustancia?

A Clevenger no le pasó por alto la ironía de que los servicios sociales le estaban pidiendo que se hiciera los mismos tests que él le había exigido a Billy.

—¿Eso les satisfaría? —preguntó—. ¿Unos tests toxicológicos limpios y zanjamos el tema?

Diario y O'Connor intercambiaron miradas.

—En cuanto acabe la investigación sobre el Asesino de la Autopista —dijo Diario—. Hasta entonces, nos gustaría dejar las cosas como estaban al principio, hacer borrón y cuenta nueva, por así decirlo.

Clevenger se recostó en el asiento, ladeando la cabeza para ver con un poco de perspectiva a las dos personas que estaban sentadas al otro lado de la mesa.

—¿Intentarían suspender la patria potestad hasta que atrapen al Asesino de la Autopista? Puede que no ocurra este mes ni el próximo. Puede que no suceda este año.

—Suspenderla no —dijo O'Connor—. Sería un periodo de prueba abierto en el que, francamente, sí se consideraría la suspensión indefinida de la patria potestad en caso de que el estado de Billy empeorara debido a cualquier implicación del chico en la investigación sobre el Asesino de la Autopista.

Clevenger sabía que eso significaba que los servicios sociales vivirían, comerían y respirarían con Billy y con él. Que tendrían derecho a comprobar qué hacían día y noche, a arrastrar a Billy a reuniones interminables con asistentes sociales y psicólogos.

—De ninguna de las maneras —dijo.

—Creemos que es una solución razonable para un problema complejo —dijo Diario.

—Pues yo no —dijo Clevenger—. Si quieren permiso para dirigir nuestras vidas, pídanselo a un juez.

—Puede que tengamos que hacerlo —dijo Diario.

—Se nos ha asignado el papel de garantizar la seguridad de los menores en este estado —dijo O'Connor—, por muy famosos que sean sus padres.

O'Connor había mostrado sus cartas, y habían surgido la envidia y la venganza.

—Sé que tienen ese papel —dijo Clevenger—. Yo también tengo uno. Soy el padre de Billy Bishop. —Se puso en pie—. Nos veremos en los tribunales. —Salió del despacho.

La rabia que sentía le permitió mantener en su rostro una expresión de concentración mientras se dirigía a su coche estacionado en la quinta planta del aparcamiento del Centro Gubernamental. Abrió la puerta, se deslizó en el asiento del conductor y cerró. Y, entonces, se derrumbó, dejó caer la cabeza y luchó por contener las lágrimas que trataban de salir.

Sabía que Diario y O'Connor no tenían ningún buen motivo para entrometerse en su vida con Billy. Sabía que estaba criándolo lo mejor que podía bajo unas circunstancias que no tenían nada de ideales. Sabía que se dejaría matar por Billy sin pensarlo dos veces. Pero también sabía que los servicios sociales eran caprichosos y poderosos. Sabía que el Juzgado de Menores estaba muy politizado: le podía tocar un juez al que le cayese muy bien o uno que no lo tragase. Sabía que existía la posibilidad —no muy grande, pero real— de perder a su hijo.

Doce

Whitney McCormick aterrizó en el aeropuerto de Rock Springs-Condado de Sweetwater a las 16:20, horario de la zona central. Recogió la pistola que había facturado en el Reagan National, alquiló un coche y recorrió los sesenta y un kilómetros que había hasta la cafetería de Bitter Creek. Jake Hanley aún no había aceptado oficialmente su dimisión y todavía tenía su placa, que al policía estatal de Wyoming que custodiaba la escena del crimen debió de parecerle una identificación más que suficiente.

Se sentó en el reservado que había justo detrás del que Jonah había ocupado, mirando a la barra igual que él. Le imaginó tomando café, mirando por la ventana al aparcamiento vacío. Quizá hubiera echado una moneda en la máquina de discos plateada instalada en la pared próxima a la mesa, escuchado a Sinatra o a Bennett mientras observaba a Sally Pierce reponiendo las vitrinas de cristal con donuts y bollos para la avalancha de clientes de la mañana. Quizá Pierce le trajera recuerdos de su casa, de su madre. Y quizá eso había provocado que su adrenalina empezara a fluir, que apretara los puños, que tuviera sed de sangre.

McCormick casi podía sentirle a su lado en aquel mismo momento, un ansia dolorosa se mezclaba con su excitación. Sintió que una descarga de adrenalina le recorría el cuerpo, una transfusión del asesino que hizo que el corazón le latiera deprisa, se le acelerara la respiración y se le erizara el fino vello rubio de los brazos.

Aunque pareciera una locura, tenía la corazonada de que iba a atrapar a ese tipo, que vería cómo le caía la pena de muerte que tan justamente se merecía; que iba a demostrar a Kane Warner y a Jake Hanley, al Asesino de la Autopista, a su padre y —lo que era más importante— a sí misma que tenía lo que hacía falta, que no necesitaba que nadie le hiciera ningún favor para poder abrir la puerta de su propio despacho en el FBI.

Para Clevenger era fácil decir que no necesitaba demostrar nada. Quizá los demás no aprobaban sus métodos, les sentaba mal que se hiciera rico cuando ellos iban tirando, le rehuían porque la prensa iba todo el día detrás de él, pero nadie pensaba que su opinión fuera irrelevante, nadie decía que no fuera uno de los mejores en su trabajo.

Si atrapaba al Asesino de la Autopista, ya nadie diría nunca eso de ella.

Miró fijamente al frente hacia la entrada, luego se volvió y miró detrás de ella hacia la salida de emergencia, y advirtió que el Asesino de la Autopista no habría tenido que esforzarse mucho para obtener una visión completa del lugar, para asegurarse de que era el único cliente de la cafetería. Pero incluso estirando el cuello y levantándose un poco de su asiento, McCormick no podía acabar de ver el interior de la cocina, separada del comedor por una puerta de vaivén con una ventana en forma de diamante.

Se levantó, se acercó a la barra y miró por la ventana, pero aun así sólo obtuvo una visión limitada del espacio que había detrás. Todo un lado de la cocina quedaba bloqueado. Miró a su izquierda y observó que la mayor parte del aparcamiento quedaba ahora tapado por la pared del fondo. Tuvo que retroceder un metro y medio para tener un buen ángulo del mismo.

Era imposible que el Asesino de la Autopista pudiera tener la confianza absoluta de que no había ningún testigo ocular del asesinato de Pierce, alguien podía haber accedido al aparcamiento o entrado en el comedor por la cocina.

McCormick pasó detrás de la barra, empujó la puerta de vaivén y vio una piscina de sangre seca de un metro de ancho a unos dos metros de distancia sobre el suelo de linóleo. Se acercó y se arrodilló junto al charco. Se imaginó al asesino sentado encima de Pierce, luchando para reducirla, masacrándola sin molestarse en mirar a su espalda.

Quizá Clevenger tuviera razón; puede que el asesino se estuviera desmoronando, matando sin planearlo, tal vez sin ser totalmente consciente de lo que estaba haciendo. Pero quizá Kane Warner también tuviera razón: en cierto modo el asesino quería que lo atraparan. Y si era así, el cuerpo de Sally Pierce podía ser algo más que una prueba de su carácter explosivo, de su demencia creciente. Podía ser un grito final de socorro, una súplica para que alguien le detuviera en ese instante. Puede que hubiera puesto fin a sus viajes de estado en estado. Puede que incluso hubiera vuelto a casa.

Era remotamente posible que conociera a Sally Pierce.

Salió por la puerta de vaivén, sacó un mapa de Wyoming del bolsillo de su chaqueta y lo extendió sobre la barra. Encontró Bitter Creek, luego recorrió con el dedo la ruta 80 hacia el este, hacia Creston, donde el Asesino de la Autopista había echado su última carta en el buzón de Federal Express. Pensó que si ella fuera el asesino, el impulso de huir de la escena del crimen la habría alejado de casa, no acercado. Así que siguió la ruta 80 hacia el oeste, pasando por los pueblos de Table Rock y Point of Rocks, hasta la ciudad de Rock Springs, y luego más allá hasta Quealy. Entre Rock Springs y Quealy se encontraba el área de acampada Three Patches, cerca de Mountain Pine y Salt Wells Creek. Aquello le hizo recordar algo; ella y Clevenger se habían preguntado si podía ser que el Asesino de la Autopista fuera un eremita, que se sintiera atraído por actividades solitarias como acampar, hacer excursiones o escalar montañas. Siguió deslizando el dedo hacia el oeste, hasta llegar a la ciudad de Green River cerca del parque nacional Flaming Gorge.

Miró de arriba a abajo el tramo de la ruta 80 que había trazado. En total —de Creston a Green River— medía unos cuatrocientos kilómetros. Le pareció un espacio demasiado grande para explorarlo en los próximos días.

Una parte de ella se sentía estúpida por intentarlo. Había una docena de agentes inspeccionando la zona y ninguno había encontrado ni una sola pista. Durante los tres últimos años no se había producido ningún progreso real en la investigación. Pero ahora había algo distinto. Palpablemente distinto. El asesino había cambiado. Había matado con descaro. Había dejado una tarjeta de visita en la cafetería de Bitter Creek. Y McCormick tenía la sensación de que había dejado aquella tarjeta de visita especialmente para ella.

Respiró hondo. Iba a tener que centrar su búsqueda tomando decisiones difíciles desde el principio. Iba a tener que confiar en su intuición.

Y su intuición le decía que empezara por investigar la posibilidad remota de que el asesino conociera a Pierce para poder descartarla definitivamente. Eso significaba entrevistarse con los familiares y los compañeros de trabajo. También tendría que visitar tantos centros médicos como pudiera en los cuatrocientos kilómetros que había identificado como su territorio de caza. Tenía clara una cosa: el Asesino de la Autopista extraía sangre como un profesional. Eso podía significar simplemente que hubiera estudiado medicina en el ejército como él decía, pero podía significar más. Ahora podía ser enfermero o flebotomista o incluso un médico en activo. Y si estaba en su tierra natal, tenía que tener un expediente de asistencia bastante irregular mientras cruzaba

el país. Ausencias inexplicables. Bajas por enfermedad durante semanas. Quizá le hubieran despedido de algún hospital por absentismo, le hubiera contratado otro, éste le
hubiera despedido, le hubiera contratado un tercero, y así
sucesivamente.

Debía afrontar los hechos. No tenía ninguna garantía de
que el asesino no estuviera ya en Texas. O en California. O
de camino a New Hampshire. No tenía ninguna garantía de
que no hubiera recibido formación en la extracción de sangre veinte o treinta años atrás en la Cruz Roja de Florida o
Tennessee o New Jersey, sin que jamás hubiera puesto un
pie en un hospital. Pero aquí estaba, en Wyoming, y lo único que había que hacer, la única cosa que podía hacer, era ponerse manos a la obra. Encontrar a un hombre a lo largo de
un tramo de autopista de cuatrocientos kilómetros era dar
palos de ciego, pero sería ella quien los daría.

Se levantó. Volvió a tener un ligero subidón de adrenalina. Se le puso la carne de gallina. Le sentaba bien estar en la
carretera, a la caza, igual que el Asesino de la Autopista.

Volvió a Rock Springs, compró dos porciones de pizza en
el Papa Gino's situado junto al Days Inn y se registró poco
antes de las siete de la tarde. Había deshecho la maleta,
abierto su expediente sobre el Asesino de la Autopista y
empezado a repasar las descripciones de las escenas de los
crímenes anteriores cuando sonó su móvil. Llamada oculta.
Contestó.

—Hola, Whitney —dijo su padre. Su voz era dulce y
grave, suavizada por el tiempo como un whisky excepcional,
aromatizada con el deje que había adquirido en su infancia
en los pantanos de Georgia.

—Hola —dijo ella poniéndose de pie. Por un lado le con-
fortaba tener noticias suyas, por otro se sentía avergonzada,
incluso un poco asustada, como un niño que ha huido de
casa. Se sentó en el borde de la cama—. ¿Qué tal?

—Acabo de hablar por teléfono con Jake Hanley.

—No tiene derecho a meterse en mis asuntos —dijo ella.

—Tú tampoco me cuentas nada.

Podía verle sentado detrás de la mesa de caoba en el estudio de su granja de Potomac, Virginia, los hombros anchos y el pelo plateado, con una camisa Brooks Brothers de cuello con botones y rayas llamativas, pantalones de pinzas, los pies en alto, mirando por la imponente ventana arqueada que daba al patio de ladrillo débilmente iluminado donde le había enseñado a bailar el vals antes del baile de noveno curso, el mismo patio de ladrillo donde la había abrazado cuando tenía nueve años y lloraba la muerte de su madre. A veces aún podía oler el cigarro que se consumía lentamente entre los dedos de su mano temblorosa aquella noche inusualmente fría para la época, una mano que le había parecido increíblemente grande, increíblemente poderosa.

293

—¿Y qué te ha dicho? —le preguntó.

—Que no estabas de acuerdo con la Agencia respecto a la investigación sobre el Asesino de la Autopista y decidiste marcharte. Me ha dicho que era una diferencia de opinión sincera.

Y si no fuera así, ¿qué?, se dijo a sí misma. ¿Lucharás por mí, llamarás a alguien para pedirle otro favor, harás que algún senador presione a Hanley? En parte deseaba contarle que la habían apartado del caso por acostarse con Frank Clevenger, como si el impacto de aquella revelación pudiera lograr por fin que la viera como una adulta.

—Así es —dijo—. Un desacuerdo sincero.

—Pero merecía la pena marcharse —dijo él.

—El tiempo lo dirá —dijo. Hubo una pausa larga. Le preocupó—. ¿Papá? ¿Estás ahí?

—No has visto el *New York Times* de hoy, ¿verdad?

—No. ¿Por qué?

—Han publicado otra carta del Asesino de la Autopista. Ha pillado a Hanley y Kane Warner completamente desprevenidos. Creían que Kyle Roland la guardaría en un cajón. —Se aclaró la garganta—. Habla bastante de ti y Frank Clevenger.

McCormick sintió que el cuello y la cara se le ponían rojos. Ya era malo que el FBI se hubiera enterado de su relación con Clevenger. Ahora era de dominio público. Ahora lo sabía su padre. Se sintió como una colegiala a la que hubieran sorprendido besando a un chico y eso la enfadó.

—Me apartaron del caso del Asesino de la Autopista por eso, por... Clevenger, lo cual es una tontería. Así que dimití.

—¿En eso consistía la «diferencia de opinión sincera»? —le preguntó su padre.

—Más o menos. —Se preparó para recibir un discurso sobre que le había fallado, sobre que no había que mezclar el placer con el trabajo, sobre la importancia de la reputación de los McCormick, sobre el hecho de que ser un McCormick significaba que nunca podías pensar sólo en ti mismo. Que tenías que dar ejemplo. Lo había oído ya un sinfín de veces.

Pero esta vez no hubo tal discurso.

—Entonces, ¿estás bien? —dijo su padre sin mucha confianza, su voz había perdido su autoridad, había adoptado aquella calidez indescriptiblemente reconfortante de cuando presentía que su hija le necesitaba de verdad.

Se sentó en el borde de la cama.

—Estoy bien.

—Podríamos tomarnos una copa de vino en Mario's y hablar en persona.

—No estoy en casa —fue lo único que se le ocurrió decir.

—Ah.

Sabía que aquello había sonado como si estuviera en casa de Clevenger. No quería dejar que pensara eso.

—Aún tengo que vaciar el despacho y atar algunos cabos sueltos de la investigación. Quiero entregarle todo lo que pueda a Kane por la mañana. Será una noche larga.

—Si puedo hacer algo, sabes que lo haré.

Lo sabía. Sabía que era muy capaz de atar todos los cabos sueltos de su vida y hacer que todo pareciera estar bien. Pero no sería así. Porque aunque consiguiera que Jake Hanley no aceptara su dimisión, aunque consiguiera que la readmitieran en el caso del Asesino de la Autopista, a Whitney le asaltarían las mismas dudas que la habían perseguido mientras seguía los pasos de su padre desde la Academia Andover hasta Dartmouth (universidad para él, universidad y facultad de medicina para ella) y hasta el FBI: ¿era ella una persona esencial por derecho propio o era esencialmente la hija de Dennis McCormick?

—Estaré bien —contestó.

—Buenas noches, entonces.

—Buenas noches.

—Te quiero —añadió su padre apresuradamente—. Nada cambiará eso.

—Yo también te quiero. —Apagó el teléfono. Permaneció sentada medio minuto pensando en lo que estaría pensando su padre, deseando llamarle, contarle dónde estaba, decirle que iba a regresar a casa, que iba a volver con él. Pero entonces recordó lo que le había dicho sobre la última carta del Asesino de la Autopista al *New York Times*. Y sintió que sus energías empezaban a renacer de nuevo, que todos los resquicios de preocupación y fatiga de su cuerpo y su mente se desvanecían detrás de una oleada nueva de determinación, propulsada por una marea inconsciente y creciente de vergüenza. Sentía más ansias que nunca de encontrar al Asesino de la Autopista. Porque ahora la habían humillado públicamente. Ahora tenía algo que demostrar más allá de las puertas de la Academia del FBI. Tenía que demostrar algo a millones de personas que se habían despertado con el *Times* aquella mañana.

El día de Clevenger había llegado al último *round*, después de otros quince muy dolorosos entre los que se incluían una aleccionadora conversación telefónica con su abogada Sarah Ricciardelli, que le aconsejó que se preparase para una batalla larga y cara por la custodia; una visita a Billy que había empezado mal, dos roces con un nutrido grupo de periodistas excitadísimos por su publicitado romance con Whitney McCormick y la pelea con el departamento de servicios sociales, y una llamada de North Anderson, que le transmitió lo último que quería oír: que había localizado la reserva de McCormick para volar a Wyoming, había cogido deprisa y corriendo un vuelo a Washington, se había gastado dos mil dólares para viajar ocho filas detrás de ella hasta Rock Springs, Wyoming, y luego había reservado una habitación en el mismo pasillo que la suya en el Marriott Courtyard, cerca del aeropuerto.

Su cabeza no reposó en la almohada hasta pasada la medianoche, y no pudo dejar de pensar en Billy, por lo que no se durmió hasta después de la una. El chico ya se sentía mejor, cada vez necesitaba menos medicamentos para la desintoxicación, lo cual era bueno y malo a la vez. Era bueno porque la cocaína, el alcohol y el éxtasis estaban desapareciendo rápidamente de su cuerpo. Los riñones y el hígado le funcionaban bien. Era malo porque una parte de su determinación también parecía estar abandonándole.

—Quieren que siga un tratamiento de día durante seis semanas después de que me haya desintoxicado —había dicho con voz quejumbrosa mientras recorría la habitación como un animal enjaulado—. Es casi media primavera.

—Y piensas que no es bastante —dijo Clevenger en tono sarcástico.

Billy dejó de caminar y le miró con incredulidad.

—Son ocho horas al día.

—Lo que te deja dieciséis más para preocuparte —dijo Clevenger, esforzándose por no alzar la voz—. Eliminar las drogas de tu cuerpo es fácil. Lo realmente difícil es eliminarlas de tu cabeza. Si ganas esa batalla en seis semanas, habrás recorrido gran parte del camino.

—Vale —dijo Billy con amargura—. Pero no voy a contarle a nadie nada sobre mí. Todo lo que digo lo anotan en el informe médico, y ya sabes que van a entregárselo a los servicios sociales.

Era cierto, y una parte de Clevenger estaba de acuerdo en que cuanto menos contara Billy mejor, pero no estaba dispuesto a poner en peligro su tratamiento, aunque eso significara que Sarah Ricciardelli fuera a ocuparse de un caso más difícil.

—No más secretos —le dijo—. Cuéntaselo todo. No tienes nada que esconder.

—Debería marcharme de aquí ahora mismo —dijo Billy—. Deberíamos irnos a casa.

—¿Qué?

—Puedo quedarme sentado en casa igual que hago aquí. No es que tengan terapias de grupo ni nada por el estilo.

Clevenger había oído exponer la misma racionalización a innumerables pacientes que estaban a punto de abandonar la desintoxicación para poder beber o drogarse otra vez. Pero no creía que la adicción de Billy fuera la única fuerza que le impulsaba a salir por la puerta. Creyó percibir el miedo a que lo abandonase jugueteando en el trasfondo de sus palabras.

—Tendremos un montón de tiempo para estar juntos en casa en cuanto te den el alta —dijo—. Si te vas ahora, darás vía libre a los servicios sociales para afirmar que no te tomas en serio tu recuperación. Y si dejo que te quedes en casa conmigo, dirán que yo tampoco me lo tomo en serio.

Billy bajó la vista y meneó la cabeza con desaprobación del mismo modo en que lo hacía cuando se enfadaba y le decía a Clevenger y al resto del mundo que podían irse a la mierda, que él podía cuidar de sí mismo. Pero aquella vez no lo hizo. Aquella vez, alzó la mirada y dijo:

—Estamos en un aprieto, ¿eh? —Luego, sonrió—. No te preocupes. Me quedaré aquí sentadito. Lo superaremos.

Entonces Clevenger había sonreído, y también ahora estaba sonriendo, porque se daba cuenta de que Billy y él habían llegado muy lejos, que se habían acercado mucho. Y cuando por fin logró conciliar el sueño, estaba pensando en lo extraña que es la vida, cómo puede brindarte lo mejor y lo peor justo cuando menos te lo esperas, sin tener ninguna pista de lo que está por venir.

TERCERA PARTE

Al día siguiente

Uno

Tal como había prometido Kyle Roland, la respuesta de Clevenger al Asesino de la Autopista apareció en la portada del *Times*.

Lo primero que hizo Jonah al llegar al hospital fue comprar el periódico en la tienda de regalos, y se puso a leerlo en cuanto se sentó a su mesa.

Tenía cinco minutos antes de la reunión programada para las ocho con Hank, Sam, Heaven y una mujer llamada Sue Collins del departamento de servicios sociales de Wyoming. Y en aquellos minutos, las palabras de Clevenger pasaron por el cristalino de sus ojos, se convirtieron en formas eléctricas en sus retinas, despertaron impulsos que viajaron por los tractos ópticos de neuronas que llevaban a la corteza occipital de su cerebro, se extendieron de sinapsis a sinapsis hasta el sistema límbico y los lóbulos frontales y luego llegaron por medios aún desconocidos por completo a su mente y aún más allá, a su alma.

En aquel magma, una extraña alquimia defendió a Jonah del ataque de verdad que había en las palabras de Clevenger y convirtió lo que debería haber sido dolor en vergüenza, la ira primitiva hacia su madre en furia hacia Clevenger por mancillar el nombre de un ángel. Y el odio que sentía hacia Clevenger y Whitney McCormick y el resto de cazadores del FBI cristalizó con la dureza de un diamante y la pureza de las aguas de las montañas que constituían su refugio.

Clevenger había lanzado su anzuelo otra vez para tratar de encontrar a alguien que recordara haber conocido a Jonah, que recordara haber conectado con él «de inmediato y de manera intensa —de un modo que él o ella no es probable que olvide». Había abandonado toda pretensión de intentar curarle. Sólo quería atraparle y encerrarle.

Aún peor era la «receta» que prescribía hacia el final de la carta, que Clevenger rechazara con arrogancia la principal herida en la vida de Jonah, su afirmación llena de ignorancia de que el padre sádico que le había torturado no había existido jamás:

> *Deja esta carta un momento, cierra los ojos y vuelve a imaginar la escena que describiste en tu casa. Pon el rostro de tu madre en la persona que te golpeaba, te reprendía, destrozaba tus juguetes. ¿Puedes siquiera soportar hacerlo? Y una vez que hayas puesto ese rostro en tu agresor, ¿puedes apartarlo de ahí? Tal vez lo mantiene ahí fijo de forma permanente la realidad, la verdad que el Asesino de la Autopista no soportó ver jamás: que tu madre era, como tú, la luz y las tinieblas, el bien y el mal, el cielo y el infierno.*

Jonah arrugó la página con la mano, estrujándola del mismo modo en que le habría gustado retorcerle el cuello a Clevenger. Y cuando la soltó, sus manos se transformaron en unos puños lívidos, sin sangre, mientras imaginaba a Clevenger con Whitney McCormick, escondidos en algún despacho de la Academia del FBI en Quantico, devorándose con los ojos, manoseándose, oliendo a sexo, tramando mensajes envenenados para él, intentando trastornarle, volverle loco.

Contrastó los intentos mezquinos de Clevenger por atraparle con el esfuerzo que estaba haciendo él para liberarse del mal. Había aceptado la invitación de la doctora Corrine Wallace. Se había sentado con los compañeros de trabajo de Sally Pierce y con su hija, Marie, y había absorbido su dolor. Uno tras otro. Durante más de cinco horas. Había abrazado a Marie mientras lloraba porque echaba mucho de menos a su madre. Y había sentido su pérdida como si fuera la suya propia; tanto, que se había descubierto llorando con ella. Como Jesucristo, había dado al dolor de Marie un hogar en su interior.

Luchaba con cada célula de su cuerpo para ser digno del cielo, mientras Clevenger y McCormick trabajaban día y noche para confinarle en el infierno.

Llamaron a la puerta. Respiró hondo unas cuantas veces, logró abrir los puños y guardó la portada arrugada del *New York Times* en el maletín. Intentó ponerse de pie, pero las piernas no le obedecieron. La ira había vuelto a paralizarle. Lo intentó una segunda vez. Nada.

—Adelante —gritó, incapaz de eliminar la rabia de su voz.

La puerta se abrió. Sue Collins, de los servicios sociales, una mujer menuda de unos cuarenta años, que no pasaba del metro cincuenta y que no pesaría más de cuarenta kilos, estaba fuera con Hank, Heaven y Sam Garber.

—¿Llegamos demasiado pronto? —le preguntó dócilmente.

—En absoluto. Por favor, pasen. —Se dio cuenta de lo extraño que debía de parecer que no se levantara de la silla. Intentó disimular sonriendo mucho y extendiendo la mano enérgicamente—. Es un placer conocerla —le dijo a Collins.

Collins reflejaba en su rostro la extrañeza por que Jonah permaneciera sentado, pero le devolvió la sonrisa y le estrechó la mano. Luego ocupó el asiento más lejano a la derecha de Jonah y dejó los otros tres para Heaven, Hank y Sam.

Heaven se quejó y se agarró la parte baja de la espalda mientras desplomaba sus ciento cuarenta kilos en su silla.

Hank se sentó a su lado y colocó una mano en su rollizo brazo.

—¿Estás bien? —le preguntó con ternura.

—No sé cómo voy a llegar al final del día —le dijo.

Sam ocupó el asiento más alejado a la izquierda de Jonah, al lado de su padre.

Jonah estableció contacto visual con él y le sostuvo la mirada, en parte para tranquilizar al chico, en parte para permanecer anclado entre las mareas de ira que aún subían en su interior. Funcionó. Sam le hizo un pequeño gesto con la cabeza que significaba «a por ello» y Jonah sintió que las velas de su mente se desplegaban y comenzaban a llevarle hacia aguas más tranquilas. El niño de nueve años Sam Garber, con sus conmociones cerebrales, sus huesos fracturados, sus contusiones psicológicas, con el convencimiento de que lo estaba arriesgando todo, estaba dispuesto, sin embargo, a pronunciarse, a hacer frente a aquella Goliat que no le había destrozado por muy poco. Jonah casi sintió que se despojaba de su piel y se deslizaba en el interior de aquel Chico Maravillas, aquella personificación de la gracia y el poder de Dios. Sintió un hormigueo en los muslos y las pantorrillas a medida que sus carnes despertaban a la vida. Había renacido en Sam. Se volvió hacia Sue Collins.

—Le agradezco que haya encontrado un hueco en su ocupada agenda.

Collins miró a Sam.

—No hay de qué.

—¿A qué viene todo esto? —le preguntó Heaven a Jonah—. ¿Por qué está ella aquí?

Jonah miró fijamente a los ojos sin vida de Heaven.

—Están todos aquí porque Sam va a contarle a la señorita Collins lo que le ha estado pasando en casa.

Heaven se cruzó de brazos y sacó pecho.

—A no ser —dijo Jonah— que prefiera contárnoslo usted.

Hank cambió de posición en su silla con nerviosismo.

Heaven frunció los labios.

—Ya se lo hemos dicho. —Se volvió hacia Collins—. Hennessey, de su oficina, hizo su investigación y no vio nada malo. Los accidentes pasan. Él mismo lo dijo.

Algo muy parecido a la determinación apareció en el rostro y el comportamiento de Collins. De repente, su figura menuda pasó a ser estilizada y desafiante; bajó un poco el labio superior y cuadró los hombros, ahora tenía los dos pies en el suelo. Quizá a ella misma la habían mangoneado demasiadas veces cuando era pequeña, quizá por eso había elegido aquel trabajo.

—Sam tiene algo que decir —dijo con brusquedad—. Quiero escucharlo y tomar las acciones que procedan.

Entonces, Heaven se volvió hacia Hank.

—¿Vas a quedarte ahí sentado escuchando esto? Larguémonos de aquí, vamos a buscar a un abogado. —Empezó a levantarse.

Hank volvió a ponerle la mano en el brazo.

—No necesitamos a ningún abogado para escuchar —le dijo.

Heaven meneó la cabeza con incredulidad.

—Debes de estar de broma. Esta gente no es nadie. —Pero volvió a acomodarse en su asiento a regañadientes.

Hank miró a Jonah.

—¿Sam? —le animó Jonah a hablar.

Sam se encogió de hombros y se mordió el labio inferior.

Heaven olió su miedo.

—No te pongas a contar historias —le dijo.

—¿De qué se trata, Sam? —le preguntó Collins con dulzura—. Te escucho.

305

La piel de Sam se volvió lívida.

Jonah empezó a rezar en silencio por él.

—Te lo advierto —dijo Heaven, inclinándose hacia delante en su asiento para mirarle fijamente.

Sam dejó caer la cabeza, y el flequillo le tapó los ojos.

—Puedes decirnos todo lo que te venga a la mente —le dijo Collins.

Sam negó con la cabeza muy ligeramente.

Heaven se rió entre dientes.

—Buen chico —dijo casi cantando—. ¿Hemos terminado ya? —Miró a Jonah y después a Collins, luego a Jonah otra vez—. ¿Ha acabado de meterle ideas en la cabeza a mi angelito?

—Puedes hacerlo —le dijo Jonah al niño. Pero ya no estaba seguro de que Sam pudiera. Sus huesos y su tejido cerebral se habían curado. Pero quizá su alma aún estuviera fracturada por demasiados sitios como para soportar el peso de lo que había que hacer. Jonah apretó los dientes al darse cuenta de ello y su odio por Heaven Garber aumentó. La miró y vio con horror que volvía a tener los ojos de su madre.

Una lágrima había empezado a rodar por la mejilla de Sam.

Heaven se sentía fuerte.

—Ustedes no entienden la disciplina. Se creen que hay que dejar que los niños hagan lo que les dé la gana.

Jonah solamente deseaba arrancarle aquellos ojos. Pero sentía un cosquilleo en los brazos y apenas podía moverlos.

—Sam va a estar mucho mejor si le ponemos unos límites —les estaba sermoneando Heaven—. Va a ser un buen chico, no un matón. Va a aprender lo que es el respeto. —Miró a Hank—. A esta gente le pagan por estar aquí sentada, a nosotros no. Ya lo comprobé la última vez que vinimos. Vámonos.

Hank no se movió. Ahora estaba mordiéndose el labio inferior, como Sam. Sus dedos largos y delgados se aferraban a las perneras del pantalón.

—Vamos —dijo Heaven. Se levantó con dificultad del asiento y se puso en pie.

Hank alzó la vista para mirar a aquella figura enorme que descollaba sobre él.

—Vete a casa, Heaven —le dijo.

La sala quedó sumida en un silencio total.

—¿Cómo dices? —le dijo Heaven plantando las manos en las caderas.

—Traerte aquí ha sido una mala idea. No era lo que quería el doctor, pero pensé que yo sabía lo que me hacía. Pensé que sería mejor para ti que lo escucharas. Pero está claro que Sam no puede hacer lo que necesita hacer si estás aquí intimidándole. Y está claro que yo tampoco puedo hacerlo.

Jonah sintió que una corona de escalofríos oprimía su cuero cabelludo.

Sam miró a su padre.

—¿De qué estás hablando? —preguntó Heaven, y parecía confusa de verdad, como si no reconociera en absoluto a su marido.

—Lo siento —dijo Hank, conteniendo las lágrimas—. Te quiero. Al menos eso creo. Pero en esta vida hay cosas que están bien y cosas que están mal. Y ahora tengo que hacer lo que está bien, o no le serviré a nadie ni serviré para nada. Así que vete a casa, coge lo que necesites y quédate con tu hermana por ahora. Yo me llevaré a Sam conmigo a casa.

—Nos vamos a casa los tres juntos, y ahora mismo —dijo Heaven, la voz tensa. Alargó la mano para coger a Hank del brazo, pero un destello en los ojos de su marido le dijo que agarrarle no serviría de nada. Estaba tratando con un hombre distinto. Un hombre libre. Había perdido el control que tenía sobre él.

307

Jonah vio cómo Heaven se encogía ante sus ojos, su rostro se ensombrecía, sus hombros se hundían, ya no sacaba pecho, ya no tenía las manos en las caderas, sino que las colocó sobre la parte baja de su espalda mientras se doblaba hacia delante como si sintiera un dolor intensísimo.

—Te han lavado el cerebro —le dijo—. Ni siquiera eres capaz de pensar.

—Pensar es lo único que he estado haciendo —dijo Hank.

Heaven la emprendió con Jonah, los ojos furiosos, pero volvían a ser los suyos y estaban llenos de lágrimas.

—¡Es culpa suya! —explotó.

—Le dije que la entendía —dijo Jonah—. No creo que sea una mala persona. Mi puerta sigue abierta. Podemos reunirnos cuando quiera.

—¿Quién se cree que es? ¿Dios, repartiendo perdón? ¿Se cree mucho mejor que el resto de nosotros?

—No soy mejor que usted —le dijo Jonah.

Retrocedió un paso, casi tambaleándose, en su rostro ya no se percibían señales de lucha, era un dictador depuesto, huyendo, sólo le quedaba su orgullo confuso para aislarla de los fuegos del infierno que hubieran quemado a la niña que vivía en su interior, dejando su psique desfigurada monstruosamente.

—Antes muerta que venir a verle —dijo.

—Eso también lo entiendo —dijo Jonah.

A las 15:10 Whitney McCormick ya había empleado su placa y sus encantos para lograr acceder a los expedientes laborales de siete centros médicos de la zona, que comprendían las dos clínicas de pacientes no hospitalizados más importantes de Rock Springs, tres grandes consultorios de atención primaria y dos hospitales: el Rock Springs Memorial y el centro médico Rock Springs. No obtuvo ningún resultado. Sus criterios de selección —alguien hábil en la extracción de sangre con muchas ausencias laborales o con muchos ceses por tales ausencias— la habían dejado con unas pocas mujeres mayores que luchaban contra la artritis; un médico que estaba ahora en la cárcel porque le habían detenido por séptima vez por conducir borracho; y un enfermero joven y atribulado de uno noventa y ciento de estatura y sesenta kilos de peso con problemas de identidad sexual que ahora vivía en París con el nombre de Patrice, y no Patrick, y que había mandado casi todos los meses unas fotografías muy bonitas al hospital de él/ella en las diversas etapas de sus operaciones de cambio de sexo. No era precisamente el tipo de persona a quien uno dejaba entrar en su coche y le abría el corazón.

En aquel instante, mientras esperaba a Marie Pierce en el Rock 'n' Roll, una cafetería de Rock Springs, estaba deseando volver a la carretera para reunirse a las 16:45 con el director de recursos humanos de las oficinas de la Cruz Roja en Quealy. Pensaba que Pierce no sería más que una remota posibilidad de ayuda para atrapar al asesino.

La reconoció en cuanto entró. Llevaba la pérdida que había sufrido reflejada en el rostro. Ojeras reveladoras. Ojos enrojecidos. Mejillas coloradas. Pese a ello, seguía siendo una mujer guapa. Tenía unos cuarenta años aunque su figura era tan esbelta como la de una adolescente. Llevaba el pelo teñido de rubio y recogido en una coleta. Vestía una sudadera de Harley-Davidson demasiado grande, un cinturón con tachuelas metálicas, vaqueros estrechos y botas negras hasta el tobillo.

McCormick sabía que Pierce no había dormido, que no había dejado de llorar. Si las pesadillas no habían comenzado, lo harían pronto. Luego empezaría a culparse: «Si hubiera cubierto yo el turno de mi madre. Si me hubiera pasado a ver cómo estaba.»

Levantó la mano para llamarla.

Pierce la vio y se acercó a la mesa.

—Doctora McCormick —dijo.

Whitney se levantó.

—Siento muchísimo lo de su madre.

—Gracias. Era una persona maravillosa. —Se sentaron.

—Sé que esto debe de ser muy duro para usted —empezó McCormick—. Le agradezco que haya venido.

—La policía ya me ha interrogado. Y el FBI.

—Yo soy psiquiatra forense. Mi papel en el caso es un poco distinto.

Pierce asintió con la cabeza.

—Leí en un pequeño artículo que usted, sus dos hijas y su madre vivían juntas en la misma casa. Tres generaciones. Es evidente que estaban muy unidas.

—Era mi mejor amiga. Haré cualquier cosa para ayudar a que encuentren a la persona que lo hizo.

Vino la camarera y pidieron café.

—Las preguntas que quiero hacerle son bastante sencillas —dijo McCormick—. Necesito saber si su madre tenía algún conflicto con alguien, si había recibido amenazas, incluso de algún familiar. Y me gustaría saber si se veía con alguien. Si salía con alguien.

Pierce contestó sencilla y directamente. Nadie quería hacerle daño a su madre. Ningún hombre se había interesado por ella desde que su padre había muerto hacía tres años. No había ningún vagabundo, ningún indigente, ningún hijo con una enfermedad mental que entrara y saliera de su vida. Nada.

—Voy a echarla mucho de menos —dijo Pierce. Respiró hondo y se mordió el labio.

McCormick se preparó para la parte de la entrevista que más temía: permanecer sentada junto al profundo dolor de Pierce. No se le daba especialmente bien, nunca se le había dado bien, quizá porque nunca había llorado de verdad la muerte de su propia madre.

—En cierto sentido, sin embargo —dijo Pierce—, es como si ni siquiera hubiera muerto.

—Es normal —dijo McCormick sabiendo que sus palabras habían sonado mucho más frías que compasivas—. La negación es una etapa del dolor.

Pierce sonrió con indulgencia.

—Ya lo sé —dijo—. Hice un posgrado sobre la muerte y el proceso de morir en la facultad de Quealy. Soy diplomada en psicología. No estoy diciendo que no me crea que fuera asesinada. Lo que quiero decir es que hay partes de ella que no pudieron matar. Como el hecho de que la echo de menos y que siempre lo haré, el hecho de que está dentro de mí y de mis hijas Heide y Sage. —Hizo una pausa—. Mamá se ha marchado, físicamente. No puedo tocarla, abrazarla. Pero su espíritu sigue aquí. Lo siento. Creo que siempre sentiré su espíritu cerca. Creo que siempre seré capaz de hablar con ella.

Una parte de McCormick pensaba que Pierce estaba engañándose. Al fin y al cabo, su madre estaba muerta de verdad. Todo su ser. McCormick la había visto tumbada en la mesa de acero inoxidable con la cara macerada y el cuello seccionado. Pero otra parte de ella deseó poder tener la misma convicción sobre su propia madre, la misma sensación de que su madre aún vivía dentro de ella.

—Lo está llevando sorprendentemente bien —dijo—. ¿De dónde saca la fuerza?

—Al principio no lo llevaba nada bien, créame —dijo Pierce—. Sólo pensaba en lo mucho que deseaba morir. Quería reunirme con ella. Me pasé un día y medio en la cama. Entonces vi a un médico en el hospital y comencé a ver las cosas de otra forma.

—¿Ya ha empezado una terapia?

—Me la ofreció el hospital. A mí y a todos los que trabajan en la cafetería. No podía dejar de llorar, no comía. Así que cuando llamaron a casa, mi hija mayor, Heidi, casi me obligó a ir a ver a este tal doctor Wrens en el centro médico de Rock Springs.

—¿Es un psiquiatra?

Llegaron los cafés.

—Creo que sí —dijo Pierce tras beber un sorbo—. Es una especie de terapeuta. —Se encogió de hombros—. En realidad lo que hace son milagros.

—Eso es todo un elogio.

—No habría creído que nadie pudiera ayudarme en un momento así. Pero era como si me conociera sin haberme visto nunca. Y además me conociera mejor de lo que me conozco a mí misma. Acabé contándole cosas que no le he dicho nunca a nadie. —Se inclinó hacia delante para acercarse un poco más y habló más bajito—. De hecho, lloró conmigo.

McCormick le restó importancia intencionadamente a la sensación que notó en el estómago, la sospecha de que prestaba atención a la historia de Wrens por algún motivo. Bebió café.

—¿Lloró con usted? —le preguntó mientras dejaba la taza en la mesa.

—Suena raro, lo sé —dijo Pierce—. Pero no lo fue. No en aquel contexto. Las personas le importan muchísimo. Sentía mi dolor. Le dolía igual que me dolía a mí. Y, de algún modo, hizo que me doliera menos.

—En una hora.

—La visita tenía que durar una hora, pero pasó casi tres conmigo. Hizo que le contara todo lo que recordaba de mi madre. Lo que me gustaba de ella. Lo que odiaba. Las peleas que teníamos. Mi regalo preferido de todos los que me había hecho. Su canción preferida, perfume, comida, vacaciones, películas. Todo. Y entonces fue cuando lo comprendí todo.

—¿Qué cambió?

—Me di cuenta de que esos recuerdos me ponían contenta, no triste. Vi que aún estaba conmigo, como le he dicho. Que siempre estaría conmigo. —Sonrió con nostalgia—. No me importó que fuera guapo. Tiene una voz increíble. Es como si te hiciera entrar en una especie de trance.

—¿Sí?

—No es un tipo guapísimo como George Clooney o Bruce Willis. Es sencillamente un hombre atractivo. Se comporta como un caballero. Hay algo en él que es muy... tierno. —Las mejillas y el cuello se le sonrojaron—. Es casi como una mujer, no estoy diciendo que eso sea lo que me va, porque no es así en absoluto. Pero... —Se serenó—. Debe de parecerle que estoy loca.

—Es obvio que le ha ayudado muchísimo. ¿Ha concertado otra cita?

313

—Ojalá pudiera —dijo, negando con la cabeza—. Se va dentro de una semana.

—¿Se marcha? ¿Por qué?

—Es un «médico de alquiler». —Sonrió—. Así es como él lo denominó. Yo ni siquiera sabía que existía ese tipo de doctores. Los hospitales le contratan para que les ayude durante un tiempo. Luego se marcha a otro lugar. Podría estar a dos horas de distancia. O podría estar a tres mil kilómetros.

—Un interino —dijo McCormick, principalmente para sí misma. Y con aquellas palabras, la sensación que tenía en el estómago se intensificó.

—¿Un qué?

—Un interino —dijo McCormick—. Viajan por todo el país.

Dos

Mientras Whitney McCormick y Marie Pierce estaban en el Rock 'n' Roll, Frank Clevenger estaba sentado en el despacho de Sarah Ricciardelli en Charlestown, Massachusetts, planeando la estrategia que seguirían para mantener la custodia de Billy.

—¿Pueden presentarse sin más y cambiar las reglas del juego después de aprobar una adopción? —le preguntó Clevenger.

Ricciardelli era una mujer de treinta y tres años con un rostro sumamente agradable, ojos marrones almendrados, rizos largos y un corazón enorme.

—Sólo si pueden demostrar que querías engañarles —dijo mientras daba golpecitos con un lápiz muy afilado sobre una carpeta.

—Y no es así —dijo Clevenger.

Ricciardelli miró la copia que tenía de la solicitud de adopción.

—A los tribunales ya no les apetece ser flexibles. No desde lo de O. J. No desde lo de Enron.

—Le dieron Florida a Bush —dijo Clevenger.

Ricciardelli se rió.

—No mentí en esa solicitud —dijo Clevenger—. Me senté aquí y la rellené.

Ricciardelli se inclinó hacia delante.

—Lo recuerdo bien, Frank. Contestamos todas las pre-

guntas ateniéndonos a la letra de la ley. Y defenderemos
nuestras respuestas en un tribunal de justicia. —Se recostó
en la silla—. Pero ojalá no hubieras dicho nada delante de
ese cabrón de O'Connor. Ni en el *Times*, en realidad.

Oír aquel descargo de responsabilidad preocupó a Clevenger.

—No estás segura de que podamos ganar.

Ricciardelli negó con la cabeza.

—Lo único que digo es que puede ser que tengamos que
ponernos creativos si el viento no sopla a nuestro favor.

—Creativos...

—Adoptaste a Billy cuando tenía dieciséis años. Ahora
tiene diecisiete.

—Le faltan diez meses y medio para ser mayor de edad.
Lo sé. Pero lo último que necesita es que le metan con una
familia de acogida hasta entonces. Eso podría destrozarle.

Ricciardelli alzó la mano.

—¿Quién dice que tenga diecisiete años?

—¿Qué?

—Supuestamente los Bishop le adoptaron cuando tenía
seis años, ¿verdad?

Clevenger la miró con recelo, tenía bastante claro adónde quería llegar.

—Supuestamente —repitió ella.

—¿Estás diciendo que puede que entonces tuviera siete
años y que ahora podría tener ya dieciocho?

—Por lo que sabemos nosotros, o los servicios sociales o
los tribunales, puede que ya hubiera cumplido los ocho
—dijo Ricciardelli—. Los Bishop lo adoptaron de un orfana-
to ruso. Sabes tan bien como yo que las agencias extranjeras
mienten sobre la edad de los niños. Cuanto más pequeños
sean, más comercializables son. Así que vamos a llevar a
Billy al Mass General para que un ortopedista calcule su
edad empleando la biometría.

315

Clevenger asintió con poco entusiasmo.

—Pero si argumentamos con éxito que tiene dieciocho años, podrá pasar del programa de desintoxicación o del tratamiento como paciente externo. Perderé mi influencia sobre él.

—Perderás la influencia legal —dijo ella—. Y no estoy segura de que sea el tipo de autoridad en la que quieras confiar como padre.

—No te engañes —dijo Clevenger—. Aceptaré cualquier tipo de autoridad que pueda tener. —Sonó su móvil. Como North Anderson estaba fuera de la ciudad siguiendo a McCormick, todas las llamadas se desviaban a su teléfono. La pantalla mostraba un número oculto. Quiso dejar que saltara el contestador, pero lo pensó mejor—. Perdona un momento —le dijo a Ricciardelli.

—Frank Clevenger —dijo al contestar la llamada de camino al pasillo.

—Vaya —dijo Ally Bartlett, sorprendida—. No creía que me contestara usted directamente.

—¿Puedo ayudarla en algo?

—La verdad es que he llamado para ayudarle a usted —dijo—, aunque no sé si podré. Quiero decir que no sé si lo que tengo que decirle es importante. Tan sólo...

—Inténtelo.

—Sé que probablemente estará recibiendo un millón de llamadas como ésta. He estado leyendo sus cartas en el *Times*. Y me han hecho pensar en alguien, sobre todo su última carta. Llamé al FBI y pregunté por usted, pero me pasaron al menos con quince personas distintas. Así que he llamado a información de Boston para que me dieran su teléfono. Figura en el listín, como cualquier persona normal.

El *New York Times* y el FBI habían recibido una avalancha de soplos. No daban abasto. Y ni una sola del millar de pistas que lograron comprobar les había conducido a algún sitio. Clevenger tampoco albergaba demasiadas esperanzas respecto a aquella llamada. Miró a Ricciardelli, sentada a su mesa. Estaba deseando reanudar la reunión.

—Créame, soy bastante normal —le dijo—. ¿Puedo preguntarle desde dónde llama?

—De Frills Corners, Pensilvania.

—¿Podría darme su nombre y número y la llamo en un rato?

Una pausa.

—Tengo que contarle algo que me sucedió a mí. Pero no puedo darle ni mi nombre ni mi número. No quiero verme implicada.

Había algo en la voz de la mujer que llamó la atención de Clevenger. Un tono dramático y un ligero temor. Era el mismo tono que había oído en las voces de personas que habían estado en contacto con asesinos. En los vecinos de Jeffrey Dahmer. En los amigos de Richard Ramirez. En las dos ex novias de Ted Bundy.

—De acuerdo —le dijo—. Tómese su tiempo. La escucho.

La mujer expulsó el aire y se aclaró la garganta.

—Es por lo que escribió en su carta, alguien al que no he olvidado nunca —dijo—. Sólo le vi una vez, hace unos seis o siete años, en un encuentro totalmente casual. Pero aún pienso en él, todos los días.

—¿Cómo le conoció?

—En una parada de autobús. Apareció de repente. Ese día yo estaba bastante triste. Mi padre estaba enfermo, en el hospital. Se estaba muriendo.

—Siento oír eso.

—El caso es que apareció este hombre y no sé cómo hizo que le contara toda mi vida. Me sentí como si pudiera hablarle de cualquier cosa. Y lo hice. Quiero decir que le invité a una copa, algo que nunca jamás haría, y me abrí a él y le hablé de mi padre, de mi madre, incluso de... sexo. Tenía una

317

voz increíble. No es que fuera sexy, la verdad, sólo... No sé. Atrayente. Muy reconfortante. Nunca he conocido a nadie como él.

—¿Le dijo cómo se llamaba?

—Sí y no. Me dijo que se llamaba Phillip Keane. Me dijo que era médico, psiquiatra, en el centro médico Venango Regional.

—Psiquiatra...

—Le creí —siguió Bartlett—. Es que era increíblemente clarividente. Me sentí de verdad como si hablara con un terapeuta. Y no con uno normal. He ido a unos cuantos y, para serle sincera, no eran nada del otro mundo. Era el típico terapeuta con el que sueñas. Sabía escuchar de verdad.

—¿Tiene idea de dónde está?

—Ni siquiera pude encontrarle entonces. Llamé al hospital al día siguiente, pero la operadora me dijo que allí no trabajaba ningún doctor Phillip Keane. Así que le pedí que me pasara con la unidad de psiquiatría. Y entonces me ocurrió algo muy extraño.

—¿En qué sentido? —preguntó Clevenger.

—Le di a la secretaria su nombre y pareció que ella creía que quería hablar con un paciente. Es una unidad para niños con trastornos emocionales. Me preguntó si era la madre de Phillip. Así que colgué. Pensé que si el tipo no me había dado su nombre verdadero, no estaría interesado en volver a verme.

Clevenger había empezado a pensar en todo el razonamiento psicológico de las cartas del Asesino de la Autopista, la cita de Jung, el modo en que había expuesto su historia personal, la afirmación arrogante de que podía curar a Clevenger. ¿Podía ser posible?, se preguntó. ¿Podía ser que el Asesino de la Autopista fuera psiquiatra, como él?

—¿Qué aspecto tenía? —preguntó.

Otra pausa.

—Era guapo para un hombre de mediana edad, supongo —dijo Bartlett—. Pero no fue por eso que hablé con él. No era que fuera... sexy o algo así. —Pasaron un par de segundos—. Simplemente parecía el hombre más majo del mundo. Y parecía que yo le importaba de verdad. Sé que parece una locura, pero creo que realmente le importaba.

Clevenger tuvo que esforzarse mucho para concentrarse durante los veinte minutos que tardó en concluir la reunión con Sarah Ricciardelli. Su cabeza seguía repasando las frases de las cartas del Asesino de la Autopista:

> *Ha adoptado a un chico con problemas. ¿Fue usted mismo un chico con problemas?*
>
> *¿Se dedica a comprender a los asesinos para comprenderse a sí mismo?*
>
> *¿Qué se siente al estar enamorado? ¿Se siente esa felicidad pura y absoluta que dicen cuando los límites del ego se desvanecen?*

Eran preguntas sagaces, preguntas destinadas potencialmente a curar. Preguntas profundamente psicológicas. Que el asesino fuera psiquiatra no sólo las explicaba, lo explicaba todo. Sería un experto en conseguir que las personas hablaran de sí mismas, en intimar mucho con ellas, muy deprisa. Parecería de confianza, tendría una forma muy agradable de tratar a los pacientes. Y recordaría cómo extraer sangre de sus años de estudiante de medicina y de interno.

Llamó a North Anderson desde la calle en cuanto salió del despacho de Ricciardelli y lo localizó en el móvil.

—¿Qué pasa? —preguntó Anderson.

—Podría ser psiquiatra —dijo Clevenger, resguardándose de una ráfaga de viento helado.

—¿Quién? ¿De qué estás hablando?

—El asesino. Puede que sea psiquiatra.

—¿Psiquiatra?

Clevenger trató de resguardarse del viento mientras caminaba hacia el coche.

—He recibido una llamada de una mujer de Pensilvania. Hace unos cuantos años conoció a un tipo que encaja perfectamente con el perfil de nuestro hombre. Le dijo que era psiquiatra, que trabajaba en el hospital de la ciudad. A ella le pareció que era psiquiatra. Y utilizó un alias que resultó ser el nombre de un niño que recibía tratamiento en la unidad de internamiento del hospital.

—Este tipo ha dejado cadáveres por todo el país —dijo Anderson—. Ha mandado cartas por la noche desde tres estados distintos durante los últimos seis meses. ¿Qué clase de psiquiatra viaja por todo el país?

—Un interino —dijo Clevenger automáticamente mientras se dejaba caer en el asiento del conductor de su coche. Se recostó y miró fijamente al frente, asombrado de que la palabra se le hubiera ocurrido tan deprisa, después de tanto tiempo, y que pareciera tan acertada.

—Un interino. Genial. ¿Qué coño es eso?

—Un suplente. Un psiquiatra que va de un lugar a otro. Un médico de alquiler contratado mediante agencia. Sustituyen a alguien durante un mes o dos en hospitales que tienen pocos psiquiatras, normalmente en áreas rurales o lugares aislados, sitios que no pueden reclutar médicos. Los lugares abiertos que le gustarían a nuestro hombre.

—Encaja —confirmó Anderson—. Pero las probabilidades de que esta mujer le conociera, haya leído el *Times* años después, se acuerde de él, decida llamarte...

—Ya lo sé —dijo Clevenger. Tenía que ser realista. Las posibilidades de que el anzuelo que había echado en el *Times* tuviera efecto justo en el sentido que le convenía eran prácticamente nulas. Pero no eran cero. Si no, no lo habría lanzado—. Quizá no conoció al asesino. Pero me ha hecho pensar en que tal vez fuera psiquiatra, un psiquiatra interino. Y resulta que tiene sentido, aunque esa mujer no llegara a verle nunca.

—¿Qué puedo hacer para ayudar?

—Calculo que habrá sólo dos docenas de agencias de interinos de suficiente envergadura como para colocar a psiquiatras por todo el país. Tenemos que dar con todas ellas.

—¿Qué hay del FBI?

—Probablemente Warner no querrá escuchar lo que tengo que decirle, pero le llamaré.

—Apuesto a que Murph, ¿te acuerdas de Joe Murphy, de Murphy y asociados de Marblehead?, podrá conseguirme una lista de las agencias más importantes en un par de horas —dijo Anderson—. Empezaré a llamar en cuanto la tenga. Está bastante claro qué necesitamos saber si han asignado a uno de sus médicos a todos los lugares donde se han encontrado los cadáveres.

—Y que el destino más reciente haya sido Wyoming —dijo Clevenger.

—De acuerdo.

Clevenger pensó en McCormick.

—¿Qué tal Whitney?

—Está haciendo rondas por hospitales y clínicas —dijo Anderson—. Estoy dos coches por detrás de ella ahora mismo, en la 80 Oeste. Acaba de salir del aparcamiento de una cafetería de Rock Springs hace unos minutos. Ha quedado con una mujer de unos treinta o treinta y cinco años. Se han abrazado al despedirse. Quizá sea una vieja amiga, o un familiar de la víctima.

—Gracias por vigilarla. Puede que nuestro hombre aún esté por ahí.

—No es asunto mío, pero no parece que te hayas olvidado de ella —dijo Anderson.

—Ahora mismo tengo otras cosas en la cabeza —dijo Clevenger.

—Supongo que eso es un no, pero no voy a presionarte.

—Bien.

—¿Quieres que llame al hospital de Pensilvania en el que el tipo dijo que trabajaba? —le preguntó Anderson—. ¿Para ver si alguien sabe quién era?

—Voy a hacerlo yo en cuanto colguemos.

—De acuerdo. Oye, ¿cómo está Billy, por cierto?

Por algún motivo, Clevenger no quería contarle que tenía entre manos otra batalla por su custodia. Quizá tan sólo era que no quería entrar en detalles en aquel momento. O quizá le daba vergüenza, le preocupaba que Anderson le soltara el rollo de «Ya te lo dije», que ciertamente se merecía, por tratar de encontrar a un asesino en serie e intentar crear un hogar estable para un adolescente con problemas al mismo tiempo. No es que estuviera sacando matrícula de honor en ninguna de las dos actuaciones precisamente.

—Hoy está bien —dijo—. Mañana, quién sabe.

—Hay que ir día a día.

Clevenger colgó. Luego llamó a información telefónica y consiguió el número del centro médico Venango Regional y, de repente, sintió que la pista que estaba siguiendo era muy frágil, que no tenía mucho por donde continuar y que ya había puesto en peligro muchas cosas.

Tres

Jonah estaba sentado a su mesa en el centro médico de Rock Springs, con una hoja en blanco y un bolígrafo delante de él. Estiró los brazos por encima de la cabeza, separó bien los dedos y respiró tan hondo como pudo. Se sentía más vivo de lo que se había sentido en mucho tiempo. La vista, el oído y el olfato habían alcanzado de nuevo su punto culminante. Notaba que la superficie bajo la piel se estiraba por encima de sus músculos prominentes. Cuando se quedó totalmente quieto, pensó que, de hecho, notaba cómo las válvulas aórticas y pulmonares se abrían y cerraban mientras los ventrículos de su corazón se contraían con fuerza, bombeando no sólo su sangre, sino la sangre de todas las demás personas que habían muerto para renacer en él.

Había vencido a su carácter destructivo al curar a Marie Pierce. Aún podía sentir su cálido abrazo, su gratitud desbordante.

Había vencido a Heaven Garber y había liberado al pequeño Sam. Aún podía ver la sonrisa de oreja a oreja del niño mientras se marchaba de la unidad de internamiento con su padre aquella mañana.

Exhaló el aire, bajó las manos y cogió el bolígrafo para comenzar su siguiente carta a Clevenger. Tenía planeado echarla al correo en cuanto hubiera acabado su etapa en Wyoming y pudiera dirigirse a las montañas para pasar allí una semana antes de presentarse en su próximo destino en Pidcoke, Texas, cerca de la reserva militar de Fort Hood.

Miró el reloj. Las 16:27. Empezó a escribir:

Doctor Clevenger:

En efecto, he experimentado el amor verdadero, siendo el más importante mi amor por Dios Todopoderoso, Rey del Universo. Al amarle a él, puedo amar a los demás, por mucho que parezca algo diabólico o censurable. Y a través de Él, rezo para que algún día, pronto, llegue a amarme a mí mismo.

Afirma con arrogancia que mi padre no me torturó. Me desafía a poner el rostro de mi madre a mi maltratador. Pero no participaré en charadas mentales que la mancillen. No dejaré que me lave el cerebro. Porque aunque ella fuera el actor de los oscuros recuerdos que me atormentan, aunque ella fuera el demonio de mi vida y no mi ángel, sentiría compasión por ella y lucharía por perdonarla.

Usted y su querida Whitney esconderían su carácter destructivo detrás del mío. Fingirían que eliminar los recuerdos gloriosos que tengo de mi madre con el fin de debilitarme, atraparme y, en última instancia, eliminarme es defendible porque ustedes se rigen por leyes humanas. Pero existen leyes superiores.

Todos somos pecadores, Frank. Todos estamos enfermos de violencia. Lo que nos diferencia a usted y a mí es que yo lucho incesantemente por seguir la luz.

Ahora lo veo todo claro. Usted no, porque su vista está nublada por su necesidad de venganza.

Esta necesidad que siente en su interior existe sólo porque ha pasado por alto una verdad fundamental, quizá la más fundamental de todas. Y es sencillamente ésta: que el odio hacia uno mismo es el único odio que existe en el mundo. Sólo encuentra los señuelos que le convienen.

Yo soy uno de los suyos. Sólo soy la herramienta más reciente que ha utilizado para evitar mirar al asesino que lleva dentro, ese chico maltratado y humillado que en su día consumió alcohol y cocaína para no sentir su dolor. Ame a ese chico, y encontrará en su corazón la forma de amarme, como yo he llegado a amarle a usted.

¿No es evidente que sería mejor consejero para el chico problemático que tiene en casa si acepta al chico problemático que reside en su corazón?

Ahora veo muy claro que los hombres y las mujeres que he conocido por las autopistas no entregaron su vida en vano. Eran peldaños en el camino al cielo. Y no sólo para mí. También para ellos. Porque todos nosotros viajamos juntos hacia un lugar más perfecto. Importa tan poco en el esquema grandioso qué conjunto de carne y huesos da el salto final.

Tengo en mucha estima las palabras de Antonio Machado:

> Anoche cuando dormía
> soñé, ¡bendita ilusión!,
> que una colmena tenía
> dentro de mi corazón;
> y las doradas abejas
> iban fabricando en él,
> con las amarguras viejas,
> blanca cera y dulce miel.

Llamaron a la puerta de su despacho. Deslizó la hoja en el cajón de la mesa.

—Adelante —gritó.

La doctora Corrine Wallace, la directora médica, entró, y parecía aún más triste que aquella mañana. Cerró la puerta tras ella.

—Tenemos que hablar.

Jonah vio en sus ojos que había pasado algo muy grave. Le indicó con la mano que se sentara en la silla de delante de su mesa.

Wallace se sentó.

—No sé cómo decirte esto, Jonah, así que voy a soltarlo y punto.

Jonah la miró y lo supo.

—¿Sam? —preguntó, rezando por estar equivocado.

—He recibido una llamada de la policía.

No quería preguntar, se quedó sentado unos segundos, sólo el zumbido de los fluorescentes rompía el silencio.

—¿Es muy grave? —preguntó al final.

—Le ha matado —dijo Wallace—. Hank la dejó volver a la casa. —Se le humedecieron los ojos.

—¿Está muerto? ¿Sam está muerto? —Miró de modo instintivo el reloj. Las 16:52.

—Le dijo al agente que la detuvo que lo único que quería de Sam era una disculpa. Dice que el chico se negó, que Sam «la puso de los nervios».

—¿Qué hay de Hank? ¿Estaba presente?

—Sí. No hizo nada para detenerla. Están acusados los dos de asesinato en primer grado.

Jonah imaginó a Heaven Garber, una mujer de ciento cuarenta kilos, un mamut enorme frente a Sam, gritándole «¡Dime que lo sientes! ¡Dime que lo sientes!» Pero el valiente muchacho se había negado. Y su silencio sólo enfureció más a la bestia.

Entonces, en la metamorfosis más horrible que se pueda concebir, Jonah vio que la imagen mental del rostro de Heaven se transformaba en el de su propia madre, sus ojos an-

gelicales inyectados en sangre, sus hermosos labios frunci-
dos por la ira.

Cuando volvió a buscar a Sam, se vio a sí mismo en el
suelo, sollozando, suplicando que no le volviera a pegar.

¿Se trataba de alguna invasión de su mente dirigida por
Clevenger? ¿Había logrado lavarle el cerebro?

—¿Te encuentras bien? —le preguntó Wallace, inclinándose hacia delante en la silla.

Jonah la miró desde detrás de la mesa y la vio como la
persona que era. Pero un instante después también sus rasgos se fusionaron con los de Heaven. Se frotó los ojos con
los puños.

—Necesito un poco de tiempo —le dijo—. Lo siento.

—Por supuesto. —Wallace se levantó para marcharse,
pero antes se volvió hacia él—. No has hecho nada mal.
Quiero que lo sepas. Era imposible prever que iba a pasar
esto.

Jonah no respondió.

Wallace se dirigió hacia la puerta.

En cuanto Jonah oyó que la puerta se cerraba tras ella, se
desplomó sobre las rodillas y dejó caer la cabeza entre las
manos.

Clevenger llamó a Kane Warner al FBI y éste reaccionó
con frialdad a su sugerencia de que la Agencia considerara la
posibilidad de que el Asesino de la Autopista fuera un psiquiatra interino.

No perdió tiempo preocupándose por ello. Al final del
día, había hablado con el director y el subdirector del departamento de recursos humanos del centro médico Venango
Regional, con la enfermera jefe de la unidad de internamiento y con el director general del hospital. Todos insistie-
ron en que necesitarían una orden judicial para proporcio-

narle los expedientes personales o cualquier otra información relativa a la contratación de psiquiatras interinos por
parte del hospital, en aquel momento o en el pasado. Logró
que le pasaran con la unidad de internamiento, pero la enfermera que se puso al teléfono sólo llevaba ocho meses trabajando allí y la descripción que le dio Clevenger no le recordó a ningún psiquiatra que conociera.

A las 18:40, hora de la costa este, decidió intentarlo una
vez más, de médico a médico. Pidió que llamaran al director
médico. La operadora le dijo que esperara a que le pasaran
con el doctor Kurt LeShan.

LeShan respondió cinco minutos después.

Clevenger se presentó.

—Siento molestarle tan tarde.

—En absoluto. Es como si le conociera —le dijo Le-
Shan—. He estado siguiendo su trabajo en el *Times*. Es fas-
cinante. ¿A qué se debe su llamada?

—Estoy siguiendo una pista, relacionada con alguien que
pudo haber tenido en plantilla.

—¿De quién se trata?

—No estoy seguro de su nombre.

—Déme una pista.

—Creo que trabajó en su hospital en 1995. En Navidades
más o menos. Puede que fuera un interino.

—Normalmente tenemos a un interino en plantilla.
Contratar a médicos permanentes es imposible.

—Era alto. Pelo gris tirando a largo. Ojos azules...

—¡Jonah! —le interrumpió LeShan—. Jonah Wrens.

—¿Puede darme alguna información sobre él? —le preguntó Clevenger.

—Puedo decirle una cosa. Es el mejor psiquiatra que he
contratado, el mejor con el que he trabajado nunca, interinos
y permanentes incluidos. Un fuera de serie.

—¿Es posible que tratara a un chico llamado Phillip Keane?

—Es posible. Keane entra y sale de aquí asiduamente. Es bastante psicótico. ¿Por qué lo pregunta?

—El doctor Wrens dijo que se llamaba Phillip Keane, al menos en una ocasión, a una mujer que conoció.

—Quizá no quería que ella supiera quién era. Probablemente el nombre de Keane fue el primero que le vino a la cabeza, así que lo tomó prestado. No es muy caballeresco, supongo. Y es evidente que no es nada profesional. Pero apenas merece la atención de un psiquiatra forense.

—¿Recuerda qué agencia se lo mandó?

—Sí. Pero antes dígame algo. ¿Por qué le está buscando?

Clevenger no quería insinuar que Wrens era un sospechoso del caso, puesto que en realidad no lo era. No oficialmente. Ni siquiera racionalmente. Era lo que había resultado ser un anzuelo echado a ciegas en el mar de los millones de lectores que tenía el *New York Times*.

—Hemos recibido una llamada anónima afirmando que un médico que concuerda con la descripción de Wrens puede saber algo importante sobre el Asesino de la Autopista.

—¿Cree que sus caminos pueden haberse cruzado? ¿Que pudo haberle tratado?

—Es posible.

—Bueno, si alguien puede ayudar a ese lunático, es Jonah —le dijo LeShan. Se rió—. No se ofenda.

—En absoluto —dijo Clevenger—. ¿Qué hace que Wrens sea tan extraordinario?

—Ya sabe cómo es eso. O lo tienes o no lo tienes. Él lo tiene, a raudales. El don. El tercer oído. Lograba que pacientes que no hablaban con nadie más de la plantilla se abrieran a él. Y si tratábamos con una persona violenta, todo el mundo sabía que había que llamar a Jonah de inmediato. Cuando se acercaba a un tipo que estaba fuera de sí, el tipo se calmaba. Y punto. Fin de la discusión. Había algo en su presencia. Una vibración. Muy tranquilizadora. Muy fuerte.

—A usted le gustaba, como persona, me refiero, dejando de lado sus habilidades profesionales.

—Le gustaba a todo el mundo. No había nada en Jonah que no pudiera gustarte. Ya lo verá. Si puede ayudarle, lo hará. Es de esa clase de personas.

—¿Y qué agencia se le envió?

—Communicare —dijo LeShan—. Trabajamos casi en exclusiva con ellos. Son de Denver. Espere un minuto, le daré el número.

Whitney McCormick había pasado su reunión en la Cruz Roja al día siguiente para poder detenerse en el centro médico de Rock Springs. Eran las 17:45 cuando tocó el timbre junto a la puerta de acero de la unidad de internamiento de psiquiatría.

—¿Sí? —contestó una voz femenina a través del interfono.

—Soy la doctora Whitney McCormick. Quisiera ver al doctor Wrens.

—Por supuesto. La está esperando.

Escuchar aquello no contribuyó en nada a que McCormick se tranquilizara. Era obvio que Pierce había llamado a Wrens para decirle que se pasaría a verle.

Una enfermera fue a abrirle y la condujo hasta la puerta del despacho de Wrens. Llamó, no obtuvo ninguna respuesta y volvió a llamar más fuerte. Aún así, nada. Cuando estaba a punto de asir el pomo, la puerta se abrió.

—Doctora McCormick —dijo Jonah—. ¿En qué puedo ayudarla?

McCormick advirtió lo colorado que estaba, como si hubiera estado gritando o llorando. Aún así, era tal y como lo había descrito Pierce. Un hombre con una voz, una cara y un porte que prometían comprensión.

—Siento molestarle —dijo. Se fijó en su pelo ondulado y plateado, sus ojos azules, su piel perfecta, el tono suave de sus pantalones de lana grises con pinzas, sus zapatos de ante marrón y el jersey de cuello alto azul oscuro—. ¿Le importa que le haga unas cuantas preguntas?

—En absoluto. —Jonah se dio la vuelta y entró en el despacho.

McCormick le siguió y dejó la puerta del despacho entornada intencionadamente.

—Estoy investigando el asesinato que tuvo lugar en la cafetería de Bitter Creek —le dijo.

—Un asesinato sin sentido —le dijo Jonah, de pie dándole la espalda mientras llenaba con libros y carpetas una caja que estaba sobre la mesa.

—Ha ayudado muchísimo a Marie. Se encuentra mucho mejor.

Jonah siguió guardando sus cosas.

—Me preguntaba si habría descubierto algo que pudiera resultar valioso para la investigación —dijo McCormick.

—Fue una intervención meramente terapéutica —dijo Jonah—. No estaba llevando a cabo ningún interrogatorio.

A McCormick no le pasó por alto su tono de voz. Quería forzarle un poco más.

—Yo me encargo de eso —dijo—. Es mi especialidad. ¿La suya es tratar a personas con traumas?

Wrens no respondió. Acabó de llenar la caja y cerró la tapa. Entonces, por fin se volvió para mirarla.

—Me temo que ha venido en mal momento —dijo—. Hoy un paciente mío ha sido asesinado por su madre. No estoy de humor para intercambiar currículos.

McCormick se quedó sorprendida.

—No tenía ni idea de que había perdido a un paciente. Lo sien... —Empezó a sonarle el móvil. Hurgó en el bolsillo de su chaqueta para apagarlo.

—¿Deseaba contestar? —le preguntó Wrens en un tono sarcástico.

331

McCormick negó con la cabeza.

—¿Cuántos años tenía?

—Nueve —dijo Wrens. Se aclaró la garganta—. Le di el alta para que se fuera a casa. Creía que estaría a salvo. He cometido un error gravísimo. Un error imperdonable. —Colocó las manos sobre la mesa y separó los dedos como si quisiera recobrar el equilibrio.

McCormick se dio cuenta de repente de que el despacho estaba totalmente vacío. Wrens lo había metido todo en la caja que había encima de la mesa.

—¿Se marcha hoy del hospital? —le preguntó—. Creía que Marie me había dicho que aún se quedaría una semana más.

—No tengo demasiada confianza en mis aptitudes en estos momentos. No sería de mucha ayuda para nadie.

McCormick quería saber más acerca de Wrens, pero no estaba segura de cómo abordarle.

332

—Tengo algunas preguntas más —le dijo.

—¿Sobre?

—Sus impresiones sobre la señorita Pierce —fue lo único que se le ocurrió decir.

—¿La considera sospechosa del asesinato de su madre? McCormick negó con la cabeza.

—Por supuesto que no. Sólo intento tener todos los detalles.

—Quiere tener todos los detalles —dijo Jonah. La miró fijamente a los ojos—. Mi paciente ha muerto hoy, doctora McCormick. Ha sido asesinado. Puede que usted sea inmune a este tipo de cosas, pero yo no. Me preocupo muchísimo por mis pacientes. —Pasó junto a ella y abrió la puerta—. Ahora necesito que se marche.

Clevenger consiguió hablar con Communicare justo cuando la oficina iba a cerrar. Le costó un poco convencerla, pero la propietaria reconoció su nombre gracias al *Times* y buscó a Jonah Wrens en sus archivos. Le leyó cada uno de los destinos que le habían asignado en los últimos treinta y seis meses.

No había trabajado cerca de ninguno de los lugares donde se habían hallado los cadáveres.

—¿Dónde trabaja ahora? —preguntó Clevenger.

—No trabaja, al menos para nosotros —le dijo la mujer.

—¿Trabaja para otras agencias?

—Como casi todo el mundo, hoy por hoy. Ojalá le tuviéramos en exclusiva. Es el psiquiatra mejor considerado que hemos tenido. Todos los hospitales que le han contratado nos suplican volver a tenerlo. Pero nunca repite. Quiere ver sitios nuevos, caras nuevas.

—Supongo que no es tan raro —dijo Clevenger, abatido—. ¿Por qué si no trabajaría alguien de interino?

—¿Quiere que le sea sincera? Esta gente nunca duraría mucho en una organización.

—En la suya sí.

—Dedicándoles mucha atención, créame. Y con mucha mediación de por medio. No me malinterprete, algunos tienen muchísimo talento. Incluso un don. Pero en el fondo son unos nómadas. No les gusta la rutina. Y no quieren intimar demasiado con la gente.

—¿Eligen ellos el destino? —preguntó Clevenger.

—Lo discutimos —dijo la mujer—. Cuando nos llega una oferta, llamamos al siguiente de la lista. Si esa persona la rechaza, pasamos al siguiente. Sin resentimientos. Tenemos muchos médicos. Pero cada agencia es distinta. Algunas dan por finalizada toda relación con un médico si rechaza dos o tres destinos seguidos.

—Comprendo.

—¿Por qué razón está buscando al doctor Wrens? —le preguntó.

—Tan sólo sigo una pista. —Se dio cuenta de que aquella afirmación no absolvía a Wrens como se merecía. Tomó prestada una idea del doctor LeShan del Venango Regional—. Creo que podría haber tratado al hombre que estamos buscando. Pero parece ser que sus caminos no se cruzaron, después de todo.

—¿Se refiere al Asesino de la Autopista? —le preguntó la mujer.

—Sí, exacto.

—Hágame un favor. Cuando atrape a ese animal, rájele el cuello antes de que tenga tiempo de soltar más tonterías como esas que escribe en el *Times*. Todo ese discurso sobre la empatía cuando va por ahí matando a gente... Soy abuela, por el amor de Dios, pero estaría encantada de cortarle yo misma la cabeza. Ya veríamos cuánta cháchara psicológica salía entonces de su boca.

—Mucha gente se pondría en la cola para hacerle eso mismo —dijo Clevenger. La suficiente, pensó, como para mantener viva la pena de muerte en muchos estados.

—Cuídese, doctor. Y suerte. Que Dios le bendiga.

—Sí, bueno, adiós. —Colgó. A Clevenger se le cayó el alma a los pies. Estaba en un callejón sin salida.

Marcó el número del móvil de North Anderson y le localizó en su coche, esperando frente al centro médico de Rock Springs a que McCormick saliera.

—No he sacado nada de nada —le dijo—. ¿Tú qué tal?

—Murph me ha conseguido la lista —dijo Anderson—. He llamado a cinco agencias. Nada. Dos se han negado a hablar conmigo. Ninguna de las otras tres asignó a un médico a las ciudades donde este tipo ha matado. —Hizo una pausa—. Quién sabe. Quizá no mezcle el negocio con el placer.

Aquel cliché hizo que a Clevenger se le encendiera una lucecita: contrastar los destinos laborales del asesino con los lugares donde se habían hallado los cadáveres era una equi-

334

vocación total. No coincidía con el perfil que Clevenger había desarrollado con el FBI: el de un hombre que necesitaba intimar mucho con los demás, que mataba cuando no podía alimentarse de esa intimidad en ningún otro sentido.

—¿Sigues ahí? —le preguntó Anderson.

—Tienes toda la razón del mundo —le dijo Clevenger.

—Por supuesto que la tengo. ¿Sobre qué?

—No mata cuando está trabajando. No lo necesita —dijo Clevenger—. Intimar con los pacientes satisface su sed de relaciones humanas intensas. La gente le desnuda su alma. Mata entre destino y destino. Es cuando más aislado se siente, más solo. Es cuando no tiene nada que le distraiga de su propio dolor. Todos los traumas infantiles que ha intentado enterrar amenazan con aflorar a su consciencia.

—Pero puede que tus cartas le alteraran. Quizá esta vez, en Wyoming, los pacientes no bastaran.

Clevenger estaba de acuerdo con él. El lugar más probable en el que el asesino habría matado «mientras trabajaba» era Bitter Creek. Desorientado, incapaz de tranquilizarse siquiera gracias a su trabajo, podría haber perdido el control. Y si aquello era cierto, no podía huir. No podía arriesgarse a levantar sospechas. Tenía que centrarse y acabar el mes o dos como si no hubiera sucedido nada. Los instintos de Whitney McCormick a aquel respecto habían dado en el clavo.

—Puede ser —dijo Clevenger—. Sigue siendo improbable, pero podríamos estar cerca.

—Empezaré a llamar a todos los hospitales de por aquí y les presionaré para que me digan si tienen a un psiquiatra interino trabajando para ellos.

—Puede que lo sepan incluso las operadoras. Si no, pídeles que te pasen directamente con la unidad de internamiento de psiquiatría.

En ese preciso instante, Anderson vio que McCormick salía del hospital y se dirigía apresuradamente a su coche de alquiler.

—Whitney acaba de terminar sus visitas —le dijo a Clevenger—. Sana y salva. Ha vuelto sobre sus pasos, al centro médico de Rock Springs, pero no ha estado mucho rato.

—Dudo que esté buscando a un interino —dijo Clevenger.

—Volveré a comprobar los lugares donde ha estado.

—Llámame si descubres algo.

—Ya sabes que lo haré.

Clevenger colgó y marcó el móvil de Whitney McCormick. Sonó sólo una vez antes de que saltara el mensaje del buzón de voz. Había rechazado su llamada.

—Llámame enseguida —dijo Clevenger—. Es importante.

Cuatro

$\mathcal{M}$cCormick se quedó mirando hacia la salida del hospital desde dentro del coche. No estaba segura de qué debía hacer con el doctor Jonah Wrens. Por un lado, encajaba en el perfil del Asesino de la Autopista: un hombre blanco de mediana edad con muy buena presencia que intimaba enseguida con la gente. Viajaba por todo el país. Su voz tenía el efecto hipnótico del que había hablado Marie Pierce. Por el otro, era evidente que estaba sufriendo por la pérdida de su joven paciente. No le faltaba empatía. Se sentía culpable. No había nada en él que pareciera calculador; no había intentado implicar a Marie Pierce —o a cualquier otra persona— en la muerte de Sally Pierce.

También exprimió al máximo su imaginación para pensar si había alguna posibilidad de que hubiera encontrado al Asesino de la Autopista de un modo tan casual, a un paso de la hija de la víctima. Sin embargo, sabía que eso no significaba que no le hubiera encontrado. El caso del Francotirador Psicópata se había resuelto gracias a una pista dada al FBI en una llamada telefónica. Otros asesinos habían sido capturados después de saltarse un semáforo, porque un día llevaban una camiseta de la víctima diez años después del asesinato o porque habían mencionado el homicidio a alguien que conocieron en un centro de rehabilitación veinte años después.

¿No le habría gustado al Asesino de la Autopista tener la oportunidad de hablar con Marie Pierce? ¿No le entusiasmaría la línea de sangre de su víctima?

Pensó en llamar a Kane Warner para pedir refuerzos, pero se dio cuenta de lo poco profesional que parecería si al final resultaba que Jonah Wrens era inocente, un buen médico que intentaba hacer su trabajo. Había iniciado una búsqueda para redimirse; emplear los recursos de la Agencia para atrapar a un hombre decente roto de dolor por haber perdido a su paciente de nueve años no le haría ganar puntos.

En pocas palabras, no podía decirle a Warner que seguía trabajando en el caso hasta que estuviera segura de que lo había resuelto.

Tenía que saber más sobre Wrens. Y no tenía elección en cuanto a por dónde empezar a buscar. Si Wrens era el asesino, sabía que Whitney estaba cerca. Se marcharía de la ciudad en cualquier momento, escaparía a las montañas durante meses, o para siempre.

Esperó en el aparcamiento del hospital durante veinticinco minutos, hasta que por fin Wrens salió por las puertas correderas de cristal, con el maletín y la caja que había empaquetado. Se subió a su BMW, lo puso en marcha y se fue.

Whitney arrancó el coche y le siguió.

Jonah vio los faros de McCormick por el retrovisor. Estaba intentando adivinar qué plan tenía Dios para él, comprender por qué Él le mandaría a una mujer rebosante de mal el mismo día en que se había llevado a un niño tan inocente como Sam.

Al final, el único mensaje que pudo sacar de aquella simetría era que el bien y el mal estaban en un flujo constante, que el Armagedón no era una única batalla sino una campaña constante, que quizá la muerte de un ángel se equilibraba para toda la eternidad con la muerte de un demonio.

¿Acaso el deceso de McCormick era la tarea encomendada a Jonah desde el principio? ¿Había pedido ayuda a Clevenger sabiendo que al final llegaría a McCormick? ¿Era posible su resurrección como inocente sólo a través de la destrucción de la cazadora? ¿Era ella quien había provocado la ira de Dios?

La poesía era sencilla: obtendría el perdón en cuanto eliminara del planeta a alguien como ella, totalmente incapaz de perdonar.

Sintió que una oleada de calma le arropaba, como si su largo y tortuoso viaje estuviera acercándose a su fin. El último kilómetro de su carretera hacia la redención podía ser el kilómetro que estaba recorriendo en aquel momento.

McCormick siguió a Wrens hasta el Ambassador Motor Inn y vio que aparcaba delante de la habitación 105. Ocupó una plaza a veinte metros. Wrens se bajó del X5 y desapareció en el interior de la habitación.

Whitney se llevó la mano a la pantorrilla y ajustó la pistola en la funda. Entonces, se bajó del coche. Mientras lo hacía, vio que North Anderson se detenía a cinco plazas de distancia, la miraba y, luego, apartaba deprisa la vista. Aquello confirmaba lo que había sospechado en la autopista: la estaban siguiendo.

Sólo Clevenger sabía que estaba en Wyoming. Nunca había visto a su compañero, pero sabía que era un hombre negro. Miró la matrícula del coche, y vio que era de alquiler.

Se acercó a él y llamó a la ventanilla.

El hombre la bajó.

—¿Puedo ayudarla en algo? —le preguntó, con tanta brusquedad como pudo.

—Tú debes de ser North Anderson —le dijo.

Anderson no vio que tuviera sentido protestar.

—Dile a Frank que ya soy mayorcita. No tiene que vigilarme.

339

—Creo que imaginó que podrías tener razón en lo de que el asesino aún estaba por aquí. Si es así, quizá agradezcas los refuerzos.

Whitney pensó fugazmente en poner a Anderson al corriente de Jonah Wrens, pero no quería quedar como una tonta delante de él, o de Clevenger. Quería que la dejaran hacer su trabajo en paz.

—Bueno, si de verdad es lo que quiere —le dijo—, le llamaré y le contaré con pelos y señales lo que pase en esa habitación de motel. —Sonrió—. Pero no estoy de servicio. Así que, ¿por qué no te largas? La verdad es que saber que estás aquí fuera me corta el rollo.

Anderson asintió, sorprendido por lo directa que había sido McCormick.

Whitney se dirigió a la habitación 105 y llamó a la puerta.

340 Wrens abrió al cabo de unos segundos. Iba descalzo, tenía el pelo despeinado y los hombros caídos. Llevaba la camisa desabrochada, que dejaba al descubierto su abdomen de tableta de chocolate. Se había subido las mangas de la camisa. Tenía los calcetines y el cinturón en la mano. Parecía cansado, cualquier cosa menos peligroso.

—Necesito dormir, de verdad —le dijo—. Estoy seguro de que sus preguntas pueden esperar hasta mañana.

—Lo entiendo —dijo McCormick—. Sólo serán unos minutos. Se lo prometo.

Parecía reacio.

—Es importante.

Wrens cerró los ojos y respiró hondo mientras una imagen aparecía ante sus ojos: su cuchillo en el cuello de McCormick, agarrándole el pelo con fuerza. Abrió los ojos y la miró, ahí de pie. El diablo en su puerta.

—Le pido disculpas por haber estado tan cortante en el hospital. Pase, por favor.

Ahora fue McCormick quien dudó. Porque vio algo que la preocupó, una serie de cicatrices difusas, horizontales, en los antebrazos de Wrens.

Sabía que podía haber una explicación inocente para tales cicatrices. Podían ser producto de los alambres de una verja que Wrens hubiera saltado de niño. De una parrilla caliente. Y aunque Wrens se las hubiera infligido intencionadamente en la infancia o la adolescencia, sin duda no sería el primer psiquiatra con historial de trauma psicológico.

Aún así, si las cicatrices correspondían a cortes, quería decir que Wrens había sufrido un trauma emocional grave. Y la única forma que había encontrado para tener un cierto control sobre su dolor había sido infligirse él mismo aquellas heridas. De ese modo, había podido observar con toda tranquilidad cómo sangraba, apartarse por completo de su sufrimiento y de la ira subyacente que sentía hacia los demás.

¿No era ése el perfil del Asesino de la Autopista?

—Doctora McCormick —dijo Wrens—, usted también parece cansada. ¿Por qué no nos vemos mañana? Quizá podríamos desayunar en algún sitio.

—No —dijo. Flexionó la pierna para notar la pistola sujeta en la pantorrilla—. Estoy bien. —Entró.

Wrens cerró la puerta en cuanto Whitney pasó a su lado. Y mientras ella estaba de espaldas, sin perder un instante, le puso el cinturón alrededor del cuello y la derribó.

Whitney trató de coger su arma, pero Wrens le dio una patada en la mano para alejarla de la pierna y apretó con más fuerza el cinturón, asfixiándola, por lo que McCormick se agarró instintivamente de la correa que le rodeaba el cuello. Wrens se sentó a horcajadas en la parte baja de su espalda. Ella notó su mano en el tobillo, ascendiendo por la pierna, hasta llegar al arma. Le dio la vuelta, la puso boca arriba y le metió el cañón en la boca.

Se inclinó sobre su oído.

—¿Cuál era la primera pregunta? —le dijo. Y apretó aún más la correa.

Mientras esperaba en el coche frente al Ambassador Motor Inn, North Anderson imaginaba una escena muy distinta a la que estaba desarrollándose en la habitación 105. Había ido detrás de McCormick mientras ella seguía a un hombre —un médico muy guapo, con un coche muy caro— a su motel. Había llamado a su puerta, él la había recibido medio desnudo y luego habían desaparecido en el interior de la habitación.

A Anderson le parecía que quizá McCormick se había tropezado con algún compañero de universidad o de la facultad de medicina y había decidido revivir el pasado.

En cualquier caso, ella tenía razón: no era asunto suyo. Y sin duda no iba a mencionárselo a Clevenger.

Pero tampoco iba a largarse. Tendría que tener más cuidado cuando la siguiera, pero podía conseguirlo.

Imaginó que disponía de cierto tiempo antes de que McCormick volviera a la carretera. Miró hacia la cafetería del motel, que estaba cerca de la salida. Estaba muerto de hambre y le parecía un poco raro quedarse esperando ante la habitación.

Whitney McCormick se despertó en el colchón de Jonah, atada de pies y manos a la cama, mientras él la miraba fijamente desde una silla junto a la cama. Luchó por desatarse, pero sin éxito. Giró la muñeca para mirar la hora y vio que había estado inconsciente menos de diez minutos.

—El FBI sabe que venía hacia aquí —dijo—. No puedes huir, suéltame.

Jonah sonrió.

—¿Me habrías soltado tú, si me hubieras capturado?

Whitney no dijo nada.

—Me habrías dicho que me fuera al cuerno. —Hizo una pausa—. ¿Me equivoco?

McCormick vio, aterrorizada, que Jonah abría una navaja y sostenía la hoja ante su cara.

—¿Hay algo que quieres que le diga a tu padre en mi próxima carta al *Times*, Whitney? —le preguntó—. Ya sé que debería considerarle una especie de co-conspirador. Sin duda, hubo algún defecto en su forma de criarte que contribuyó a que te volvieras una mujer carente de empatía. Aún así, me gustaría hacer todo lo posible para aliviar su dolor. Perder a su esposa, luego a su hija... —Respiró hondo—. ¿Cómo se recupera un hombre de eso?

McCormick vio que Jonah iba a matarla. Suplicar no haría más que envalentonarle, reforzar el estatus de víctima de Whitney, el estatus de omnipotencia de Jonah. Tenía que tomar el control de la situación, aunque estuviera atada.

—Todo esto ni siquiera es por mí —le dijo—. Es lo más patético.

Jonah apoyó el filo de la navaja en su garganta.

—Eso sí que suena a negación. Confía en mí. Cuando sientas que la sangre empieza a manar, sabrás que te está pasando a ti, no a otra persona.

—Es por tu madre, Jonah. Frank intentó ayudarte a que lo vieras. Eres demasiado cobarde como para abrir los ojos. Era ella quien carecía de empatía, hacia ti. Ella te torturó.

Jonah hizo presión sobre el cuchillo, y le dejó una marca en la piel, pero no le hizo ningún corte.

—«El Señor es mi pastor, nada me falta, me hace...»

Miedo, rabia y el deseo de vivir hacían que las turbinas de la mente de McCormick dieran vueltas y vueltas como si fueran los cilindros de un candado con combinación fuera de

343

control. Tuvo la sensación de que se le podría recalentar el cerebro.

—«Él me infunde energía. Aunque yo...»

Whitney comprendió al instante. El niño que había muerto aquel día, asesinado por su madre. Aquello había afectado muchísimo a Jonah.

—Piensa en tu paciente asesinado hoy —le dijo—. ¿Acaso no ves por qué ha sido un golpe tan duro para ti? Le has mandado a casa a morir, Jonah. Tú le has matado.

Jonah dejó de rezar y negó con la cabeza.

—Sam ha muerto para que yo pudiera ver que tú tenías que morir. Ha sido la voluntad de Dios. Ahora está en el cielo.

—Sabías cómo era su madre —insistió McCormick—. En el fondo, sabías exactamente lo que iba a suceder. Ya le había pegado antes. Nunca había parado. La situación no iba a hacer más que empeorar.

Jonah ejerció suficiente presión sobre el cuchillo como para que la hoja le sesgara la piel.

McCormick sintió que se mareaba, pero sabía que no podía ceder.

—Le has fallado a ese chico porque pensar en lo que le iba a pasar te habría puesto en contacto con lo que te pasó a ti. Con las palizas. Te obligaste a pensar que estaba a salvo. Probablemente también le convenciste a él de que estaba a salvo. Le has mandado al infierno, en tu lugar.

—Adiós, Whitney. —Pasó la hoja unos dos centímetros a lo largo de su garganta. La sangre empezó a gotear de la herida.

McCormick quiso gritar, pero sabía que si lo hacía, Jonah la mataría inmediatamente.

—Voy a morir hoy, Jonah. ¿Por qué iba a mentirte? —Se armó de valor—. Tú has matado a ese chico.

Jonah parpadeó nervioso.

—Tu madre es la fuerza que hay detrás de cada asesinato —prosiguió—. Es a ella a quien quieres matar en realidad. Y por eso jamás te redimirás. Porque prefieres matar a desconocidos que afrontar la verdad; ella te destruyó, pero tú te vengas con los demás, porque aún le tienes miedo. Eres un cobarde.

Jonah movió la hoja un centímetro más a lo largo de la piel de McCormick. La sangre se volvió más espesa.

—Tú has destrozado hoy a ese chico.

—No —dijo Jonah, con la voz temblorosa. Se le fueron llenando los ojos de lágrimas a medida que pensaba en las promesas falsas que le había hecho a Sam: «Sé leer la mente. Eres un superhéroe. Tú tienes el poder».

McCormick decidió asumir un riesgo más, confiar de nuevo en su instinto e intentar enfrentarle a la verdad, empujarle a un estado psicótico. Recordó la primera carta que le había escrito a Clevenger. Y se puso a representar el papel de su madre.

—¡Tu maldito día en el parque! —dijo con una voz chirriante llena de ira—. ¿Has disfrutado de tu bonita fiesta con tus jodidos amiguitos?

Jonah parecía aún más afligido.

Whitney mantuvo la presión.

—¿De dónde crees que se supone que tenemos que sacar el dinero para pagarla, pequeño bastardo?

Con aquella última palabra, el rostro de Jonah se sumió en la agonía.

—Y ahora que el mal ya está hecho, todo son disculpas —le dijo Whitney—. Bueno, pues voy a darte una lección. Ahora sí que vas a sentirlo.

Jonah saboreó literalmente la sangre que le llenó la boca el día que su madre le había tumbado en el suelo de un bofetón, que había roto sus coches Hot Wheels. Se pasó la lengua por el diente, creyó notar que se movía.

345

Miró a McCormick y vio a su madre.

—¡Bastardo! —le dijo ella.

Jonah cerró los ojos. Y vio que su madre abría los brazos, invitándole a que fuera hacia ella. Recordó la sensación cálida que recorría todo su cuerpo al oír su voz cuando estaba tranquila, el manto especial de satisfacción con el que sólo el amor de una madre puede envolver a un niño. Recordó cómo se acercaba a ella y la rodeaba con sus brazos, y ella le abrazaba.

Pero, entonces, otro recuerdo se entrometió, un recuerdo de algo que había sentido: que el cuerpo de su madre se tensaba, que su dulzura se desvanecía, que extendía los brazos y le apartaba de un empujón. Y cuando la miró, vio que todo el amor había desaparecido de su rostro, dejando un odio absoluto detrás. Vio que dirigía la mano, a cámara lenta, hacia su cabeza.

Y después, por el rabillo del ojo, vio algo más: un hombre que observaba la escena. Un hombre ni viejo ni joven. Quizá de unos cincuenta años. Un hombre que tendría aproximadamente su edad. Un hombre que tenía su misma frente ancha y sus mismos ojos azules. Un hombre que simplemente observaba, que ni celebraba aquella situación ni le protegía.

Se volvió y vio cómo la mano de su madre se aproximaba a él, luego volvió a mirarla a los ojos, quería saber por qué: por qué le abrazaba y luego le pegaba, por qué le quería y luego le gritaba que le odiaba.

—¿Por qué? —preguntó en voz alta—. ¿Por qué me hiciste aquello?

McCormick alzó la vista para mirarle. Y vio que Jonah había perdido contacto con la realidad.

—Porque estoy enferma, Jonah —le respondió en voz baja—. ¿No lo ves? No puedo evitarlo.

Una lágrima resbaló por el rostro de Jonah. ¿Era así de

sencillo?, se preguntó a sí mismo. ¿Clevenger había tenido razón desde el principio? Una madre esquizofrénica. Un hijo esquizofrénico. ¿El bien y el mal, la luz y las tinieblas, el sanador y el asesino en un mismo cuerpo?

¿Acaso sus impulsos irresistibles de destruir y sus impulsos extraordinarios de amar no eran más que altos y bajos en los niveles de dopamina y norepinefrina de su cerebro?

—Lo hice lo mejor que pude —dijo McCormick.

Ahora Jonah estaba llorando. Porque comprendió que sí había mandado a Sam a casa a morir. Creía que Hank escogería a su hijo antes que a su sádica esposa. Pero había sido una fantasía.

A Jonah no le había ocurrido eso. Al final, su padre se había marchado y le había dejado solo con la bestia. Ahora lo recordaba del mismo modo que sabía que tenía manos y pies, ojos y orejas. Era una parte innegable de él, una parte que había reprimido durante mucho tiempo, pero que ahora había aflorado.

Nadie había rescatado a Jonah, ni tampoco a Sam.

Había matado al chico al intentar reproducir su propia historia, al intentar que saliera bien.

Bajó la vista para mirar a McCormick y vio a su madre tumbada en la cama. Y no sólo su rostro. También sus hombros anchos y sus poderosos brazos.

—No puedo perdonarte —dijo—. Tendrías que haber pedido ayuda. No podías esperar que yo te curara. Era un niño.

—No quise hacerte daño —dijo McCormick—. Te quería.

—Yo también quería quererte —dijo gimoteando, con los ojos cerrados—. Pero...

—Perdóname, por favor.

Jonah negó con la cabeza.

—Sólo Dios puede perdonarte. Tienes que ir con Dios.

—Abrió los ojos y volvió a mirar a McCormick. Y la máscara de su madre desapareció. Vio a McCormick como la mujer que era. La cazadora. La agarró del pelo, le echó la cabeza hacia atrás y se inclinó sobre ella—. ¿Me perdonas, Whitney? —le preguntó.

McCormick miró el cuchillo que Jonah tenía en la mano, luego le miró a los ojos y vio su propio reflejo. No dijo nada.

—Dime que me perdonas.

Whitney pensó en su padre, en el dolor devastador, atroz, que sentiría si la perdía, y sintió que una oleada de ira estallaba en su interior. Una ira tan grande como la de Jonah.

—Nos vemos en el infierno, bastardo de mierda —le dijo.

Jonah sonrió, luego soltó una carcajada horrible, demoníaca, que finalizó con otro llanto.

—No estás curada, precisamente —dijo. Negó con la cabeza y dejó el cuchillo en el colchón—. Todo a su debido tiempo. Dios es paciente. —Se puso en pie, fue hacia su maletín y sacó dos frascos y una jeringuilla y los llevó hasta la cama.

McCormick vio las etiquetas de los frascos, Torazina y Versed líquidos, dos sedantes potentes. En dosis elevadas, podían ser letales.

—No —dijo—. Por favor.

Jonah vertió los dos líquidos en la jeringuilla. Acercó la aguja al muslo de McCormick, la enterró en el músculo y descargó el contenido.

—Adiós, Whitney —dijo—. Espero que encuentres el camino al cielo. Y espero verte allí.

¿Tenía planeado suicidarse?, se preguntó Whitney. ¿Un asesinato con suicidio?

Sintió que le pesaba la cabeza. Cada vez le costaba más respirar. Intentó pensar quién llamaría a su padre para contarle lo que le había sucedido. Y esperó que fuera Clevenger.

—Ya es hora de que vuelva a casa —oyó que Jonah decía—. Ya es hora de que deje de huir de la verdad. Gracias por ayudarme a verlo.

Clevenger acababa de hablar con otra agencia de médicos interinos, sin hacer ningún progreso, cuando le sonó el teléfono. Contestó.

—Clevenger —dijo.

—Kane Warner. —No le dio tiempo a responder—. He empezado a seguir la pista del interino —dijo.

—¿Y?

—He dado con algo. No estoy seguro de si apostar fuerte por ello, pero pinta bien.

De repente, Clevenger volvía a estar en el equipo.

—Dispara.

—He puesto a algunos agentes a investigar once oficinas de colocación de la costa este. Ninguna envió a un psiquiatra a todos los lugares donde se encontraron los cuerpos. Tan sólo una mandó a un psiquiatra a alguno de ellos. Una coincidencia. Y resulta que ese psiquiatra es una mujer de cincuenta y siete años.

Las esperanzas de Clevenger se hundieron. ¿De verdad Warner estaba lanzando la idea de que el Asesino de la Autopista era una mujer?

—¿Eso es lo que has encontrado? —le preguntó.

—Dame un respiro. ¿Crees que te llamaría por nada?

—Estoy cansado.

—Ten paciencia. Esto es lo que he encontrado. Una de las tres agencias a las que he llamado personalmente tiene un director que maneja el cotarro desde hace más de veinte años. Un profesional, de Orlando, Florida. Wes Cohen, se llama. Se ha implicado muchísimo en el juego de la búsqueda de concordancias y se ha pasado un par de horas repasan-

do los archivos de su ordenador. Cuando me ha llamado, me
ha dicho que tenía una respuesta para mí, pero no a la pregunta que le había formulado.

—¿Qué ha querido decir?

—No colocó a ningún psiquiatra en ninguna ciudad cerca de la escena de algún crimen. Pero se ha quedado intrigado, así que ha iniciado otra búsqueda en la base de datos. Tiene un registro de cuando sus médicos rechazan un destino.
A la quinta negativa, los borra de la lista. Es la norma que
tiene. Y dio con un psiquiatra que rechazó cuatro de las ciudades donde habían aparecido cadáveres.

—Cuatro de catorce. Casi un treinta por ciento.

—¿Qué probabilidades hay? Quizá el tipo no quiera saber nada de los lugares donde deja a sus víctimas. Quizá los
considere territorio contaminado.

—Es posible —dijo Clevenger. Sí que pintaba bien, pero
también parecía una teoría poco convincente. Volvió a tener
ese sentimiento de fracaso por percibir que se había quedado en la estacada—. ¿Cómo se llama el psiquiatra?

—Wrens. Jonah Wrens.

A Clevenger el corazón empezó a latirle con fuerza.

—Un tipo brillante, pero raro, según Cohen —prosiguió
Warner—. Y agárrate bien, pasa la mayor parte del tiempo
entre destino y destino escalando montañas. Le mandan
todo el correo a casa de su madre en Montana.

Clevenger se había puesto a caminar.

—¿Está destinado a algún hospital ahora?

—Ésa es la parte que me ha llamado la atención. Está
destinado al centro médico de Rock Springs en Wyoming. A
noventa kilómetros de Bitter Creek.

—Es nuestro hombre —dijo Clevenger—. Estoy seguro.
Aún tengo más cosas sobre él.

—Hay agentes de camino.

—Whitney ya está fisgoneando por allí —le confesó

Clevenger—. Llegó ayer. Quería cerrar el caso ella misma, demostrar algo, supongo que a ti o quizá a mí. No lo sé. Intenté convencerla de que no fuera.

—Me tomas el pelo. ¿Dónde está?

—Se hospeda en el Marriott Courtyard de Bitter Creek. Mi compañero North Anderson voló hasta allí para no perderla de vista.

—Buena jugada —dijo Warner—. Si quieres, ve para Logan y dispondré un avión para que te recoja en la terminal de Cape Air y te lleve allí. Tienes que estar presente cuando atrapemos a este tipo. Mereces estar ahí.

Clevenger no tenía ningún problema en fumar esa pipa de la paz.

—Voy para allá. —Cogió el abrigo y salió corriendo.

De camino al aeropuerto, llamó a North Anderson para ponerle al corriente.

Anderson contestó desde su asiento en la barra de la cafetería.

—¿Tienes su descripción? —le preguntó, después de que le informara sobre Wrens.

—Uno ochenta de estatura. Pelo canoso hasta los hombros. Ojos azules.

—¡Dios santo! —dijo Anderson mientras salía disparado hacia la habitación del motel. Se fijó en que el coche de Jonah no estaba. Echó la puerta abajo de una patada y vio a McCormick en la cama. Examinó con la mirada el resto de la habitación para asegurarse de que Wrens se había marchado de verdad. Miró en el baño. Vacío. Corrió hacia Whitney. No pudo despertarla. Le puso los dedos en la muñeca y comprobó que tenía un pulso aceptable. Luego la desató, le echó con cuidado la cabeza hacia atrás para abrirle las vías respiratorias y se quedó escuchando su respiración. Aún respiraba.

Se fijó en los dos frascos vacíos de la mesilla de noche, sacó el móvil y llamó al 112.

—Policía de Bitter Creek —respondió una mujer—. Su llamada está siendo grabada.

—Necesito una ambulancia. En el Ambassador Motor Inn. Tengo a una mujer inconsciente. La han drogado.

McCormick oyó la última frase de la llamada de Anderson al 112. Abrió los ojos.

—Habitación 105 —le dijo Anderson a la operadora.

—Jonah Wrens —susurró McCormick, esforzándose por pronunciar las palabras.

Anderson se volvió hacia ella y vio que le estaba mirando. Soltó un suspiro de alivio.

—Lo sabemos —le dijo—. Habrá un centenar de agentes rastreando todo...

—Se ha ido a casa —dijo ella, como si recordara algo de un sueño.

—¿A casa?

De repente Whitney supo con una convicción absoluta adónde se dirigía Wrens.

—Averiguad dónde vive su madre. Va para allá a matarla.

Cinco

Jonah Wrens estaba sentado en el desgastado sofá de terciopelo verde de la sala de estar donde había pasado su infancia, mirando desde el otro lado de una mesita de café de madera a la mujer que le había criado desde que nació. La pared que había detrás de ella estaba cubierta de crucifijos que había coleccionado a lo largo de los años, regalos de familiares y amigos y padres de niños de cuarto curso a los que había dado clase durante cuarenta años en la escuela primaria del pueblo.

Cogió la taza de té que le había preparado, se volvió y miró por la ventana mientras tomaba un sorbo. Apenas podía distinguir la sombra del coche patrulla agazapado en la oscuridad frente a la casa estilo rancho, esperando, no cabía duda, a más cazadores. Le tenían acorralado. O eso creían.

—Me alegro mucho de que me hayas despertado. Te he echado de menos —le dijo su madre con una voz melodiosa y muy juvenil para sus setenta y nueve años—. Esta vez has estado fuera mucho tiempo. Seis meses. Debían de necesitarte de verdad.

—Yo también te he echado de menos —dijo Jonah.

Y lo decía en serio. Sin embargo, también era mentira. Y sabía que era porque estaba hablando con dos mujeres muy distintas.

353

Era extraño que hubiera vivido más de una vida. Aquí estaba su madre, con setenta y nueve años, triste y enfermiza y buena de un modo más que inconmensurable, una mujer religiosa que hacía las paces con el mundo que abandonaría dentro de un año o una década, o quizá dos. Una madre a quien echar de menos. Una madre por quien volver a casa. Y sin embargo, ahora sabía que en algún punto de su interior era la madre que le había torturado, la psicópata que había oscilado entre el amor y el odio por él, reconfortándole y aterrorizándole, hasta que los circuitos incontrolables de su cerebro o su mente o su alma simplemente se habían apagado.

Quizá el tiempo la había curado. O quizá su conversión fuera real. Quizá hubiera renacido.

Lo irracional era la ira que Jonah sentía ahora hacia aquella mujer, la mujer que le había preparado un té. Hacía que el corazón le latiera con fuerza y sintiera un dolor punzante en la cabeza, le despertaba el ansia exactamente del mismo modo en el que había ansiado intimidad en las autopistas. Y aunque ahora conocía la fuente de esa ansia, saberlo no la hacía desaparecer.

Había algo fundamentalmente deforme en su psique. Su necesidad de intimidad era una bestia voraz e insaciable que reclamaba que la amaran siempre, que la ayudaran siempre, por si se hundía en la ansiedad terrible que había supuesto preguntarse qué madre estaría en casa un día en concreto, una hora en concreto, un minuto en concreto: el ángel o el diablo.

—¿Has tenido muchos casos interesantes? —le preguntó su madre.

—Algunos —dijo Jonah. Sonrió a través de su dolor—. Un niño que se llamaba Sam Garber. Fue el más interesante. Un chico muy valiente con muchos problemas.

—Y le ayudaste. —Ella le miró con ternura—. Estoy segura de que sus padres te estaban agradecidos.

—No —dijo Jonah—. No pude ayudarle.

—Venga. Eres siempre demasiado duro contigo mismo.

Jonah meneó la cabeza. Se le llenaron los ojos de lágrimas.

—¿Jonah? ¿Qué pasó?

Oyó el sonido de más coches entrando por la carretera. Se puso en pie y se acercó a la puerta, vio dos furgonetas negras —de las fuerzas especiales— que aparcaban al lado del coche patrulla. Y vio que se bajaban unos hombres de negro con rifles. Se volvió hacia su madre.

—Me preparas otra taza de té —le pidió—, y te lo cuento todo.

Ella se levantó despacio, haciendo una mueca cuando notó el dolor en las articulaciones, irguiéndose sobre sus pies diabéticos, ulcerados, porque su hijo, a quien amaba, quería otra taza de té. Y para ella era un placer después de una vida larga y torturada. Era lo que había esperado cuando Jonah estaba en la carretera. La posibilidad de poner agua a hervir, introducir una bolsa de té, añadir un poco de azúcar y un poco de miel, como a él le gustaba. Lavarle las sábanas. Plancharle la ropa. Cosas sencillas, pero significativas. Muestras de amor. Pequeñas e infinitas disculpas por la persona que había sido, por las formas monstruosas en las que le había fallado.

Le entró calor y se mareó sobre los fogones y buscó donde apoyarse. Se secó la frente. Quizá tenía bajo el azúcar, pensó. Quizá un poquito de miel la ayudaría. Cogió una cucharita del cajón de la cocina, la metió en el tarro y deslizó la sustancia dulce y pegajosa en sus labios. Sabía bien e hizo que se sintiera mejor.

Cuando se volvió, vio a Jonah, con la navaja en la mano.

—¿Jonah? —dijo—. ¿Qué haces? —Pero ya lo sabía.

Jonah se aproximó a ella y la abrazó.

Ella se sintió aún más mareada. ¿Fue por eso por lo que no intentó escapar?, se preguntó. ¿O era por lo bien que se sentía en los brazos de su hijo? Porque estaba muy cansada y le había echado mucho de menos y le quería mucho.

De repente, varios haces de luz penetraron por las ventanas. Y Jonah se descubrió protegiendo a su madre de aquel resplandor. Se preguntó si aquel instinto de protegerla era un reflejo que tenía integrado. El impulso instintivo de un niño de proteger a los de su sangre. O quizá tan sólo fuera otro de los trucos del diablo, diseñado para distraerle, para que perdiera los nervios.

Unos momentos después la voz de Clevenger llegó hasta Jonah, como en un sueño.

—Jonah, soy Frank Clevenger. Sal y nadie te hará daño.

Quizá, pensó Jonah para sí, toda su vida había sido un sueño. Quizá el amanecer estuviera a la vuelta de la esquina. Llevó a su madre a la sala de estar y la sentó en el sofá. Ella no luchó, no le suplicó.

—Jonah —gritó Clevenger—. No tienes escapatoria.

Jonah se llevó la mano a la pantorrilla y cogió la pistola de McCormick. Apuntó a una de las ventanas de la parte delantera de la casa, apretó el gatillo y la ventana se hizo añicos.

—No sabía que hiciera visitas a domicilio, Frank —gritó—. Es un honor.

—No tiene por qué acabar así.

—Claro que sí. Sabes que sí.

Pasaron diez, quince segundos en silencio.

—Si no quieres salir —dijo al final Clevenger—, deja que entre.

Jonah respiró hondo. Había algo sumamente hermoso en la idea de que Clevenger viera cómo iba a acabar su «terapia». Sonrió al reconocer la maravillosa poesía de Dios.

—La puerta está abierta —gritó—. Te prometo que no resultarás herido. Tienes mi palabra. Dios es testigo.

Clevenger entró despacio por la puerta de la casa y vio a Jonah sentado en el sofá al lado de su madre, abrazándola, un cuchillo en su garganta. La pistola descansaba en el cojín junto a él.

—Cierra la puerta —le dijo Jonah.

Clevenger cerró la puerta tras de sí.

—Al fin nos conocemos.

—Al fin —dijo Clevenger, acercándose unos pasos más.

—Ahí está bien —le dijo Jonah. Movió la mano hacia la pistola.

Clevenger se detuvo.

—Nuestro trabajo no ha terminado. Hablemos.

Jonah negó con la cabeza.

—Afrontémoslo, Frank. Estamos agotados. Tú y yo, los dos. Ha sido un camino largo.

—¿Qué es lo que quieres?

—Supongo que lo que he querido siempre. —Sonrió y alzó el cuchillo.

Clevenger miró con horror cómo Jonah se pasaba la hoja del cuchillo por la palma de la mano y se abría un tajo profundo. Cogió la mano de su madre y le cortó la palma de la misma forma.

Ella hizo una mueca de dolor, pero, de algún modo, evitó chillar.

Entonces, después de colocar de nuevo el cuchillo en su garganta, Jonah cogió la mano lacerada de su madre y la juntó con la suya. Cerró los ojos un instante, respiró hondo y de manera soñadora, y volvió a abrirlos.

—Dame el cuchillo, Jonah. Salgamos de aquí juntos. Ahora has visto la verdad. Deja que eso sea suficiente.

—Como sucede a menudo —dijo Jonah—. Pero no siempre. —Ejerció más presión con la hoja del cuchillo en la garganta de su madre.

—No lo hagas —dijo Clevenger—. Todos los demás asesinatos tuvieron lugar porque eras incapaz de ver tu ira. No

357

tenías control sobre ellos. Éste no es igual. Dios no te perdonará este asesinato.

Jonah miró a Clevenger con compasión.

—Has hecho un buen trabajo, Frank. Un gran trabajo. Pero algunas personas no pueden ser curadas por los hombres, ni siquiera por un hombre como tú. O como yo. Algunas personas sólo pueden ser curadas por Dios. —Besó a su madre con ternura en la mejilla.

—No pasa nada, Jonah —le dijo ella, había verdadero amor en su voz—. Haz lo que tengas que hacer.

A Jonah se le llenaron los ojos de lágrimas.

—¿Qué has dicho?

—Te perdono.

Jonah se puso a llorar.

—Es culpa mía, Jonah —le dijo.

—Suéltala —dijo Clevenger.

—He venido a matarla —dijo Jonah sonriendo a través de las lágrimas—. Sí. Pero la mujer a la que buscaba, «la malvada», ya no vive aquí. ¿Sabes por qué?

Clevenger no respondió.

—Claro que lo sabes. Porque está dentro de mí.

Clevenger vio que Jonah movía la mano hacia la pistola. Vio que esbozaba una sonrisa tranquila, casi inocente.

Clevenger dio un paso hacia él.

Jonah cogió la pistola y apuntó a Clevenger.

Clevenger dejó de moverse.

—No pasa nada —dijo Jonah—. Sé exactamente adónde voy. Y tú deberías irte a casa. Y querer a ese hijo tuyo tal y como se merece que lo quieran.

Clevenger corrió hacia él.

—Quiero ser libre. —Empujó a su madre hacia Clevenger, se metió el cañón de la pistola en la boca y se disparó un único tiro en el cerebro.

—¡No! —chilló Clevenger.

La madre de Jonah gritó. Se puso en pie y fue hacia su hijo, y le estrechó entre sus brazos.

—No, Dios mío. —Intentó evitar que la sangre manara de él, pero se derramaba en sus manos. Se sentó, acercó la cabeza y los hombros a su regazo y empezó a mecerle.

El dolor que Jonah sentía en la cabeza era indescriptible. Le resultaba imposible respirar. El corazón revoloteaba en su pecho como un pájaro herido. Pero en la confusión entre la vida y la muerte, o entre esta vida y la siguiente, de repente sintió que el sol empezaba a iluminar su rostro. Sintió que el aire se volvía limpio y frío y vigorizante. El dolor empezó a desvanecerse.

Alzó la vista y vio que sus dedos se agarraban a los salientes de la montaña más hermosa que había escalado jamás. Vio con asombro que las cicatrices de sus brazos habían desaparecido.

Los músculos de los brazos, los muslos y las pantorrillas le impulsaban hacia arriba. Sus pies hallaban sólidos lechos de roca en todas partes.

Sabía que llevaba mucho tiempo escalando, pero no estaba cansado. De hecho, se sentía más fuerte con cada paso que daba. Más fuerte y más joven. Flexionó el brazo derecho y lo colocó más arriba, siguiendo el movimiento del brazo izquierdo. Cada vez tenía la cabeza más despejada. Intentó buscar en su interior algún sentimiento de miedo o ira, pero no los encontró.

Con cada paso que daba, se desprendía de un año de su vida, por lo que a medida que se acercaba a la cumbre, se sentía más niño y un poco asustado por estar llegando al fin del viaje. ¿Qué sería de él si alcanzaba la infancia? ¿Qué sería entonces, sin su historia vital?

¿Cómo se reconocería?

359

Y entonces lo comprendió. Tenía que desprenderse de ese yo, con toda su ira y todo su miedo y todo su conocimiento superior. Tenía que encontrar la luz pura que se escondía detrás.

De repente, se sintió absolutamente en paz. Consigo mismo y con el universo. Porque entonces supo que se le había concedido su deseo. Se le daba la oportunidad de renacer. Se le daba la oportunidad de redimirse. Había llegado donde necesitaba llegar.

Por fin, estaba a las puertas de la curación.

Seis

El juez Robert Barton, uno de los jueces más severos y sabios del estado de Massachusetts, bajó la vista a la montaña de papeles dispuestos delante de él, se quitó las gafas y miró a la sala. Era un hombre corpulento, de espaldas anchas, fornido, de voz retumbante y mirada penetrante. Estableció contacto visual con Clevenger y Billy sentados a la mesa de la defensa, luego volvió a bajar la vista al montón de papeles.

Barton había escuchado la alocución de Richard O'Connor en nombre del departamento de servicios sociales, que sostenía que Clevenger tendría que someterse a un periodo de prueba indefinido como tutor de Billy Bishop, mientras pasaba una temporada de «reflexión» durante la cual Billy viviría con una familia de acogida y sería evaluado psicológicamente con más detalle. Y había escuchado también a Sarah Ricciardelli, quien presentó pruebas que sugerían que, en realidad, Billy tenía dieciocho años y no estaba bajo el control ni de los servicios sociales ni del tribunal.

La sala quedó sumida en un silencio absoluto.

—Doctor Clevenger —dijo Barton—. Quiero ser totalmente claro con usted. Creo que esta solicitud de adopción que rellenó es, hablando formalmente, correcta. Pero creo que es obvio que respondió a las preguntas acatando la letra de la ley y no su espíritu.

A Clevenger se le cayó el alma a los pies.

—Ha luchado contra la adicción, ¿cierto?

Clevenger miró a Sarah Ricciardelli.

—No tiene que preguntarle a ella qué tiene que decir —dijo Barton—. Tan sólo dígamelo.

—Su señoría, yo... —empezó a objetar Ricciardelli.

—Sí, así es —la interrumpió Clevenger.

—Y, después, Billy Bishop también —dijo Barton.

—Sí.

Barton asintió con la cabeza.

A Richard O'Connor se le iluminó la cara.

—¿Y cuál es su opinión? ¿Que el amor lo vence todo?

Clevenger pensó en explicar brevemente que Billy acababa de terminar un programa de desintoxicación subrayando de nuevo que él mismo dejó de tomar drogas en cuanto decidió adoptar al chico, que no había vuelto a recaer nunca. Pero Ricciardelli ya había presentado pruebas de todo ello.

—Creo que es muy importante —dijo—. Yo...

Ricciardelli le puso la mano en el codo para detenerle.

Clevenger se apartó de ella y se acercó a Billy.

—El hecho es que sí que le quiero —le dijo a Barton—. Quizá ese amor tenga raíces en lo que yo mismo pasé de niño. Probablemente sea así. Pero eso no cambia el hecho de que iría al fin del mundo para ayudarle. También creo que está preparado para ayudarse a sí mismo. Y creo que con esas cartas, podemos vencer lo que sea.

—¿También le va el juego? —preguntó Barton.

O'Connor se rió entre dientes.

Ricciardelli se inclinó hacia delante.

—Protesto por esa línea de interrogación, señoría.

—Que conste —dijo Barton.

—Me va el juego —dijo Clevenger—. Normalmente apostaba a los galgos y a los caballos, pero ahora me la estoy jugando diciéndole lo que pienso de verdad. Diciéndole la verdad. Pero creo que aún sería un riesgo mayor que Billy no supiera lo que siento por él. Por nosotros. Eso, no voy a jugármelo.

Barton sonrió.

—Permítame, doctor. ¿Qué probabilidades imagina que tienen de conseguirlo juntos? ¿Diez a uno, en su contra?

Clevenger pensó en ello.

—Yo no apostaría en nuestra contra.

Barton miró a Billy y, luego, a O'Connor.

O'Connor le guiñó un ojo con complicidad.

—¿Tiene usted hijos, abogado? —le preguntó Barton.

—Tengo dos sobrinos —dijo O'Connor.

—Ya me lo temía —dijo Barton—. Tendría que tener un hijo. Le cambia a uno por completo. —Volvió a mirar a Billy—. No me creo en absoluto que tengas dieciocho años, amiguito. Pero para mí la mayor probabilidad de que los cumplas es vivir con el hombre que está a tu lado.

363

Whitney McCormick estaba esperando cerca de la salida del tribunal cuando Clevenger salió con Billy. Un par de docenas de periodistas se concentraban fuera.

—Dame un segundo —le dijo a Billy. Se acercó a ella.

—Felicidades —le dijo Whitney.

—Gracias.

—¿Crees que podríamos cenar la semana que viene? —le preguntó—. Bueno, después de que vuelva a instalarme en el FBI y tú te hayas asentado con Billy.

—No lo sé, Whitney. No sé si es buena idea.

—Vale —dijo, intentando parecer desconcertada—. Bueno, pues, hasta...

—Quiero decir que esta semana no es buena idea, ni la siguiente —dijo Clevenger—. Vamos a dejarlo hasta el mes que viene, nos llamamos y vemos en qué punto estamos.

—Me gusta.

—Intenta cuidarte, ¿vale?

—Claro. Tú también.

Clevenger volvió a donde estaba Billy. Entonces, bajaron los dos las escaleras del juzgado, en dirección a la camioneta de Clevenger y emprendieron el corto viaje de vuelta a casa.

Agradecimientos

Mi agente, Beth Vesel, y mi editor, Charles Spicer, siguen haciéndome mejor escritor de lo que sería sin ellos. Mi más profundo agradecimiento para ambos.

El apoyo de mis editores Sally Richardson y Matthew Shear es un viento que sopla a mi favor.

Muchos amigos leyeron los primeros borradores de este libro y aportaron críticas honestas. Sus nombres son: Deborah Jean Small, Jeanette Ablow, Allan Ablow, la doctora Karen Ablow, Paul Abruzzi, Charles «Red» Donovan, Gary Goldstein, Debbie Sentner, Julian y Jeannie Geiger, Emilie Stewart, Marshall Persinger, Steve Matzkin, Mircea Monroe, Billy Rice, Janice Williams, Amy Lee Williams, Matt Siegel y Joshua Rivkin.

Por haberme animado tanto, doy las gracias a: Michael Palmer, Robert Parker, Jonathan Kellerman, Dennos Lehane, James Hall, James Ellroy, Tess Gerritsen, Harlan Coben, Janet Evanovich y Nelson DeMille.

Porque les quiero hasta el fin del mundo y hasta la luna y las estrellas, escribo, en parte, por mis hijos, Devin Blake y Cole Abraham.

Finalmente, durante muchos años me he beneficiado del apoyo del doctor Rock Positano, quien, en secreto, dirige el mundo y, sencillamente, es como un hermano para mí.

ESTE LIBRO UTILIZA EL TIPO ALDUS, QUE TOMA SU NOMBRE

DEL VANGUARDISTA IMPRESOR DEL RENACIMIENTO

ITALIANO ALDUS MANUTIUS. HERMANN ZAPF

DISEÑÓ EL TIPO ALDUS PARA LA IMPRENTA

STEMPEL EN 1954, COMO UNA RÉPLICA

MÁS LIGERA Y ELEGANTE DEL

POPULAR TIPO

PALATINO

* * *

* *

*